蓝毛衣

[美]杰奎琳·诺佛葛拉兹 著

姜雪影 译

图书在版编目（CIP）数据

蓝毛衣 / (美)诺佛葛拉兹著；姜雪影译. —北京：京华出版社，2011.1
ISBN 978-7-5502-0104-0
Ⅰ.①蓝… Ⅱ.①诺… ②姜… Ⅲ.①传记文学－美国－现代 Ⅳ.①I712.55

中国版本图书馆 CIP 数据核字(2011)第 002675 号

北京市版权局著作权合同登记号 图字：01-2011-0524
ⓒ2009 by Jacqueline Novogratz

Simplified Chinese language edition published in agreement with Jacqueline Novogratz c/o Marly Rusoff & Associates, Inc., through The Greyhawk Agency.

蓝毛衣

作　　者：(美)杰奎琳·诺佛葛拉兹
选题策划：北京磨铁图书有限公司
责任编辑：王　巍
封面设计：棱角视觉
版式设计：张　明
责任校对：李　霞

京华出版社出版
（北京市朝阳区安华西里一区 13 号 2 层　100011）
廊坊市兰新雅彩印有限公司印刷　新华书店经销
字数 270 千字　880 毫米×1230 毫米　1/32　印张 11
2011 年 3 月第 1 版　2011 年 3 月第 1 次印刷
ISBN 978-7-5502-0104-0
定价：32.80 元

未经许可，不得以任何方式复制或抄袭本书部分或全部内容
版权所有，侵权必究
本书若有质量问题，请与本社图书销售中心联系调换。
电话：010-82069000

目 录

自序 他们形塑了我的生命风景

01 纯真年代 /001

02 驯良如鸽，勇猛如虎 /025

03 美丽与哀愁之地 /045

04 篮子经济学与政治现实 /068

05 蓝色烘焙坊 /089

06 在黑暗中漫舞 /110

07 没有地图的旅程 /131

08 全新的学习曲线 /155

09 路边的蓝油漆 /179

10 末日与重生 /202

11 沉默的代价 /220

12 机构决定一切 /239

13 耐心资本家的养成教育 /255

14 万丈高楼平地起 /280

15 放大变革的规模 /303

16 共筑美梦,共创未来 /323

在企业行为里完成改良社会的目标 /338

自序
他们形塑了我的生命风景

二十五年前,我并没有明确的计划来支持自己的热情。
我当时所做的,就是如今我常建议年轻人的:
从当下能做的事做起,把握眼前的机会。

古人说:千里之行,始于足下。不幸的是,当我勇敢迈开自己的第一步时,却栽了个大跟头。我从小就梦想改变世界。二十多岁时,我只身前往非洲,一心想要拯救那个"黑暗的大陆",但却发现,非洲不想、也不需要我的拯救。在非洲,我看到许多用心良善的慈善、救济行动弄巧成拙。这些行动不但没有达到济贫救苦的目的,有时反而使情况变得更糟。卢旺达大屠杀对我深爱的卢旺达人所带来的巨大伤害,更让我的远大梦想萎缩。我开始觉得,只要能让这个世界有点小小的改变,或许就该心满意足了。

然而,只有一点小小的改变绝对不够。这个世界上,穷与富之间的差距正急剧扩大,形成既不符合社会正义,又难以永续发展的全球困境。我的非洲经历让我看到人类的惊人韧性。非洲之所以贫穷,不是因为当地人不够努力,而是因为横阻在他们面前的问题过于艰巨。例如,孩子生病或丈夫去世就足以让一个家庭的经济完全崩溃,落入万劫不复的贫困。

事情当然不该仅止于此。二十多岁时的理想,在我年过四十之后烈火重燃。我的动力不再是单纯而没有根据的热情,而是深刻且务实的经验所累积出来的真正乐观。为了以一种全新的方式来面对贫穷问题,我在2001年创立了一个非营利组织——"聪明人基金"①。我们的工作是募集慈善捐款,但不是用来做传统的救济工作,相反的,我们将这些捐款投资于新创事业。这些新创事业愿意承受某些世上最严苛的挑战,创业家都和我们有相同的愿景,愿为政府失灵、传统慈善事业也无能为力的地区提供最基本、最重要的服务,例如低廉的医疗、干净的水、遮风避雨的房屋,以及替代性能源等。我们从社会服务及财务两种角度来衡量成果,更与全世界分享从中得到的经验与教训。

我们一再见证,当创业家将低收入者视为客户而非贫穷问题的受害者,将市场视为"聆听低收入者需求"的方式,因而创造穷人真正需要的服务与产品时,成果是相当惊人的。这些创业家的目标是建立能自给自足的系统,为贫穷地区的民众提供长久而广泛的服务。

这种投资的回报率通常令人吃惊。"聪明人基金"曾协助一位创业家设立公司,为25万偏远的印度民众提供干净的用水;这是任何传统自来水公司从未达到的成果,因为真正的穷人根本负担不起一般的水费。我们也曾协助一位农业设备专家,将特别设计的灌溉系统卖给全球超过27.5万位小农户,让他们的农产品和收入成倍增加。我们还在非洲投资了一家蚊帐工厂,如今,这家工厂的员工超过7000人,其中大多是工作技能较低的妇女,她们每年能制造1600万顶坚固耐用、

---

① 聪明人基金(Acumen Fund),由洛克菲勒基金会(Rockefeller Foundation)与思科基金会(Cisco Foundation)协助催生。

对抗疟疾传播的蚊帐。

今天的我比年轻时更加相信，我们能成功解决贫穷问题，因为我们拥有人类有史以来最充足的技术、资源、科技成果以及想象力。同时，我也相信无限的"可能性"，因为我亲眼目睹一些极为重大的改变，在短短一代人的时间内就得以完成。

我的祖母史黛拉生于1906年。她出生于奥匈边界的奥地利酒乡布尔根兰地区，后来和许多奥地利、捷克及匈牙利人一样，她的父母带着她和妹妹飘洋过海来到美国，在宾夕法尼亚州的北安普敦落脚，希望能在此打造全新的人生。刚到美国不久，她的父母由于经济拮据，在史黛拉三岁那年将她和妹妹埃玛送回故乡奥地利。他们答应两个小姐妹，一旦情况好转，一定立刻将女儿接回这个新的国度。

后来的十几年里，姐妹俩辗转于不同的亲戚家，从未拥有过归属感。她们过着小女佣般的生活，有时甚至受到虐待，只有星期天才得以穿上仅有的一双鞋。除了学会认真工作、相信上帝、努力往前看，她们没有受过任何正式教育。

我祖母那一代的女性结婚后，不但得生儿育女，而且出外工作补贴家计，同时还得打理家中一切大小事。史黛拉祖母在环境恶劣的磁砖工厂里，辛苦地从事论件计酬的工作，星期天还得操持家务，从早忙到晚，而且必须等男人吃饱后才能上桌，但她从来不曾有过一句怨言。她生了九个孩子，又亲手埋葬其中三个不满五岁就夭折的子女。她每天上教堂，低垂的目光下有着美丽而羞怯的笑容。我后来也在许多非洲妇女的脸上看到与她一样的笑容。

我的祖父母养大了六个孩子，他们的子女又为这个世界增添了二十五个小生命。我的祖父母，以及千千万万和他们一样的人，从未企求过任何救济；他们同甘共苦、彼此打气，以辛勤的工作与打死不退的决心，在这个为他们提供了无限希望与机会的国度里，为子女铺下了坚实的前程。因此,我和我的表兄妹们如今得以站在他们的肩头上,继续开创未来。

每个人都是不可或缺的

今天,全世界的穷人都在寻找机会,让自己拥有更多尊严;他们也许需要一点助力,但却希望尽量靠自己的力量来实现理想。如今我们所拥有的工具与科技,正足以为所有人提供真正的机会。

此刻,生活在这个地球上的人,都该享有人类最基本、最重要的价值:人人生而平等。我们不能再以文化或阶级来区分这个世界。人类共同的前景,必须仰赖所有人都怀着相同的信念——我们在同一条船上,所有人都是唇齿相依的。事实上,这个"人类一体"的愿景,或许正是我们这个时代所必须面对的最重要也最复杂的挑战。在这个愿景中,市场经济、公共政策扮演着重要的角色,慈善事业也不例外。在全体人类必须共同创造的改变中,每个人都扮演重要的角色,一个也不能少。

然而,该从哪里开始?二十五年前,满怀理想、希望改变世界的我,和如今许多身怀热情及能力的年轻人一样,脑海中并没有明确的计划来支持自己的热情。当年的我,根本不知从何做起。我只是一个半工半读完成大学学业的中产家庭小孩,一心追求从事非营利事业的人生,但这个梦想简直是个超级大挑战。那时我根本不认识这样的人;我的人生典范似乎都活在书本中,或者早已作古。

我当时所做的,就是如今我常建议年轻人的:从当下能做的事做起,把握眼前所有的机会。这本书的内容就是我的人生旅程,充满热情及些许人生智慧。确实如此。回首当年,那个勇于冒险的女孩,为了追求更具全球化愿景的人生,放弃了银行的"金饭碗"。那时她具备了胆识、教育与技能,同时也不断体会和认识到,单靠胆识、教育与技能,无法引领自己走向成功。

这本书，献给这样的人——不求快速解决问题，不相信世上只有一种意识形态的人；不在乎别人赚多少钱，只在乎是否所有人都能获得基本福祉、享有自由与尊严等天赋人权的人；相信单纯的真理，同时深知自己面对的问题极其复杂，需要最细腻的解决方案的人。

我选择的道路挑战了许多我最初始的想法。第一次前往非洲，面对巫毒的威胁，让我质疑外人在当地发展中能扮演什么角色。眼见与我一起工作、生活多年的一些妇女，在卢旺达大屠杀中既是受害者也是加害者，更迫使我开始重新思考人性的本质。见证柏林围墙倒塌，让世人将此视为"资本主义的胜利"，同时目睹资本主义制度如何残酷对待世界上最贫穷的人口，又让我不得不开始另觅出路，希望全球化经济所带来的无穷机会，能遍及地球上的所有人。与世界上最富有的人见面或共事的机会，更让我开始探索慈善事业与个人行动可能为世界带来哪些大规模改变——尤其是在消除贫困的议题上。

我的故事其实是许多人生命故事的总和，这些不同凡响的人，形塑了我部分的生命。他们来自世界各个角落，包括柬埔寨的僧人、美国资深国会议员、终生住在非洲茅屋里的男人、洛克菲勒基金会主席、在茅屋前跳舞的肯尼亚妇女、失去家园的巴基斯坦小女孩，以及仅靠四公升牛奶挣扎求生的大屠杀幸存者。他们为我提供了无可取代的宝贵经验，让我明白，人类面对巨大困难时拥有如此惊人的能量，人类的本质是如此相似。还有最重要的是，每个人都是独立的个体，同时也拥有共同的尊严。即使是那些承受了难以想象的苦难、深深烙印在我记忆中的人，也从未失去对生命的期盼与幽默感。

我从这些伟大的人身上得到支撑下去的力量，相信没有什么是不可能的。他们让我坚信：人类可以、也必须努力创造一个不同于以往的世界，在这个新世界里，每个人都该享有打造自己人生所需的资源。这是人性尊严的起点，它属于世上最贫穷的人，也属于每一个人。

01
纯真年代

在一个得过且过、无心开创人生价值的人身上，是不可能找到热情的。

——南非前总统　曼德拉

一切都要从那件蓝毛衣说起，就是艾德叔叔送给我的那件蓝毛衣。即使是在渐有暖意的六月天，艾德叔叔仍然是我最亲爱的圣诞老公公。

我的蓝毛衣质地轻柔，袖子上织着横条纹，正中央是一幅非洲图案——两匹斑马站在一座积雪的高山前，它常让我幻想完全不同的世界。当时我没听过乞力马扎罗山[①]，当然也不知道，有一天非洲会在我心中拥有那么重要的地位。但即使如此，我仍深爱我的蓝毛衣，不管到

---
① Mount Kilimanjaro，非洲第一高峰。

哪里都穿着它，甚至在领口标签上写下了自己的名字，确保它永远属于我。

20世纪70年代，在弗吉尼亚州我家那一带，得到新衣服可是一桩大事，一年只会发生一两次。九月份，我们通常会采买一些开学必需品，接下来就是圣诞节。然后，我们就得这么撑过一整年。身为家中七个孩子的老大，我很幸运不必捡哥哥姐姐的旧衣服穿，而且还有特权可以挑选自己喜欢的衣服，但我仍特别钟爱那件蓝毛衣。它一路跟着我从初中直到高一，随着我的身形改变，紧紧包裹着连我自己都不愿正视的青春期的身体。

然而，我中学时的死对头却毁了蓝毛衣在我心中的地位（此人后来在高三那年向校长办公室扔了汽油弹，烧掉了学校）。在学校里，最酷的学生和运动明星通常都会在体育馆对面的约克大厅闲逛。足球赛季一到，学校的拉拉队员会在大厅中挂满彩带，男生则会穿着金绿双色运动衣，像骄傲的孔雀般，趾高气昂地在大厅里晃来晃去。当时只是高一小女生的我，能被允许进入那个圈子，已经够我兴奋的了。不可思议的是，一个周五下课后，足球队长竟然就在约克大厅正中央向我提出约会的邀请。顿时，大厅里的空气紧绷得几乎要爆开。

站在我身旁的一个男生正在向高二的足球队员大谈他的第一次冬季滑雪经验。此时，他突然转过身来，不怀好意地盯着我的毛衣。慌乱中，我给了他一个此生中最冷峻的眼神，但显然阻挡不了他恶毒的心思。"其实，我们不必大老远跑到其他地方去滑雪，"他指着我胸口上的图案喊着说，"我们只要直接上'诺佛葛拉兹山'[②]就行了。"

刹那间，所有男生疯狂大笑。我简直羞愧、愤怒到几乎当场暴毙。

那天下午，我火速冲回家，向母亲宣告，这件龌龊的毛衣必须立刻

[②] 诺佛葛拉兹是作者的姓氏。

从我眼前消失。我还怪母亲,怎么可以让我穿成这副样子出门?母亲没理会我夸张的行径,直接开着我们家的福特旅行车,载我到附近的一个旧衣中心,一起把蓝毛衣给丢了。我真高兴自己可以永远不必再看到它了,而且非常努力想把它忘得一干二净。

"我的"蓝毛衣

时间快转到1987年初。当时25岁的我,正在卢旺达首都基加利蜿蜒的街道上慢跑。我到卢旺达是为了协助当地人设立一个专为贫穷妇女提供微型贷款的机构。一面跑着,一面听着随身听里乔库克[3]唱的《吾友之助》,我觉得自己仿佛是MTV中的主角。路上,当地妇女头上顶着一串串金黄色的香蕉,她们丰满的臀部随着我耳中的旋律摇摆,连路旁高大的香柏树似乎都在跟着跳舞。我身在基加利一个晴空万里、艳阳高照的午后,远离家乡,一切就像一场梦。

忽然,一个小男孩不知从哪儿窜到我面前来,他身上穿着一件毛衣——我的毛衣,那件我曾经深爱但后来又狠心抛弃的蓝毛衣。那小男孩大约十岁,瘦得皮包骨,理了个大光头,还有一对超级大眼睛,身高不到120公分。蓝毛衣挂在他身上显得好长、好长,盖住了他的短裤、细瘦的双腿及突出的膝盖骨,只有手指头露在空荡荡的衣袖外。但是,毫无疑问,那正是我的蓝毛衣。

我兴奋地跑向小男孩,他紧张地看着我,显然吓坏了。当时我一句卢旺达语也不通,他也不会说法语[4]。那孩子吓得一动也不动,我则指着他身上的毛衣,全力压抑自己不要太激动。我轻轻抓住他的肩膀,翻下衣领,没错,我的名字还写在那浪迹天涯十多年、越过千山万水的蓝

---

③ Joe Cocker,英国摇滚巨星。《吾友之助》(*With a Little Help from My Friends*),或译《共襄盛举》,收录于1969年发行的专辑中。
④ 法语是卢旺达官方语言之一。

毛衣上呢。

蓝毛衣可真是经历了一番辗转流离。从埃及的亚历山大港，到美国的弗吉尼亚州，再到非洲的卢旺达。离开弗吉尼亚后，它可能曾经穿在另一个美国女孩身上，然后又回到旧衣站，再飘洋过海抵达非洲。它到非洲的第一站可能是肯尼亚的蒙巴萨，因为那是非洲最重要的港口之一。它在上岸前应该已经过烟熏消毒，捆在一百磅一包的旧衣堆中。这些旧衣可能包括了美国泽西海滩酒吧里卖的T恤、过时的大衣，甚至晚礼服。这些一捆捆的旧衣可能先被卖给二手衣大盘商，而他们则会请零售商自行过滤其中无用的部分，挑出他们认为还能卖钱的货色。不久之后，这些二手衣商人可能就会因此顺利挤入中产阶级。

蓝毛衣所经历的旅程一直提醒着我，世界上的人是如何地紧密相连。我们的行动（或不行动）可以如何在我们自己毫无所知的情况下，悄悄影响到地球另一端的人。蓝毛衣的故事也就是我自己的故事，看到我的蓝毛衣穿在那孩子身上，重新提醒了我前往非洲的目的。在我人生旅途的那个阶段，我的世界观还在不断修正。我的事业始于跨国银行，我也因此发现了资本、市场及政治的威力，还有穷人是如何被排除在以上三种力量之外。我开始想要了解，到底是什么阻隔在贫穷与富裕之间？

对我而言，前往卢旺达是一条既崎岖又漫长的路途，它是一连串抉择下所产生的意外结果。这些抉择中，有些带着强烈的目的性，有些经过理性分析，有些则是单纯地希望自己能够走上一条人烟较为稀少的路。

旅程开始之前

5岁时，我家住在底特律。当时是20世纪60年代中期，底特律的种族暴动及越战抗议活动正如火如荼。我的父亲是一位英俊、帅气的陆军中尉,但是没有人会羡慕他的工作,因为他负责帮越战捐躯者的母亲埋葬她们的儿子。我曾听父亲哽咽地告诉母亲,许多年轻士兵都出身贫寒家庭,因而选择从军,他觉得这实在太不公平了。而当我少不更事地一再问,为什么不是每个人都能享受公平待遇时,我那年轻又美丽的母亲则会无言地将我紧紧搂在怀中。

第二年,父亲第二度前往越南、韩国,我们则搬到了纽约州西点军校旁的一个小镇居住。每天一大清早,我都会快步走去学校找玛利亚修女,帮她整理教堂里的圣器。玛利亚修女天性喜乐,戴着圆圆的金属丝框眼镜,正好配她那宛如苹果般的圆圆脸。我很喜欢待在玛利亚修女身边。每天早上,我会迅速穿上前一天已挂在床头的深绿色折裙和烫好的白上衣,小快步跑过街道两旁的小商店,确保自己不会迟到。

圣心小学是一所历史悠久的天主教学校,坐落在教堂旁。学校里有小小的木桌椅及铺着水泥的操场。玛利亚修女是大家公认最仁慈的修女,但她对我们的课业(尤其是写字能力)却丝毫不放松。如果我们考试得了满分,她就会送我们一张小卡片,上面印着某位圣人的故事。我非常努力地读书,就是希望收集到所有的卡片。我发现这些圣人的故事非常具有启发性(虽然不少圣人最后的结局都是被丢进油锅)。

我们教室的墙上挂着一张海报,是两只手捧着一碗白米饭。这让我的思绪不时飞往远方,想象一位中国小朋友的生活,一心希望有一天能亲眼见到那个景象。有一天,当我告诉玛利亚修女,我也很想当修女时,她温柔地把我揽进厚重的修女袍里,告诉我说我还太小,但这的确是一个很美好的想法。

"不管以后你成为什么样的人,"她说,"永远记得,上帝给谁愈多,向那人收取的也愈多。上帝给了你许多天赋,你就必须尽量使用这些天赋来造福他人。"

虽然在我10岁以前,我们家一直辗转迁徙于美国各地,但我的父母却总能创造出一种家的感觉,让我们不管搬到哪里,都觉得很有安全感及归属感。高中时,我们一家搬到了弗吉尼亚郊区一栋有四个房间的房子里,而我家也成了当地小朋友最爱造访的地方。想当修女的念头早已被我忘得一干二净,当时,我满脑子都是男孩子和派对。然而,我依然没有忘记自己改变世界的梦想。

每到夏天,艾德叔叔一定会为我们举办好几次大型的家族聚会,我的祖母、她的五位姐妹,还有她们的子女,以及她们子女的子女会共聚一堂。每次家族聚会简直就像个百人大部落的总集合,许多家人的好友也都会参加我们的超级大派对,仿佛他们身上也流着我们家族的血液一般。我们昵称出身奥地利农家的祖母和她的姐妹们为"六大吨乐趣"(Six Tons of Fun),因为她们不仅工作非常努力,同时更懂得享受人生。她们能将装满啤酒的杯子顶在头上跳舞,一滴也不溅出来。她们还会不时交头接耳,分享各家趣事,然后迸出天大的笑声。与此同时,她们的晚辈则会疯狂地玩游戏、比赛、畅饮,一直跳舞到天明。如果我们有任何所谓的家族价值观,那必定就是:勤奋工作、信仰虔敬、爱护家人、活得痛快。我们从长辈身上学会坚强、不抱怨,以及在家人有需要时,永不缺席。我当时并不晓得,自己已经在这个美国大家庭中,学习到了什么叫部落,什么叫群体。

家境拮据让我们一家兄弟姐妹都学会了积极进取及变通的能力。10岁时,我就开始当保姆、挨家挨户卖圣诞装饰品。12岁时,我冬天铲雪,夏天帮人除草赚零用钱。14岁时,我整个夏天都站在冰淇淋店里值大夜班,直到一桶滚水把我浇成三级烫伤,让我躺进医院为止。但不久后,我又开始当起附近小酒馆的调酒师,碰到顾客盈门时,我一个晚上甚至可以赚进300美元的小费。

这些兼差工作，加上厥功甚伟的学生贷款，让我一路念完弗吉尼亚大学。毕业前，我记得有一天忽然对自己感到非常骄傲，因为我知道，不管未来如何，我已练就了一身养活自己的能耐。大学毕业后，我希望自己能够好好喘口气，先在酒馆里调调酒、出去滑滑雪，同时仔细思考自己未来要怎样来改变世界。父母同意了我的计划，但要求我一定要先参加一些工作面试："你总得先练习一下。"

我按照和父母的约定，在学校就业辅导中心的"国际关系"及"经济"类求职信箱中投入了简历，意外的是我竟然立刻接到辅导中心来电，告诉我获得了大通银行的面试机会。为了参加有生以来第一次正式的工作面试，我穿了灰褐色、阳刚味十足的毛料套装，觉得自己简直像个"冒牌货"。面试我的是一位年轻的男子，金褐色头发、锐利的蓝眼睛，看起来不比我大几岁。

"告诉我，你为什么想进银行工作？"他简单介绍自己之后问道。

我愣了一下，不知如何回答。由于不擅撒谎，我跟他说了实话。

"其实我并不想当个银行家，"我说，"我的希望是改变这个世界。原本我想在毕业后先休息一年，可是父母希望我能先有一些面试的经验……我真的很抱歉。"

"唉，"他摇摇头，挤出个笑容对我说，"真可惜，因为如果你真的得到这个工作，你将会在未来三年里旅行四十几个国家，你学习到的将不仅限于银行业务，同时也将认识整个世界。"

我的喉头顿时卡住。"你是说真的吗？"我满脸涨红地问他。"因为，借着旅行认识全世界也是我梦想的一部分呀。"

"句句实言。"他叹口气回答。

"那……你觉得我们可以重新面谈一次吗？"我急着问。

"有何不可？"他耸耸肩，扬了一下眉毛，笑着说。

我快速走出门外，关上门，数到十，重新走进去，一边自我介绍，一边超级热情地紧握他的手。

"你好，诺佛葛拉兹小姐，"他笑着说，"告诉我，你为什么想进银行工作？"

"事实上，我从六岁开始，就一直梦想着……"我开始急切说明。

我的旅程就此展开。

我简直不敢相信，自己竟然得到了那份工作，而且从此展开一生中最美好的前三个年头。我搬到了纽约，接受训练后加入一个名为"信用稽核"的小组。这个部门由60位年轻银行职员组成，许多人都刚从大学毕业。我们坐头等舱绕着地球跑，负责查核大通在全球各地的放款质量，尤其是那些经济出了问题的国家。第一次出国，我去了新加坡；第二次，阿根廷。我仿佛活在梦境中。

在智利，我们审查的是铜矿公司及其他工业性贷款。在秘鲁，我见识到热钱流出对一个原本就不稳定的经济体所能造成的危险。在香港，我们仔细研究了像怡和洋行这样的大型贸易财团，并亲眼见证了亚洲的快速变迁。那真是一次一生难逢、人间少有的独特教育。我视自己为一个行走天涯的探险家，一个真正的世界公民。然而，没有任何地方像巴西那样完全改变了我。

改变需要时间

当我降落在里约热内卢的那一刻，马上觉得自己到了一个早已熟悉的奇幻之地。下了飞机，我们快步走过笼罩在夏季暴风雨下的飞机跑道，前方不远处却是晴空万里。虽然我们当时的任务是要来冲销上百万元的坏账，但当地人却一派友善、热情，完全不把自己的处境（以及我们）看成是一件值得大惊小怪的事。那个星期，我每天工作到很晚,我的巴西同事却对此深表不以为然。他们努力想让我明白"美国人是为了工作而生活,但我们却是为了生活而工作"的道理。我决定利用那个周末来探索这个奥秘。

我记得和一位朋友在里约热内卢举世闻名的伊帕内玛沙滩散步,我们身着黑色泳衣,腰际绑着鲜艳的大围巾,碰到一位一身纯白、头上围着白色头巾的女人,静默地站在海边。她在沙滩上敲着一颗鸡蛋,然后把一堆花朵撒向海中,看浪花是否会将那些花朵带回岸上。那是当地有关生育的一项传统仪式。我非常欣赏这种当地传统与经济快速增长和谐共存的情况。

那个周末,我也在里约热内卢街上到处闲逛,与贫民窟里的人聊天。虽然我意识到,身旁的人都紧盯着我瞧,有些人眼中甚至带着厌恶,但我真的是希望能深入了解这个国家,而非只看到她富裕的一面。巴西的贫富差距惊人,我从没见过完全的贫穷与极度的奢华如此紧密相邻,而我希望改变世界的激动之情,也从来没有比那一刻更强烈过。

一天,我在街上碰到一位年仅 6 岁的小小流浪汉,他名叫埃杜阿多。我决定把他带回饭店,让他好好洗了个澡,然后带他到饭店豪华泳池畔的一家高档露天咖啡厅,为他点了一个大汉堡。忽然,饭店经理安静地走上前来,语气坚定地请我把孩子带离咖啡厅,而且告诉我以后不得再犯。他面露轻蔑地跟我说,流浪儿童是里约热内卢最严重的问题之一,我必须格外谨慎,因为他们会使出千方百计偷走旅馆的东西,甚至伤害旅馆的客人。我告诉那位经理,我愿为埃杜阿多负全责。那天,我们一直等到埃杜阿多酒足饭饱后才从容离开,但非常显然的,埃杜阿多的存在,一直让那位经理觉得芒刺在背。

这个世界上有一部分人几乎完全不愿意面对穷人,他们认为穷人不应该出现在一般人的面前,穷人根本是废弃物,而流浪儿童就是这群"外人"

最具体的象征。我怀疑自己是否真有能力改变这种扭曲的心态。银行大门对穷人及工人阶级永远紧闭。商业银行已在富人社会中吃足了坏账的苦头,当然更没有心情贷款给社会上最穷困的一群人。我曾建议我的老板,是否可以试验一下将钱借贷给工人阶级(即便是很小规模的试验也好),或许它的结果会比贷款给有钱人好得多。老板拍拍我的头告诉我:穷人没有抵押品,小额贷款交易成本太高,贫穷文化也必然导致人人落跑的结果,他并以此暗示我太天真、太容易被骗了。

我们的对话越来越激烈。我不断反驳他贫穷文化的论调,并一再重复我的建议。最后,他要我死了这条心,同时建议我仔细想想自己要如何(或是否要)达成在大通银行长久发展的事业目标。他告诉我,我在年轻行员中表现优异,但他也提醒我:"你笑得太大声,穿着像个乡村歌手。你对每个人都太亲切,我担心大老板们会误以为你是公司的秘书。"

这次谈话帮我下定决心去追求一个完全不同的人生,一个我可以运用自己在大通所学的一切来帮助别人的人生,而那些人可能一辈子都无法享有我这位上司所拥有的机会。我可不想在35岁时就成为一个世故的"老鸟"。直觉告诉我,公益事业加上一些冒险,可以引领我走向一个充满热情、不断成长、不断更新的人生。

"如果你不改变自己,"我的老板继续说道,"公司的文化迟早也会改变你。所以,何不放自己一马,在你优秀的工作能力之外,再加上一点专业的态度。"

我当下发誓,绝不会屈从于世俗与平庸,我也完全无法想象自己为了成功而压抑出自于本性的快乐笑声。问题是我真的很喜欢金融业。我觉得自己只是需要找到一些方法来影响金融机构,好让更多穷人也有机会成为银行的客户。

由于这件事不可能立刻发生,于是我开始努力寻找通过金融业务为穷人服务的机会。一位朋友告诉我,孟加拉国的经济学家尤努斯在

1976年创办了所谓的"乡村银行"⑤，专门为贫穷妇女提供微型贷款（有时金额甚至只有1美元），以协助她们发展自己的小生意。

由于这些妇女无法提供抵押品，于是每五个人组成一个小组，彼此连带保证。若其中有人未能还款，其他人也都将失去贷款的资格。为了解决交易成本太高的问题，乡村银行所收的利息也比较高。然而，乡村银行的还款比例却高达近100%，比一般富人的抵押贷款还款比例高出太多！

就在我第一次听到"微型企业"（microenterprise）这个名词二十年后，尤努斯和乡村银行荣获了诺贝尔和平奖，因为他们为穷人提供了上百亿的贷款，成功推动了全球性的社会改革运动。如今，许多商业银行也拥有颇为成功的微型贷款业务，而二十年前，这一切都被认为毫无可能。改变真的不是一夕发生的。

在研究微型企业机构时，我偶然发现一个位于纽约、专为女性提供微型金融服务的非营利组织。这个组织由一位女性投资银行家负责，背后还有一个全球专业女性所组成的强大董事会。这个组织简直太完美了，但只有一个问题：我从来没想过要专注在女性议题上。我生长在一个热闹滚滚的大家庭里，有四个弟弟，我和他们一路打闹，直到他们的块头比我大出许多才稍歇。9岁时，我家住在堪萨斯州，我父亲当时担任贫民窟的儿童足球教练，他还曾要求我和那些小男生一起赛跑。也就是说，我的世界中没有太多女性抱怨的空间。我被要求和男生一起竞争，有时甚至还得比他们强悍。

我试着想象告诉自己的亲朋好友，我决定放弃华尔街的高薪工作，跑去一个非营利的女性机构服务，而且很可能会被外派到落后国

---

⑤ Grameen Bank，另译"穷人银行"。

家工作,他们将做何反应?他们一定会觉得我疯了。怎么会有人愿意放弃功成名就的机会?我必须承认,当个"国际金融家"听起来确实很神气,而且我心里也真的有点担忧,是否会就此葬送了自己的前途,从此失去响亮的头衔。但是,冒险犯难、改变世界一直是我内心的动力。而现在岂不正是我活出自己梦想的时刻吗?

创办这个非营利机构的女银行家自己也在华尔街工作过,而且以强悍闻名。我写了封信给她,告诉她我相信解决贫穷问题的一个重要方法,就是帮助贫穷地区的组织获得主流机构所拥有的资源与技能。我诚挚地说,自己愿意担当起这个桥梁的工作,借着自己所热爱的金融业务,成为传递和平的工具;以数字来说故事、以策略性金融技能及管理能力来协助穷人社会建立企业。

回想起来,我当时为自己的梦想所提出的生动说明一定让她哑然失笑,但她终究还是同意见我一面。当我坐在她的办公室,周围挂满了来自世界各地的编织品与壁毯时,我知道,自己以后就希望像她一样,而非我那身穿棕色人造纤维西装的老板。她对自己的工作充满使命感与热情,深具愿景而且能量十足。她的世界令我目眩神迷、心向往之。

"我非常希望能够加入你们的行列。"我跟她说,而且我愿意做任何事情来争取前往巴西的机会,并协助当地建立一套贷款给贫穷妇女的机制。她细心地聆听,表示会仔细考虑我的想法。她告诉我,这个组织正处于一个扩张的阶段,但也仍在学习。离开时,我并没有得到一个确定的工作机会,但却满怀前往里约的热切期望。

几天后,她来电约我午餐。在一家时髦的纽约中城[6]餐厅里,她告诉我,她有好消息,也有坏消息。好消息是,她决定用我了。我兴奋得几乎想从椅子上跳起来,给她一个大大的拥抱。坏消息是,巴西目前并无

---

[6] 纽约的中城是指14街到59街的一段区域,是纽约市内的旅游观光胜地。

空缺,但非洲却极需要人。

非洲?我的心一沉。这完全不在我的计划之中。我对热情的拉丁美洲深深着迷,但是,非洲?

选择未知的路

我对非洲根本一无所知,连在大学里都没读过有关非洲的东西。我对非洲的认识仅止于电影《狮子与我》和《非洲皇后》里的景象——美丽的动物、壮丽的景致,或是传教士才会去的燠热丛林。非洲?不会吧!

我显然看来像只受挫、迷惘的小动物,因为她很快就告诉我,我的工作很重要。我将担任派驻非洲的妇女大使,而且在非洲开发银行里有专属办公室,工作内容是协助所有西非国家建立国家级机构。我会经常旅行,实际建立组织,与不同国家的人进行跨国性合作。

一切听起来都好极了,但我仍不免感到不安。"我觉得自己应该会很喜欢这份工作,但我还是需要几天的时间考虑。"说这话的时候,我显然掩饰不了自己错综复杂的感受。

"你会爱上非洲的。"她向我保证。

就在那时,又发生了一件令情况更加复杂的事。我在大通银行的大老板决定提供我一个"一生难逢的机会"——担任他的特别助理,跟着他一起工作,因此,挑战性、公司内外的曝光度都极高。他完全不介意我爱穿长花裙而非蓝色套装。事实上,他似乎还颇欣赏我离经叛道的那一面:那个会和大家打成一片的酒馆调酒师;那个知道怎么刷厨房地板、让每个角落都一尘不染的天主教小女生。

这个机会对我的虚荣心极具吸引力,但我知道,这么一来,改变世界的梦想就得往后延宕好几年。十几岁的时候,我和大弟就常在一起讨论将来要如何改变世界。他觉得我们应该先赚很多钱,站上高位后再来发挥自己的影响力。但我却认为,我们必须及早投入改变世界的行动,从最底层开始了解改变是如何发生的,花时间建立人脉及基础。多年来,我亲眼见证他的人生计划渐次展开。但是,我还是必须忠于我自己。

于是,我向大通递出了辞呈,接受了那份前往非洲的工作。我当时对于"大使"一职毫无概念,对自己的机构所从事的工作也不完全了解,我只知道她们贷款给低收入妇女,帮助她们改善经济状况。但我有信心,自己到了非洲,很快就能搞清楚一切,即或不然,顶多打包回家嘛。

事实上,我知道,除非自己真的完成了一些事情,否则,我是不会轻易打包回纽约的。我婉拒了大通银行的重要职务,因此,即使不为大通的老板,我也得在父母面前争一口气,绝不能让他们失望。我深爱我的父母,他们虽然完全不了解自己的女儿为什么会放弃一个能让他们在亲友面前倍感骄傲的职位,反而跑去非洲做一个连自己都说不清楚的工作,但他们依然决定尊重我的选择。

我开始大量阅读非洲的资料,仔细研究自己决心投身的微型金融组织在全球的分支机构。我发现她们当时所做的实在有限,因而考虑自己到底能够发挥什么样的作用。但那时我已经把自己所拥有的一切都送人了,包括我母亲给我的一件古董家具。当然,我留下了自己的吉他以及一箱诗集,因为我相信这两样东西是我改变世界的必需品。

虽然我的目的地是科特迪瓦,但我的新老板告诉我,我必须先飞到内罗毕⑦参加一个女性研讨会,因为我在那里可以碰到许多非洲专业女性网络成员,并对自己的组织有更深一层的了解。对我而言,想象

---

⑦ 肯尼亚首都和最大的城市,是联合国在非洲的总部,也是东非重要的空港和交通枢纽。

肯尼亚当然比想象科特迪瓦容易得多,尤其《走出非洲》⑧才刚上映。虽然,我并不晓得当时肯尼亚根本没人在乎这部电影。总之,从内罗毕展开我对非洲大陆的了解,确实是个比较容易的起点。

我记得自己第一次在内罗毕的街上溜达,当我走进城中心的乌鲁公园⑨时,立刻被满天纷飞的紫色蓝花楹不断飘落在身上的景象给震慑住了。有着高大建筑、宽敞街道的内罗毕,也比我想象中现代化得多。最让我惊喜的就是环绕在我身旁的风,它轻拂我的裙摆、旋转,走路时,仿佛亲吻着我的膝盖。短短几小时内,我已深深爱上了这个城市。

走进内罗毕洲际饭店,许多非洲最有权势的女人正在里面聚会、讨论、翩翩起舞。身为肯尼亚第一位女性银行主管的玛利上前来迎接我,她身高180公分以上、看起来庄严但却亲切。她要我尽量认识在场的每个人,并特别提醒我,获得她们的接纳是一件非常重要的事。一位有小脸蛋、裹着鲜艳头巾的加纳女子在我身旁跳着舞。她当初以几罐果酱创业,如今已是非洲最富有的企业家之一,并致力改善非洲女性的生活。另一位体型超大的塞内加尔女性则全身裹着粉红丝巾,手上戴着硕大的戒指,全身散发强烈的自信。这幅景象与华尔街男人当家的世界真是不同呀!

缤纷的色彩、非洲女性的自信让我感到兴奋、激动、不可置信,甚至还有点无所适从。在错综复杂的情绪以及自己鲜见的羞怯外,我那华尔街式的蓝色套装在全场飞舞的斑斓色彩之下,似乎显得特别无趣。这些女人散发的魅力与气息,让整个房间宛如正在举办一场蝴蝶大

---

⑧ 改编自丹麦女作家伊萨克·迪内森(Isak Dinesen)的自传性小说的一部同名电影,由美国知名电影导演西德尼·波拉克(Sydney Pollack)执导,在1986年获得奥斯卡最佳影片奖。影片主要取景于肯尼亚。

⑨ Uhuru Park,Uhuru 在斯瓦西里语中的意思是独立、自由。

展。但更令我感到挫折的是,似乎所有人都无法分辨我和全场另外一位唯一的白人女性。她是一位矮小、有着一头黑色卷发、眼睛乌亮的意大利女子,而我则是身型瘦高、一头棕色长发、一双蓝眼的美国大妞。然而,大家还是分不清我们两人,觉得我们长得简直一模一样。对于觉得非洲人都长得一个样儿的西方人而言,这真是我们的报应哪!

我发现自己紧贴着墙站着,就像高中舞会里的害羞小女生。终于,我鼓起勇气向身边一位看起来和我一样惴惴不安的非洲女子提出了一个老土的开场白:

"你从哪里来?"

她看着我,没说话。于是,我试着用法语再问一遍。

她听懂了:"卢旺达。"

"乌干达呀?!"我立刻接话,"哇,那真的是个奇妙的国家!"我当然读过乌干达前独裁者阿明[10]的暴行劣迹,以及推翻他的现任总统穆塞维尼[11]的故事。刚刚才取得政权的穆塞维尼向人民保证,国家将回归和平与繁荣,而乌干达还以诗作闻名于世呢!

"不是乌干达,"她以浓重的非洲口音回答说,"是卢旺达。"

"哦,罗安达,"我说,"是安哥拉的首都。"

"不,"她很有耐心地说,"不是安哥拉,是卢旺达。"

我愣住了。我花了好几个月研究非洲,但我对这片土地上的54个国家却真是所知有限。

"哦,卢旺达。"我喃喃说道,脑子里飞速快转,希望从一堆模糊的国家、地名中整理出个答案来。终于,我记起来啦:卢旺达,位于非洲中

---

[10] 伊迪·阿明·达达(Idi Amin Dada1928-2003),于1971至1979年间担任乌干达的军事独裁者,奉行恐怖统治,有新闻报道披露他嗜吃人肉、以政敌首级喂食鳄鱼等残暴行径。

[11] Yoweri Museveni,乌干达现任总统,自1986年起担任该国总统。

央的小国；全世界最贫穷的国家之一，以美丽的地理环境与山地金刚猩猩而闻名；占人口多数的胡图族与少数的图西族之间常出现紧张关系及冲突。吁，好险！

我是个典型的美国人，只要给我几项有关一个国家的简单数据，就可以开始大放厥词。我又记起来了，卢旺达南边就是布隆迪。1972年，大批知识阶层的胡图族惨遭统治阶层的图西族无情大屠杀。但这显然不是个很好的话题，于是我干脆问她的名字，这一次，我直接用法语。

她又把脸向着我，回答前又先停了一下。

"薇—若—妮—卡。"她一个字一个字地慢慢说出自己的名字，八成已经认定我听力大有问题，要不就是个货真价实的听障者。虽然她当时大约只有三十四五岁，只比我大十岁左右，但她厚实的手、宽阔的肩膀，以及穿了双朴素鞋子的脚，却让我想起自己的祖母。薇若妮卡穿着一件绿棕色的非洲印花棉布长裙，加上大大的伞袖，一副超大的胶框眼镜架在方形的脸上。她的头发直立于头顶，随着说话的韵律东摇西摆。我立刻就喜欢上她了。

我的史黛拉祖母曾经因为把自己的漂亮衣服忘在宾州家里，只好穿着一件家居服去参加自己小儿子的婚礼。我觉得薇若妮卡也做得出这种事。

她滔滔不绝地谈着自己的国家。"卢旺达又被称为'千山之国'，真是名副其实。"她停下来微笑说："一座山接着另一座山，绵延不断。卢旺达是个葱郁翠绿的地方。你一定会爱上她的。"

我慢慢发现，薇若妮卡是卢旺达家庭暨社会事务部的一位中层官员，这是非洲各国政府中最弱势的部门之一，专门关注女性的社会地位、家庭计划，以及其他所谓的"软性议题"（soft issues），因此也是非洲各国参政女性最常落脚之处。薇若妮卡来参加这次研讨会的主要目的,就是要了解其他国家正在运用哪些方法,将女性慢慢带进主流经济之中。

薇若妮卡解释,和当时其他几个非洲国家一样,卢旺达的法律根本禁止女性在银行开户,除非她们可以取得丈夫的同意书。卢旺达当时施行的仍是1804年颁布后沿用下来的殖民法律,将女人列为次等公民,和智障者相当,女性根本不可能以自己的名义独立开户、借款。当时,薇若妮卡和其他几位女性领袖才刚刚开始针对这个问题提出一些改革的想法。

"我们正在努力修法,"她对我说,"我们得做好万全的准备。"她所展现的信心显示出她非常明白自己正在书写历史。

关于她的希望与梦想,我们谈了很久。我清楚地看出,薇若妮卡绝对是个行动派而非学术派的人。

"有一天,你会看到非洲女性变得强而有力!非洲妇女负责做那么多事,还要照顾孩子,但她们的社会地位却一直非常低下,因为她们拥有的权利非常有限。我们必须想办法让她们可以自行借贷、创业、送女儿上学,并敢于梦想她们绝对有能力做到的一切事情。如果卢旺达要有所发展,我们的女性就必须拥有更多的机会。你不觉得吗?"

我兴奋地回答:"当然!但重要的是,我们必须改变现有的环境,让所有人都能看出女性可做的贡献。"

"没错,"她说,"而你将会帮助我们。"

"太好了。"我回答说。事实上,虽然她的企图心与热情深深吸引着我,但我当时以为,在这次偶遇后,我们未来是不可能有什么交集的。哪晓得,她的国家后来竟然会在形塑我的生命、世界观,以及解决全球贫穷问题的想法上,扮演那么重要的角色。

噩梦将临

除了和薇若妮卡的对话外，这个研讨会对我而言简直如噩梦一场。那些与会的非洲女性公开告诉我，她们既不想要也不需要我来担任西非的大使。有人介绍了一位来自科特迪瓦的女士给我，并告诉我，一旦我抵达科特迪瓦，她将可以提供我一些协助。但她显然连跟我说句话的兴趣都没有。她甚至呛声道："我们自己有足够的能力及人力来设立办事处、建立据点。我不懂为什么有人觉得我们需要一个年轻的小女生来帮忙，而且她根本还不是个非洲人呢。"

这样的公开呛声对我简直是极大的污蔑。虽然她宁可由一位非洲女性来设立办事处的想法，其实不无道理，但我也知道，自己的角色是要成为非洲与美洲的联络桥梁。而且我也很清楚，尽管她们已经努力尝试多年，至今却一直未能在西非设立起任何办事处。我是受聘来担任救援投手的，以确保西非能够成功设立几个可以真正运作的办事处。我知道自己会尽心竭力去达成目标，也乐意与任何愿意接纳我的人合作，但我实在不知道该如何以强悍的态度来面对她心中的恐惧。因此，我只好改走温柔婉约路线，希望自己说起话来像是个有智慧的女人，好让这些西非女人慢慢喜欢上我。

但她们并没有喜欢上我。

研讨会结束的第二天早上，我被告知计划有点改变，我得先在内罗毕待几个星期。我还是会前往科特迪瓦的非洲开发银行，只是我的办公室还没准备好——至少科特迪瓦那边的女性还没准备好要迎接我的到来。

如果当时我知道她们心里真正的盘算，非常有可能当下立即终止前往非洲的计划。但由于自己当时还很懵懂无知，于是我有了一个难得的空档。

我在内罗毕并无落脚之处，手边也没有未来工作的相关资料，于是我决定在周末前往拉姆岛一游，因为我听说那里是世界上最美丽的地方之一。

拉姆岛是肯尼亚外海的一座迷你小岛，也是几个世纪以来阿拉伯商人往来欧洲的停靠站。我在岛上狭小的街道漫步，头上是湛蓝的天空，眼前是无垠的大海。我在一家又一家阿拉伯人开的小店里穿梭探寻，那里面有各式各样的小饰品、香料及木雕，店家的妻子们则像一幢幢黑影般飘来荡去。一位妇女黑袍下方不小心露出一截鲜红色的丝质里衣，而一只鹦鹉此时刚好从我头上飞过，仿佛昭告世界，即使是最鲜红的丝绸也比不上它的艳丽。

当晚，我回到内罗毕，吃了一盘鲜美的梭鱼配米饭，外加一杯莱姆汁，总计才花不到两美元。我住在一晚只要一美元的萨拉玛饭店。由于房间非常狭小，我决定爬上屋顶，还在色彩鲜艳的九重葛下发现了一张小床。躺在明媚的月光下，听着另一个屋顶上一群年轻人的吉他声，以及凯特·斯蒂文斯的歌曲，我一边想着该如何改善自己的处境，一边就睡着了。

不到黎明，我就被召唤大家去祈祷的唤拜声给吵醒了。在那个沁凉的清晨，我发现自己除了找点事来做之外（工作是我唯一会做的事），别无选择。于是我开始工作、继续工作，并试着从工作中学习各种新事物。

在非洲的前几个月，有两个经验大大改变了我对世界的看法。第一个经验是与一位年轻女孩玛赛琳娜（我昵称她为玛丝）有关。她是我工作所在地的一位资浅员工，有着一头编满小辫子的利落短发，穿着蓝裙子、白上衣，外加一件蓝色 V 领毛衣制服。她毫不虚矫，而她的好个性也让人完全看不出她在家中所受的一切苦楚。

虽然我们没有太多的共通点，但我们每天都会找机会聊天。玛丝很喜欢教我说斯瓦西里语[12]。她会随手指着办公室里的东西，要我用斯瓦西里语说出来，耐心直逼《圣经》里的约伯。

我常跟她谈起我的工作。我跟她说，我们希望加强非洲女性的经济能力，并不断向她说明女性拥有自己银行户头的重要性。

"我从来没进过银行，"玛丝害羞地告诉我，"他们不愿意像我这样的人走进银行，不过，反正我也没有足够的钱可以开户。"

我答应玛丝，如果她愿意开始存钱，我将提供她开户所需的最低金额50美元。第二天早上，我们就走进肯尼亚一家大型金融机构。那是一座老式银行，行员坐在架着铁栏杆的柜台窗口后面。银行经理带着友善的微笑迎着我走来。我一直想将重心移到玛丝身上，但玛丝显然进不了他的视野，我的努力完全失败。此人显然会说流利的斯瓦西里语，但他完全拒绝与玛丝对话，只肯跟我说话。

我们终于开好户头，玛赛琳娜激动地说，她心中喜乐的泪水，足以填满整个印度洋。然而，此时我却意识到，在有权有势者的世界里，穷人几乎是隐形的，他们对穷人完全视而不见。对西方中产阶级而言，到银行开户是一件多么理所当然的事情，但要将这项最基本的服务扩及到穷人的世界，又将是多么艰巨的挑战。

美与丑并存之地

另一项改变我的世界观的经验发生在乌干达。我当时前往乌干达，是要去会见乌干达的第一位女银行家西西女士。1986年，穆塞维尼刚刚才在一场血腥政变中推翻了残暴的独裁者阿明，当时的乌干达仍是一片生灵涂炭。为了压抑恐怖景象可能引发的紧张情绪，我努力将自己的思绪放在乌干达的文艺成就上，因为乌干达的诗坛在东非极

---

[12] Swahili，非洲使用人口最多的语言，主要使用于东非坦桑尼亚、肯尼亚、刚果等国。

为出名。

当飞机抵达恩德培机场时,我看到窗外一片青翠,不禁想起丘吉尔对乌干达的赞叹:非洲的珍珠。但一落地,我所见到的却是握在年轻孩子手中的机关枪、残破的建筑物、布满坑洞及玻璃碎片的街道。我很难想象,一个曾被誉为非洲珍珠的国家,怎么可能在这么短的时间内就变成了一个人间炼狱。我和西西两度被穿着军装、手抢机关枪的年轻男孩挡下盘查,他们搜索我们的皮包、检查西西的后车厢。

虽然国家残破,乌干达人却格外良善。西西本人就极为优雅而专注,一心想在乌干达建立一个组织来帮助当地女性脱离穷困。在前往她家的一个小时车程中,西西不停谈论着她的想法,同时不忘再三感谢我愿意无视国际媒体警告,勇敢前来乌干达,亲眼看看她的国家。

西西与丈夫、两个小女儿住在一栋朴素的房子里。我们抵达时,她的两个小女儿身穿白色蓬蓬裙,仿佛婚礼中的小花童。

"你们怎么穿得那么美呀?"我问道。8岁的大女儿回答说,打仗的时候,军人把她们所有的衣服都抢走了。因此她们决定每天都穿上最漂亮的衣服,因为不知道什么时候她们又会失去这些衣服。

两个女孩在餐桌上做功课,那是家中仅有的几件家具之一。那张桌子其实比较像是一张桥牌桌,但正如西西所说,有的用就很好了。军人已经两度光临她家,每次都将她们的家当搜刮一空。她们家残破的房门上还留着好几个弹孔,没有一扇窗子是完整的,墙上没挂半张画或照片。她们家的水管也不通,还好外面有一口井,她们还有水可用,也可以将就着用个小水桶洗冷水澡。西西向我说明这一切时,脸上带着微笑,看不出一丝的歉意,因为这就是她们每天真实的生活。

西西在桌上摆起一堆五颜六色的塑料杯盘,它们都是西西去肯尼亚时,在一个加油站买的。

"我还没打算买任何长久性的东西,"她停顿一下,加上一句,"不过,也没有任何东西是真正长久的,不是吗?"

晚餐简单而丰盛:主食是蒸芭蕉、小米、一点儿鱼、苦茄子,还有一些水果。

"我们唯一可以款待你的就是这一点点的食物和我们的热情,"西西说,"但其他的东西也没有什么真正的价值,不是吗?"她笑说:"尤其在此时此刻。"

她的语调中没有一丁点的绝望感。

每个人都吃了好几盘食物,西西要我也多吃一点。她提醒我,有时还真不知道下一餐会是什么时候呢。

那天晚上,我把护照压在枕头下。虽然心里知道应该不至于,但听着远近的枪声,还是担心会有军人随时破门而入。第二天早晨,我用一条鲜艳的"基科伊"[13]厚棉布裹着身子,蹲在地上,用那小水桶洗澡。当冰冷的水从背脊一泄而下时,我冻得忍不住挤出细细的尖叫声。我用一台加了炭火的老式熨斗烘整我的丝洋装,看着自己的手因为熨斗的重量而不自主地发抖。我知道,只要熨斗太靠近洋装,后果将不堪设想。在我的记忆里,除了当年在巴西的前几个星期之外,我从来没有这么清醒地开始一天的生活。这里似乎潜藏着一种原始的感觉、一种美的感觉,足以让人的各种情绪、感官都生猛起来。我很喜欢这种感觉。我也很喜欢身处这个能让每件事最美及最糟的一面同时并存的地方。

快速吃完早餐后,我和西西与一群活力充沛、超级乐观的妇女见面。她们非常清楚,自己的目标就是要为这个极富天然资源及人文精神的国家带来和平,为个人及族群带来繁荣。大多数时候,我只是静静

---

[13] kikoi,一种东非传统围巾。

聆听她们的理想与做法，但我们也探访了一些刚起步的创业计划，包括一个小小的养猪场、一家杂货店、一家裁缝店。乌干达的妇女正一步一步地重建她们的生活。她们显然潜力无穷。

　　乌干达之旅再次强化了我的急迫感。我希望自己能够赶快派上用场。我惊讶于自己所碰到的每一个人所展现出的韧性与生命力。乌干达人身处苦难但仍能全心拥抱喜乐的能力，让我心怀敬畏地回到内罗毕。返抵内罗毕的第一天晚上，我睡得像婴儿般香甜，心中明白，拥有一夜安眠是多么大的恩典。我深深希望，自己能活在一个基本人身安全不再是一种奢望的世界，同时也被再度提醒，为何自己深爱在发展中国家工作。我希望能尽快找到自己可以派上用场的位置。

　　我无法再待在肯尼亚无所事事了。虽然对于自己在科特迪瓦会受到何种待遇还是心有疑虑，但我知道启程的时候到了，而且带着满腔的热情出发。我一再询问是否已经到了可以出发的时候了，当地的主管终于同意了，于是我开始整理行囊，梦想着自己要如何帮助科特迪瓦的妇女自力更生。当时，我完全没有去想任何可能在我的梦想上狠狠浇上几盆冷水的事情（就像当日在西西家洗澡时，水桶中那寒彻心扉的冷水）。

02
驯良如鸽,勇猛如虎

勇敢面对眼前的恐惧,我们将因而获得力量、勇气与自信。
我们必须努力去做那些自己原以为做不到的事。

——伊莲诺·罗斯福[1]

在一个燠热、黏腻的下午,我飞抵科特迪瓦的阿比让机场,酸臭的汗水味弥漫在浓滞的空气中。虽然我的胃在翻搅,但我有信心,一旦这里的人了解我来到非洲的诚意,以及我多么能够吃苦耐劳,她们一定会全心接纳我。然而,还没进海关,我的心就已经开始惶惶不安了。在一张白色木桌前,所有入境者都被要求将自己的护照丢进一个小玻璃箱里,然后,正当众人焦急等待之际,一个穿着制服的人就在众目睽睽

---

[1] Eleanor Roosevelt,美国前总统富兰克林·罗斯福的夫人。

之下，把小玻璃箱里所有的护照拿了出来，走到一个我们视线无法能及的地方。我身旁似乎没有一个人知道到底发生了什么事。几分钟后，那个穿着制服的人再度出现，开始发还我们的护照，仿佛这么做是一件完全正常的事情。②

我身边净是大叫、狂奔的人，我完全搞不清楚他们急着跑去哪里。当我来到行李输送带旁，突然间，四个身穿卡其色制服的人把我叫住，夺下我的皮箱和包裹。我拼命拉扯，最后忍不住大叫："拜托你们住手！"其中一个人忽然大笑，其他人也跟着笑开了，我则努力忍着不让泪水夺眶而出。

到了海关，两个人用刀子割开我的箱子，我所有的东西散落一地。这时我已汗流浃背，但还是努力保持镇定，因为我知道，那些在内罗毕研讨会上当面对我呛声的女人，正在海关门外等着我。

当我推着已面目全非的行李走出海关时，一眼就看到那三位宛如时装模特儿的女士，一字排开站在那儿。她们身穿非洲印花长裙，头上缠着高耸的头巾，颈上、手上挂满珠宝首饰，好一幅"无政府状态下的美丽仕女图"。我认出那位曾在内罗毕见过面的女士（我们就叫她爱莎吧），也就是那位发现我就是即将占领非洲开发银行那间办公室的人后，就再也没时间招呼我的呛声天后。事实上，事后回想起来时，我确实可以想象当我们第一次见面时，她脑中那一声轰然巨响。因为当时她看到的，是一位极度亢奋、满怀天真无知的热情、想要借由一个特权职位来"帮助"她的国家的西方小女生。

其实，我当初并不认为非洲开发银行里的那个办公室有什么了不起，因为我觉得自己可是放弃了大通银行那个人生难逢的大好机会跑来非洲。但我没搞清楚的是，对西非女性而言，非洲银行的那个职务

---

② 一般民主国家不容许将护照移开当事人的视线范围。

到底有多重要。由于非洲开发银行当时正想在非洲的妇女议题上放手一搏,由一位非洲女性来带领这个办公室的运作自是理所当然——从那些非洲女性的角度来看尤其如此。然而,这个机会却阴错阳差地交到了一个急于想做出点成绩、以证明自己存在价值的国际性非政府组织[3]所派来的小女生手上。不管我是由于什么原因而被指派去接这个职务,那些非洲女性就是无法接受这个结果。

"欢迎来到科特迪瓦。"爱莎勉强显出一点善意,用法语欢迎我,并将我介绍给她的两位同事:一位是来自马里共和国、戴着银丝框眼镜的高大女人,另一位则是个子较矮、顶着一头超豪华发辫、戴着一身超夸张首饰、异国风情十足的塞内加尔女子。"旅途顺利吗?"她问道。

"很好,很好,谢谢。"是我唯一能想到的回答。虽然终于抵达了科特迪瓦让我十分兴奋,但我心里还是带着极大的不安。我非常希望讨好她们,让她们知道我可以为她们带来多大的帮助。然而,我还是没有足够的语言能力可以与她们分享我的想法、抱负,也不知道该如何开始与她们讨论此地的需求及我想做的事。那次研讨会的经验不但让我大大怀疑自己的法语能力,更让我几乎失去与这些非洲女人对话的信心。之前我就曾被质问为什么会到非洲来,现在我也没有更具说服力的答案。因此,和她们在一起时,我要不是干脆闭口不言,就是含糊地混过。

我们一起走去停车场,一辆面包车正等着我们。我再度为她们到机场来接我向她们致谢。我向她们说明,她们这么做,对我而言真的意义重大。她们一边客气地摇摇头,一边钻进车里。车子朝希尔顿饭店开去。一进车里,她们立刻停止与我对话,开始以机关枪的速度,用法语彼此交谈。我完全跟不上她们的对话,只能听到零星的字词,这当然更

---

[3] nongovernmental organization,简称 NGO。

让我觉得自己像个"外人"了。

"她太年轻了……实在太年轻……"

"还没结婚？"

"她根本不认识非洲。"

"她会讲法语吗？"

"要在西非工作，她绝对需要更好的法语能力。"

"告诉我，再告诉我一次，凭什么她可以得到非洲开发银行的位子？那是一个多么重要的位子、一个多么醒目的职位……这个职位需要一个很有能力的人，不是随便一个美国人……"

"美国小女生……"

她们尖锐的声音宛如利刃，不断刺进我的心里。我知道自己此去真是"西出阳关无故人"了。

到了希尔顿，我们在饭店的游泳池畔一起喝了杯咖啡，之后，她们就离去了。回到房间，我计划在此待到自己找到一个稳定的住所为止。当时我完全没有想到，自己会在两个月之内就离开这个国家。在科特迪瓦的第一个晚上，我在一池泪水中睡去。

第二天早上，我在阿比让宽阔的街道上慢跑。街道两旁有高大的椰子树，我心中再度浮现熟悉的激动心情。许多妇女在圣保罗大教堂前的人行道上叫卖法国面包及非洲浓汤。纯白、宏伟的圣保罗大教堂是座现代化建筑，塔尖直冲天际，俯视整个城市。当我停下脚步凝视这座大教堂、心中充满赞叹时，却发现自己在街边妇女眼中所感受到的上帝的同在，远大过眼前这座偌大的钢筋水泥建筑。

之后，我有机会前往总统的故乡亚穆苏克罗④，当地的街道宽敞有如巴黎的香榭丽舍大道。护城河环绕着气派非凡的总统府，河中

---

④ Yamassoukro，又作 Yamoussoukro。1983 年，科特迪瓦的首都从阿比让迁至亚穆苏克罗，但实际的行政与经济中心仍是阿比让。

养满了鳄鱼。每天下午四点整，会有专人负责将活生生的鸡丢入河中，让鳄鱼大快朵颐。总统府的富裕豪奢与它附近民众的艰困生活（大多住在没水没电的泥屋里），形成非常强烈的对比。科特迪瓦成了一个我印象极为深刻的地方，因为只要走在这个国家的街上，我的心中就会不由得发出许多有关公义与怜悯、权力与金钱的疑惑，而一个人生在哪里，似乎就决定了其命运的这种偶然，也让我深深感叹、萦绕不去。

从噩梦中醒来

抵达科特迪瓦的前几个星期，我没日没夜地工作，因为我必须为来自52个非洲国家的女性举办一场需要翻译成四种语言的大型研讨会。A先生是我在非洲开发银行的联络人，此人简直毫无担当可言。他似乎对于魅力十足的爱莎颇为倾心，因此只要任何事情出了状况，他一定唯我是问。当扎伊尔共和国的部长自作主张住进了每晚要价超过400美元的总统套房时，A先生立刻打电话对着我大吼，要求我立即解决这个问题。当我去敲那位部长大人的房门时，她竟然以安全为由拒绝开门，同时坚决表示，身为部长，她当然必须拥有"恰当的"房间。由于我并没有真正的决策权，所以只好摸摸鼻子转身走向电梯，觉得自己简直一无是处。

与此同时，爱莎坚持，没有她的批准，我不能与任何人进行信件往返，因为"你不了解非洲"，她一直提醒我。她说得没错，我完全不了解非洲的运作方式，但是对于科特迪瓦与肯尼亚之间的差别，我显然有了很透彻的体会。我已经害怕到不敢随便做任何事，只能尽量放低姿态，希望哪天她终于可以对我的工作表现出一丝的赞赏。没多久，爱莎竟然将自己的办公桌搬进了我的办公室；突然之间，我们竟然开始共享办公室了。她从来没介绍任何人给我认识，甚至还努力想隔绝我和其他人的接触。当有其他开发银行的同仁在场时，她会坚持要我去复印几份研究报告，好让大家看清楚谁才是办公室里真正的主人，而我的角色只不过是她的秘书而已。

我从来没碰到过比爱莎意志更坚定的人。她似乎做每一件事都有着强烈的自觉，无论是她跷腿的姿势、双手摆放的位置还是走路时身体晃动的方式，仿佛她觉得每个人都在注视着她一般。我渴望自己也能更为自若一些，就像爱莎那般。

有一天，没来由的，爱莎忽然决定邀请我到她家吃饭。我当然一口就答应了，因为希望能借此找到与她沟通的方式，好赶紧开始真正做点事。或许我们还能进一步培养起一点友谊，因为毕竟我们在可见的未来，还得共事好一阵子呢。

坐在她的白色标致汽车里，我们经过许多两旁都是现代建筑的街道，路旁的椰子树绵延不绝。爱莎的家十分精致但不显奢华，房子以白色为基调，再以一些非洲木雕为装饰，走的是中性风格。我们坐下来吃饭，我的主食是鱼，她的则是一盘菠萝。"我在节食，我并不是对自己的身材不满意，只是我们不像你们这些美国女生，生来就这么苗条。"她说。

我听了只是笑笑，顺便啜了一口酒，很高兴能享受到一点可以让自己通体舒畅的东西。

晚餐后，她提议我们先参观她的房子，之后再一起看部电影。"跟我来。"她说。她带我参观了她的厨房、设计师打造的厕所，然后来到她的卧室。她突然说想换上比较轻薄的衣服，因为白天实在太热了。我说我可以先回客厅坐，她回答："不用不用，你就坐在我的床上。我去去就回。"

她一边说着，一边滑进她的穿衣间。之前她就向我展示过她的穿衣间，里面的墙上挂了一张她自己的超大号沙龙照，照片四周还挂满了色彩鲜艳的彩珠编成的华丽项链。我坐在她那白色缎面大床的床沿，双手交叠在腿上。我想象着自己身穿棉质洋装、戴着丝框眼镜、头发挽起的样子，觉得自己活脱就是个图书馆管理员的模样。

几分钟后，爱莎走出了穿衣间，除了白色胸罩和贴身内裤外，全身简直光溜溜。她张开双臂，像只猫咪般地伸着懒腰，告诉我，现在还太热，她没法穿上任何衣服。她打开电视，一部法国电影伴着刺耳的声音跳出屏幕，影像则是一片模糊。爱莎在床上躺了下来，一边抚摸着自己巨大的双峰，一边开始问我："告诉我，你来科特迪瓦到底是为了什么？你心里到底在想什么？"

我结结巴巴地跟她说，我希望能够为这个世界做一些事情，希望自己能够有所贡献。其实，我当时真正想做的事情是立即逃离她家，但基于礼貌或者是我根本就被吓呆了，我尽力回答她的问题，并有意无意地提到，其实我真的有好多事情等着我回家做。

我告诉爱莎，虽然我非常想看完那部电影，但我实在必须赶回饭店了。

"唉，"她说，"你还真是一个超级无聊的女人，又到了回家继续加班的时候了。"带着一丝怜悯的笑，爱莎站了起来，披上一条丝质短围巾，送我到门口。

再三向她致谢之后，她的司机和我一起上了车，把我送回了饭店。当窗外的城市在我眼前飞驰而过，我的心里不断翻搅。刚才所经历的一切，每一句话、每个影像疯狂地在我脑中流窜。我在想，爱莎刚才是在引诱我、测试我，还是单纯想看看她能把我逼到什么程度？或许是三者都有？我想着爱莎穿衣间里那张海报大小的沙龙照，对自己说，我真是完全来错地方了。在我的想象中，我应该是和一群非洲妇女坐在偏远部落的泥地上，和她们讨论她们的期望与梦想，而不是坐在白色缎面床单上,向一个半裸的女子说明自己来到非洲的初衷与正当性。

第二天一早,我到了银行,却发现爱莎竟然把办公室的锁给换了。我的钥匙已经没用了。还好一位警卫认识我,开门让我进了办公室。我问爱莎有关换锁的事,她冷冷地回答说,她怀疑有人动过我们的东西。我一直没有获得一把新钥匙。

就在同一天,一位在非洲开发银行工作、名叫欧可洛夫人的阿尔及利亚女士与我在银行走廊偶遇,她对我异常和善。由于之前在内罗毕的研讨会上见过我,她对于我在这里的工作有点好奇,于是邀我共进午餐。虽然我们才刚认识,但我还是把在这里看到的一些问题一股脑儿都告诉了她,唯一没说的是前一晚所发生的事。

她笑了笑,告诉我这些情况并不特别:"这些女人了解,在非洲,权力和金钱一样重要,有时甚至还更重要。她们希望拥有你这个职位,因为这个职位可以给她们带来权力,而你刚好挡了她们的路。"她建议我,一定要避免在这些女人面前吃喝任何东西。

"事实上,她们正在讨论要对你下毒的事,她们不是真的想要你的命,而是要让你心生恐惧。千万不要轻忽此事,她们可是很认真的。"

事实上,在内罗毕的时候,就有一位朋友曾经告诉我,她只会在家人及真正的好友家里吃饭。她解释原因:"当你的事情做得很成功的时候,并不是每个人都会为你高兴。"那时,这个说法对我而言实在太陌生,所以我根本没放在心上。现在,一位我并不太认识的女人又对我说了同样的话,她警告我,在陌生人面前进食必须非常小心,尤其是和那些不喜欢你的人在一起时,更要特别注意。

"如果她们给你一些食物,但她们自己却没有和你一起吃的时候,你可以告诉她们,你家的规矩是一定要和大家分享食物。"

她同时告诉我,千万不要轻忽西非地区巫毒[5]的威胁,要特别留心巫毒所带来的警告。

看到我在发笑,欧可洛夫人忽然紧抓我的手,严肃地看着我说:"相信我,任何人都不会希望在科特迪瓦受到巫毒的诅咒。"

"我保证,我不喜欢受到任何人的诅咒。"我回答说。

"听着,"她的神情更为严肃了,她直视我的双眼,"如果你半夜醒来,觉得有一双巫毒邪灵冷冽的手正掐住你的脖子,答应我,你一定要向耶稣基督祷告求救。"

她停了一下,看着我,问道:"你相不相信耶稣?"

我也看着她,不相信自己竟然会在非洲被问到这样的问题。

没等我回答,她继续问道:"你饭店的房间里没有十字架?"

我摇摇头:"但是,房间抽屉里有一本《圣经》和一本《古兰经》。"

"那你就必须拼命地祷告。但要记得,你一定要向耶稣祷告,这样,他就会为你抵挡巫毒的邪灵,因为只有耶稣的能力比巫毒大。"

我谢谢她的忠告,不知该大笑还是赶紧逃跑。我从来没有觉得这么孤单过。我当时25岁,离家千万里,身边没有半个亲近的朋友。我试着说服自己,经过这么多事情,自己绝对比以往任何时候都坚强。但事实是,夜里一点小小的动静都足以让我从床上跳起来,吓出一身冷汗。我从未想过,在非洲女性金融圈中,自己竟然得面对巫毒或遭人下毒这样的事。由于完全没有这方面的经验,也无力处理这种事情,我干脆假装一切正常,试着对那些可能在自己身边飞舞的幢幢黑影视而不见。

---

[5] 巫毒源于非洲西部,是一种融合了祖先崇拜、万物有灵论、通灵术的原始宗教,现已传播到非洲以外的地区,在海地、加勒比海地区和美国的路易斯安那州等地颇为流行。

挫折让人坚强

欧可洛夫人对我提出忠告两周之后，我和办公室里的人一起参加了一个酒会。大约一小时后，我开始觉得身体非常不舒服。我的胃剧烈绞痛，等到我蹒跚地拖着脚步回到饭店时，立刻开始上吐下泻、发起高烧。我在饭店厕所的地板上整整躺了三天三夜，一边啜泣，一边不断颤抖、呕吐，痛苦万分。我为自己深深感到难过。对于巫毒、邪灵的恐惧及半信半疑，没有一刻不在我的脑中盘旋，但我有时又会怀疑，巫术、下毒是否根本就是用来吓唬傻瓜小女生的传闻和威胁。但无论如何，当时我即使只是想喝一小口水解解渴，恐怖的呕吐就会毫不留情地再度来袭。

当时我最希望见到的人就是我的母亲，但是，她也是我最不能打电话求援的对象。我知道，远在家乡的她根本帮不了我，而听到我虚脱的声音恐怕只会让她徒增担忧。我的高烧一直不退，但我又完全不敢让任何当地人知道我的状况。我剧痛的脑袋里有着强烈的绝望感，同时又反复地想着同一个问题：我放弃金融业的大好机会，难道就是为了这些？

到了周末，虽然我的身体已大致康复，但我依然面容憔悴、脸色惨白；衣服披挂在瘦了一大圈的身上，让我看起来简直像个流浪儿。我筋疲力竭，觉得自己完全被打败了。我渴望找回原来的自己。我希望自己能够像从前一样，每天早上醒来都精神奕奕，等不及要开始一天的生活；我希望自己走在街上时，依然能够觉得自己身强体健、活力无限。

第二天一大早，我打电话给当初到机场去接我的那三位非洲女人，请她们到我办公室来碰面。我们选择了接近中午的时间，而我则花了整个上午努力思考，演练我要对她们说的话。接近中午时分，我走路前往非洲开发银行。一路上，我向每天都会碰到的爆米花小贩和擦鞋匠挥挥手，而他们也报以灿烂的笑容。当我刚到非洲的时候，我以为自己大部分的时间都会与这样的人在一起。我原本希望能更深入了解非洲的底层民众,以便为他们提供更多更好的服务。结果却发现自己绝大多数的时间都被困在庞大的机构中,和一些专门在研讨会里高谈阔论、飞短流长,根本没有花时间聆听民众声音的人在一起。我知道,自己离开的时候到了。

当她们三人走进办公室时,装扮得显然比平日更夸张。她们穿着色彩斑斓的衣袍,头上顶着高耸如皇冠的头巾。瘦骨嶙峋、仿佛行将香消玉殒的我,单薄地站在她们面前,下意识地将双手交叉在胸前,似乎想借此保护自己。她们三人则一字排开,站在那里几乎占据了半个房间。我当天穿着一条蓝色布裙、白色短袖衬衫,看起来完全不像银行圈的人,而更像是个女学生。我告诉她们,我决定离开科特迪瓦了。我用颤颤巍巍的声音,问了她们一个问题:"我不了解,为什么你们会以这么残酷、恶劣的方式待我?我甚至不会以这种方式去对待一条小狗!"

"我们恨的不是你,"爱莎回答,"事实上,我们甚至还蛮喜欢你的,因为你确实是个能干、亲切的好女孩。我们痛恨的是你所代表的一切。北半球的国家就这样直接塞一个年轻白人女生到南半球来,根本也不问我们真正的需要是什么,也不先了解一下我们已经拥有哪些能力。更何况,这种行为还是出自一个宣称要致力于改变世界、促进全球和谐的组织。这种事我们看多了。如果这种做法继续下去,非洲根本没有改变的可能。"

我同意,我们的组织确实应该事先与非洲的女性协调,以便让我们的行动能够更有成效。但我也坚持,我在阿比让的遭遇没有任何借口可言。我是带着这么大的善意前来非洲,而且全心想聆听当地的声音、愿意卯起劲来苦干。但她们却完全没有跟我分享她们的想法,而且似乎认定，南北半球之间的隔阂永无弭平的可能。而她们与我之间的死结，确实也因此未能打开。

说这些话的时候，我感觉自己内心正在产生一种微妙的变化。一位非洲友人曾经告诉我，如果真的想在非洲有所建树，我必须学会外表驯良如鸽，内心勇猛如虎。终于，我觉得自己的内心逐渐苏醒了。我已经脱离了那个一心想取悦别人的小女孩。我清楚地认知到，如果自己要在非洲做出一点成果，就必须勇敢地站起来，做我自己。我将不再因为自己是个年轻的美国白人女孩，而对别人无理的排挤与羞辱忍气吞声。正如这些非洲女性，她们也是因为受够了身为非洲黑人、屡屡被人视而不见，才会打扮得如此贵气逼人、举止显得如此神圣不可侵犯。我放弃了在金融业发展的机会，来到非洲，就是希望能够贡献所长，如果我不能有所发挥，我只好选择离开。

我终于了解，要能对非洲有所贡献，我必须更了解自己，更清楚自己的目标。我必须根据非洲的需要而非自己的想法来行事；我必须认清自己的限制，不能以一个拥有伟大胸怀的行善者自居，而是以一个能够有所贡献、而且能够因此而有所成长的人自处。光有同情、怜悯之心是绝对不够的。

那一刻，真正的"谦卑"，而非表象的"谦虚"，开始慢慢进入我的心中。在此之前，我一心想要表现出自己无所不知、自己永远是对的。那是我一生中第一次真正明白，对与错和成功达成目标或有效率根本无关。而我也开始愿意诚实面对自己及所处的环境：我是个无法忍受光说不练的人，但我身边有太多外派到非洲的人及非洲本地的精英分子似乎却常是如此。我希望走到第一线，与贫穷的非洲女性并肩作战。

我还没准备好回到纽约，因为我无法面对自己在大通的老板，告诉他我在非洲的工作一败涂地。然而，要我在阿比让再多待上一夜，都会是个无法承受的折磨。我知道我还会回到非洲，但绝不会是科特迪瓦——至少短期内不是。

也许，她们不想改变

当时，我的家人住在德国，因为我的父亲正好被外派到德国工作。我原本就打算要回家过圣诞节，以便和家人及男友重聚。但若要提早走人，我得多花一些钱在飞机票上。当时我的户头里所有的钱只剩不到 1000 美元。我花了 400 元买了张青年旅行机票，立刻搭上夜机前往巴黎。除了随身行李之外，我把所有的家当都打包，全部留在希尔顿。

巴黎的清晨，我一觉醒来，发现花都⑥积雪深达 60 公分，而巴黎的航空公司也正在罢工。搭火车是我回德国海德堡的家唯一的方法。我当时只穿着一条布裙和一件短袖上衣，皮箱里也只有一件轻薄的毛衣。这让我想起许多离乡背井、却因为准备不周而病倒异地的移民。离开阿比让时，我已宛如行尸走肉，完全无法思考，一心只想赶快上飞机，离开那个伤心地。我一辈子没那样心力交瘁过。

抵达海德堡的家中，我试着轻描淡写自己在非洲的经历，因为父母一开始就为我前往非洲的决定感到十分忧心，我当然不能让他们受创更深。然而，我却隐藏不住自己瘦削的骨架上挂着的蜡黄皮肤。我母亲建议——其实是坚持，我先在德国住上几个星期，然后回到纽约重新展开能让我飞黄腾达的事业。这让我和母亲产生了一次我们一生中少有的严重争执。

我提醒母亲，她和父亲一直鼓励我们要尽力振翅高飞，而前往非洲正是我努力飞翔的方向。母亲说她担心会失去我，而且已经有足够的证据显示她的担心不是没有道理的。同时她还知道，一旦我回去非

---

⑥ 巴黎素有"世界花都"之称。

洲，我和家人间的联系会有多么困难。

"我了解你的担忧，"我告诉母亲，"但是你我都明白，如果我不回去非洲做出一点成绩，我将永远无法面对自己，因为到目前为止，我在非洲完全是一事无成。"

"但你这一次打算怎么做？"母亲问道，"你第一次去的时候，一切似乎都非常模糊不清，"她说，"这一次会有什么不同？你会有一份清楚的工作安排吗？"

我跟母亲说，等我一回到肯尼亚，也就是我们组织的东非办公室，我就会把一切都搞清楚。我很喜欢那里的负责人，到了那里，不论是在当地，或是在邻近的国家，我会比较容易找到自己能派上用场的工作。我和我们组织在纽约的老板以及内罗毕的主任通了很长时间的电话，问她们我是否能回肯尼亚工作一段时间。但这一次，我提出了两个要求：一是，我希望参与一项有具体工作目标及成果要求的计划；二是，我只愿意与那些主动希望我去协助她们的妇女团体一起共事。

令人兴奋的是（至少对我而言），我找到了一个完全符合自己期望的工作。而一旦做出了前往肯尼亚工作的决定，我的父母一如以往，依然全力支持我，这让我非常感动。在机场，父亲告诉我，他对我想要做的事感到非常骄傲，母亲点头同意，然后紧紧把我抱住，而且不忘提醒我："要当心身体，如果你不小心生病，或者发生任何事情，不管对谁，你都完全派不上用场了。"

我一直希望我的父母能有机会造访东非，亲眼看看我们在那里的工作。我知道，只要他们真的到了那里，他们就一定会明白，东非根本没有什么值得我们担心的事，却有那么多值得我们去爱的东西。但由于家里还有四个孩子，要他们前往东非简直是一件不可能的事。我答应他们一个月一定打一通电话回家，也会更勤快地给他们写信。

我买的是青年旅行机票，必须先飞回科特迪瓦停留一天，然后再经由阿尔及利亚，才能抵达肯尼亚。我付不起行李托运费，于是决定把那些装着自己所有家当的箱子继续留在希尔顿。

安全抵达内罗毕后，我准备好重新出发。

当我走进熟悉的办公室，玛赛琳娜飞奔着来拥抱我。"欢迎回来，杰奎琳，"她大叫，"你终于又回到玛丝身边了。我们有好多好棒的事情可以一起做呢！"

光是一张熟悉、热情的脸，就足以让我觉得自己又回家了。东非办公室主任帮我联系了许多东非的妇女团体。1987年，在重回东非的第一个月，我正式开始了来到非洲后的第一件真正的工作。

一家成立不久的女性微型贷款机构希望能够改善经营成效。在贷款给许多内罗毕贫民区及市区女性后，这个机构的执行长想要了解放款内容，以及如何强化营运绩效。这位执行长约我前往她位于内罗毕一栋大楼二楼的办公室见面。她告诉我，她对她们的机构所取得的成效引以为傲，但她也觉得这个机构似乎需要改善、强化。我建议我们可以从这个机构的基本研究着手，以了解她们的现况如何，也就是对这个机构进行优势与弱势的诊断研究，以便确认她们未来成长的可能性与机会。我们决定，我第二天就开始着手进行她们的贷款组合分析。

走出她的办公室，我在外头那昏暗、破落的走廊上发出一声小小的欢呼。我被邀请进行一项非常有建设性、也极为必要的工作了。我的非洲梦终于上路了。

一枝笔、一台计算器、一大本账簿，我一一检阅这个机构贷放出去的每一笔账款，仔细查核每一个数字。我常工作到深夜，确认哪些贷款人正常付息还款，哪些贷款有延误偿还的问题，而哪些又该直接被列为坏账。这个过程极其繁琐，但我却士气高昂，重新有了强烈的使命感。

经过数百个小时的努力，我终于完成了所有查核工作。打下最后一笔数据，我真是成就感十足。我亲手从不同的账册中将许多资料逐一拼凑起来，重整了这家微型贷款机构的整个信息管理系统。她们先前提供给我的账本及资料简直惨不忍睹，任何稍微专业一点的会计师事务所来查账，一定都会建议她们干脆结束营业。然而，我的期望却是为她们提供一个崭新的开始。

和执行长约好见面时间，我带着几许专业感与乐观的心情，再度走进她的办公室。

我先抛出正面讯息："您的机构对于肯尼亚的女性真有无可言喻的重要性。你们的触角已经深入成千上百的贫民窟家庭。对于非洲的发展及非洲女性而言，这真是个令人兴奋的时刻。能够与你们一起打拼，让我觉得万分荣幸。"

她脸上露出微笑，而我则深吸一口气。

我向她说明，我已经清查了机构中所有的财务记录，并完成了一份包含每一笔贷款的会计账目。我还向她提出了一套可以在一段时间之内，为她的机构建立起健全管理制度的系统。

她继续微笑。

"但与此同时，"我继续说，"这次研究也显示了一些您必须面对的问题。因为机构中有60％的贷款已严重逾期。其中20％，我会建议您直接列为坏账；另外的20％列入观察名单，然后把最多的精力放在剩下的那20％比较健康的逾期贷款上。在这20％中，绝大多数的借款人都和您的董事会成员有关，所以，这也是您必须面对的一个问题。好消息是，由于我们的机构还很年轻，因此，如果我们即刻动手解决这些问题，应该很容易就可以改头换面，变成一个很棒的组织。"我露出一个微笑,希望显得更正面、积极一些。

但她微笑的嘴角已经抿成了一条直线。我感觉自己心跳突然加快,赶紧换成比较轻松的语调继续说,"但是请别担心",我说,"我已经拟出了一套解决这些问题的计划。事实上,要解决任何问题,最重要的就是先找出问题所在。"

她看着我,一动也不动。这下换她深吸一口气。

经过一段长时间的静默,她终于开口,感谢我的帮忙与辛劳。她说她需要一些时间来思考我的研究结果。她会好好读我的报告。

"之后我们再来约时间讨论下一步应该怎么做,"她说,"我们是否约定下周大家一起见个面?"这时,她的一位同事走进了办公室,她用斯瓦西里语和那位同事讲了很久,脸色十分沉重。我知道,自己大概又做错事了。

我仿佛又掉进了从前的噩梦中,只不过换了个梦的布景而已。

我等了一个星期,没等到只言片语。我心情忐忑地去找她,问她是否花时间思考过我的报告。

"其实我也一直想找你,"她吞吞吐吐地说,回避我的眼神,"因为你的报告不知怎么竟然弄丢了。我们到处都找不到。我真是非常抱歉,毕竟让你花了那么多功夫才完成这份优秀的报告。"

那是个还没有计算机的年代,那份报告及所有附带数据都是我逐字用手写出来的。报告丢了,就等于整个研究全都付诸流水了。

我的心沉到了谷底,拼命忍住泪水,双手紧紧抓住椅子的把手,听她继续鬼话连篇。"我们当然可以从头再来,"她的声音非常平稳,"但我们认为你在别的事情上应该可以给我们更大的帮助。我们何不再等一个星期,看看是否能找回那份报告,然后再决定下一步该怎么做?"

我不发一语，因为我已完全无话可说。况且如果开了口，恐怕无法按捺自己深受伤害后的悲愤。那天晚上，我躺在床上一直在想，为什么她不能直接告诉我，她们根本不需要我？我简直痛彻心扉。

"或许她们根本就不想改变？"我心想。

也可能是我的方式太直接、想法太天真了？也许那位执行长已经受够了我们这些自以为聪明、觉得自己知道一切答案的外国人？无论如何，那个机构的运作方式及成效千疮百孔绝对是个事实。但同样的，如果这些女性自己无意解决问题，我有任何能力都派不上用场。

第二天，我在肯尼亚清晨特有的音效中醒来。由于这些声音实在太特别了，我不禁大笑，因为自己虽然能在纽约的噪声中呼呼大睡，却完全无力招架肯尼亚清晨生命瞬间苏醒的声音：早起的鸟儿彼此大声唱和，猴子从一棵树上兴奋地荡到另一棵树上，沾满露水的草地上昆虫叽叽喳喳地叫着，而盛开的花朵也大方地向忙碌的蜜蜂频送带着香气的秋波。这首嘈杂的交响曲简直就是个交织着诱惑、求偶、爱恋、喂养的狂野派对，一场丰盛的感官飨宴。肯尼亚的美及自然感官的享受大大抚慰了我第二次失败所带来的伤痛——至少那天早上是如此。

但是到了中午时分，惊惧的感觉再度袭来。我觉得自己极端无助，做不了任何事情。我还以为自己已经学会谦卑，而这一次也真正能将自己所学贡献出来。然而，那位执行长却排拒了我一切的努力。在她们面前，我完全无法诚实传达我有心协助她们挽救一个残破机构的想法。或许，这位执行长根本不想面对自己的机构所需要的改变。若是如此，她和我在其他地方所碰到的那些只求安逸的银行家，其实并没有什么两样。

我希望贡献力量，但除了我自己以外，似乎没有太多人在乎这件事。终于，我开始明白，自己必须坚持取得清楚的任命与授权，并获得所有相关人等的认同，而不只是得到一种敷衍性的接纳。我同时需要在整个过程中，带着适当的人在身边，以确保自己随时处在状况中，不致于不时碰上意外状况。这是领导力的问题，是有关带人的能力与耐心的问题，而这方面，我确实还有待学习。

我同时也开始思考，应该如何在非营利组织中建立制度，让非营利组织也能负起责任，提出应有的成果，达到应有的目标。非营利组织的捐款人或许愿意因为听到了一些动人的故事而持续捐款。但这个世界需要的，应该不只如此。

我之后并没有再与那个机构共事。但大约一年以后，我无意间听说，这家微型贷款机构真的陷入了严重的财务危机。又过了一年左右，一群肯尼亚妇女（包括几位原有的董事会成员）决心出手相救。她们与捐款给她们的基金会密切合作，改组了董事会，并借由当地人的积极投入与参与，终于让这个机构重新站了起来。

二十年后，我碰到一位当年参与救援这个机构的女性。她告诉我，这个机构如今运作颇为成功，为超过10万位肯尼亚妇女提供过服务，是肯尼亚最受尊敬的贫民服务机构之一。但在1987年，我却对它感到心力交瘁。如今我深刻明白，光是要建立一种全新形态的机构，恐怕就得花上许多年的功夫。而要让这个机构能真正上路、发挥功效，恐怕又得花好几年的努力。而其中最大的关键就是，一定要找到一位完全认同这个梦想、有决心又有能力的本地领袖，全力推动这件事情。

另一线曙光

在我完成那份后来神秘消失的研究报告后一个月左右，薇若妮卡，也就是我在初抵非洲时参加那场女性金融研讨会遇见的那位卢旺达女子，突然走进我在内罗毕的办公室。她事先完全没有给我打电话，就这么出现了。

"我来内罗毕开会，我只是暗自希望你也会在这里，"她说，"我们在卢旺达一直谈起你，希望你能来帮我们进行一项研究，看看我们是否应该为卢旺达的妇女开办一项贷款计划。如果我们决定要开始这项计划，又该如何展开行动。"

我毫不怀疑。虽然我还不完全清楚她到底要我做什么，但她的邀请非常明确。我立刻就感觉出，我们的互动与我之前的非洲经验极为不同，我们的沟通明确而具体。我心中涌起一股感动之情，也觉得自己终于有了一个自我证明的机会。我告诉她，月底前我就可以去卢旺达。

她答应将寄给我一份任务清楚的聘任书。当我问她，我将会在卢旺达待多久，她看着我，吸了口气说："三个星期。"

这简直是上帝的恩典。

整整一周，我几乎睡不着觉。但我还是努力读了一些有关卢旺达的资料，打包了一个小行李，同时把自己送上了飞机。我知道自己不会很快回到内罗毕，但还是留着我的小公寓。我下定决心，除非自己真正做出点成绩来，否则绝不离开卢旺达。

03
美丽与哀愁之地

希望正如地上的路;其实地上本没有路,走的人多了,也便成了路。①

——鲁迅

从内罗毕到基加利需要两个小时的航程,我们从广袤、开阔的肯尼亚大草原,飞到了群山环绕的卢旺达。从飞机窗口往外望,我深为非洲那千变万化的景致而着迷,嘴里也不断念着卢旺达首都那既简单又可爱的名字:基加利,吉一佳一利。我的舌头像市区附近的丘陵般起伏着。它听起来像个女孩子的名字;我很喜欢它的声调。

我们飞过一片无垠的灰蓝天空,下面则是一条蜿蜒的黑色河流,缠绕着绵延的山丘,宛如一条躺在草地上的眼镜蛇。那景致美得简直

---

① 引自鲁迅的《故乡》一文,全文如下:"希望本是无所谓有,无所谓无的。这正如地上的路;其实地上本没有路,走的人多了,也便成了路。"

让人喘不过气来。每一寸土地都被划成一格一格的农田，里面种着香蕉、高粱、玉米、咖啡和茶树，一块接着一块，中间以红土堆成的田埂相连，仿佛一床以各种不同深浅的绿色拼布所缝制而成的百衲被，铺在整个大地上。

我们降落在基加利充满慵懒气息的机场。这里只有一个航站，浅黄色、顶端向外展开的柱子，加上深褐色的屋顶，就像个方形的皇冠。一群人站在观望台上拼命向下机的乘客挥手。事实上，飞机上并没有多少人，我知道接机的人一定远超过抵达的旅客。虽然我知道自己一定不会看到任何认识的人，但还是往上看了看到底是哪些人站在那里。

由于出关的人很少，不到五分钟我就来到了行李输送带旁。一位高大、穿着联合国蓝色制服的司机正等着我。他名叫波尼斐司，负责接我到当地的联合国儿童基金会[②]办公室。他肤色黝黑，鼻子很大，有张布满痘疤的快乐脸庞，混合着小男孩和大男人的表情。他说法语，但是带着浓浓的非洲腔，几乎每句话的尾音都上扬。

"你对卢旺达有多少认识？"他问道。不等我回答，他又抢着说："你一定要去看看我们的金刚大猩猩、国家公园，还有美丽的湖区。"

"这里的工作怎么样？"我笑着问。

"当然，你也可以工作。"他回答道。

我笑了出来："这里的生活似乎很不错嘛，平常努力工作，周末还可以到处寻幽访胜。"

"当然，"他笑着说，"但是卢旺达人不会去那些地方，因为太贵了。不过我可以带你去，因为你是外国人。"

这是联合国的车子，四轮传动，白色烤漆，车门上印着熟悉的淡蓝色 UNICEF 标志。十五分钟的车程里，一路繁花盛放，而这条主干道也

[②] United Nations Children's Fund，简称 UNICEF。

显得平坦而干净，但仍可看到城市里到处都是红色的泥巴路，蜿蜒在大大小小的山脚下。道路两旁有许多漆成粉红色、蓝色、艳黄色的小房子，每家也都有一个小小的花园。路旁还竖立着各种保险套、肥皂、汽车修理厂、脸部美白霜的广告招牌，向当地穷人推销他们还买得起的各种能让他们变得更白、更西化的商品。当时，这是一个还没有电视的国家。1987年，消费文化还没开始渗透到卢旺达。

我们经过了一个满是卡车、水泥厂的工业区，然后爬上一个小山坡，开往城里。此时，我们眼前的世界突然一变，翠绿得让人吃惊。艳红的凤凰木、紫色的蓝花楹、黄澄澄的大花曼陀罗，仿佛有人突然打翻了调色盘一般。赤素馨花的香味飘荡在空气中，头上顶着篮子和香蕉的妇女，双臀随着微风左右摆荡。街上满是花树和香气，鸟儿在花间、树梢穿梭跳跃——好一个迷你的天堂！

进入基加利市中心，我们爬上一条长坡道，经过一栋宏伟的大教堂，来到市中心最大的圆环，一间邮局坐落在三家卢旺达当地的小银行旁。我惊讶于这座城市的整洁与条理分明。一家黄色外观的大型医院、国会大厦、以及一整排的国际援助组织，整齐地坐落在市中心的大道旁，包括：美国国际开发总署、联合国开发计划署，以及世界银行。基加利和其他非洲国家的首都大不相同，当时人口只有25万左右，没有阿比让的豪华与矫饰，也没有内罗毕那种大都会的五光十色，或者是乌干达首都坎帕拉饱经战火的残破感。

另一些街道上，许多国家的大使馆隐身于各式围墙及铁栏杆大门之后，其中包括德国、比利时、法国、俄罗斯、中国，以及美国。光看这些大使馆所代表的国家，就能了解卢旺达所经过的殖民历史。虽然这里没有重要的天然资源或海港，但只要搭直升机，很容易就可以到全世界战略矿藏最丰富的国家之一，也就是拥有大量铈矿、铀矿等资源的刚果民主共和国③(即之前的扎伊尔共和国)。就是因为拥有这样重要的战略位置,卢旺达才会在全球冷战的棋局中,受到许多世界强权的特别青睐。

我们开上了一条泥巴路,最后终于抵达联合国儿童基金会的办公室。它是一栋两层楼的白色建筑,有个圆形拱顶,外面也是一道铸铁大门,旁边是一所小学,空气中都是穿着制服的小朋友们的嬉闹声,小女生穿的是蓝色短裙,小男生是卡其短裤,上衣则都是短袖衬衫。就在路旁,一个打着赤膊、穿着一条破烂短裤的小男孩正赶着几头长角牛。我们的车停在一部白色奔驰后面。奔驰车在这里很常见,因为它是当地政府官员及高级外交官的正式配车。但是对绝大多数卢旺达人而言,两条腿似乎才是最主要的交通工具。基加利的路旁总是挤满了头上顶着货物的妇女、手牵着手的女学生,以及彼此勾肩搭背的男人。我很喜欢这个城市中略带慵懒以及轻松气息的氛围。

抵达办公室的那个下午,波尼斐司向我说明了儿童基金会的员工管理制度:"所有人都没有车子,所以大部分卢旺达员工都由基金会派车在早上七点半前接到基金会来上班。中午有两小时的午餐时间,所有人都会被载回基金会附近的家中吃午饭,饭后再接回来上班。下午五点半,所有人会第四次坐上车,被一一送回家中,结束一天的工作。"

听起来好像一天得开好多趟车呢。但我已注意到,基金会附近确实没有几家餐厅,更别提快餐店了。此地也没有四通八达的公共运输

---

③ Democratic Republic of the Congo,首都金沙萨,原为比利时属地,1960年独立建国,又称雷堡市刚果(雷堡市是金沙萨的旧名),以和邻国的刚果共和国(又称布拉柴维尔刚果)区别。1964年,改国号为刚果民主共和国,1971年再度改国号为扎伊尔共和国(Republique du Zaire),1997年,重新恢复"刚果民主共和国"国名。

系统，只有少数精英阶级才有私家车。因此，接送员工上下班是一件非常重要的事。

波尼斐司陪我走上二楼去见 UNICEF 的卢旺达办公室主任碧尔姬·巴莎妮。她是一位颇有权力、穿着优雅的土耳其女士，脸上带着灿烂的笑容，握手结实有力。我们讨论了一下我的任务：确认为卢旺达女性提供贷款服务是否可行；如果可行，协助她们规划、设计出这个专为女性服务的金融机构。联合国儿童基金会将负责大部分的经费，并为我提供专属办公室和司机的服务。

碧尔姬相当有先见之明，她完全了解，像联合国儿童基金会这样的机构，拥有足够的权威为一项新的计划提供正当性，同时也可以运用"顾问"的名义，为我提供一个创业家所需要的弹性空间。

"我希望为这里的妇女做些事情，"她说，"女性太常被忽略了，但她们却是我们接触儿童最重要的渠道。"她也了解，当地妇女必须拥有更多的收入，才可能做出更多更好的决定。我很喜欢她。

碧尔姬领我下楼去我的新办公室。虽然我又到了一个新的地方，但这却是我到非洲以后，第一次真正觉得或许自己终于找到一个家了。

向来自世界各国的同事自我介绍后，我立刻打电话给薇若妮卡，就是最初邀请我到卢旺达来的人。简单寒暄后，她随即为我列了一长串名单，都是我要做好这份研究必须拜访的人。我的法语已经进步了许多，但她的话我仍然只听懂了一半。不同的是，这一次我不但没有觉得受到威胁，反而更想把事情做好，也不怕与她厘清自己没听懂的问题。我们有了一个好的开始。

当我展开一项新任务时，向来会有一种奇妙的兴奋感。我的任务很清楚，就是确认为当地女性提供某种金融服务的必要性及可行性。对我而言，这个问题简直多余。这个国家有一半人口是女性，但她们却没有任何渠道获得任何金融服务。专门为贫穷女性提供服务的金融机构当然是必要的。真正的问题是，我们要如何让理想成真。我的计划是能跟多少人谈就跟多少人谈、能学多少就学多少，然后就直接开始打造这个金融机构。我当然没有告诉任何人，这才是我的计划与终极目标。我没有必要把大家的期望值拉得太高，结果却无法实现。

我的第一步是拼命打电话、猛开会。薇若妮卡要我见了许多产业界的关键人物，以及卢旺达仅有的三位女性国会议员——普登丝、康斯坦丝和爱格妮丝。至于她们的姓氏，我一个也念不出来。

当我用我的蹩脚法语跟全基加利所有重要人物的助理打电话时，一位儿童基金会的外派人员跑来邀请我，当天晚上一起去城里一对法国夫妇的家中吃饭。在基加利小小的驻外人员圈子里，新来的人总是会受邀参加一些聚会，帮助他们调整脚步。我抱着探险的心情，高兴地接受了这个邀约。

由于基加利质朴的城市风格，以及当地房子俭朴的外观，当天晚宴中的奢华与精致着实让我感到十分意外。在这间装饰得完美无瑕的房子里，墙上、地上到处铺着波斯地毯与非洲编织壁毯。一位女士穿着高级的丝绸裙子，其他人也穿着到高级餐馆用餐的服饰。当女主人奉上法国大餐、美酒之际，客人（大多是欧洲人）则对全球政治高谈阔论，批评里根、美国及卢旺达的一切。

这些女人的晚宴装束激起了我的好奇心，于是我向邀我前来的同事询问她们到底是些什么人？

"她们大多是国际援助机构或联合国工作人员的太太，"她说，"她们无法取得在这里工作的许可，有些人以义工身份做了很多重要的事，但多数人都窝在此地的乡村俱乐部里哀叹，希望自己身在别的地方。"

她调皮地说:"不过她们无聊的生活,也为这里增添了不少婚外情的素材。"

一位满头金发、有着深蓝色眼珠、面容严肃、但看得出来工作得十分疲惫的比利时老兄,自告奋勇为我简介这个国家。"卢旺达是个很有秩序、很有纪律的国家,"他说,"她被称为'非洲的珍珠'并非浪得虚名。她也被称为千山之国,到处一片翠绿。在这里你很容易就能完成很多事情。这里的人非常循规蹈矩,因为他们身上背负着三种历史包袱——封建制度、殖民历史及天主教传统。这是很沉重的负担,但也因此,开发计划在这里的成效比在非洲任何其他国家推动得更顺利。有时我们甚至觉得过于容易了些。但是要小心,因为在纪律与进步的背后,常常也隐含着许多诡诈与欺骗。"

事实上,在未来的几十年里,我常会回想起他这句话。

深入非洲珍珠的灵魂

随着夜幕深垂,酒过三巡之后,大家开始聊起在卢旺达碰到的许多悲惨遭遇,这些故事大多与他们的佣人或厨子有关。其中一个故事是关于一位管家的,原本主人要他把车轮的钢圈用铁刷刷白,不料他却卖力地把整部奔驰车都刷了一遍。另一个故事则是有关一位园丁在院子里发现了一条蛇,但他却决定把它"好好保管"在这位驻外人员的家中。这些带有贬损意味的"当地人"的故事让我感到不耐烦,在精神不支睡着前,我心里还想着吊诡之处——一个外表如此美丽的国家,为何她的灵魂却得不断遭受到种族歧视、殖民主义、社会开发,以及地理上的隔绝等势力的冷酷摧残?

深处内陆的小国似乎也封闭了想法。这个晚上,谈话的主题似乎一直围绕在一些世俗琐事上,不见任何人谈论许多人在这个国家所取得的一些重要成果。我细细思考这些驻外人员的生活，发现这个晚宴上许多人都是一般人口中的"专家"，但似乎没有人对卢旺达或当地人民有太多的了解。我知道这只是一次聚会中的观察，但这个派对上许多人脸上的无聊面容，却让我的心情变得极为低落。

第二天一早醒来，我还在思索前一天晚上为何让我感到如此无趣。有些驻外人员似乎将低收入的卢旺达人归入了一个写着"其他"的盒子，并认定他们是完全无力自救的人。然而，我们来此的目的不就是要创造一些真正的机会，而这些机会能够成功的唯一要素，不就是我们必须对自己所服务的人群具有真实的信心吗？我决定以后必须远离这些毫无热情、专事冷嘲热讽，或只是以非洲为事业跳板的人。我也决定，自己绝不会只当个驻外人员。我发现，如果一个人一直把自己当个过客或局外人，没有下定决心、埋锅造饭、承担责任，那么失去热情、变得心存讥讽，只是迟早的事情。我也开始了解，为什么自己会深受为当地妇女提供金融服务的想法所吸引。因为我发现，此事除了关乎社会公义之外，借着贷款给这些妇女，而非直接给她们救济金，我们也等于向她们表达了一种极大的期待，为她们提供了一个为自己的生活而努力的机会，而不只是等待着"专家"来喂给她们一些她们不见得真正需要的东西。

我的想法改变了。虽然当初要来非洲时，我曾经对于自己针对妇女提供协助的工作性质并不十分认同，但我却渐渐明白，如果我们支持了一位妇女，就等于帮助了一个家庭。我也发现，在谈到国家发展时，我实在非常讨厌"专家"这个称号，而且至今依旧不喜欢它。

现在，我所要考虑的问题是，卢旺达是否已经准备好要为当地妇女提供金融服务？也就是说，我们能否找到足够的人和机构来支持这个做法？同时，我也怀疑，尤努斯在孟加拉国创立的"穷人银行"是否适合卢旺达。孟加拉国有一些卢旺达所没有的东西：贸易的经验及团结的人民——尤其在与巴基斯坦的战争之后，孟加拉国的人民产生了极为强烈的国家意识。我所读过的有关卢旺达的一切都告诉我，卢旺达一向是个封建制度的国家，大部分人民都以农牧为生。有些民众为了生活所需，确实开始进行一些以物易物的交易，但除了集中在基加利的穆斯林人口外，卢旺达人对贸易并不熟悉。我列出了一长串的问题，准备向人请教。我第一个讨教的对象，就是我的研究伙伴薇若妮卡。

波尼斐司送我去基加利的家庭暨社会事务部。我们经过一条昏暗的走廊，探头进每个房间寻找薇若妮卡。在我们找到她之前，就先听到了她那浑厚的声音。薇若妮卡的办公室内摆了两张黑色的办公桌，上面堆满了文件、书籍，有些已经泛黄，显然在那里已经有一段时间了。

在那昏暗、破旧的办公室里，一位穿着长裙及黑色平底鞋的女子，害羞地站在薇若妮卡身后。她体形矮小，有一张大大的脸蛋以及咖啡豆一般黝黑的皮肤。她有一双大眼睛，投射出温柔的目光，正好配她露出大大齿缝的笑容。她的头发向后梳，发尾翘起宛如一个稀疏的头冠，身上唯一的配件就是一只婚戒，以及脖子上一条小小的十字架项链。

她害羞地自我介绍："阿玛库鲁，杰奎琳。我的名字叫宏诺拉塔。"

"你好。"我用法语回答。

此时，我亲爱的法语老师薇若妮卡笑着推了我一把。"你现在应该说侬美萨。当有人对你说阿玛库鲁时，你应该回答侬美萨才符合礼节。"

"侬美萨是什么意思？"我问道。

她又笑着在我背上捶了一下，"问题可真多呢！"她解释说，"其实非常简单，阿玛库鲁的意思是'有什么新鲜事呀？'，就等于'你好吗？'。回答依美萨，就是告诉对方一切都还好。"

"如果一切不只是'还好'呢？"我故意逗她。

她一边摇头一边大笑，我知道我们将成为好朋友。我伸手去跟宏诺拉塔握手，她却忽然用她的右手拍我的左肩，左手拍我的右手肘，我还没会意过来，她就将自己的脸凑近我的右脸颊。我的身体随着她的动作自然前倾。接着她又换边做。这个姿势刚开始让我觉得有点怪异，但双重的拥抱比起简单的握手，确实亲热得多。

整个过程中，宏诺拉塔一直在偷笑，还不时用手捂着嘴。她是个非常低调的人，但对于帮助当地女性改善生活似乎有着极大的热情。虽然薇若妮卡是比较热情有力的沟通者，但我发现，宏诺拉塔才是真正了解我们应该拜访哪些人、知道该给谁打电话、以及排定行程的人。她陪着我去做所有的拜访，同时一路为我讲述卢旺达的历史。

当我告诉薇若妮卡和宏诺拉塔，除了她们为我列出的政府部委、非营利组织负责人以及联合国的援助机构外，我还希望去拜访一些西红柿小贩、企业老板以及神职人员时，她们显然有点困惑。这些女性才是我们最终要服务的对象呀，所以为何我们不直接从她们身上着手，深入了解她们的需要？她们最后同意了我的想法，而宏诺拉塔更进一步建议，我们也应该去拜访一些她所认识的女性团体，和她们进行沟通。

计划前期，我的行程表上满是会议、非正式讨论，以及观察这个世界如何协助基加利的妇女。我们询问许多部委首长及发展工作者，聊起他们对当地女性所进行的经济援助计划。我们发现，其中大多数的做法还是发放救济金。多位政府官员告诉我们,他们打算推出一些计划,为数百万妇女提供玉米研磨机,以及其他各种"节省劳力的设备"。我当时立刻想起自己看过的一张照片,一个男子骑在一头驴上,旁边走着他的太太,头上还顶着一大堆木头。"你们打算为哪些人提供节省劳力的设备呀?"我直接问道,"而我们又怎么知道这些设备确实是她们所需要的东西?"

最后,大多数人都同意,我们应该先做一个实验。我们到那三家银行中分别坐了好几个钟头,没有见到一个低收入妇女踏进银行大门,但基加利市场里的妇女却告诉我们,她们有时得付给高利贷业者高达10％的日息来维持生计。显然,我们走对了方向。

大家意见有所不同的地方是:我们是否应该向这些妇女收取利息?这也是当时全世界所有的微型贷款机构都在争论的一个问题。我们碰到许多国际机构的工作人员,他们坚持认为,向世界上最贫穷的人收取利息,简直是一种极不公平、甚至就像是放高利贷的行为。

一位女士直接问:"你们要如何说服自己去赚取、剥削那些最穷的人的钱?"

虽然我们一再说明,这是非营利组织,我们无法负担贷款业务的成本,但解释通常完全无效。

"这些妇女没有抵押品可供担保,"一位部长质疑,"你们怎么知道她们是否有还款能力?"

"你们对这些妇女发放救济金时,根本不期待她们还钱,所以只要有人还款应该就是额外收获吧!"我们说,"更何况,全世界其他微型贷款机构的经验都显示,贫穷妇女真的都会还款。"

当我们回到市场把这个消息告诉当地妇女时,她们知道有一个愿意以较低利息提供贷款的计划,简直兴奋极了(当时我们还不知道利息是多少,但绝对比她们当时付的低很多)。我们也决定协助她们学习技艺，帮助她们跟其他妇女一起合作。事实上，这些妇女才是我们最应该仔细聆听的对象。

几天后，我们已经有了足够的数据。当地妇女需要这项贷款计划的原因有二：一是她们根本没有担保品，因此无法向一般银行借款；二是她们的收入真的太低了，达不到一般银行还款能力的门槛。这些妇女本身当然都希望获得贷款的渠道，但是我们知道，任何事情都会有反对的意见。事实上，这个想法最后反而成了我们为这个机构命名的灵感：独特应变（Duterimbere），意思就是，怀抱热情、勇敢前进。而在这个时候，一群阵容强大的"创办人"已逐渐浮出台面。多位基加利的女性领导人坚定支持在当地成立一个微型贷款机构的想法，而且愿意全力促成此事。虽然我们还得研究许多细节，但一股沛然莫之能御的力量已然成形。

然而，即便如此，我们还是得面对是否该向贷款妇女收取利息的问题。有一次，与几位创办人开会时，他们要我说明，为什么必须要赚这些贫穷女性的利息。

"事实上，我们不是要赚她们的钱，"我再次说明，"至少短期间内不会。长期而言，如果我们真的能够自负盈亏，就会有更大的成长空间，成为一个可长可久、自给自足的机构。我想请大家将收取利息这件事，看成是帮助这些妇女学习未来与主流金融机构互动、接轨的一种练习。这能帮助她们建立真正的事业，而且她们自己想要这种贷款的机会！难道各位不认为这些贫穷妇女有成功的潜力吗？"

"她们当然有成功的潜力。"一位女士很快回答。

"那么，就让我们给她们一个机会，向我们以及她们自己证明她们有多大的潜力吧。我相信，过段时间后，她们将有能力借更大笔的资金，她们也会拥有自己的信用纪录。"

创办人团队终于达成了一致，决心相信这些妇女的潜力与能量，同时相信，有朝一日，这些妇女将成为主流经济的一部分。我们确定要向她们收取接近一般商业银行的利息。

我们的机构慢慢成形，但还有一项最重要的工作：我们必须与政府建立起良好的关系，以便拥有更稳固的基础。而建立良好关系最重要的武器，就是那三位强而有力的女性政治家的支持。普登丝、爱格妮丝以及康斯坦丝，是卢旺达国会中仅有的三位女性国会议员。她们也是1987年卢旺达刚开始建立现代化政治体制时，在社会上获得重要发展机会的第一代女性。

当时，卢旺达正式独立还不到30年，女性所拥有的权利仍远少于男性。这三位女性议员在60人的国会中属于极少数，但她们强韧、有远见、干练，正在为卢旺达女性的未来铺路。

领袖、梦想家与政治家

三位之中，普登丝似乎政治基础最深厚、动力最强，也最有权威。她每次都准备了充分的资料来参加我们的会议，和参与决策的各路人马也都十分熟稔。她提醒我们，要创办专为女性服务的新金融机构会对许多既得利益者构成威胁，因此我们每走一步都要特别小心，手腕也得特别灵活。

"我梦想着有一天，"她告诉我，"卢旺达女性将能拥有更多权力，我们能享有男人在社会中所拥有的权力与尊严。你知道吗，我觉得这一天不远了。"她眼中闪烁着经常可见的光芒。

我非常仰慕她。

普登丝很喜欢与我一起下乡。她身体结实，喜欢穿长袍，带着一股庄严的气质，而且完全不与她仁慈的本性相冲突。她常用温柔而有韵律感的声音，夹杂着卢旺达的各种俚语讲述一些故事，为山脚边最穷困的妇女带来一些人生的指望。因为她总是说卢旺达语,我几乎听不懂半句,但我真是喜欢看她挥洒自如的样子,感受她浑身所散发的自信,以及她为身边的贫穷妇女所带来的温暖与安慰。

普登丝与当时的卢旺达总统哈比亚里马纳[4]都来自于卢旺达北部,所以能打进政府高层的圈子里。她对自己身为女性的优势非常自觉,而且丝毫不怕利用这些优势。"**要获取一个男人的信任,**"有一次她教我,"**你可以假装替他掸掉肩膀上的一些小灰尘**。这会让他觉得你注意到他了,而且对他有好感。这可以让他卸掉一些心防,而这也是一件很好的事,不是吗?"

如果普登丝是最具远见的女性代言人,那么,康斯坦丝就是一头最坚毅的骡子。她是一位有着一张圆圆脸、还架着一副圆形丝框眼镜的修女,永远穿着她的修女服。她不只是祷告,还全心以行动来服务穷人。虽然她是国会议员,但每天一定会花许多时间在她最爱的教会及妇女团体上。有一次我找她,她请我直接到她的教区去,她正忙着做某件事,希望我能亲自去看看。

波尼斐司载着我来到基加利的市郊。我们看到一间砖砌的教堂伫立在玉米田和向日葵花田中央。我们停了车,我凭着直觉往葵花田中走去,寻找我最挚爱、穿着修女服的国会议员。她跳着向我走来,像孩子一样两手不断挥舞。她的脸庞在太阳底下散发着快乐的光芒。

"那些向日葵完全比不上你灿烂的笑容。"我向她大喊。

康斯坦丝大笑。"快别这么说!你能来这里看这些美丽的向日葵,真是让我太高兴了,"她也大声说,"它们简直美极了,不是吗?"

---

[4] Juvénal Habyarimana, 于1973至1994年任卢旺达总统,1994年死于飞机事故,其逝世引起卢旺达政局动荡,导致了后来的卢旺达种族大屠杀。

"真的！"我和她一起大笑，"它们简直太美了！你要拿它们来做什么呢？"

康斯坦丝没有回答我的问题，只抓着我的手，两人像小女孩一样蹦蹦跳跳地穿过葵花田。然后，我们来到一个谷仓，里面有许多小男孩正踩着一圈固定的脚踏车，借此合力转动一台看起来十分原始、拼凑出来的机器，慢慢将葵花籽榨出油来。

"很棒的运动，对吧？"康斯坦丝露齿而笑。

"康斯坦丝，这是你的工厂吗？"

"这不是我的工厂，"她说，"你知道，我一直通过教会来支持为妇女增加收入的计划。这是我心之所系，也是我全力支持在卢旺达成立女性微型贷款机构的主要原因。妇女在这里种植向日葵，然后把葵花籽榨成葵花油来卖。这也能成为我们银行支持的企业之一，你说是吗？"

"听起来很有意思，"我说，"但我对葵花油的事一窍不通呢。这些土地是属于教会的吗？这些妇女是分享所得的利润，还是赚取工资？你知不知道如果她们直接卖葵花籽，可以赚多少钱？她们卖葵花油，又可以赚多少钱呢？"

康斯坦丝看起来有点不好意思。"我不知道这些问题的答案。但是看看那些认真工作的妇女，还有那些孩子。你知道，她们需要这些工作机会，而她们现在还能回馈乡里呢。"

"康斯坦丝，"我搂着她的肩膀笑着说，"我并不是说这不是个好计划，我只是想更深入了解其中的数据，以便确认：第一，这些妇女和孩子是否可以获得一些工资；第二，这个计划如果没有人赞助，是否能够自己撑过一季。如果你们必须每年依靠外来的赞助，那么，这个计划就只能在有人赞助的情况下才能继续下去。但是如果我们能够让这个计划自己赚钱，那么，不管别人是否愿意继续赞助，这个计划都能长久经营下去。"

"如果能这样，那就太棒了，"康斯坦丝说，"我或许没什么生意头脑，但是我真的很喜欢看到大家都有工作可做。"

我告诉她，我希望能看一下种植向日葵和把葵花籽榨成油的一些相关价格和数字，来了解这个计划是否可能变得更健康，才能决定它是否能获得贷款支持。因为我看过太多类似的计划，虽然立意良善，但却无法长久，原因之一就是赞助者并没有太大的兴趣知道这些计划是否能够成为长久的事业；他们常常支持一些不太有可能转变成为企业的计划。但是，我对这个计划仍然抱着希望。

康斯坦丝说得没错，她确实没什么生意头脑，但是，她的心却是纯金打造的。而她决定在行动中而非只在祷告里寻找上帝的大能，也让我深深感动。然而，经营管理确实有它无情的一面。我发现，原来葵花田计划是源自一位加拿大赞助者的想法，康斯坦丝当然非常乐意接受他赞助的经费，来尝试他所提出的计划。然而，当我们拿她的小农庄和全球葵花油的价格比较之后，我们很快发现，除非她们能大幅增加葵花田的面积，否则，这个葵花田计划恐怕永远只能维持它慈善的性质。

"除非你的赞助者愿意每年付出更多的捐款，否则，这个计划恐怕无法真正成功。"我说。

"但上帝会供应我们一切所需。"她说。

"这又要另当别论了。"我说。

最后，康斯坦丝自己下结论说，葵花田计划确实是一个教导当地妇女如何栽种向日葵、处理葵花籽的好方法，但从长期眼光来看，它确实很难成功。同时，它也无法符合我们的贷款条件，因为我们贷款的对象，主要是那些能够由卢旺达人自主经营，而且可以长远改善人们生活的小型企业。

我们做的是贷款业务，不是慈善赞助。"贷款感觉起来好像没有赞助来得好，"康斯坦丝跟我说，"但却能够让我们的妇女学得更多，变得更有能力。"从那时起，康斯坦丝就成了我们这个新机构的最佳推销员，她努力让富人与穷人都了解，给予个别妇女贷款的机会，可以让她们真正发挥潜力、改变自己生活。她会告诉大家："我们不是白白送她们'礼物'，而是将她们内心真正的'能力'[5]激发出来。"

爱格妮丝，我们的第三位女性国会议员，则是这个铁三角中真正的政治高手。她不是一个会亲自下田工作的人，却常常到偏远地区去演讲，为民众打气。她对我们的机构非常慷慨，对自己所允诺的支持也绝对做到。但我觉得她也很爱自己的位置——国会议员的头衔、盛大的排场，以及演讲时拥有一群热情听众。她想要提升女性经济能力及社会地位的热情非常真实，但虚荣心及自恋同样也是她的本质。

领袖、梦想家、政治家，这三位女性为我们的新机构提供了分量、能见度，以及热情。联合国儿童基金会的支持当然也强化了我们的可信度，但我们同时也获得了许多个人的支持。其中包括了安妮·慕格瓦尼萨，一位白皙的比利时女性。安妮有一头及肩秀发，刚好圈住她满是雀斑的脸庞。她也有一对深邃的眼睛及金色睫毛，但我从来没在她脸上看过一丝化妆品的踪迹。她每天穿的，就是蓝色棉布裙加上白色衬衫或T恤，她的一切就和她的人一样低调。

安妮原来叫做安妮·罗兰，我认识她时，她已在卢旺达住了将近

---

[5] 原文 gift 在英语中既有"礼物"的意思，又作"能力"之意，语带双关。

二十年。她原先来卢旺达担任传教士，后来与一位高大、英俊的卢旺达男子尚恩·慕格瓦尼萨坠入爱河。他们互许终身后，安妮从此再未离开过卢旺达。嫁给一位卢旺达人意味着如果分手，除非获得丈夫的同意，否则她不能将孩子带出国，因为依照卢旺达的法律，孩子是父亲的财产。我从来没问过安妮，当她决定嫁给尚恩时，是否思考过未来可能产生的问题。她看起来永远是那么享受自己的生活，而且对卢旺达全然投入。

安妮生了好几个儿子，这让她有了较高的地位，因为卢旺达人极为重男轻女。安妮是位好妈妈、好妻子，而在为当地女性谋福利时，也十分坦率直言。当我们在寻找赞助者及不同机构来协助我们进行组织规划及人员训练时，类似安妮这样的女性小团体，一直为我们担任前锋的角色。我们一起拟定了内部章程与细节，并制定了未来六个月的工作计划。我已经延长了我在卢旺达的签证，而联合国儿童基金会也同意负责我一切的费用。我从儿童基金会的房子搬出来，在一位加拿大援助工作者的家中租了一个房间。这栋宽敞的房子里，墙上挂了一整张斑马皮，屋后则有个大花园，而且不时会有些蛇类朋友来造访。

我继续不断了解这类组织的运作模式。有一次，为了一项"社会动员"行动，儿童基金会聘请了一位收费非常昂贵的意大利设计师为她们设计海报，用以说服当地妇女带孩子去接种疫苗。那张海报上有许多妇女与小孩的美丽照片，也用卢旺达语印上简单的信息，说明让每位孩子都接种疫苗的重要性。这张海报非常完美，只不过卢旺达女性的识字率极低，即使海报用的是卢旺达语，传播的效果恐怕也有限。比较好的做法或许是以图片或漫画来说故事。或许，更好的方法是将这些信息编成歌曲，让当地妇女在山脚下走路时边走边唱，以此一传十、十传百。这样的观察也让我开始思考，未来要如何以不同的方法来设计我们需要传达的信息及计划。而我也学会了如何不以固有的思维来做事，而是仔细观察当地民众的生活模式及沟通方式。

我的"学习曲线"其实是一条陡峭的"直线"，但我也因此很快地迷上了这个国家。周末时，我常觉得自己就像个探险家，周遭都是来自四面八方的英雄好汉，每个人都努力探索生命的极致。他们也都非常年轻，和我来此第一次晚宴上碰到的人大不相同。这些人心中充满希望，工作非常努力。我们基本上是美国、加拿大、意大利、法国人的混合体，还包括一位奇特的扎伊尔音乐家李奥诺。李奥诺写了一首歌叫做《好个惬意的基加利》，我们常会在尼亚米兰伯[6]一家黑漆漆、狭小的"宇宙夜总会"里，随着这首歌起舞。

我们也常到一个叫做"蓝都之家"的当地餐馆去吃烤肉串、烤香蕉，配正宗的卢旺达啤酒。午休时间，我会在基加利高低起伏的街道上慢跑，后面则跟着一大群小孩，笑着喊"Muzungu, Muzungu!"，也就是"白人"的意思。当地欧洲人都觉得，我在大中午带着随身听慢跑的做法简直疯狂，他们一致认为，只有无厘头的美国人才做得出这种事。

我仍保留着内罗毕的那间便宜公寓。因为原先我只计划在基加利待三个星期，完成我的可行性报告后可能就得打道回府了。然而，我的停留时间随着工作的不同阶段而一再展延：我得再多待半年，等到这个阶段稳定后才能离开……由于觉得自己只会在此短暂停留，所以我常借住朋友家，或有时租一个大大的空房子。

由于家中既没电话也没电视，反而让我读了不少书，包括戈迪

---

[6] Nyamirambo，基加利的低收入地区。

默⑦、库切⑧、阿切比⑨,以及提安哥⑩等人的作品。我深深爱上了这些非洲作家,迷恋上他们质朴的文字以及书中丰富的世界。每到周末,我和朋友常会挤进吉普车里到处跑,有时周六一大早上路,开上七个小时,前往扎伊尔共和国造访玛希希区青翠、繁茂的山区,一路玩到星期天晚上再开夜车回卢旺达。我们也常去以风景绮丽闻名于世的基伍湖钓鱼、玩风帆板,然后开车穿过卡盖拉国家公园,可惜这里在1994年的卢旺达大屠杀中遭到极大的破坏。我们也会开车去布隆迪的首都布琼布拉街上闲晃,在湖边大啖当地的炸小鱼和薯条。对精英阶级而言,卢旺达确实可以让你在全世界最美的地方进行最棒的探险之旅。

随自己的节奏起舞

卢旺达也是个美丽与哀愁并存的地方,她给了我这一生最奇妙的一些经历,但生活在基加利,你也常会遇到一些几乎会让人精神分裂的事。开创新事物简直是一个无所不包的挑战,让我每天过着工作时间长达十六个小时的生活。而使用一种陌生的语言,在一个远离家乡、做任何简单的事都会让人严重受挫的地方,对我而言,简直是一种让

---

⑦ 纳丁·戈迪默(Nadine Gordimer,1923—),南非女作家,1991年诺贝尔文学奖得主,作品包括《偶遇者》、《我儿子的故事》等。
⑧ J. M.库切(J. M. Coetzee,1940—),南非作家,生于开普敦,荷兰裔移民后代,2003年诺贝尔文学奖获得者,作品包括《屈辱》、《铁器时代》、《等待野蛮人》、《少年时》、《缓慢的人》、《双面少年》、《在国家心中》等。
⑨ 齐诺瓦·阿切比(Chinua Achebe,1930—),尼日利亚小说家,诗人,以英语写作,作品包括"阿尔及利亚四部曲":《瓦解》、《动荡》、《神箭》、《人民公仆》等。
⑩ 恩古吉·提安哥(Ngugi wa Thiong'o,1938—),肯尼亚作家,原以英语写作,后改用母语创作,作品包括《界河》、《一粒麦子》、《血的花瓣》等。

人崩溃的经历。无数的夜晚，生活周遭所看到的不公，常常让我突然心头一阵重挫。除了写信，别无对外沟通的渠道，也常让我感到全然孤绝。有些晚上，我是在极度疲惫与挫折的泪水中昏昏睡去，因为觉得自己所处的这个世界，似乎并不想看到就在他们眼前的可能性及机会。在这种时刻，我会在音乐中寻求慰藉，彼得·盖布瑞尔[11]、米歇尔[12]、卡洛金[13]、凯特·斯蒂文斯[14]因此也都成了我在寂寞夜晚的亲密战友。

早上的情况通常比较好。我会在破晓时分出门慢跑，回来时已是神清气爽、精神振奋。一段时间后，我和这些卢旺达女性的合作已大有进展。在基加利，大家心中洋溢着兴奋之情，因为一个专为女性服务的金融机构已经慢慢成形，而它背后真正的推手竟然大多都是当地人，而非只是一些外国人。几个月之内，我们的机构完成了注册登记、确立了内部章程、组成了董事会，而且募到了一些来自当地的赞助经费。我们有了基金，蓄势待发。

一天晚上，新机构的创办人聚集在"妇女网络"（Women's Network）的办公室中，共同宣布"独特应变"正式注册成功。40个女人差点挤爆了那间小小的办公室。当时空气中简直电光火石、活力四射。再一次，我感到历史正在自己眼前发生，不同的是，这一次我也是创造历史的一分子。普登丝介绍我上台之后，我开始用法语演说，声音中满是决心与兴奋之情。所有人都伸长了脖子看着我，在整个演讲过程中不断鼓掌。我深深陶醉在踏出第一步所带来的喜悦之中。

会后，穿着红白相间长袍、头发高雅地向后梳起的普登丝，用少女般的嬉笑语气对我小声说，她觉得大多数人恐怕只听懂了我不到一半

---

[11] Peter Gabriel，英国摇滚歌手。
[12] Joni Mitchell，加拿大创作女歌手。
[13] Carole King，美国创作女歌手。
[14] Cat Stevens，英国摇滚歌手。

的演讲。"你的法语有时真的很有趣。"她说,但立刻补充,至少每个人都完全感受到了我的热情,她们的鼓掌是因为我的热情。

我为自己的法语依旧没有太大长进而深觉羞愧,并向普登丝诚恳道歉。普登丝笑着将她的双手放在我的肩膀上,直视我的双眼。

"永远不要为这样的小事担心,"她对我说,"语言能力与你所说的话没有太大关系,真正重要的是你说的方式与态度。每个人都了解你所做的一切,即便语言有时无法完全表达。"

她继续说:"还有,我们都非常喜欢你跳舞的样子,因为你是随着自己的节奏在跳舞。"

尽管没多少人听懂我的演讲,我们的新机构还是顺利开张了,日后也将成为卢旺达最大的一间穷人银行。虽然我们还没批准任何一笔贷款,但我们已经有了管理架构、资金、合作伙伴,以及无以估计的热情与投入。我们是一个真正由卢旺达女性为自己身陷贫穷的姐妹们所成立的本地机构。

协助"独特应变"站稳脚步后,我仍然无法离开,因为我还得协助它顺利跨出第一步。我的合约再度获得延长,我决定回内罗毕一趟,好多带几件衣服回来,还有一些我最心爱的东西。我很清楚,我们在卢旺达的工作只许成功,不许失败。

即使那些理论比实务强得多的"专家"一再告诉我们,当地妇女真的很穷,不可能捐出金钱给我们,我们还是决定邀请卢旺达女性捐出一点自己的钱。虽然当地妇女确实很穷,但几乎每一位我们碰到的妇女都捐出了她们负担得起的一些小钱。这个做法帮助我们建立了与当地人真正的伙伴关系。

我们的创办人把她们的信誉、时间,以及可以找到的任何金钱都押在这个计划上了。在我们向当地人募到一些基金后,联合国儿童基金会也决定提供我们第一笔5万美元的赞助款。碧尔姬大力支持我们,为我们提供临时办公室、必要时的司机服务、正式的机关印章,还有我的薪水。我也因此了解到,要让创新的想法变成事实,尽早将不同的人拉进行动计划中,是一件多么重要的事情。

现在,我们唯一需要做的,就是决定如何操作贷款业务,以及如何把钱收回来。这事听来可真是容易呀。

04
篮子经济学与政治现实

如果你不喜欢这个世界的样貌,请改变它。

你有义务改变世界——只需要一步一步确实去做。

——艾德曼[1]

开始提供贷款前,我们这一小组人马第一次以董事会名义共同开会,但这个董事会却和我想象的完全不同。一个周六下午,宏诺拉塔开车接我去薇若妮卡家,来应门的薇若妮卡穿着白色睡袍,左腿从上到下打着石膏。她的头发直竖,双眼凹陷,看起起来像好几个星期没睡觉了。事实上,从她不断摇着怀中哭闹的小婴儿来看,她真的可能已经好几天没睡好了。"见见你刚出生的卢旺达女儿吧。"她对我说,一面笑着

---

[1] Marian Wright Edelman,美国第一位在密西西比州担任律师的黑人女性,美国"儿童保护基金会"(Children's Defense Fund)的创办人兼总裁,著有《给儿女的一封信》。

把小小的婴儿放进我怀里,然后转过身去,拖着打石膏的腿,慢慢走向沙发。

听说薇若妮卡的丈夫狠狠推了她一把,害她跌下山坡,摔断了腿。我实在难以想象,强悍如薇若妮卡,怎么可能让人欺负她,尤其她现在还有个小婴孩要照顾。但我立刻想起薇若妮卡曾告诉我,只有掌握了金钱的女性,才有能力真正脱离伤害的阴影。那回我们一起吃午餐,薇若妮卡一路说着家庭暴力多么令人惊惧。"在这里,法院保护的是丈夫的权利,"她说,"事实上,殴打妻子被视为是家庭和睦的必要手段。"

在卢旺达,我没见过比薇若妮卡更强大的女性。但是那一天,当薇若妮卡说到为何对女人而言,最不安全的地方就是在自己的家中时,我确实看到了她无奈的那一面。

等到其他人到达时,薇若妮卡又恢复了本性,挥舞着双手,兴奋地谈论着我们如何一起完成许多梦想。我们谈到全卢旺达人每周六都会参加的小区劳动服务乌姆甘达(umuganda)计划,也就是一种集全国人民之力,为卢旺达的需要而劳动的全民运动。在卢旺达,许多国家计划之所以能推行成功,主要就是因为国家小、组织力强。当政府要实行一个计划,只要将计划传达到全国的 14 个区域,这些区域就会将计划再传达给所有的地方首长去全面执行。以乌姆甘达计划为例,某个小区本周的任务可能是开垦出一块土地,下周则可能是负责种树,而这一切都交由地方官员来督导完成。

驻外人员也常常受邀参与小区劳动服务。有一次,我和一群妇女负责开垦一块马铃薯田。我们要把锄头高高举起,然后使劲砍下去,把泥土掘开,不停重复这个吃力的动作。虽然泥土极为芬芳,空气也非常清新,但是这个足以扭断我的腰的动作,可是得持续进行好几个小时。第二天,我根本站不直身子,手上满是水泡,全身每一寸肌肉都痛到不行。

当我提起这个故事，薇若妮卡简直笑翻了："你还是太娇嫩了，不像卢旺达女人这般强壮。"

她附带说明："你知道，乌姆甘达也是政府确保每个人都待在自己所在处的一种方法。"我没时间仔细思考她话中的意思，但确实开始注意到，卢旺达人的确特别关注小区中每个人的一言一行。

其他人陆续到达，逐一围坐在薇若妮卡政府公寓里的一张咖啡桌旁。普登丝和爱格妮丝穿着白色长袍，看起来庄严肃穆。宏诺拉塔和安妮穿着深蓝色长裙和白色T恤，而康斯坦丝则是一贯的棕色修女服。普登丝带了一位法裔加拿大女士绮奈特过来。绮奈特刚刚结束她经营十多年的事业与婚姻，决心追求全新的生活。她很了解如何为一个组织建立起运作系统，也非常热爱管理工作。我了解自己颇具激励人心及创造梦想的能力，但我也极度需要一位专业经理人的帮助，以便建立起一个能充分实践我们共同理想的健全组织。

大家都坐定之后，我环顾四周，想起自己所放弃的生活——白天穿着高档套装进办公室，晚上换上黑色小礼服参加鸡尾酒会。我记得，光是每天早上提着皮制公文包，走进大通银行豪华的大理石大厅，就足以让我精神一振。而有一部分的我，确实也很怀念位于华尔街摩天大楼里的办公室。在那里，我有非常明确的角色，以及一张位于大通银行二十二楼的办公桌。办公室里，大家彼此熟识，每个人都了解我，我也了解每一个人。如今，我却坐在一位卢旺达女人的客厅里，在一个我不太熟悉的国家，与一群穿着长袍的女人讨论事情。我当时还没意识到，大多数的伟大梦想都是在某人的客厅里，与一小群人一起创造出来的，无论这些人是来自何方或穿什么衣服。

在第一任董事长普登丝的宣布下，我们的第一次董事会在非常正式的气氛中展开。薇若妮卡一向比较不拘小节，她泰然自若地坐在沙发上,大脚丫子搁在小木桌上,一面为小女儿喂奶,一面挥舞着手说着一个又一个故事。黄色的阳光从窗外洒进来,映照在这间小房子干净的白墙上。

我们根据议程逐项讨论:确认机构名称为"独特应变",因为我们每一个人确实都是怀抱热情,全心投入;正式聘任绮奈特,并讨论出一个行动方案。董事会通过由爱格妮丝担任"独特应变"的第一任执行长。我觉得这项任命有点奇怪,因为爱格妮丝有国会议员的职务在身,但普登丝解释,此地许多高官都可以兼任其他的工作。

大家都同意,爱格妮丝是这个职务的不二人选,因为她不但具有国会议员的崇高地位,同时也很乐意担任这份工作。至于工作人员,普登丝希望我们会见她的年轻助理莉莉安,她刚从大学毕业,而且一定会是绮奈特建立组织运作系统时的得力助手。

隔周,绮奈特和我在城里的一家餐厅会见了莉莉安。看到她的第一眼,我就非常喜欢她。其他人都喊她"蓝色女孩",因为她的皮肤黑到发蓝。她头发剪得非常短,黑色大眼睛和笑容也因而变得更显眼。莉莉安有一种年轻的纯真气息,但严肃的神情让绮奈特和我对她颇有信心。

"我毕业于布塔瑞大学[2],"她说,"我希望在女性经济发展上做点事情。我的学习力很强,工作更是努力。"

绮奈特向莉莉安解释,这份工作需要她花很多时间直接与市场里的妇女接触,协助她们进行事业规划,确保有效地将资金贷放出去,并按时回收。

"普登丝告诉我这是很重要的职务,"莉莉安响应,"但我已准备好

---

[2] University of Butare,位于卢旺达南部。

了，不会让这些妇女失望，这一点我可以保证。我也不会让普登丝失望，她是一位伟大的女性，我知道她为我作了担保。"

我们用了她，而莉莉安和绮奈特也确实成为一个强而有力的团队。几个星期后，我们在市中心租下一间明亮而宽敞的办公室，就在一间裁缝店的楼上。办公室有着浅蓝色的墙壁，前后有很多大窗。一个户外楼梯可以直达我们位于二楼的办公室，但那楼梯非常狭小，而且还摇摇晃晃的。我几乎每天都会因为踩到自己的裙角而踉跄个好几回。不知道为什么，我一直没学会怎么正确使用那个楼梯。

就在整理办公室的时候，我们碰到了一位友善而才华洋溢的扎伊尔艺术家杜东内。他为我们设计了企业标志，标志上是一群穿着红色及绿色衣服的女性，紧握拳头，身体前倾地朝一家乡间银行前进。普登丝笑说，那些女性看起来比较像我，而非那些穷困的乡下妇女，因为她们会矜持得多。但其他人似乎都很喜欢它，所以我们决定采用这个企业标志，因为我们真的希望成为一个志向远大、热情洋溢的组织。

那期间，我们花许多时间在基加利各处的市场里，与当地妇女聊天，聆听她们的想法。这一次，我们必须深入了解为什么她们需要借钱。大多数妇女都是为了拓展自己的生意。"我付给放债的人太多钱了，"一位西红柿小贩跟莉莉安说，"如果我可以用低一点的利息借钱，就可以卖更多东西、赚更多钱回家。"另一位妇人则希望借到足够的钱来买一只山羊繁殖，赚更多的钱。

有些妇女的梦想实在伟大得过了头。在我们第一批的潜在客户中，有一位妇女希望自己能够开一家书店。她的理由是卢旺达的书籍实在太少了。

"的确，"我们回答说，"但你觉得自己具有什么条件能成功经营一家书店？你知道如何管理一家店吗？你对于卖书有何了解？"

她低头承认自己并没有开书店应具备的条件。"我是个文盲，但我很想学会认字。我也希望我的孩子能够拥有书籍。"

她并没得到我们的贷款，但她的精神完全符合我们所希望达到的目标。

市场即教室

我非常喜欢花时间在基加利的市场里，讨价还价、小贩间亲密的情谊，以及小贩和客人喋喋不休地谈天说地，都让我觉得极为有趣。我也喜欢一桶桶的豆子排放在一起，就好像啤酒节里一群矮矮胖胖、醉醺醺的男人；我也喜欢美丽、鲜红的西红柿排成一个个的金字塔，还有金黄、青绿、粉红各种不同品种的香蕉，阳光般金黄的柳橙，酒红色的芒果，以及淡淡飘香的茴香和韭葱。我喜欢水果和花朵的香气，还有白米在指尖滑过的感觉。

但让人郁闷的是，市场里竟然买不到当地的咖啡豆。卢旺达出产许多世界顶级的咖啡豆，当地人却只能喝到罐装的雀巢速溶咖啡。更让我生气的是，市场里的男人卖的都是像鱼、奶粉等高利润产品，但女人却只能卖西红柿、洋葱等注定赚不了什么钱的东西。我希望至少有些妇女能打破这些经济藩篱。

我们花越多时间在市场，就越清楚看到当地经济体系在眼前展开。当然，放债的人一定不会缺席，他们以每天10%的惊人利息把钱借给市场里的人。由于现金短缺，大多数人都以记账方式买卖东西，市场里很少看到真正的钱。即便如此，当地妇女还是想出办法存下钱来。卢旺达市场里的妇女创造了一种存钱及彼此借还款的传统制度，我日后在肯尼亚及其他非洲国家也都看到类似的制度。

这种由六七个妇女组成的小团体被称为"旋转木马"。她们固定聚会，每周或每月一次。每次聚会时，每位成员拿出大约一美元，其中一位可以获得所有的钱，花在自己需要的地方。当她们的小生意越做越好时，每次拿出来的钱也会越多。这时，她们会将多出来的钱用团体的名义存起来。

从"旋转木马"运作中，我们发现当地妇女确实有储蓄与借款的能力。于是我们开始出借一些小额贷款，大部分借给市场里卖水果或蔬菜的妇女。她们会向我们借30美元，然后分期偿还。这些妇女很喜欢拥有自己的存折，里面记载了每一笔金钱的进出，而她们大部分也都能准时偿还借款。

当我们觉得自己才正起步时，好几个国际性的赞助对象就找上了我们，希望了解他们可以如何支持我们。能获得这么多注意力（以及金钱）的确令人兴奋，但我们还处于摸索阶段，实在不清楚自己的做法到底对不对。这些赞助者与金钱真正的问题是，他们通常都有许多附带条件，大多希望我们去推动他们的计划，而且多半要求我们必须在一年之内把钱花完。我觉得我们很难符合这些要求。

有一次，一位来自一个知名发展机构的女士来到我们办公室，她愿提供10万美元，希望我们能为偏远地区的妇女开办营养讲座课程。她一身套装，头发挽起，看起来非常专业。

"我听说你们做了一些非常棒的事，而我最近也听了爱格妮丝的一场精彩演说。"她向爱格妮丝、绮奈特和我说明。

"我们才刚刚起步，"我告诉她。但她继续自顾自地说明在偏远地区举办营养讲座的重要性。她说，如此一来，妇女才能更正确地为家人提供饮食。我看不出这项工作与我们的机构有什么关系，因为我们是金融机构，使命是借着贷款给贫穷妇女来帮助她们发展自己的事业，改善经济情况。

"妇女更健康，就会是更好的贷款对象呀！"她告诉我们。

我当然完全同意，但是我知道我们并没有另一组人马可以推动这项营养讲座计划,因为我们才刚开始建立我们的贷款业务。"营养议题并不是我们的使命,"我解释说,"我们只有一个单一的目标,就是为当地妇女提供微型贷款。"

这时,爱格妮丝插话进来,她说:"你对偏远地区妇女的需求,观察十分入微,我们愿意协助你们满足她们的需求,我们非常乐意与你们的机构一起合作。"

10万美元是个大数字,但我却并不觉得兴奋。我不希望我们的机构走岔路,脱离自己的使命。但与此同时,我也明白,"独特应变"最终应该是一个卢旺达的本地机构,也就是说,这个机构所有的决定都应该由卢旺达的女性自己来做。例如,如果爱格妮丝和普登丝有一些想法,即使经过激烈的辩论(我们确实不乏此类经验),我们还是会以她们的意见为主。毕竟,她们才是必须面对各种决策长远后果的人。

爱格妮丝也同意,进行营养讲座计划有可能让我们偏离自己的核心工作,但她仍然认为,对我们而言,接下这个计划比放弃它来得有利。

"为妇女提供营养相关知识也有助于我们找到一些潜在贷款对象。"她推论。

普登丝也同意这个机会实在太诱人了,放弃实在可惜。因此,绮奈特及莉莉安奉命与爱格妮丝一起寻访一些顾问,来协助我们教导乡村妇女基本的营养知识。这件事花了她们好几个月时间,她们也一路抱怨说,我们真正的工作几乎完全停摆了。最后,虽然参加讲座的妇女都说非常喜欢这些课程,但我们一直没有看到讲座会为她们的生活带来任何实质改变。

爱格妮丝对于找上门来的钱很少会说"不",尤其爱格妮丝是如此有魅力、有弹性,还有极强的说服力,确实有不少赞助者愿意给我们钱。莉莉安虽然比较欠缺募款的能力,但她脑袋清楚、行事果断,不容易对任何可能让我们脱离核心业务的事情动心。我愈来愈珍惜她灵敏的头脑、她的强悍,以及不愿忍受任何愚蠢事物的个性。她一心追求卓越,不断激励当地妇女去尝试她们自己原本以为做不到的事。还有,她也有世界一流的笑容。

进行贷款业务的第一年,我们的担心发生了,有些妇女开始延迟还款。莉莉安决定深入了解原因,于是去了一个米贩的家中。这妇人宣称自己的米被小偷偷走了,但莉莉安发现后面房间里有个很大的麻袋,里面全都是米。那位米贩开始挥舞双手试图解释,但莉莉安不愿再听下去了。她平和地谢谢那位妇人的解释,但还是强调,贷款已经到期了,她必须还款。当那妇人挑衅地转过身去背向她时,莉莉安气鼓鼓地走了。

大约一小时后,怒火攻心的莉莉安冲进我的办公室。"杰奎琳,"她大喊,张开双手表达愤怒,"我实在太生气了,我们必须立刻对逾期还款采取行动。这些人必须为她们自己负责。她们和我们订了契约,知道所有的贷款条件。如果她们真的碰到了难题,那当然另当别论,同时也应该提前知会我们。但是这个笨女人的问题并非如此,她之所以不按时还款,是因为她觉得我们根本不在乎她们还不还款。而其他人一定也在观察,我们到底会采取什么行动。我们必须让她们知道我们非常在乎!"

我被莉莉安的话触动了,"我们必须让她们知道,我们非常在乎。"确实,好几位妇女刚开始时根本不觉得有还款的必要,因为她们觉得这些钱不是来自自己的邻居。在她们眼中,这些钱来自一个大机构,这个机构拥有来自全世界许多有钱人的捐款,而且这些有钱人根本不是真心关怀穷人。所以这个机构为什么会在乎这些贫穷妇女是否真的还款?假设她们不还款,这个机构真的会注意到吗?

那些早期借款的妇女在测试我们,而她们的想法也没错。如果我们也是会替她们想尽借口让她们不必还款的机构，她们就不需承担任何后果。因此如果她们真的还款了，她们不就成了傻瓜啦？

我们必须让她们知道，我们非常在乎。这意味着，即使全世界所有其他机构都不在乎，我们仍然必须坚守立场，向我们的客户提出尖锐的问题，要求她们真正负起责任来。

我和莉莉安立刻跳上车，开到城外，又在泥巴路上走了半小时，才到了那米贩家。这个体型壮硕的女人穿着一件白色无袖上衣和一条紫色长裙，从泥巴房子里出来欢迎我们，还立刻奉上茶水，一边忙不迭地宣称她有多么感谢"独特应变"，仿佛完全不记得几个小时前与莉莉安的对峙。

我们对她的茶或谎言一点兴趣都没有，直接问她家里那一大麻袋白米的事，她告诉我们那是她丈夫的军饷。莉莉安才懒得管她的丈夫是做什么的，她觉得这女人的家庭并未陷入任何危机，她要这女人明白她对我们做了承诺，而且我们期待她履行承诺，否则，她别想再奢望任何贷款机会。

那女人答应一定会还款，请我们再喝一点茶。当我们走向车子时，莉莉安在我耳边小声说："现在她知道我们是认真的了。我想她很尊敬我们这一点，因为她看来好像也开始严肃看待这件事了。"

还不到周末，那位米贩就到了我们的办公室，当着脸上重现友善笑容的莉莉安的面，付清了所有的逾期款项。这位米贩后来成了我们银行最好的客户之一。她向我们借了更多、更大笔的贷款，成功地扩充了自己的事业，甚至还增聘了三位员工。

失去伙伴

就在"独特应变"的工作团队不断努力了解当地企业的运作模

式,学习如何同时展现强悍与怜恤之心的同时,我们的女性国会议员也正努力推动许多重要的政治议题。她们决心改变卢旺达法律中的家庭法规。和许多其他的发展中国家一样,卢旺达的家庭法规当初是设计来处理一些类似女性及儿童的角色、家庭暴力、婚姻及离婚等议题。20世纪80年代中期,卢旺达的家庭法规对女性特别不利,她们拥有的社会权利非常有限,而且完全受制于丈夫。这三位女性国会议员相信,这种不平等的待遇因卢旺达传统的"新娘价金"(bride price)而为害愈烈。

"新娘价金"是一种行之久远的传统,根据这个传统,新郎必须向新娘的父亲进贡一份聘礼。在卢旺达,聘礼的内容可能是三头牛,而由于当地人收入极低,三头牛简直是一种难以想象的负担。对少数图西人的大家族而言,他们原本就有很多的祖产,所以不会造成太大负担,但对于许多出身贫寒的新郎而言,这个传统很可能就会让他们搭上一辈子的时间去偿还岳父的聘礼。普登丝、爱格妮丝、康斯坦丝,以及她们所认识的大部分的女性都彻底反对"新娘价金"制度。她们认为,这个传统创造了一种类似奴役的现象。女性因为被以牛的价格交换出去而受辱,而她们的丈夫也必须为他们合法娶进门的妻子而一辈子"还债"。

这些女性国会议员知道,要废除这种历世历代的传统,不可能不考虑政治因素。她们并没有提案废除"新娘价金"制度,而是要求降低"新娘价金"所造成的财务负担,转而重视它的象征意义。她们向国会提出一个法案,建议将"新娘价金"的上限定为三把锄头,价值约为1000卢旺达法郎,相当于10美元。这个提案最终通过了,大家买来芬达汽水和蛋糕,来庆祝这个重要的胜利。

第二天早上醒来时,我们面对的却是一个走了样的世界。街上没有欢呼的人群，反而是成群愤怒的乡村妇女。她们抗议说："昨天，我们的身价好几万，今天我们却只值一千块钱。"而用每天劳苦度日使用的锄头来衡量她们的价值，更让她们觉得极度受辱。全国各地的妇女纷纷抗议，甚至一些国会议员开始谴责康斯坦丝推动这个恶法，完全忽略这个法案是在国会中高票通过的事实。

第二天，我们深爱的康斯坦丝死于一场肇事者逃逸的车祸。当时的"目击者"宣称，康斯坦丝是被卡车意外撞倒，但认识她的人都相信这是蓄意谋杀，目的是传达一个清楚的讯息：不要再推动任何"不合理"的改变。这让我们极度震惊。这项法案是57位国会议员以压倒性的多数通过的，到最后，大家竟将一切过错推给一个死于"意外"车祸的修女。

我从绮奈特口中听到康斯坦丝的死讯那一刻，或许正是我真正长大的一刻。我在科特迪瓦的日子让我学会了谦卑。我来到卢旺达时，一心想要聆听当地的声音，但是我仍然欠缺一双敏锐的眼睛。我只看到卢旺达小区和谐、家人彼此照顾、鲜有贪赃枉法之事及生活俭朴等美好的一面。但是，我们却意外地失去了一位最善良的好朋友。这一次，"小区力量"是以夺取一个人的生命来展现。我忽然明白，生命不再像过去我所想象的那般自在与自由。

一天晚上，我在一家餐厅吃饭，忽然两个人走到我面前，痛斥我"污染了她们的女人"。但是，我跟"新娘价金"这个议题根本毫无关联，也从未参与任何讨论，甚至根本不知道有人打算提出这个议案。显然，这三位女国会议员与她们自己的乡村妇女脱了节。这个情形举世皆然，精英阶层有时对于推选他们出来的贫民大众根本毫无认识。确实，大多数当地特权阶级的人与外国精英阶层相处起来，显然比与自己的弱势同胞相处起来更为自在、融洽。

我们为康斯坦丝的逝去而心碎，然而，我们如常地过日子，仿佛什么事也没发生过。有生以来第一次，我发现死亡竟是这么接近我们的生活。在非洲，死亡从不是一件隐藏在暗处的事情。每个星期，我们身边都有人请假去参加家人或朋友的丧礼。

工作的进行比我想象的缓慢，但我们还是不断有所进展。普登丝和爱格妮丝持续做了有关改善妇女经济状况的演讲。莉莉安和绮奈特贷了更多款项给市场里的妇女。宏诺拉塔忙着与各种妇女团体联系，寻找潜在的借款人。我则完成了一份工作手册，详细说明了如何成立一个像我们一样的微型贷款机构。我大量使用从大通银行信贷训练计划中学到的知识与数据。那是一个为期十个月的迷你 MBA 课程，用以帮助我们这些新手快速进入状态，尽快掌握银行的相关规范与作业方式。我发现，大通银行培训我们的高级金融业务，本质上与贷款给贫民并没有什么不同。

虽然我们经常累得像狗一样，但我们的梦想慢慢成形了。整个过程中，我们学到的功课多如卢旺达山脚旁四处奔流的小瀑布。

一天下午，我和波尼斐司开车到基加利郊外的一个市场。我们在种着尤加利的红泥土路上走了大约一小时，抵达时已是下午五点左右。我们眼前出现了一大片彩色帐棚，这个乡野市场里聚集了几百位小贩。大多数人已经开始走了，有些在排队等巴士。太阳再过差不多一小时就要下山了，空气中已稍有寒意。这时，一阵孤寂感突然涌上心头，它似乎源自于我在卢旺达所度过的无数清晨。又或许，它是黄昏的天空所致？更有可能的原因，是我只身站在遥远的异乡，远离熟悉的人和事物。我很想念家人。我每个月往家打一次电话，一分钟得花13美元，而长途电话的回音和断续的通话经常让我无法忍受。"你过得怎么样？还好吗？"通常就是通话中唯一听清楚的内容。

我们一走进市场，就碰到了两位蹲坐在地的妇女，两人面前各有一个卢旺达的传统篮子,就是像布鲁明戴尔③这样的地方现在用以出售、来为大屠杀幸存者募款的篮子——他们称之为"寡妇篮"(widows' baskets)。她们的篮子几乎一模一样,做工精细,都很漂亮。然而,也都缺乏任何差异化的特色。

"这个篮子多少钱?"我问第一位妇人。

"1000法郎。"她回答,约等于10美元。

"太贵了。"我以内行人的表情回答她。

我加上一句:"这些篮子现在的价钱是600法郎一个,我不可能付你1000法郎。"

她静静地看着我,一旁的朋友也不说一句话。

我故意停了一下,期待她们会发挥创业家的精神开始跟我出价。但她们没有。

"你能给我一个便宜一点的价钱吗?"我问道。

"不行,"她说,"它的价格就是1000法郎。"

"你的篮子卖多少钱呢?"我客气地问旁边的那位妇人,试图挑起她们之间的竞争心理。

"1000卢旺达法郎。"她回答说。

我现在专注在第二位妇人身上,并跟她说:"你我都知道,你的价格比一般高出了将近一倍。我住在城里,我家旁边就有一家商店,他们卖的蓝子跟你们的一模一样,但是只要600法郎,不是1000法郎。我今天不需要买篮子,但是我很喜欢你,所以我愿意付你800法郎买你的篮子。"

"不行,"她说,眼睛往地上看,"不二价。它一定得卖1000法郎。"

我开始觉得受挫,因为她们没有按照我的游戏规则跟我讨价还

---

③ Bloomingdale's,纽约著名的精品百货公司。

价。我已经愿意付比市场高出三成的价格，而举目望去，四周并没有其他潜在的客人，她们却完全没有任何降价的打算。我们牵拖了很久，话题一直围绕着篮子的价钱，还逗得彼此开怀大笑，但她们完全不肯让步。

最后，我决定提出杀手锏："这样吧，你们各有一个篮子要卖，而你们显然并不愿意彼此竞争。我今天愿意出比任何人都高的价钱，让你们其中一人把篮子卖给我，然后彼此均分利润，如何？我们有很多方法可以解决这个问题。"

两人像是约好了一样，一起摇头。最后，第一位妇人专注地看着我说："我绝不可能抢我妹妹的生意。我们不会为了要卖出一个篮子而改变我们的价钱。而我也不可能改变价格，因为这个篮子是我仅有的货物。我必须卖到这个价钱才有钱搭巴士回家，同时为我的孩子们缴学费。我不能把篮子带回家，但我也必须卖到足够的钱，所以我只能以我需要的价钱来卖我的篮子。"

这可真是个有趣的逻辑。她以自己的需求和期待来订定产品的价格，完全不管这个价格是否合理。对她们而言，毕竟我人还站在这里，而且显然很想买一个篮子，所以，只要我仍然有兴趣，她们就有机会卖到自己想要的价格。所谓的市场，就是我们能够找到有意愿的买方和卖方。但是，我们却常忽略了买卖双方各自心中的激励因素与限制因素。

我还想跟她们继续拗下去，但波尼斐司不断向我使眼色。他显然希望我干脆走人，别买篮子了，他不希望我看起来像个愚蠢的观光客。

我恐怕真的无法让她们了解所谓的市场机制了，至少那一天是不可能了。我知道付给她们想要的价钱只会强化她们原有的逻辑，但我也知道，自己不可能每天都来这里帮助她们学习经营之道。她们很想回家，但如果有机会赚到那额外的400法郎（相当于她们一整个星期的净收入），她们一定会愿意跟我在这里耗上一整夜。400法郎（也就是4美元）对她们的意义远大于它对我的用处。既然我在这次对抗中根本没有帮上她们任何忙，我决定付给她们每人1000法郎。

回到车上，波尼斐司告诉我，她们两人一定把我当成傻瓜了。

"有时你就是得当傻瓜，否则你的心会变得比石头还硬。"我咕哝地说，想不出更好的答案。

"如果我还会再回这个市场，我就不会这么做，"我向波尼斐司说明自己这么做的理由，"但因为我们不会再回这里，如果我不买下这两个篮子，她们就赚不到足够的钱回家。有时候让每个人都赢一点点，也是一件不错的事吧。我负担得起这400法郎的损失，还有……"我龇牙咧嘴地笑说，"在你面前丢个小脸。"

波尼斐司摇摇头，对我的想法不敢苟同，"你还是付了太多钱。"

我看着他，"亲爱的，"我说，"你最好答应我绝不把今天的事告诉任何人，否则我强悍的名声可要毁于一旦了。"

他笑得喘不过气来，还得抹去流出来的眼泪。"我一定会告诉基加利的每一个人。要不然，就请你也付我1000块法郎，向我买一个只值600块钱的篮子。"

"你非答应不可……"我也跟着大笑。

波尼斐司继续摇头，启动车子，往回家的路上开去。

有效的协助

经营事业开门就要钱，从微不足道的小钱到重大的现金支出。"独特应变"开张第一年，营运预算还不到5万美元。第二年，我们的预算跳升了4倍。在营养讲座之后，爱格妮丝和普登丝又接受了一笔赞助经费，用来举办一系列的食品加工讲座。即使我们根本还没准备好，还是把触角往偏远地区延伸。我们的管理制度也还不够健全。绮奈特对于不断膨胀的预算深感忧心，因为我们根本没有足够的经理人员或完整的管理制度来支撑这样庞大的预算。我们去找普登丝讨论，她永远是个愿意聆听的人。她同意我们应该放慢脚步，我们需要培训出更多的人才。人才培训成了一项非常重要的任务，因为我们的分支机构已经延伸到了卢旺达其他地区。

和许多非营利组织的领导人一样，当普登丝和爱格妮丝的知名度愈来愈高时，她们开始受邀参加各种国际研讨会，与更多人分享卢旺达妇女如何通过创业机制来改变自己的经济及生活状况的经验。莉莉安和绮奈特则留守，负责经营"独特应变"，并培训妇女有关借贷与事业经营的基本知识。虽然我们自己每天仍不断学习应付新的事物，但"独特应变"也一直往前迈进。

我们与一位妇女工作了好几个月，以便深入了解她希望开一间玉米研磨厂的计划，帮助她做好贷款的准备。她一直是向放债的人借款，每天得缴交10%的利息才能维持自己贩卖玉米粒的小生意，但她一心希望将自己的事业和生活升级。就在要与我们签订贷款合约的那一天，她忽然告诉莉莉安，她必须先向自己所属的基督复临安息日会[④]的牧师报备、沟通。

第二天，那位妇女噙着眼泪来见莉莉安。"教会不允许我们借贷，"她说，"我不能接受你们的贷款了。"不管莉莉安怎么说，那位妇人完全拒绝认清自己是在付高于我们5倍的利息给现在正在借钱给她的人，而如果她继续这么做，她永远也不可能建立起一个可以长久发展的事业。当地的高利贷业者与我们最大的不同是，他们说自己收取的不是"利息"，而是"费用"。

---

④ Seventh-day Adventist Church，是一个全球性的基督教组织，拥有一千多万名信徒。

我决定压抑心中的怒火，亲自去拜访那位妇人的牧师。但不管我怎么说，他就是不肯听。"你们一直想要改变我们的妇女。"他终于脱口说出，而这种说法我已经听了不知道多少次了。

"我们是想帮助那些有心改善自己生活环境的妇女。"我回答。

"你们就是不能收取利息。"则是他的答复。

我简直一筹莫展。在卢旺达工作一定得与教会打交道。一方面，他们确实为那些亟需盼望的人（即使是上了天堂以后的盼望）提供希望与信仰。另一方面，由于教会拥有极大的社会能量，一些所谓的宗教领袖常常可以借此将自己的想法强加于别人身上。因此，学习如何与各种政治机构（包括教会）打交道，找出里面最好的人来合作，成为我们非常重要的一项工作。

许多立意良善的国际组织也常成为我们的挫折来源。有一个组织就决定提供我们一个机会，带领一群卢旺达偏远地区的妇女到印度去观摩学习创业经验，并发掘一些可能的合作机会。

"带卢旺达的妇女去印度？"我问道，"这是哪个人想出来的主意呀？出身贫困的卢旺达妇女连一句法语都不会说，更别提英语了。她们从没到过离家三十公里以上的地方，而他们却要送这些妇女跨越印度洋去学习？而且，要她们学习些什么呢？为何不直接邀请我们的女国会议员去印度？她们可以代表卢旺达的妇女，与不同阶层的印度人互动，然后把学到的东西带回卢旺达来呀。"

但是，没办法。赞助者控制了赞助经费，以及做法。

爱格妮丝和普登丝认为，这趟旅行可以扩展卢旺达妇女的视野，也有助"独特应变"获得更多国际认同。但我觉得，我们根本还没做出任何成绩来获取这样的认同。"独特应变"成立还不到两年，我们必须专注于我们的核心工作，而不是送偏远地区的妇女去世界各地瞎转悠。

莉莉安同意我的看法。"这些妇女连卢旺达的首都都没去过，"她说，"而你的那些美国同胞却想把她们送去印度？用那些钱来盖一所学校，让孩子脱离文盲的宿命不是更好吗？"

我完全同意，但我们的建议还是未获采纳。而莉莉安还被指派成为这次观摩旅行的领队。

不到一个星期，莉莉安就回来了，而且显然心神耗竭。她跟绮奈特和我说："我们一到新德里，就发现那里简直热得让人快要窒息，而且印度人实在太多了。我们的妇女不懂英语，翻译人员得先把英语翻译成法语告诉我，然后我再翻译成卢旺达语告诉她们。那简直是浪费时间，而且到头来，没有人完全了解到底发生了什么事。"

"我们去拜访了一群印度农妇，看到两国的妇女彼此交流，真是令人非常兴奋。但没有人了解对方到底在说什么。那天晚上，我们有一位团员忽然感到身体非常不舒服，原来她得了疟疾。她之前一直没告诉任何人，因为担心会影响大家的行程。等到我们发现的时候，她已经病得太严重了。我们赶紧把她送去医院，但两天后，她还是走了。她在接受治疗时，所有的妇女坚持要等她，拒绝做任何事情。她们认为，这是一趟受了诅咒的旅程。我无法和那么多哭泣的女人争辩，所以我们就回来了。"

我们听了简直震惊得说不出话来，但脑子里还是不免回荡着"不是早告诉你们了吗"的声音。绮奈特决定去看看这些妇女，和她们谈谈，试着从这件事中学得一些教训。但她必须先等几天，好让这些妇女至少从这次重大的创痛中稍稍恢复过来一些。

虽然我和绮奈特一直告诉莉莉安，她已经尽力了，但止不住发抖的莉莉安还是反复地说她有多么抱歉，未能顺利达成任务，完成这趟旅程。然而，她对于能够碰到那些印度妇女还是感到很兴奋，也渴望未来能去更多地方旅行。她把手伸进包包里，给了我和绮奈特一人一条项链。绮奈特的项链十分精致,而我的则是一个硕大的银项链,完全符合我的风格。至于莉莉安怎么可能在那一团混乱之中,还有时间想到我们,则是让我完全匪夷所思。

一切渐入佳境。我们聘用了更多工作人员,放出了更多贷款。几乎每一位借款人都能按时还款,而"独特应变"也已成为一个卢旺达举国皆知的机构。普登丝、爱格妮丝,还有所有其他的董事会成员都没日没夜地在批核贷款申请、审查贷款流程。大家认真工作的程度以及所做出的贡献,简直让人肃然起敬。这才是我想象中的"发展"应该有的景象。

人事更迭

然而,创业教会我的功课之一,就是当一切事情似乎都进行得非常顺利时,一定会发生一些事情,让你再度谦卑。由于"独特应变"发展迅速,绮奈特聘请了几位会计人员来协助我们处理账务并加强财务系统。大约一周后,这些会计人员神情严肃地走进绮奈特的办公室,要求与她单独一谈。

出了个大问题。接下来的几天里,她们发现我们的基金少了超过3000美元,而且还出现了一些灌水或造假的收据。所有的证据都指向爱格妮丝。爱格妮丝拥有银行所有资金的批核权,也负责我们所有的支出。当被问到款项短少的问题时,爱格妮丝似乎显得真的非常惊讶与失望。

"我可以怎样协助你们抓出这个罪犯?"她语带愤怒地说。

普登丝紧急召开了一个临时董事会,但并没有邀请爱格妮丝参加。当晚,紧张焦虑的气氛充满了那个位于二楼的会议室。我们要如何向赞助者交代?谁还会肯再捐钱给我们?普登丝提醒我们,这些当然都是非常重要的问题,但最困难的一件事情却是:谁能够面对爱格妮丝、恰当地处理她的问题？她可是卢旺达最受尊敬的女性之一。

在普登丝的领导以及允许之下，我们决定不去追究到底是谁挪用了公款。但身为执行长的爱格妮丝却必须为这件事负起责任——至少对内部而言。而我们对外的说法则是，爱格妮丝之所以离职，是因为她身为国会议员及法律专家的工作极为繁重，因而无法继续兼顾"独特应变"与日邃增的工作量。普登丝负责把这个决定告诉爱格妮丝。

隔天下午，普登丝要求爱格妮丝自动提出辞呈。爱格妮丝非常愤怒。她指出，身为执行长本来就能决定如何运用这个机构的资金。普登丝则告诉她，这个职务对于国会议员而言的确负担太重，这也成为我们对内对外正式的说辞。然而，普登丝与爱格妮丝之间因而产生的嫌隙，从此难以冰释。

爱格妮丝辞职后的一年内，她和我仍维持友好的关系。我们都假装什么事都没发生过。她仍然极力提倡女权，也与"独特应变"多数的领导人保持良好的关系。我则对于一连失去两位共同创办这个机构的女性国会议员而唏嘘不已；她们一位死于可能的谋杀，另一位则因贪污而去职。但我并没有花太多时间哀叹，因为我正忙于开展一大堆急需开展的事情。

05
蓝色烘焙坊

> 贫穷不容许自己抬头挺胸；尊严则不容许自己垂头丧气。
> ——马达加斯加谚语

走访基加利各地市场时，我很少发现妇女开设的摊贩或小店需要雇用一个以上的妇女或让一两个自己的孩子来帮忙，妇女做的生意都是最简单的。我很想知道，如何才能在基加利建立起一个真正能创造工作机会的事业。我觉得女性一定有比卖西红柿、米或篮子更好的生意可做。我开始到处打听，请人指点哪里可以找到雇用了三到五位以上员工的企业。

和薇若妮卡共事的宏诺拉塔告诉我，她曾经协助尼亚米兰伯的一群单亲妈妈进行一项计划。普登丝不经意听到了我和宏诺拉塔的对话，悄悄在我耳边说，那些女人都是妓女。我耸了耸肩，并没有特别介意这件事，因为在卢旺达，"妓女"这个名词似乎用得太泛滥了。一个在夜总会跳舞到深夜的女人，很容易就会被贴上淫荡或更难以入耳的标签。而且，我当时实在太渴望能够找到一家真正拥有成长潜力的企业了。

波尼斐司载着我们穿过了有钱人住的奇尤伍区，顺着保罗六世大道，进入尼亚米兰伯。那天天气炎热，空气沉滞，街上挤满了车，每一辆都得小心绕过路上的坑洞。妇女手牵手，头上顶着重物走在路旁。小店一家挨着一家，几乎都是商住混合体。书报摊、裁缝店、理发店、药店，还有晚上放映录像带的店，分别漆着蓝、绿、黄、橘等色，墙面都因年久而斑驳褪色。没铺柏油的小马路上则堆满了汽车零件及年代久远的残破车身。山丘的顶端耸立着一座清真寺，白底、鲜绿条纹，让我想起婚礼上的蛋糕，也仿佛是附近嘈杂环境中的一片小绿洲。

当时，卢旺达人多半是天主教徒，但尼亚米兰伯却拥有为数不少的穆斯林人口。清真寺旁是一间名叫"阿拉书报摊"的杂货店，以及一所伊斯兰小学。街道在此一分为二。我们的车往右转，经过一家裁缝店、一家服装行，以及门前高挂一双英式牛津鞋招牌的修鞋店，再经过两户人家，就到了我们的目的地：一栋不起眼的水泥建筑，卢旺达非洲女性创业协会[①]就藏身其中。

"我们合作了好几年，"宏诺拉塔说，"这些妇女都非常有心，我相信你会喜欢她们的。"

我心中不禁浮起母亲说过的一句谚语："通往地狱之路多由善心铺成。[②]"她说这话的意思是，我们应以行动来让世人知道我们的信念，而不是光靠言语或善心。我们在非洲看到许多出于个人或组织的善心，但这些善心在不经意间所造成的灾难、创伤及失望，足以印证我母

[①] Association Africaine pour des Entreprises Féminins du Rwanda，简称 AAEFR。
[②] 英文原文为：The path to hell is paved with good intentions。

亲的智慧。

一个名为"单亲妈妈"（其实是"未婚妈妈"）的团体，是宏诺拉塔和薇若妮卡的家庭暨社会事务部所协助设立的许多妇女团体之一。这些妇女是基加利最贫穷的一群人。她们将这群妇女集合起来接受培训，并从事一些能创造微薄收入的活动。这个团体的核心目标是建立一个"烘焙计划"，制作烘焙食品到城里去卖，同时也为别人订做衣服及手工制品。不久，我发现所谓的"创造收入"也是个误导，因为现场只有一位妇女在缝制衣服，其他人都只是安静地坐在一旁。

前厅里大约挤了二十多位身穿绿色格子短袖工作服的妇女。她们分坐在两张长板凳上，身后则是一张松木做的柜台，柜台后方则还有一排空荡荡的柜子。一眼望去，我完全看不见任何烘焙食品，也没有任何招牌、广告，说明她们提供的是什么产品。

"她们坐在这里等我们多久了？"我小声问宏诺拉塔。

"我也不知道，"她回答，"不过，她们已经很习惯等待到这里来参观的访客了。"

那里的气氛让我非常不舒服：一群无奈的女人呆坐一整天，只为了等候一位赞助者的来访，希望赞助者能够带着救济金走进门来，但自己却觉得完全无力帮助自己。

我礼貌地环顾那些妇女，轻轻向她们点头。问候她们："阿玛库鲁。"

她们的脸突然一亮，其中一位赶紧用手遮住自己豁然开朗的笑容。所有的人都同声回答"侬美萨"，就是"好"的意思。其中一两位开始对我说起卢旺达语，我忙着转头找宏诺拉塔，发现她已经开始翻译，顿时松了一口气。只要我做出任何小小的努力与她们沟通，她们都会报以热情的响应。卢旺达语非常复杂难学，似乎每个字都有四五个音节长。当我说了几句斯瓦西里语时,那些妇女都鼓起掌来,因为大多数穆斯林妇女都说斯瓦西里语。但我知道,自己的非洲语仍然只有幼童的水平。

一位身材结实、同样穿着绿色格子制服、看来极为和蔼的女士站在这群妇女前面,她名叫佩丝卡。她有一双充满笑意的眼睛、方方的下巴,以及一张宽阔开朗的脸。她立刻让我想起我的祖母,以及她那些身材结实得像树干、双手能干粗活、但却又非常可爱的姐妹们。佩丝卡一把握住我的手。

"欢迎、欢迎,"她说,"我们很高兴你能来参观。"虽然我未能如她们所期望的带着一些资源(最好是钱)来,但她的欢迎绝对是真诚的。

当佩丝卡和我开始用法语交谈时,那些妇女都紧盯着我们。在卢旺达,精英阶级的小孩很小就开始读法语,但穷人的小孩在学校里学的都是卢旺达语。这些女孩最多只受过一两年的学校教育,因此完全不懂法语。她们的年纪似乎只有十八到二十多岁,还带着一些纯真的气息。她们脂粉不施,手上没有指甲油,身上没有任何首饰,也没人穿着暴露的衣服。她们大多穿着夹脚拖鞋,而她们的工作服看起来和监狱制服没什么两样。

我不禁想起"妓女"这两个字,以及语言的强大隔阂力。没有钱、没有任何选择的女性很容易就被归类为"弃妇"。非洲穷困的妇女通常只能单独抚养小孩,因为她们要么是没有丈夫,要么是丈夫必须到外地去工作。贫穷有时甚至会迫使她们必须以自己的身体来向房东抵换付不起的房租。她们这么做不是为了赚钱,而是为了要在残酷的世界中存活下去。这个计划中的女子是否也做过这样的事,完全不在我的考虑之内,但我对那些觉得有权随便贴人家标签的人感到万分愤怒。他们完全不明白,虽然这些女性极为弱势,但她们和任何人一样,都有权拥有自己的梦想。

在我进行自我介绍之后，这些妇女也害羞地一一说出自己的名字：玛莉·萝丝、高登丝、约莎法、伊玛裘拉塔、康莎拉塔，这些名字让我联想起针织品和蕾丝，而非企业。她们说话时，声音中带着一种说不出的温柔，我真希望自己能尽快找出方法来帮助她们。

制衣计划显然行不通，尤其卢旺达的二手衣市场正在蓬勃发展。我请佩丝卡帮助我了解她们的烘焙计划。她先带我参观那个只有两个房间的烘焙坊。在后面的房间里，一台电烤箱孤零零地立在那里，旁边只有一张桌子和一个做松饼的铁盘。外头，几个油锅里正炸着三角形饺子，锅子下是手工打造的铁炉。虽然我们没有带钱来，也无法给她们任何承诺，这些妇女仍然尽心地为我们准备点心。

我问佩丝卡烘焙计划的运作方式。"其实很简单，"她说，"每天早上天刚亮，几位妇女就会进来准备当天要做的东西。其实我们每天准备的品种都一样，因为大家都喜欢它们。"

日后，我将对这些点心的种类极为熟悉（不想熟悉都不行），它们包括：法式甜甜圈③、法式炸油条④、三角形饺子、小松饼，还有热奶茶。这些妇女会在上午十点左右，把这些点心拿到政府机关办公室里去卖，每个卖 10 法郎。然后，她们会带着卖得的现金回来，交给佩丝卡，没卖完的食物留到第二天再卖。

我蛮喜欢这个主意。根据我在联合国儿童基金会办公室工作的经验，我知道每个人到了早上十点半或十一点左右都会饿得哇哇叫，因为大家早上七点半就进了办公室，而在午餐前并没有点心时间，而且办公室附近没有任何卖点心的小店，一般人也不习惯从家里带东西到办公室来吃。现在这个"攻心计划"最大的问题是我们的产品质量不理

---

③ beignets，炸面团，上面洒满细糖粉。

④ batonnets，条状的炸面团。

想,而且似乎也没有有效的配送制度。

"我能怎么帮你们呢?"我问道。

佩丝卡回答说:"这些妇女实在太穷了,她们赚的钱太少了。她们每天都来这里工作,但我们还是每个星期都亏钱。"

宏诺拉塔点头同意。

"她们每天可以赚多少钱?"我再问。

"一天50法郎,"佩丝卡回答说,也就是5毛美金,"而她们多数都有好几个孩子要养。"

"你们每周亏多少钱?"

佩丝卡拿出大大的绿色账簿,里面仔细记录了她们每天支出、赚进、支付给这些妇女的每一块法郎。平均算来,这项计划每个月大约亏损650美元。

"谁负责偿付这些损失?"我问。

"有两个慈善组织,"佩丝卡说,"但我们不知道他们会支持我们多久。"

"他们根本就不该继续支持这个计划。"我想脱口而出,但还是把话给吞了回去。一个月用650美元的善款来帮助一个只能让20位妇女每天赚5毛钱的计划?如果直接把钱均分给这些妇女,她们每人每天可以获得3倍的收入呢!许多传统的慈善计划常常落得铩羽而归,这不正是一个最好的例子?在这个例子里,一些"善心人士"让这些贫穷妇女有了一些好的事情可做,像是做饼干、制作手工艺品,而他们则负责补贴这些计划,直到钱花光为止,然后,他们又会另外再去开办一个新的计划。这简直是让穷人永远无法翻身的最好方法。

我感到十分疑惑,为什么这些慈善机构有这么大的耐心,愿意为了让这么一小群妇女得到非常有限的收入而持续给予支持?这个计划如何长久存活?这些妇女如何才能彻底改变自己的生活?

佩丝卡耸了耸肩:"大家都还过得去。"

"佩丝卡,这样是不够的。"我说。

"没错,"她回答,显然感到有点尴尬,"真的是不够。"

我开口就批评,真是愚蠢至极。这正是许多西方人失败的最大原因:在草草评估之后,我们立刻就可以告诉贫民区的人,他们做错了哪些事,甚至可以立即提出解决之道。

我马上道歉,重新来过:"你们是否可能卖出更多的产品?你们有可能降低成本吗?"

事实上,她们已经做了许多尝试。佩丝卡解释说:"我们发现,找到更多的顾客比降低成本容易一些。"她看着我,好像把球丢到了我手上,该我回应了。

我想了一下。"我跟你谈个条件,"我慢慢地说,"如果你们愿意放弃慈善捐款,把这个计划当成一桩事业来经营,我就帮助你们把它做成功。"我伸出手,问佩丝卡,"你愿意这么做吗?"

佩丝卡听了我的提议后,惊讶地扬起了左眉。当她伸出手来握住我的手时,果断地用斯瓦西里语回答说:"非常愿意。"

我们的目标和一般的企业并无二致:增加销售、降低成本。我们决定第二天就展开行动,决心把这个计划转变成一个真正的企业,自负盈亏。

宏诺拉塔和我一起爬上吉普车时,我看了看她,笑着说:"谁能想象,一个连烧饭都不会的人,竟然要帮助一群妇女在尼亚米兰伯开烘焙坊?宏诺拉塔,你觉得这群妇女有可能接受挑战,把一个慈善计划变成一个企业来经营吗?你觉得我能把销售技巧教给她们吗?因为这些妇女刚才几乎完全没说话。在我说话的时候,她们大多只是低着头看地上。我觉得这不会是个容易的任务。"

她带着促狭的笑容看着我说:"或许亲爱的上帝也正要教导你如何扩充自己的能力呢!"

陪她们跨出第一步

第二天我到得很早。那些妇女热情地欢迎我,脸上带着大大的微笑。由于语言不通,我们只好比手划脚,偶尔用一两个法语或斯瓦西里语单词彼此沟通。当那些妇女展开早上的工作时,我更仔细地翻阅了她们的账簿。烘焙坊显然还有一条长路要走,但开展一项可能改变许多人生活的计划,让我全身精力充沛、生气盎然。世界似乎放弃了这群妇女,但她们现在有了一个机会,可以为自己做一些重要的事,而在这个过程中,或许也能让一般人对贫穷女性所能发挥的潜力,产生完全不同的看法。

由于我们一开始就有 20 位成员,因此,扩充销售量以平衡支出,是我们该做的第一件事。与其说服现有的客户每天购买更多的甜甜圈,不如大幅增加客户人数。在当时的基加利,要达到这个目标,我唯一能想到的方法就是以拥有大量员工的机构为目标,主动上门销售。这样才最符合我们配送服务的成本。

我请佩丝卡为我翻译:"哪一位愿意和我一起到城里去,找一些大使馆和机构的主管,请他们同意让我们为他们的员工提供点心服务?"一时之间,20 张脸孔全往地板看。

"别担心,"我说,"谈话的事由我负责,但你们必须开始学习如何营销。会很好玩的。"

她们连动都不敢动。

很不幸地,高高瘦瘦,虽然有着大大的齿缝,但长长的脸蛋一再让我想起贾克梅第[5]画作的康莎拉塔,不小心成了第一个把头抬起来的人。我立刻邀请她担任我的同伴。其他人全都松了一口气,笑了起来,

---

[5] Alberto Giacometti,20 世纪重要艺术家,生于瑞士,瑞士法郎百元面值的正反面分别印着他的肖像与作品。

拍着手，想象她们这位害羞的朋友在基加利的街上敲着办公室大门的景象。

康莎拉塔不多话，仪态优雅，一向在工作服外穿着牛仔外套。她和我一起坐在吉普车后座，听着波尼斐司用法语在前面喋喋不休。只有在我要求波尼斐司进行翻译时，康莎塔拉才有机会进入状况。

"当你去办公室里卖东西时，你通常会跟人家说些什么？"我问她。

"我什么话也没说，"我几乎听不到她的声音。波尼斐司必须请她再说一遍才能帮我翻译。"我只是走进那些政府机构的办公室，因为大家都知道我有些什么东西，所以会主动叫我过去。"宏诺拉塔早已说服家庭暨社会事务部，让她们进去卖点心，那里成为她们最主要的客户。

我们一路讨论如何争取新客户，包括：如何建立关系、快速树立信誉、提供产品给潜在客户试吃等。虽然从康莎塔拉的表情看来，她显然觉得我简直是疯了，但她听进了我所说的每一个字。

第一天，我们一口气拜访了五所大使馆，几乎跑遍了联合国所有的相关机构。虽然康莎塔拉很少开口，但我们还是收获颇丰。当法国大使馆同意我们第二天早上开始就可以进入他们办公室销售点心时，我给康莎塔拉一个大大的拥抱，一阵惊吓后，康莎塔拉展颜而笑，回了我一个拥抱。

当我们回到尼亚米兰伯时，太阳已经下山，我们两人累到虚脱，但也有极大的成就感。我们的客户一口气增加了一倍，而且销售范围已不限于卢旺达各政府部门。我们开始为联合国组织及好几家大使馆提供服务。我们终于上路了。

第二天早上，我比平常更早起，慢跑过晨雾弥漫、满地落叶的奇尤伍郊区，一路跑到正在苏醒中的尼亚米兰伯。太阳才刚要升起。头上顶着香蕉、身旁带着孩子的妇女宛如影子般，在幽渺的晨光中穿梭。我花了不到半小时就跑到烘焙坊，发现一些妇女早已在认真工作。她们蹲坐在传统的烤炉前一边炸甜甜圈，一边东家长、西家短，伴着面团下锅时热油发出的"滋滋"响声，创造出一种迷人的情调。

到了八点，其他人也到了，立即加入清洁工作或帮忙烹煮，然后把刚起锅的食物整齐地摆放在一个个橘色的塑料桶中。每个人都会领取自己认为可以卖得出去的数量，下午再把没卖掉的带回来。我看着约莎法和其他人一一选取她们所要的品种，而橘色的桶子正好与她们绿色的制服形成美丽的对比。她们还会领取一瓶保温奶茶，然后出门挤上一台白色迷你巴士，尽量把所有的东西放稳在自己的大腿上。对她们许多人而言，这一天必须带着特殊的勇气出门，因为她们将走进一些大使馆，以及许多从来没有到过的地方。

营业额在第一周就大幅增长，但却没有达到该有的数字。我们的存货管理似乎出了问题，晚上回收的货款和早上出门的产品数量完全兜不拢。当她们把篮子带回来并缴回销售的货款时，我和佩丝卡发现，所有现金和剩货加起来竟不到早上出货的三分之一。我的心一沉，因为有人不老实！我们投入那么多的善意与信任在这里和在她们身上，难道她们不觉得自己欠我们一些公道和诚信吗？

从她们的角度来看，显然不是如此。例如，其中一位告诉我们她当天卖了10个甜甜圈，但根据我们的计算，她早上应该拿了23个出门。她要不是一路上自己啃掉了一大堆的甜甜圈，就是卖了甜甜圈，却把钱给私吞了。我简直心碎至极。佩丝卡比我看得开，她提醒我，至少康莎拉塔、高登丝、还有其他一些人都是分文未取、完全诚实的。

我尽量不把这件事看成是针对我而来，但我知道她们正在测试我的坚持与耐力。她们不会因为对我的感激而变得诚实，因为她们看过太多像我这样的人，因为忍受不了挫折而来来去去。对我而言，最大的挑战是如何立即解决眼前的问题，然后创造出正确的奖励制度，以便在我离开后，这个事业还能长久经营下去。

我们现有的出纳、会计制度完全是基于信任而设计的，根本没有任何监督功能。每天早上出门前，没有人记录每个人带出多少产品，下午回来时，当然无法确认带回的现金与剩货加起来的数量是否与早上出门时相符。事实上，有些人根本就把销售所得的现金完全纳入私囊，不考虑任何后果。我发现这些人之所以不理会这个制度，其实是因为她们看到我们并没有严谨地看待这个制度。

我已经在"独特应变"的借款人身上见识过这种心态。这些妇女在测试我们，而这一次我知道我们该如何让她们明白：我们真的非常在乎。

佩丝卡和我熬夜设计了一套简单的制度，确保每个人为自己的行为负起责任，以及奖励个人表现及整体绩效。第二天早上，我们发表了一场展现坚定意志的演讲，谈到对大家的高度期待，同时强调大家在这个事业里是如何的生死与共、同舟一命。如果我们有盈余，每个人都能分享利润；如果出现亏损，则每个人都得按亏损的程度减薪。在新制度中，每个人都会有一份底薪，然后再依个人绩效发给奖金。这个事业的成败，将是她们每一个人共同的责任。

我愈来愈清楚应该如何设定期待值。更重要的是这些妇女也开始愈来愈尊敬我。在人类所有的人际关系中，彼此间的互动模式几乎都是很早就确立。未来，我们还得继续破除大家的"慈善事业心态"，将这个计划变成一个真正的事业。

每周五，我们会邀请整个团队在前厅聚集，进行每周一次的"企管一零一"课程及精神喊话。通常，我会邀请她们与我一起进行角色扮演。有一周，我邀请团队中最忧郁的成员高登丝来扮演销售人员。高登丝有一头剪得极短的非洲头及我所见过最颓丧的眼神。我已将让她发出笑容设定成自己的一项工作目标。她当然不是我们团队中最外向的一个人，但一时间，我也想不出任何更合适的人选。

"来，"我用法语说，而佩丝卡则一向充当我的专属翻译，"我是住在附近的邻居。有一天，我闻到了三角形饺子的香味从店里传了出来，所以我走了进来。这时，你会怎么做？"

高登丝盯着地板，双手交叉在背后。她动也不动地站在那里，不说一句话。

我深吸一口气。

"让我们先谈谈眼神接触。"我继续说。在讲解如何让客人觉得亲切、受欢迎的基本技巧后，我继续尝试与高登丝进行角色扮演。她依旧不说话。高登丝简直痛苦至极，其他人则大笑不已。

我决定找另外一位再试一下。"康莎拉塔，在一台迷你巴士里，我就坐在你的旁边。我肚子很饿，你能在我下车前成功地卖给我一些食物吗？"

当佩丝卡翻译了我的话，整个房间突然发出一阵窸窸窣窣的笑声，就像打开了一瓶香槟。

康莎拉塔猛摇头，嘴里喃喃自语。

佩丝卡展开了一个"可怜的外国小姐，你还有好多事得学"的笑容。

"怎么啦？"我赶紧问。

佩丝卡没等康莎拉塔回答就直接告诉我："因为这里的女性是不可能在一台巴士上要求一个陌生人买她的东西的。"她声音里带着点儿恼怒。

"为什么？"

所有人又突然大笑起来。她们很想力图振作，表现得矜持一点，但这件事实在是太好笑了——对她们而言。

佩丝卡解释说:"因为这样非常不礼貌。"

不礼貌?这根本就是"我们这里不这么做"比较委婉的说法。换句话说,由于女人认定自己是社会上阶级较低的人,因此绝不会有胆量在巴士上随便打扰别人,更别说卖东西了。这件事在这里就是不可能发生的,而她们每个人都这么认定。虽然我了解这是她们的习俗,但我还是希望日后能继续在这件事上施压,看能不能在这些发展潜力十足的女性身上,挤出一点自信来。

我们回到客户关系以及创造市场的议题上,也就是如何让大家认识我们的产品、想要向我们购买。我的表现越是夸张,她们就笑得越厉害。

眼看我完全不了解这些妇女的反应,佩丝卡温柔、礼貌地对我说:"杰奎琳,你真是个彻头彻尾的美国人。在这里,女性绝不会直视别人的眼睛,也绝不会与陌生人谈话的。你必须接受这个事实,因为我们这里就是这样。"

"我了解,佩丝卡,我真的了解,"我也有点恼火了,"我只是想要给这些妇女一些奋战的精神。我从来不会毫不抗拒地就接受现状,为什么在卢旺达就得例外?而且在这里,改变绝对是件好事。我并没有要这些妇女去做不对的事情,我只是想推她们一把,让她们思考一下,我们要如何才能把这个慈善事业变成一个真正的烘焙坊,可以让她们每个人都有真正的收入。这个过程中,她们或许真的会感到有点不自在,但我也并不想要改变你们所有的传统。"

"我了解你的想法,"佩丝卡说,"但是在卢旺达,改变是缓慢的。你必须给她们时间。"

"如果我们以所赚到的利润来衡量我们是否成功,将可以成为推动改变的重要激励因素呀,佩丝卡。"我努力坚持。

她看着我,温柔地摇摇头。

"好,你看。"我一面说,一面拿起一个橘色桶子,把甜甜圈、小松饼、三角形饺子往里面放,直接冲到阳光灿烂的街上,就在大门前开始对来往的人兜售产品,不一会儿就卖掉了10个甜甜圈,比许多人一整天卖得都多。然后,我雄赳赳、气昂昂地转头走回屋内,拉起裙子向大家一鞠躬。

那些妇女拼命拍手、咯咯地笑,兴奋地挥舞双手。但佩丝卡却把脸埋进她的手里,继续摇头。"杰奎琳,在尼亚米兰伯的街上,很少有人会对一个试着卖东西给他们的高大美国女孩说不的。"

我决定认输,把第二课留待改天再上。

但我绝没有就此放弃。为了提升业绩,我让这些妇女彼此竞赛,看谁能卖出最多产品,但没有人愿意参与。我为她们开训练课程,教她们如何对待客人,但大家反应冷淡。我持续在每周五对大家精神喊话,并不断提醒大家,我们一定会建立起一个真正的烘焙坊,而不再只是一个慈善事业;我们会把高质量的点心卖给全基加利的人。佩丝卡为我进行翻译,而那些妇女则耐心地微笑着。虽然我一直不确定她们是否真的了解我说的话,但业绩却真的开始上升了。有些事情显然开始发挥功效了。

几个月之后,烘焙计划开始转亏为盈,所有人也都开始准时上班。虽然她们都还没变成积极的销售人员,但她们的橘色桶子和价格合理的点心已经在整个基加利打出了名号。愈来愈多的机关行号开始与我们签约,向我们订货。有生以来第一次,这些妇女看见她们在工作上的付出与自己的收入间的相关性。她们开始相信,我们真的有可能成功,而她们自己在这个成果中扮演了关键的角色。

那一片美丽的蓝

人生总是如此，往前走两步后，有时不免又得后退一步。一天下午，我接到一个朋友的电话，她说她当天开派对，一直在等我们送点心去，但她订购的点心却杳无踪影。我赶紧打电话给佩丝卡。她告诉我，当天轮班的妇女一个都没到。当时还没手机，所以她花了好一阵子才联络上康莎拉塔、约莎法和其他几个人。我们发现，原来她们都去参加一位朋友的丧礼，她们觉得这个女人订的货必须等候。

我和波尼斐司十万火急地赶到烘焙坊，佩丝卡和几个她从附近找回来的妇女正卖命地制作点心。当点心送达派对时，我们整整晚了两个小时。我的朋友至少假装她能谅解。回到烘焙坊，我掩不住满脸愠怒，而佩丝卡则觉得万分尴尬。第二天早上，我们问那些去参加丧礼的人昨天到底怎么回事。她们理所当然地回答，因为她们的朋友过世，所以那位女士所订的点心当然就会有所延迟。

那个周五，我们召开了一次会议。所有人都坐在长板凳上，眼光看着前方，不发一语。我们讨论了承诺，以及信守承诺的重要性。"我们不是叫你们不要参加丧礼，"佩丝卡告诉她们，"但我们人手很多，如果你们有事没办法来上班，应该要为自己找到代班的人。记得，这是你们的事业。"

这些妇女当时才开始认知到，这个计划的成败完全系乎她们自己。要让这个计划成功，每个人都得把它视为一个正式的企业。我们有足够的顾客可以让我们有利可图，而现在已经到了我们把自己视为一个真正的企业的时候了。虽然我在第一次来访时，就已经向所有人强调过这件事，但她们却花了好几个月才真正认识到这件事的重要性。

我又向佩丝卡提出了一个想法：我们可以把这间房子改成一间真正的烘焙坊，以便直接将我们的点心卖给附近的民众。尼亚米兰伯的人都已经开始直接称我们为烘焙坊，但我们却还没有一个真正的店面,一个顾客可以直接走进来买东西的地方。我们的妇女每天还是会带着她们的篮子进城,到各大机关、办公室去卖点心,但一旦我们有了正式的店面,我们不但可以提升业绩,还可以打出自己的品牌,扩充我们的产品线。佩丝卡非常喜欢这个想法。

首先,我们决定重新粉刷我们的店面。我们屋子的外墙原本是一层沉闷的灰色油漆,内部则是乳白色墙面,但也已布满污渍与刮痕。我们必须把一切装点得焕然一新。我自觉地希望聆听这些妇女的声音,而不是直接丢出我的想法,于是告诉大家,我愿意出钱买油漆及所有相关材料,但她们必须决定自己想要的颜色。

当她们完全不肯对颜色发表任何意见时,我强力克制自己,绝不提出任何建议,因为我知道,只要我提出任何建议,她们一定会为了迎合我而立刻放弃自己真正的想法。我一再向她们强调,这是一间在她们自己的国家、在她们自己的街坊、属于她们自己的烘焙坊,但我的话犹如耳边风,完全发挥不了任何作用。

"你有什么建议?"她们会反问我。

一个星期、两个星期、三个星期过去了。每个星期,我都会问她们相同的问题。每个星期,我同样得不到答案。

到了第三个星期最后一天,我决定放弃,因为没时间再磨下去了。"蓝色怎么样?"我问道。

"蓝色好,蓝色很好,我们很喜欢蓝色,就让我们漆蓝色吧。"

我在城里唯一的油漆行里买了一些亮蓝色的油漆,挑了一块蓝色格子布做窗帘,还买了几块板子,打算做招牌。妇女们缝制出完美的窗帘,而我则花了一整夜,漆出店内外的两块招牌。因此,我们有了自己的名字,就叫做——尼亚米兰伯的蓝色烘焙坊。招牌上的店名是用法语写的,用以凸显身份与特质。虽然尼亚米兰伯大多数人都不懂法语,而且很多人不识字,但身份象征可是很要紧的。

粉刷当天,每个人都来帮忙。我的朋友查尔斯,一位在联合国开发总署工作、高高瘦瘦的25岁法裔加拿大人也过来了。他穿着皱巴巴的牛津格纹衫和卡其裤抵达现场。当他打开收音机,艾瑞莎·弗兰克林[6]那韵律感十足的旋律及黄金嗓音流泄在整个街上时,我们的妇女都对他表示了十足的欢迎。我们一起查看油漆的颜色,纯粹的蓝,明亮而清爽,大家都很满意。

我们原先希望将店里的墙面漆成纯白色,然后再用蓝色油漆装饰所有的边条。但大家显然更希望将一整面墙都漆成晨光蓝。我们后来甚至把一些窗子都漆成了蓝色。那些妇女一面跳舞、笑闹,一面快乐地想把油漆涂满全世界。高登丝的短发上洒上了点点蓝漆。一部分门外的人行道也被漆成了蓝色,而外面灰色的墙面上也喷上了蓝色的雀斑。头顶上,清朗的天空仿佛一个巨大的水晶穹顶,微风也仿佛从天而降的祝福,温柔地吹拂在这个被世界遗忘的角落。

我们的邻居都围了过来,争睹一群女人挥舞着蓝色刷子,坚拒身旁小男孩哀求要帮忙粉刷的奇特景象。旁观者大口吃着松饼,其他人则在街上跳起舞来。当艾瑞莎·弗兰克林大喊"R-E-S-P-E-C-T"(尊重)时,大家的屁股和油漆刷子都跟着一起摇摆,即便是最阴郁的高登丝都笑开了。

经过整整八个小时的努力,终于完工了。我和大伙儿一起站在街上看着自己的杰作。我们又热又饿,而且一身蓝漆。但有那么一分钟,大家一句话都没说,就那么静静地站在那里。

真是太美了。

"这颜色简直太完美了。"我说。我身旁每一个人都点头同意——

---

[6] Aretha Franklin,美国流行音乐歌手,有"灵魂歌后"之称。

除了高登丝以外。

我看她噙着一口气。"怎么啦？"我用眼神问她。

她跟佩丝卡咬了咬耳朵，而佩丝卡则幽幽地摇了摇头。

"怎么啦？"我又问了一遍，一边眉毛挑得老高。

"她说这样确实很美，"佩丝卡翻译说，"但我们的颜色却是绿色。"

高登丝是唯一有勇气说出真心话的人，她却也等到一切都太迟了才说出口。后来大家同意，烘焙坊仍将保持现有的蓝色，而大家也会继续穿着绿色制服，形成美丽的对比，相互辉映。

那天晚上，我满身油漆，从尼亚米兰伯独自走路回家。我累呆了，但心情兴奋。然而，我的心中还是充满了困惑，因为即便这么努力想聆听她们的声音，到头来还是选错了颜色。一方面，我真的不愿再耗费几个月，期待她们可以自己做出决定。但另一方面，我也发现，自己的聆听能力恐怕得再加把劲。因为聆听不是只需要耐心等候，我还必须学会如何问对问题。一辈子仰赖别人善心度日的人，真的很不容易说出心中真正想要的东西，因为别人通常不会问他们想要什么，即便真的问了，身处穷困的人也会认为人家根本不会想听真话。我必须承认，自己还需要与这些妇女建立起更高的互信。

我们美丽的烘焙坊并无法阻挡所有可能发生的问题。一天早上，当我走进联合国儿童基金会办公室时，神情紧张的办公室助理戴米辛告诉我，半个基加利城的人都打电话进来了。"因为好像全城的人都因为你们的点心而出了问题。"他说。

"你说的'出问题'是什么意思？"我问他。

他尴尬地看着地板，小心翼翼地说："有些人好像开始肚子痛，好多人都回家休息去了。"

食物出了问题。我立刻打电话到所有大使馆和政府机构去道歉，并保证一定会解决这个问题。我和波尼斐司立刻火速冲往烘焙坊，去找那些正在后面房间煮东西的妇女。

"每个人都上吐下泻，"我说，"你们是不是做了什么不一样的事？"大家都摇头。

我要求查看她们正在准备的食材，但立即闻到一股令人作呕的酸腐味。

"你们上一次换炸油是什么时候？"我急着问。

"喔，从来没换过，"约莎法一派天真地说，"我们只是每天多加一点新油进去。因为我们必须压低成本，这样才能有更高的利润。"

下一课：品质管控。

从错误中成长

即使一路颠簸，几个月之内，我们还是攻下了整个基加利的点心市场，而且产品线从各种不同形状的炸面团，扩充到炸树薯片、炸香蕉片（切成薄片，油炸后再撒上盐和辣椒粉，然后装在塑料袋里出售）以及奶油花生饼。当我们跟当地的一家蜂蜜工厂购买塑料桶时，我开始梦想着，有一天我们也会开一家工厂，为当地人创造几百个（甚至几千个）工作机会，因为我已经亲眼见证我们的烘焙坊如何改变了20位妇女的生活。很少有企业家或赞助者愿意到非洲来投资，但是我已经看到了巨大的改变潜力。我告诉自己，有一天我一定会带着更多的经验回到非洲，不论是开一家工厂或建立一个大型私人企业，目的就是创造更多新的工作机会。

但就眼前而言，除了在"独特应变"的职务外，我的生活几乎全部投注在烘焙坊的工作上，因为我希望确保它一定能成功。炸树薯片和炸香蕉片成了当地人的最爱。我们还把辣味的树薯片和香蕉片批发给许多零售商，许多人还会自己到我们在尼亚米兰伯的门市去领取订购的货品。虽然大多的营销工作还是落在我的身上，但我们的妇女已经有足够的信心，可以到各个零售商店去帮人家补货了。有时候，我会和几位妇女一同进城，绕到各个小店，只是为了能骄傲地指出我们自己烘焙坊的产品。我们一起创造了一种全新的产品，而且大家都爱上了它。没有什么事能比这个更让人高兴的了！

八个月之内，我们的妇女已经可以每天赚到 2 美元了，是我们刚开始时的 4 倍之多，也比绝大多数基加利人的收入高得多。又过了几个星期，她们每天甚至已经可以赚到 3 美元。在卢旺达，很少人可以有这么高的收入，更别提女性了。她们的收入可以让她们决定什么时候说好，什么时候说不，这对她们来说还是第一次。金钱就是自由、自信，以及选择的权利。而选择的权利则代表了尊严。烘焙坊里的团结气氛也给了她们一种归属感，让她们益发坚强。

当我们的烘焙坊成功打下点心市场后，我们决定将下一个重心放在面包上。基加利的面包通常质量很糟。美国和一些欧洲国家先是大幅补贴像卢旺达这种国家的农民，然后又把过剩的小麦大量倾销回来，因此，不管穷人、有钱人都得买那些经过漂白、满是虫子的过期面粉。城里有几家店有卖自制的面包，但大多也都很不新鲜。与此同时，基加利四周布满了许多种杂粮的田，而这些杂粮的价格极低。我们觉得这可以成为我们制作高营养杂粮面包的成功关键。

佩丝卡和我不断讨论把杂粮面包带入市场的重要性，低收入妇女尤其可以受惠于杂粮面包较低的价格。一位意大利女士给佩丝卡一份食谱，她不断进行测试，有一天，终于烤出一盘非常可口的全杂粮面包。我们开始在尼亚米兰伯贩卖这种面包，但却苦尝败绩。我们发现，贫穷的卢旺达人竟然比较喜欢白面包，不是因为它们比较好吃，而是因为那是一种奢华的象征，因为白面粉是"进口货"。卢旺达人不介意白面包的价格比较贵，事实上，价钱高反而让这些所谓的"进口货"更吸引人。

虽然面对了各种试验、失误、挫折，但是在佩丝卡的领导下，我们那间小小的烘焙坊生意仍日渐兴隆。佩丝卡至少在尼亚米兰伯打造出一个完全靠自己的产品而成功的事业。这个事业不但能完全自给自足，同时还让那些妇女清楚了解，她们绝对有能力掌控自己的生活。蓝色烘焙坊在我离开很久以后还持续经营着，直到卢旺达的那场大屠杀摧毁了原本那么美丽的国家。

蓝色烘焙坊是一个人们因为受到重视、被要求为自己负起责任，因而成功扭转了人性的故事。我很荣幸能亲眼见证那些妇女因为被赋予自主求生的工具而获得尊严感的过程。我也认识到，在人类彼此沟通的方程式中，语言所扮演的角色恐怕只占了其中的一半。我发现在打造一个事业时，"责任感"所能发挥的强大力量。我也学会了如何诚实做自己，笑看自己的错误，与那些妇女分享成功的喜悦，以及如何用自己的心去聆听，而非只是用脑袋——或许这也是最重要的一点。

06
在黑暗中漫舞

我只有一个要求／我要的不是金钱／虽然我有此需求
我要的也不是食物……／我只有一个要求
我要的只是／你来移除／挡住我前进的／障碍
——毕代克①,《非洲女人之歌》

那是 1988 年初,当时我绝大部分时间仍花在基加利的"独特应变"和蓝色烘焙坊上。晨跑是我唯一的休闲,也是我思考的时间。我一向非常珍惜黎明时光,尤其是在非洲。我喜欢和大地一同苏醒的感觉,看着天色逐渐发白,聆听身旁的虫鸣鸟叫。在基加利,清晨常有浓雾飘浮在墨绿色的山丘前,就像一条长长的鲜奶油,直到它慢慢融化,亮蓝的天空就此展现。基加利的街道常笼罩在九重葛和木槿形成的天篷

---

① Okot p'Bitek,乌干达作家。

下，它们释放出来的香气弥漫在整个空气中。

一个温暖的早晨，虽然街上已经传来喧嚣声，但我却一根肌肉也动不了。我的关节剧痛，脑袋好像不断受到重击，而且一直隐隐作呕。我把自己拖到早餐桌旁，向我的室友形容自己的情况。他们是一对夫妇，先生是一位意大利来的医生，太太则是来自乌干达的护士玛格莉特。他们彼此对望了一眼，玛格莉特用手摸了一下我的额头，简单一句话："疟疾。"

他们给我吃了奎宁②，我爬回自己的床上。接下来几天我都在床上度过，高烧来来去去，加上狂乱的梦，以及手肘、膝盖的剧痛。我的身体一下冻到发颤，一下又仿佛落入火坑。我在卢旺达认识的每个人几乎都得过疟疾，有些人（像"独特应变"里的一位同事）甚至不幸丧命。现在我完全明白，为什么非洲大陆会只因为一项疾病而生产力大损——每年，非洲大陆约有 2.5 亿人受到疟疾的荼毒。

朋友们来安慰我，给我吃木瓜，喂我吃药，还泡了热茶要我喝。有句斯瓦西里谚语说，"以热攻热"。因此，热茶成了对抗炎热天气和发烧的良药。躺在床上，我一直在想，到底要花多少时间才能重新恢复元气。但与此同时，我也为自己一向身强体健、活力充沛而感恩不已。

身体的疼痛与精神错乱的状况大约持续了一星期，我迫不及待想重回往日的生活，因为银行里和烘焙坊都积压了太多事情，我不希望再浪费任何时间。不过我那举止谦柔的医生西萨要我再多休息两天，以便恢复体力。就在我居家养病的最后一天，普登丝突然来访。

她走进我房间，取笑我："或许这是上帝唯一能让你慢下脚步、休息一下的办法。"

---

② 俗称金鸡纳霜，一种主治疟疾的抗疟药。

"这一点都不好笑。"我回答,而且向她保证我已经休养好了,觉得神清气爽,迫不及待想重回战场。

普登丝大叹一口气:"唉,我最亲爱的,我们真的非常感谢你这样大力推动事情的进展。但是,对卢旺达目前的状况而言,你的脚步或许跑得太快了一点。我们必须掌握正确的速度。你也知道,在这里,改变是比较缓慢的,对吧?我们得让这些妇女跟得上我们的脚步,而不是自己一直往前跑,把她们远抛在后面。"

"大家之所以觉得跟不上你的脚步,"她继续说,"是因为我们的生活中有许多其他的责任与义务。我们有丧礼、婚礼、孩子出生等事情要应付,对吧?如果你不稍稍慢下脚步,我担心'独特应变'对你的依赖会愈来愈大,而我们的妇女反而无法自己承担更多的责任。"

普登丝的诚恳与直接让我一阵脸红,但我的心也直往下沉。我很惊讶那些妇女会觉得我的脚步太快,因为没有任何人对此表达过任何意见。事实上,我觉得事情刚好相反。因为每次当我们在期限前完成任务时,每个人都会欢呼雀跃,而且一再砥砺自己,我们真的达成了原以为不可能的任务。当然,我确实对事情的进度逼得很紧,因为我担心大家会因为缺乏急迫感而失去动力。

我深吸一口气,希望仔细听清楚普登丝的意思,而且我知道,她说的可能真的没错。我们的速度或许确实比较符合我的步调,而非这些妇女的步调。

"那你建议我怎么做?"我问普登丝,而且恐怕还带着一点自卫的心态。

"我们最近一直在思考这个问题,而且我也和玛莉·瑞赛莉丝讨论过了。"

玛莉是联合国儿童基金会东非办公室的主任,是一位小区组织的高手,也是我的朋友。

"我们认为，以你旺盛的精力与充沛的热情，如果能在卢旺达待两个月，然后轮流到儿童基金会驻东非各国的办公室去工作两个月，协助当地贫民窟或偏远地区的妇女进行创业，那就太棒了。这样，你会有机会更全面地了解非洲，同时也能帮助卢旺达的妇女建立起一个可长可久的事业。"

虽然被人形容成像一只精力过剩、停不下来的小狗确实颇让人伤心，但一想到每两个月就有机会到其他国家去工作一段时间，却也让我心动不已，因为基加利确实让我感觉到了一些压抑。我不确定其他东非国家有些什么事情在等着我，但非常高兴能到新的地方去探险。

一周后，我前往内罗毕去和玛莉共处几日。一次早餐中，这位娇小的菲律宾女士把手放在我的肩膀上，告诉我，普登丝真是送了我一个珍贵的大礼。

"你知道自己有多幸运吗？普登丝真的一定非常信任你，才可能这么诚实地给你忠告。"玛莉说，"普登丝不但希望'独特应变'能成功，更希望你也能成功。她并不是觉得你做错了什么事，而是希望帮你用更有效的方法来做事。将你的工作计划交给当地妇女，让她们有机会自己执行两个月，同时又让你能焕然一新地回到卢旺达，你将更能帮助这些妇女一砖一瓦地建立起自己的机构。"

可爱的家

我真的非常享受在内罗毕的生活。虽然内罗毕离基加利只有几个小时的航程，但每次搭机前往肯尼亚时，我都觉得自己好像正要回到小曼哈顿。如果基加利是一个只有几家餐馆及工艺品店的小镇，内罗毕就是一个真正的大都会，到处是艺廊、书店、电影院，以及一个颇具规模的外国人圈子。我和朋友一起去法国文化中心看外国电影，到日本餐馆吃寿司，或者到全球知名的"肉食世界餐厅"（Carnivore Restaurant）去吃饭、跳舞，看着服务生端着一串串的烤羚羊肉、鳄鱼肉、鸵鸟肉穿梭在餐桌之间。

然而，对我而言，最重要的一件事却是我第一次抵达内罗毕时就租下的那间三楼小公寓，它是那段岁月中最像我自己的"家"的地方。那是铺了地毯的单房公寓，有客厅、一个小厨房、一间有着超大浴缸的浴室，而且前后各有一个小阳台。它没什么值得夸耀的，但它是我的家，而且我非常喜欢它。我用自己到各地旅行时买回来的挂毯，以及在当地市场买的蜡染布来装点我的墙壁，家里也放了各式的篮子。只要我人在内罗毕，我也会买许多鲜花，放满整个房间。

其实，这栋公寓大楼的住客和我公寓里的缤纷色彩相比，一点也不逊色。他们多是年轻、刚跻身中产阶级的肯尼亚人，或是从索马里、埃塞俄比亚来的难民，每个人都努力追求更好的生活。由于大家都没电话，因此，有事的话我们会直接跑上阳台彼此吆喝，或干脆直接串门子。我们就像住在大宿舍里一样，但由于我必须经常来往基加利或其他东非国家，所以并不常出现在这栋大楼里。

即使不常在家，我还是请了一位矮小而亲切的女人，每周两次来我的公寓打扫。虽然因为我不常在，家里根本没有太多事可做，但莉百嘉还是会按时来检查门窗，顺便为我浇浇花。如果我在家，莉百嘉就会向我申请一点零用钱，买些面包、糖、茶和牛奶，好让她在休息时间可以吃些点心。她的点心食量实在不小，但我并没有特别在意这件事。

一天早上，当我在办公室工作时，忽然发现忘了带一份很重要的资料，于是驱车返家。虽然我发现一向表情严肃的警卫毕罗并未坐在警卫室里，但也没多想什么。我跑上楼梯，打开房门，这才发现，原来整栋大楼的工作人员全都挤在我的客厅里，而且每个人手上还端着一杯茶呢。

"莉百嘉,"我说,"这就是你的茶和面包的去处吗?"

"是的,"莉百嘉羞怯地说,刚开始还低下头去,但她很快又把头抬了起来,眼中闪烁着光芒,"可是大家都很享受这段时光呢,对不对?"

我摇摇头,宣布早茶时间结束。所有人离开后,我和莉百嘉好好谈了一下什么叫"自作主张"、"鸠占鹊巢"。她说她了解,但一分钟不到,她马上又问我,未来是否还是可以邀请大家来喝茶,因为不是每家的主人都同意佣人吃点心的。我再度摇头,但从那天起,我家还是开放了早茶时间,唯一的条件是只能使用客厅,而如果家里少了任何东西,她得负全责。我家的东西一件没少过。

到了周末,有时我会搭夜车前往临海的蒙巴萨。戴着白手套的服务员会送来寝具和印度风味的咖哩晚餐,我则会彻夜读小说,随着火车规律的运转声,一路穿过非洲大草原,往印度洋方向前进。

我非常喜欢蒙巴萨带有阿拉伯风格的建筑、沙滩上婆娑的椰子树,以及每个人缓慢、悠闲的走路步调。蒙着黑色头巾的穆斯林妇女叽叽喳喳地彼此交易、讨价还价,手镯在美丽的手腕上叮当作响。夜幕低垂,许多人都聚集在海边畅饮啤酒,听当地人及嬉皮观光客扯开喉咙,弹吉他尽情吟唱。

虽然我一向把工作放在终身大事之前,但除了三五好友之外,我也还忙里偷闲谈谈恋爱。我住在东非的那段时间,我那一头卷发、黑眼珠的哥伦比亚裔美国男友身在亚的斯亚贝巴[3]。我们大约每个月会一起进行一次探险之旅,地点包括埃塞俄比亚的边陲地带、肯尼亚大草原、卢旺达的火山区。我们会一起去看当地有名的大金刚,赞叹它们与人类竟然这么相像。我们把两人所有赚来的钱都花在旅行上了。虽然

---

[3] Addis Ababa,埃塞俄比亚首都。

这段恋情后来并未开花结果，但爱情的力量却让我熬过了许多艰苦的时刻。

我们分手后，我又和一位生于瑞典、长于肯尼亚的犀牛追踪员短暂交往了一段时间。他是一位高大的金发男子，个性温柔且深爱非洲。我们有时会在下班后，带着一瓶酒和一些食物，直接开车到城市边缘的内罗毕野生动物保护区，坐在夕阳下野餐。在大草原上，我们惊叹连连地看着夕阳光影中的洋槐木，闻着泥土的芬芳、风的味道，以及即将倾盆而至的大雨的气息。我们会在车旁翩然起舞，享受一点安静的温存，沉醉在一望无际的橙橘、粉红的暮色中，欣赏优雅缓行的长颈鹿和水洼旁的羚羊，深深领略痛快活着的那种略带痛楚的甜美感觉。

天堂与地狱之间

我在内罗毕的日子和在卢旺达时一样，都充满着极端的体验。梦幻般的探险以及穷人天天面对的残酷现实交杂出现，有时就在同一天之内。城市的另一头，上百万的穷人住在马塔亚谷地、奇贝拉、普瓦尼，以及索维托等贫民窟内，房子是泥巴和铁皮组成的。那里没有成形的街道，只有一些蜿蜒的巷弄、污水沟、垃圾的臭味，以及在街上吸食强力胶、神智恍惚的流浪儿童。男人直接扒开山羊的皮，把肉挂在架子上，引来成群苍蝇盘旋其上。这个悲惨世界与街道宽敞、大树林立、富人聚居的内罗毕郊区，以及辽阔的国家公园比邻而立，简直让穷人的绝望感更显残酷。

即便生活条件如此惨淡，贫民窟中却透露出强大的韧性。我见过许多妇女一天只靠一美元来养活五六个孩子，而且她们的丈夫通常不在身边。她们有的到城里替人帮佣，有些在路边卖青菜、西红柿，还有人则是用泥巴与灰制成炭条卖钱。我也见过不少妇人以卖水或用高粱、玉米私酿而成的"畅加"④为生。卖酒的小店很容易辨别，因为小店门前通常都会停着一些高档汽车，多半都是肯尼亚政府官员的座车。虽然贫民窟的妇女大多住在没有隔间的泥巴地小屋里，但她们的家通常都非常整洁，所有的锅碗瓢盆都清洗得干干净净，整齐地叠放在一起。

与此同时，我却一再被那些所谓的发展"专家"弄得极度受挫。这些专家用外人的眼光来评估当地的状况，提出许多看似聪明的解决方案，但却只能带来众声喧哗、虚幻的市场和贪污舞弊，真正的帮助却极有限。从正面来看，国际发展圈子似乎已经意识到投资在妇女身上的重要性，因为不断出炉的研究报告一再指出，和男人不同的是，妇女会把任何多出来的收入投资在孩子的学费和食物上。碧尔姬与我第一次见面时就早已说过：帮助一位妇女，就等于帮助一个家庭。

虽然大多数的援助机构已经看出妇女的重要性，但他们所提出的解决方案却多半受到误导，因为能从这些妇女的角度来理解事情的"专家"少之又少。一个肯尼亚政府的计划打算为妇女团体提供赞助经费，好让她们可以开创一些"额外收入计划"。他们认为，妇女共同合作的绩效较高，她们可以借由经营玉米加工场、卖水站、养猪场或手工艺品而赚取一些额外的收入。他们会问妇女团体想进行哪些计划，然后提供大约 500 美元让她们执行自己的计划。他们的原意是希望团体所赚的钱，可以成为每位妇女在原有工作外的"额外"收入。

一开始，这项赞助计划看似十分成功。妇女发起的基层事业在全肯尼亚如雨后春笋般出现。赞助机构或个别赞助者去参观一些妇女开办的养鸡场。这些妇女会骄傲地把母鸡刚下的蛋拿出来展示，并说明她们如何在附近贩卖这些鸡蛋。她们会为参观的赞助者奉上芬达汽水

---

④ changaa，一种可以要人命的私酒。

和小点心，有时还会加上一些当地的歌舞。赞助者则带着极大的满足感离去，满心相信自己促成了极大的改变。

但事实上，多数的赞助并没有为这些妇女的生活带来任何实质的改变；在某些情况下，他们甚至让事情变得更糟——至少这是我愈来愈强烈的感受。往往在接受赞助六个月后，养鸡场里的鸡会因为一次鸡瘟而全数阵亡，因为这些妇女根本没有药物来预防或治疗生病的鸡。有些时候，某位团队成员的疏忽也可能让整个计划逐步萎缩。许多计划似乎毫无章法、道理可言，而且，显然也没有任何人在意这些计划的资金使用与管理。

一天晚上，我在饭桌上向玛莉提出我的担忧，因为玛莉完全了解贫民窟里的民众有多么惊人的韧性，而且她一向以非常尊重的态度与低收入民众相处及合作。由于联合国儿童基金会也是这项妇女计划的赞助机构之一，我告诉她，我觉得那些妇女计划或许并不如政府官员的报告中所形容的那么美妙。而且从许多同事口中，我也听说许多妇女已经放弃了她们的计划。

于是玛莉提供给我一个短期的契约，请我仔细查访这些计划。她请我在下次从基加利回来后，花两个月时间仔细研究一下内罗毕的贫民窟、靠海的蒙巴萨港，以及维多利亚湖畔的奇苏姆地区，然后就此提出一些建议。我知道玛莉对此事非常认真，因此毫不犹豫就答应了。

我在许多大机构中都碰到过像玛莉这样的优秀人员，但玛莉的领导力似乎特别高人一等。她完全不怕挖掘真相、说出事实，而且非常鼓励年轻人担任领导角色。过了几天，我碰到另一位国际机构的负责人，她们也赞助了同一个计划。我同样向她表达了对这项"额外收入计划"的忧虑。

"你们如何衡量'成功'？"我请教她。

"我们希望协助妇女走出贫穷。"她一边说，一边把身体靠向椅背。她穿着深蓝色的外套，头发挽成一个紧紧的发髻，双手环抱在胸前。

"我完全明白，"我向她表明，"但你们怎么知道自己的工作是否成功？"

"眼睛看就知道了呀。"

"如果没有真正的目标与评估，你们怎么知道自己看见的代表什么？而你们又如何能知道自己的计划失败了？"我追问。

她把一双蓝眼睛眯成了两条缝。"我们没有失败这回事。即使有些事情发展得不如预期，我们也都能从中学习。"

她用标准答案冷冷地想阻止我继续说下去。"我同意，"我没有就此打住，"我们都应该从失败中学习。但我们也必须先了解失败的原因，仔细检讨，然后才能从中学习呀。"

"当然。"她断然回答，但完全不肯举出任何错误的例子。她如此费尽功夫地回避问题，实在让我觉得万分困惑。我向她致谢后，直接走人。

当善意变成阻碍

在审查那些妇女团体的工作计划时，我有一位来自肯尼亚地方政府部的伙伴，名叫玛丽·蔻茵南格。虽然这个部门同样以懒散和在贫民窟中毫无建树而恶名在外，但玛丽却完全不同。她年约五十，精力充沛，穿着拘谨的高领洋装和一双绑鞋带的皮鞋，因精神抖擞、拥有强烈正义感而显得神采奕奕。玛丽与我分享了肯尼亚独立前的无数惨烈故事，她身上有一股熟知苦难且恐惧苦难再临的气息。那段时间里，我的生活里净是玛丽关于人生的大问题以及她坦率的人生哲学。

"我希望能像你一样自由。"有一次她大声宣告。

我跟她说，你本来就和我一样自由呀。

她摇头。"非洲的女人,都不自由,"她说,"尤其是贫穷的女人。我们在跳舞的时候确实感到很自由,但过的日子却实在太苦了。"

我们两人开始到肯尼亚各地去拜访妇女团体。那时候,要举行十人以上的集会都必须事先向政府报备,否则就是违法,而这也是许多妇女团体都必须正式向政府注册的原因。我们所到之处,妇女团体会骄傲地向我们说明她们所做的事,但等到我们追问细节时,一切才都露了馅。

我们去维多利亚湖畔的小镇奇苏姆拜访了一个妇女工作计划。政府为她们提供了一些混凝土,好让她们可以建造自己的房子。然而,当我们抵达时,当地只有一块块打好地基的土地。她们告诉我们,她们没有足够的水泥来完成整栋房屋,也没钱继续建房。面对这个早已随风而逝的机会,玛丽差一点骂出脏话来。

"很多内罗毕贫民窟里更穷的人开始用任何他们可以想象的东西,在自家房子外面加盖房间出租。他们会把租金存下来,以便日后再增建更多房间。我知道有些家庭已经以租房开创了不小的事业。为什么这些机构不好好了解我们的民众有多聪明,反而叫她们做些注定会失败的事情呢?"她一路对着我抱怨。

我叹了一口气,看着地上一堆堆混凝土。这些破灭的希望讽刺地躺在一堆草草搭建的小屋旁,而那些小屋才是这些妇女实际生活的地方。

内罗毕市中心外围的贫民窟,是我见过的生活最艰困的地方之一。一群群吸食大麻的孩子是此地的日常景象。犯罪猖獗,充满排泄物的污水道沿着泥泞、狭窄的小路缓缓流动。水、电、垃圾车等公共服务直接跳过这个区域,而这些贫民窟里的人却得付出比邻近的中产阶级同胞更高的价格,来向那些知道如何盗接水管的人购买每天的用水。这里的人靠的是永不放弃的决心和"一天难处一天当"的勇气而存活着。

在内罗毕的贫民窟里，推动社会发展的机构显然比较有成功的希望，因为这里的妇女非常了解如何善用一切可能的资源。然而，和所有其他地方一样，我们还是发现了太多离奇的失败案例。例如，有些妇女团体获得赞助，建造了一些合法的"卖水站"，也就是一个打水泵和一个小亭子。白天，这些妇女可以靠卖水来赚钱，晚上则把泵锁上，以防被窃。

问题是这些泵质量极差，每位妇女又得每周排出一天时间来看顾这个卖水站。结果她们极少现身，因为大家都不愿浪费一整天的时间来看顾这个卖水站。一个由四位妇女组成的团体坦白告诉我们，其实，她们用从前的方法赚钱（无论是上街卖西红柿或炭条），都比卖水容易得多。而且，她们的泵有一天突然坏了，而她们根本付不起钱修理。

我们实在看到太多用心良善的计划最后却惨淡收场：数以百计的玉米研磨机（一项颇被看好的"人力节省设备"）因故障而纷纷停摆，因为当地根本没人受过修理这种机器的训练。或者，这些设备之所以停摆，是因为当地买不到合适的燃料来发动它们。善心人士也盖了许多学校，但却没有考虑到聘请老师的经费——不只是几个月，而是长久的薪资。因此，这些学校都成了摆设，里面空无一人。许多妇女受到鼓励去制作篮子，但当地根本没有这个市场，因此，当我们去拜访一些妇女时，会看到她们家中从地上直堆到天花板的麻篮。

发掘真相

整整六个星期，我和玛丽每天早上七点半或八点碰面，然后就开着我那辆浅蓝色、高龄二十五、没有安全带也没有车灯的老爷金龟车，拜访一个又一个妇女团体，直到日落西山。我的老爷车的四轮定位并不准确，碰到路上的凹洞时，驾驶盘就会猛力发抖，逼得我得跟它角力，直到它重新安静下来。要启动它，我们得把它推下一个坡道，跳上车，赶紧打上二档。老爷车的各种花招常常惹得我们狂笑不已，但玛丽和我同时也得不断压抑心中的怒火，因为那些有权力的人是如此的冷漠、贪婪，而我们的四周却满是让人心碎的贫困。

"贪腐是造成贫穷的原因吗？"一天下午我问玛丽，"或者，是贫穷造就了贪腐？"

"两者互为因果，不是吗？"她幽幽地回答说。

我非常喜欢玛丽那沉稳的气质。她常提醒我，贫穷与犯罪由来已久，从人类开始有交易行为之后就已存在，而愤怒对我们的工作并没有帮助。"无论什么时候，你都必须想办法让自己笑出来，"她忠告我说，"因为没有人会在真心大笑的时候伤人或杀人。"

"确实，"我说，"但我们还是得想办法改变整个游戏规则，让各种贪腐行为成为一种人人不齿的行为，而且要能真正惩罚到那些行贪腐之事的人。"年纪整整大我一倍的玛丽此时就会展露一个"我诚心祝你好运"的笑容，而这个笑容我以后经常都会看到。

另一项挑战则是从那些妇女口中问出真实的答案。"她们看过太多像你这样的人进入她们的生活中，"玛丽告诉我，"她们为什么单单要对你诚实以告？她们认为，如果她们回答出你想要的答案，就更有机会获得一些金钱的帮助。"

然而，更令我惊讶的是这些妇女学习发展机构的术语，然后回头用来应付我们的能力与速度。"你的市场有多大？"我问一群想要卖手工艺品的妇女。

"很大。"她们回答说。

"多大？"

"喔，非常大。"

"你们要用这些补助金来做什么？"我问。

"我们用它来作营运资金。"她们回答，但却完全无法解释什么叫"营运资金"。这些妇女并非刻意想对我们隐瞒什么。只是她们隐约了解到我们之间的权力并不平衡，因此，她们会用任何方式来稍稍扳回一些劣势。

有一次，我在内罗毕的贫民窟与一群妇女讨论她们想要养羊的计划。外头正下着清凉的小雨，我则满头大汗地与自己笨拙的斯瓦西里语奋战，努力挤出自己想讲的字。她们愿意如此凝神倾听，我真是感激不已，虽然她们全都一脸疑惑。最后，一位勇敢的妇人终于出现了，她问我，我讲的到底是羊（buzi），还是当地人的私酿啤酒（busaa）。我仰头大笑，原来自己一路说的都是私酿啤酒。所有妇女也都跟着我咯咯地笑起来。

于是，我们话锋一转，开始谈起"畅加"，那是当地妇女所卖的东西中利润最高的产品。

"为什么我们的补助款不能拿来做酿酒的生意？"她们问道。

"那些赞助者只愿意拿钱给我们去做一些没人会买的篮子。"一位妇女兴奋地加入讨论。

我回答说，国际援助机构不能支持任何非法的事情。我自己从未尝过"畅加"，但我听说，在某些地方，"畅加"的别名和"让人肝肠寸断"有关，而且还有人因为喝了有问题的"畅加"而一命呜呼。（就在2005年，《纽约时报》还报导了有些非洲人因为喝私酒而致死的消息。显然，"畅加"变得愈来愈危险了。）

"但是我最重要的客户都是政府官员呀，他们整天都在喝我们的酒，"她回应说，"而且，这也是唯一能让我赚到足够的钱来养活一家人的东西。"

她说得不错。除非我们能够找到一些足以让她们赚到相同利润的事情，否则，我们很难要求她们停止私酿"畅加"。更何况，那些政府里的"大鱼"还是她们最重要的顾客呢。

在密集的拜访下，玛丽和我也逐渐了解了妇女团体获得政府补助金的真正过程。当地政府部门被划分为几个区域，每个区域由一位"区长"负责管理及支持辖下所有的居民。在"额外收入计划"中，每一位区长都可以获得一笔补助金额，用来支持区域内的妇女团体。典型的做法是，区长向所有的妇女团体发布消息，邀请大家提出可以创造收入的企划书。每个妇女团体（成员大约在20人左右）都会要求获得大约500到600美元的补助款。一旦核准后，这些妇女团体通常会给区长一些佣金，感激他们付出的时间与辛劳。许多妇女告诉我，高达20%的佣金是很平常的事。至于这些计划是否真能为当地妇女带来收入，这些区长当然完全没兴趣知道。

尽管政府体制失灵，我却见识到某些成功赚到一点钱的妇女所展现的活力与慷慨（不论她们是否曾接受补助款）。当一个孩子生病或某个邻居有亲人过世时，这些妇女会把钱汇集起来，给邻居使用。她们帮助彼此展开笑颜或渡过难关。在贫民窟里，难关并不是那么容易渡过的。

一天早上，我在路上看到了一个在前一晚被人"戴上项链"的男人尸体。一些暴徒在他头上套了一个装满了汽油的轮胎，然后放火活活把他烧死。一群人围着那个烧焦的尸体，而它则发出了一种难以形容的亵渎的味道。当尸体被移开后，地上还烙着那人的形状。

项链事件发生几天之后，我开始动手写要提交给地方政府部及联合国儿童基金会的研究报告。连续写了几天后,我决定休息一个晚上,到附近的电影院去看《哭喊自由》⑤。这部电影描述的是南非人权斗士毕柯(Stephen Biko)的故事。毕柯认为,自由不仅是政治上的解放,更必须包括经济上的独立以及拥有选择的权利。肯尼亚贫民窟中的妇女必须依赖别人的赞助来生活,因此当然不具有真正的自由。国际援助团体如果无法真正帮助这些妇女从贫穷中解放自己,至少不能成为她们自我解放的障碍。

雨中奇遇

一天下午,我在马塔亚谷地(内罗毕最穷困的贫民窟之一)和一个妇女团体谈话,直到天色渐暗才发现该离开了。我钻进金龟车里,停下来坐了一分钟,看着贫民窟里的居民跑来跑去,在桌上摆起各种枣子、甜食和冷水罐。当时是伊斯兰教的斋戒月。经过漫长、燠热的白天之后,整个地方到了傍晚忽然活了过来;穆斯林即将停止禁食,重新与家人相聚。妇女的黑色面纱飞舞,孩子快乐地奔跑,天空中的紫色云彩,都让我一时看呆了。在内罗毕,白天可以在一瞬间转为黑夜,尤其是当大雨突然倾盆而泻的时候。

在完全无预警的情况下,大雨如瀑布般落下,妇女小跑步飞奔回家。我的金龟车陷入泥中,踩下油门,轮子不断空转,车子动也不动。车外,用纸板、泥巴、咖啡罐拼凑起来、屋顶铺着铁皮或塑料浪板的小房子,似乎随时都会跟着大水漂走。两名围着鲜艳布裙的女孩子头上顶着大篮子,边跑边笑。大雨不停地下,整个大地都泡在水中,泥巴路成了浑浊的小河,开车显然成了不可能的事。我知道,等到雨停路干时,

---

⑤ Cry Freedom,电影由著名导演理查德·阿滕伯勒执导,丹泽尔·华盛顿等人主演。

回家的路途会多么漆黑和漫长。我颓丧地坐在车里，直想哭。

忽然，有人拍打我的车窗。我没理会。

那人继续拍打。

车外是一位瘦小驼背的女人，有双葡萄干似的眼睛，一张核桃般色泽的脸庞。她完全不顾打在身上的滂沱大雨，示意要我过去，显然想邀请我到她那小泥屋里暂时栖身。我摇下车窗。虽然这里是全肯尼亚最危险的贫民窟之一，是我完全不应该停留的地方，但这女人脸上的表情却让我立刻产生了信任感。

"嗨，你好！"我喊道。

"很好，"她用沙哑的声音回答，"你好吗？"

"我很好。"我撒了谎，而且对于自己得在滂沱大雨中和另一个人虚应故事感到有点不耐烦。

她若有所思地端详了我一阵，仿佛在衡量我是否值得她费功夫帮忙。然后，她那低沉的声音又出现了："跟我进来吧！"

我不假思索，抓着她瘦骨嶙峋的手，跟着她去了。

我们在大雨中边跳边走地穿过一条泥巴路，朝着一扇铁门走去。她缓慢地推开铁门，向我做了个手势，叫我走进那间大约 8 英尺宽、9 英尺长的昏暗房子，房子里大约有十来个女人正随着角落里一个瘦小老头的羊皮鼓声在起舞。他看起来神情恍惚，似乎完全迷失于自己那原始的鼓声所掌控的世界之中。我的胃和心脏仿佛也随着那鼓声而跳动，竟然不由自主地跟着那韵律摇摆起来，我觉得自己好像掉进了另一种爱丽丝梦游仙境的情境中。

围绕在我身旁的那些女人充满了无羁的生命力，洁白的牙齿展露出狂喜的笑容，结实的棕色小腿和着汗水不断地踢跶、抖动。蓝绿、粉红、橘黄、银灰的布裙系在浑厚的腰间，放肆地旋转。她们光着脚丫，猛力踏击脚下的泥巴地,狂野地飞舞着。

那些女人两两相对,弯下腰来,以脸颊彼此相触。她们以迷乱的姿势抖动着肩膀和臀部,而且从头至尾不断嗥叫。我加入了她们的狂舞,用我的脸颊与一个个女人相碰。此时,湿淋淋的脸颊是我身上唯一比较安分的部分,其他部分则仿佛通了电流:急促的鼓声、铁皮屋顶上狂乱的雨声、空气中弥漫的激情,让我兴奋到无法自持。

一位轻盈的女子忽然飞出小屋、没入迷蒙的雨中。不一会儿,她颈上戴着一串由铁瓶盖串成的项链回来了,在她的舞动下,项链发出如眼镜蛇般的声音:"嘘嘘嘘嘘—嘶嘘—嘶嘘—滋—滋—滋—嘘嘘嘘嘘—嘶嘘—嘶嘘。"项链随着鼓声不断嘶嘘作响;我在黑暗又浊热的空气中流汗、呼吸、摇摆、扭动身躯,恣意漫舞。一时间,我身体里面所有的挫折感和愤怒,似乎消失无踪。

"呜—呼—"我也放声大喊,所有的女人听了一直笑、一直笑。

这就是其中的秘诀:与一群女人共舞,发出喜悦的喊叫,用自己的方式(甚至可以不必碰触到任何人)来表达情欲。让自己觉得美丽、全然自由、陷入狂喜。那是我一生中最为精彩的经历之一。

小屋中狂乱的热情又持续了大约半个小时,或许更久一点。但就像瞬间迸裂的激情,小屋也在刹那间安静了下来。天空转成了深蓝色。泥土地上柔柔地冒出热气。我发现自己至今没说半句话。我忽然感到一阵羞涩,不自然地用斯瓦西里语简单介绍了一番,然后与在场每个女人一一握手,感谢她们让我共舞。

从小屋走出来,踏入安静、漆黑的夜色中,感觉就像下午时分从纽约昏暗的酒吧走出来,立刻被明亮、喧嚣的大城市包围一般的恍如隔世。那个夜晚很温柔,但也给人一种纵情之后的羞愧感;狭窄的路上空无一人。我钻进我的小金龟车中,安静地再坐了一分钟。我全身湿透,裙子也像被水浸透了一般。我再次大喊一声，向那些在艰苦生活中为自己找到一丝喘息空间的女人致敬。这时候，我的老爷车忽然活了过来，我飞快地把车开上山坡，向城里飞奔。

第二天早上，我去找我的朋友莫妮卡，她是一位肯尼亚奇闻轶事专家。我想告诉她前一晚的奇遇，看看自己到底碰到了什么事。

她大笑起来，说我一定是碰到坎巴族的女人了，因为她们就是以打击乐和舞蹈而闻名。"坎巴女子从小就学习跳舞，而且完全不怕展现自己的性感，"她说，"你只要看她们跳舞的样子就知道了。哎呀，你真是太幸运了！"她笑道。

接下来几个星期，我日以继夜地写我的报告，以便提交给当地政府和联合国儿童基金会。我把重点放在大家由衷的善心以及少数的成功案例上，但也毫不隐讳地指出，这些计划钱花得很多，但民众得到的好处却太少。我也小心地不对当地政府官员提出太严厉的批评，以免他们在一气之下，将这份报告弃如敝履。当玛丽和我开车去地方政府部作我们的最后简报时，我心中不由得产生一种焦虑感。我们抵达那栋灰褐色的公务大楼，直接走了进去。

副部长正在宽敞的办公室里等着我们。他目光锐利，身形肥胖，打一条白色圆点的黑领带，脚上穿着高档皮鞋，小拇指上则戴着一个硕大的金戒指。他桌上既没纸笔也没有电话，只有一个写着"副部长"的牌子。我们一个星期前就把报告送去给他了，我很惊讶，他竟然真的读了那份报告。但他也明白地告诉我们，他很不满意报告里写的东西。

"这份报告太悲观了，"他用宏亮的男中音抱怨，"显然你们没有找对人访问。我在你们所提到的那些妇女团体中亲眼看到过奇迹般的成果。"他很快就把我们送出他的办公室，交给另一位人员。此人有一间破旧的办公室,穿了一件大了一号的西装,手指不断在堆满了纸张的桌上敲着。他把副部长说过的话重复了一遍,然后又带我们到另一间破旧的办公室,把我们交给另一位官员。

这个人很瘦,也很紧张,拘谨地坐在那张对他而言似乎大了一点的木椅上。"是的,是的,"他终于开口了,"有很多需要改进的地方,有很多事情需要做。但是,谁来做这些事呢?现在你已经点出我们做错了的地方,那你要怎么做,来改正这些问题呢?"

我告诉他,这件事不是只靠我们就能改善,肯尼亚政府也得决定它是否希望看到事情有所改变。

我建议,援助经费应该在政府的同意下直接交给非政府机构来运作,而这些非政府机构则应遵循严格的财务原则,并且定期接受严密的监督。

"是的,是的,"他表示同意,"监督制衡,非常好。但政府才是要负最后责任的机构呀。"

"向谁负责?"我问他。事实上,这里有任何人在为任何事情负责任吗?如果那些赞助者在一年后确实针对这些妇女的事业计划进行检验,他们立刻就会发现,成功的案例竟然是寥寥可数,因此早就会要求进行必要的修正。他们当然不会继续把大笔金钱投入这些大有问题的计划里。他们太容易被那些歌声、笑容,以及妇女们快乐的见证及感谢所蒙蔽了。

如果这些妇女可以用贷款来经营她们认为可以增加收入的计划,她们一定会更专注于这些工作。市场机制会在这些妇女及赞助者之间,创造出一种更好的循环。不幸的是,这个制度却因为这些妇女所被赋予的期待值过低、因而只能产生有限的成果而不断恶化。

第二周,我回到了基加利,对妇女的能量有了更大的信心与敬意,对市场机制也产生了更大的兴趣,同时知道,自己对非洲的掌握已更为深入。然而,对于自己的下一段经历,我却毫无心理准备:我即将被一个名叫印诺森⑥的男子所骗。

---

⑥ innocent,意谓"纯真"或"无辜"。

07
没有地图的旅程

你知道,我要的很多,
也许我想拥有一切:
伴随每一次挫折而来的巨大黑暗,
以及往上攀爬的每一步所发出的熊熊烈焰。

——里尔克[①]

回到卢旺达,我在基加利最时髦的奇尤伍区租了一个两室的小洋房。房子正前方就是米白色的卢旺达国家银行大楼,它是奇尤伍区少数几栋摩天大楼之一,紧挨着树影缤纷的住宅区。我的房子简单素朴:水泥地板,一个小厨房,一个小客厅,加上两间卧房。房子后面还有花园,种满了橘黄的百合、粉红和紫色的大波斯菊,还有黄色的大花曼陀

[①] Rainer Maria Rilke(1875-1926),20世纪重要欧洲诗人,生于布拉格的奥地利人,以德语写作。

罗,感觉就像是我的小城堡。

在卢旺达工作将近两年后,我终于找到了自己的生活步调,有了一些好朋友,还有了一份归属感。晨跑后,我通常吃点芒果和香蕉当早餐,之后,要不是走到联合国儿童基金会上班,就是等波尼斐司来接我前往"独特应变"或烘焙坊。我几乎每天工作到很晚,之后会和大伙儿一起到某个朋友家吃饭,或者花点时间读书或写信。

有时我会去一家当地的餐厅吃晚饭,而且不管菜单上写得多么天花乱坠,我们都早有心理准备:当天又得吃一顿基伍湖的特产——非洲鲫鱼餐了。点餐的戏码也永远一成不变:我们先问服务生有些什么好吃的,他一定会说:"太多了,你们可以直接告诉我想吃些什么。"

"你确定?"

服务生点头如捣蒜。

我们会故意点一些烤鸡或总汇三明治之类的西方食物,而服务生一定会告诉我们,很抱歉,这些东西已经卖完了。最后,我们都只得放弃,和往常一样,点一份烤鲫鱼配米饭。服务生觉得自己让顾客很"满意",因而展开了快乐的笑容。

鲫鱼确实很美味,但任何东西吃多了,都会让人觉得有点吃不消吧。

事实上,卢旺达的一些事也开始让我觉得有点吃不消。有一天,波尼斐司在市场里指着一位穿黄色衣服的中年女性,偷偷告诉我,她是个间谍。我差点大笑,但立刻提醒自己,在卢旺达谈政治问题,即使是在自己家里都得压低音量,小心谨慎。我只是一直没有把这个现象和卢旺达确实有一套缜密的系统来监控人民联想在一起。在卢旺达,社会秩序与政治控制永远比人权及自由来得重要。

"她真的是间谍吗?你发誓?"我问波尼斐司。

"我发誓,"他回答,"很抱歉让你觉得不舒服,但这里的情况就是如此。"

我看着波尼斐司,然后思索着所谓的信任。信任听似简单,但它却是社会得以顺利运转的关键。在卢旺达,信任到底在哪里?这是一个几乎没有贪污舞弊的国家,从来没有任何人向我索取过贿赂。但卢旺达人真的彼此信任吗?我知道,市场里的妇女做任何交易都是用记账的方式,所以邻里间显然有着某种信任感。但那也很可能是因为大家都知道,如果有人不还钱,必然会遭致羞辱或恐吓。缺乏信任和个人自由,开始让我觉得有点难以消受。

失窃记

但我却完全没有料到,信任问题会发生在我自己身上。我所租的房子配备了一名警卫,名叫印诺森。他很瘦,身高约莫170公分,脸上还带着点稚气。他理着典型的非洲短发,长长的衬衫挂在裤子外面,脚上穿着一双凉鞋。他一定有三十几岁了,因为他已经有两个读小学的孩子。他是个很容易让人喜欢的人,而且他告诉我,周末他还会来帮我整理花园呢。这一切简直太完美了。

印诺森的工作很简单:每天晚上坐在我家前门旁,确保没有闲杂人等闯进来。有时候,当我很晚回家时,我发现他头倚着铁门,坐在一张木凳子上酣睡着。但除此之外,他工作还算认真,每天准时上班,让我拥有一定程度的安全感。

为我工作了几个月之后,我给了他一笔额外的小钱,大约100美元,希望帮他付孩子的学费。他每个月的薪水只有60美元,我知道他得花不少时间才能存够100美元。当我在家的时候,有时也会邀请他与我共进午餐或晚餐。

一个周六的下午,我留印诺森在后花园工作,自己与查尔斯(就是那位帮忙粉刷蓝色烘焙坊的朋友)一起出门打网球。查尔斯毕业于牛津大学,父亲是外交官。他脸上架了副玳瑁眼镜,英语和法语一样流利,典型的知识分子模样。他打得一手好网球,也一直想拖我跟他一起打球,因为他在当地实在没有几个年纪相当的球友。我的网球则差劲得很,而且也毫无兴趣与他对垒,尤其是在当地的乡村俱乐部里。法侨俱乐部不仅以网球场自豪,同时还有一座漂亮的游泳池,以及全卢旺达仅有的17匹赛马。"我可以教你打,"查尔斯坚持,"而且俱乐部里的网球教练也很棒哦。"

"这绝对会是场灾难,你心里明白。"我大笑,但最后还是同意,至少跟他去上一堂网球课。

那天的天气真是好极了,蓝蓝的天、白白的云,阳光和煦,空气干爽宜人。我们跳进查尔斯的雷诺汽车,直接杀到山下的法侨俱乐部去。

网球教练是一位年轻、英俊的卢旺达男子,原是球场里的球童,后来与一位常客交情日深,那人开始教他打球,直到他几乎打遍天下无敌手。当查尔斯不断嘲笑我软弱无力的发球时,我却被那位教练优雅的举止、学习网球的用心、创业的理想,以及整个人所散发的动力与企图心所深深吸引。我在想,他的人生将有什么样的发展?这时查尔斯也发觉了我对教练的好奇,开始戏谑我的分心。

"拜托嘛,再打一局我们就走。"查尔斯求我。打完那场球,我们决定去卢旺达饭店[2]庆祝一番。我们点了一份"四季"[3]披萨和两杯啤酒,这就是当地驻外人员及卢旺达政要典型的周日下午行程。

"四季"披萨宣称里面用了四种奶酪。"查尔斯,你不觉得这很可疑吗?因为这里的市场里都只有一种奶酪。"那是一种白色的奶酪,不很

---

[2] Mille Collines Hotel,基加利唯一的四星级饭店,也是电影《卢旺达饭店》实际发生地点。

[3] Four Seasons,纽约著名高档餐厅。

绵密,比较像荷兰的高达干酪,只是更甜一点。我一直觉得非常奇怪,为什么此地买不到更多种类的奶酪,因为卢旺达毕竟是以牛而闻名的呀。

"不过,话说回来,太多选择也是个让人头痛的问题。"他笑着猛摇头。

"等你回加拿大被卖场里众多的选择弄到六神无主的时候,看你还笑不笑得出来,"我也取笑他,"到时候,你可能会非常怀念这里没什么选择的好处呢!"

当我们在美丽的球场上接受私人教练指导打了一场网球后,就这么坐在太阳伞下,看着湛蓝的泳池里孩子在水中嬉闹,我忽然意识到,在我自己的国家,我根本不可能负担得起这样的生活。大家都说,有三种人会到非洲来:传教士、想大捞一笔的人,以及在自己的国家适应不良的人。但我觉得不论是哪一种,成为一小群特权精英中的一份子,最终对任何人都不会有好处。

喝完啤酒,查尔斯提醒我,我们已经出门三个多小时了,晚上还得出席一场酒会,再不走恐怕来不及了。我很高兴地接受了他的建议:先送我回家,等我梳妆打扮。到家后,我请查尔斯在客厅看书,自己进了房间。

不到一分钟,我就发现自己所有的衣服、首饰——我在基加利的所有家当——全都不见了。我赶紧叫查尔斯,让他看我几乎空无一物的衣橱。我的鞋子、洋装、裙子、球鞋、手表,全没了!

"这是怎么回事?"我的声音颤抖。

"或许印诺森突然把所有东西都拿去洗了?"查尔斯说。烘焙坊刚刚进行过一次大促销,赚了100美元,我把钱放在一个盒子里,藏在衣橱的最里面,那盒子也不见了。这一定是内贼所为。

"我们找印诺森来问一下吧。"我沮丧地说。我很感谢查尔斯没有给我一个"早就跟你说过了吧"的表情。我知道他心里一定觉得这根本就是我自找的,因为我把警卫当家人看了。

我大声叫印诺森,他表情怯懦地走进了房间。

"印诺森,"我说,忽然觉得他的名字不那么有趣,"这是怎么回事?东西不见时,你人在哪里?"

"杰奎琳小姐,我一直在后花园里,"他抽噎着说,一颗眼泪滚下他的脸颊,"那些家伙的动作一定很安静、很迅速。或许他们看到你离开,而我去了后花园。"他干瘦的身体微微下弯,双手紧握的姿势让我看了很为他难过。

"他们怎么可能没有发出一点声音?"我略带严厉地追问。"你怎么可能一点声音都没听到?"我知道他一定在说谎。我的房间和花园靠得太近了,那些小偷不可能在大白天闯进来,摸进我的房间拿走所有的东西,而印诺森却一点声音也没听见。即便他人在后院,但我们一向都会锁上前面的大门,因此,如果小偷要偷东西,一定得先破坏大门的门锁。

印诺森的举止不断显出他的不安与羞愧。我不想和他对峙,希望能让别人来处理这个情况。但我不能报警,因为他们很可能会立刻就把印诺森关进牢里,谁也不知道印诺森在那里会有什么遭遇。我只有三个选择:叫警察、忘了这件事,或自行判断处理。虽然这三种选择我都不喜欢,但我不可能实行前两种做法。

我的胃在翻搅,六神无主,但我还是决定要逼印诺森摊牌。

"查尔斯,可不可以麻烦你跑一趟联合国儿童基金会?请你从那里帮我打电话报警,我和印诺森会在这里等警察来检查,一定要查出这是谁做的。"

"不行呀,杰奎琳小姐,"印诺森大叫,"我们不能叫警察,因为他们一定会说是我干的。"

当我再度请查尔斯去报警时,印诺森忽然趴倒在地上,一再强调自己没有做错任何事,但他也完全说不出谁该为这件窃案负责。

我原先以为,如果我善待印诺森,他应该也会回我以善意。但我实在太天真了,怎么会误以为互信互惠的原则能在一个外国人和一位贫穷的当地人之间行得通呢?印诺森知道我不会在卢旺达久待,而且他可能原本就把我当成一个美国大傻瓜来看待。我甚至怀疑,他是否压根儿就没信任过我?

除了开除印诺森,我别无选择。查尔斯同意我的决定。印诺森很可能已经把一些东西卖给附近的人,而失去身为主人的权威是件很危险的事。况且,我也已经无法再信任印诺森了。我还是希望能找回自己的东西,但我也知道希望极其渺茫。我告诉印诺森,即便他不再为我做事,我还是希望能看到所有东西都物归原位。他又流下几滴眼泪,然后默默转身离开。从此,我再也没见过他。

星期一,当我把整件事告诉普登丝时,她告诉我,开除印诺森是正确的,但没报警绝对是犯了大错。因为人们会开始觉得我太软弱了。"在这里,形象就是一切,从此人家都会说你很好骗,"她说,"在卢旺达,受人尊敬比被人喜爱重要得多。事实上,这个道理或许到哪里都一样。"

"但这里的司法制度很不公平,而且监狱里的情形简直骇人听闻,"我辩驳道,"我担心他受到的惩罚会远远超过他所犯的罪行。"

普登丝听了依旧摇头。

窃案发生一周后,我竟然在附近另一栋房子的警卫脚上,发现了我的球鞋。

"嘿,"我笑着打招呼,但声音坚定,"你脚上穿的是我的球鞋!你从哪里弄到的?"

"这是我的鞋子。"他客气地回答,但语气和我一样坚定。

"它们是从我家被拿走的,"我说,"小偷偷走的!它们不可能是你的。"

他眼睛直视着我,一眨也不眨。那是一种既不退缩也不具攻击性的眼神,但却明白告诉我,除非我采取具体行动,否则这个对话不会有任何结果。

"你付了多少钱买这双鞋?"我的语气不再坚定,但仍带着笑容。他没回答,我再问了一遍。

他看着我,眼神稍稍缓和了一些。"你愿意付我多少钱?"

我叹口气说愿意付他 15 美元买回我的球鞋。我知道自己不可能在卢旺达买到这么一双鞋,即使是穿过一年的旧鞋。

"给我 20 元,我就卖了。"他提高价码。

"15 元,要不就拉倒。"说完话,我作势要离开。

"好啦,好啦!"

当我回头时,他却说:"给我 17 元啦。"

成交。

我一直在思考这整件事:那桩窃案;这个国家竟然没有一套我信得过的司法制度;我被人视为软弱或强悍(而且是根据谁的标准呀?);还有,印诺森后来的境遇如何? 当然,多了我藏在盒子里那 100 美元,他的财务一定更宽松了,而且,谁知道他把我那些东西卖了多少钱。但是他这一辈子有可能学会完全相信一个人吗?他的孩子有可能学会与人真心相待吗?

几个星期后发生的一件事情让我相信,当时没报警是对的。一大早,走路上班途中,我看到一群人围着一个躺在地上垂死的人,他身上沾满了血和泥巴，无力地摇摆自己的头，仿佛在抗议自己的遭遇，但没说一句话。围在他旁边的十几个人里还包括了三四个小孩，大家都面无表情地随着其他人一起踢他或往他身上丢石头。

我问一个站在一旁观望的小女孩，到底发生了什么事。

"他到山上一所房子里去偷东西，但是被警卫听到了。那个警卫叫了其他警卫去帮忙。他们就用刀一直砍这个人，但他现在还没死。这些人都在等他死掉。"

在卢旺达，当警卫叫人帮忙时，附近的人一定都会立刻赶过去，因为如果有人没去，那就表示他可能也是共犯。我惊慌失措地跑进儿童基金会，立刻打电话报警。但警察却在几个小时以后才把人抬走，当时他早已被附近的人当场定罪、以私刑处置而一命呜呼了。儿童基金会的助理戴米辛事后确认，那人的确当场死亡。

我问他："那些杀他的凶手有没有被起诉？"

"当然没有，"一向善解人意而且说话温柔的戴米辛回答我，"那个被打死的人是坏人，他正要偷人家的东西。那些人只是惩罚他所犯的罪而已。"

这种被视为理所当然的定罪与私刑，比起那些人对他的无情追杀还要让我感到惊愕。这里哪有什么"无罪推定原则"呀？那人在犯罪现场被逮，一场严酷的私刑当即展开，正义立刻得到伸张！孩子们亲眼看着自己的父母参与追杀的行动。而这期间，没有人想过，这人是否只是不小心在错误的时间出现在错误的地方而已。

我心中的问题是：如何在社会秩序（这显然是卢旺达的优先考虑）与保障自由和人权之间寻求平衡？这种缺乏自由与信任的氛围一直笼罩着 20 世纪 80 年代的卢旺达。虽然我当时无法铁口直断，但事后证明，这种阴影后来戕害了这个国家，而且也在几年后点燃了卢旺达大屠杀的引信。

没多久,查尔斯告诉我,我们在网球场碰到的那位年轻英俊的教练后来离开了基加利,他因为感染艾滋病而面临死亡。"他们说他得了疟疾,"查尔斯解释,"对这种病大家一向都推说是疟疾。他在与我们打球时一定已经染病了。"

20世纪80年代末期,全基加利的成人中,足足有三分之一以上的人是艾滋病患者,也就是每三个人就有一个得艾滋病。但没有人谈论这件事情。我身旁朋友的过世、人们对这种疾病的噤声不语,以及卢旺达社会那种麻木不仁的特质,一再让我感到难以消受。

与不协调共处

虽然我仍旧喜爱基加利的生活,对许多人也深感不舍,但是,我觉得该是回家的时候了——至少回家一段时间。我已经在非洲待了两年多,虽然刚开始时境遇有点坎坷,但我已经协助建立了一个对卢旺达极为重要的本地机构。我热爱这一群共同创业的伙伴,她们亲手建立了这个机构,对它有强烈的使命感,也必将带领它继续前行。普登丝、绮奈特和莉莉安是强而有力的铁三角,她们的前景看好。烘焙坊也一样,它正不断茁壮。我的任务已经完成了。

我和朋友丹恩分享了自己的想法,当时我们正一起完成一个有关微型贷款的研究报告,包括它对当地家庭购买能力的影响。丹恩当时正因为对非洲"家庭食物来源稳定性"的研究而崭露头角,才刚去过马拉维。那是一个出口玉米,但国家中最贫穷的人民(包括来自莫桑比克的移民)却得忍受饥馑的国家。丹恩希望了解,国际上能做些什么,才能确保当地的家庭有粮可吃。

我们针对食物援助的复杂性进行过多次长谈,也讨论过欧美国家如何保护自己的农民,以致发生饥荒时,非洲的粮食都是来自受到大量补贴的欧美农民。我们要如何才能让这些国际性大机构明白,要帮助非洲人有饭可吃,最好的方法其实是为他们提供生产粮食的工具与方法?我们如何才能帮助大家将粮食援助计划从慈善救济的心态,转为协助非洲农民学会农耕、自给自足?

我很想得变得更聪明,知道如何找出方法,对穷人能有更多的帮助。丹恩听我说着自己离开卢旺达之后想做的事。我想回学校念书,或是开创一个事业来雇用更多低收入的民众。他忽然建议暂停讨论,花一点时间庆祝我们在卢旺达所做的一切,以及我们在这里的丰富生命历程,尽管我们确实也忍受了不少挫折与困顿。

由于我才请了一位尼亚米兰伯的裁缝帮我做了几件洋装,重新为被偷窃一空的衣橱补充了一些内容,因此他建议我们自己煮顿大餐,穿一身好衣服,再喝点上好的香槟助兴。

我们走进"阿里卢旺达",这是一家专为外籍人士开设的高档卖场,里面产品众多,但价格也十分吓人。我们直接走向海鲜区,挑了两只进口龙虾,今晚非洲鲫鱼是上不了桌的。法国可颂面包、饼干、各类核果及橄榄也都进了我们的菜篮。这里有一个规模不大但质量很好的酒区,里面有从法国、意大利以及智利进口的好酒。我们简直像到了天堂一般。

当丹恩把两瓶法国顶级香槟放进我们的篮子里时,我心头一颤,根本不敢问它们的价钱。

站在收银台后的是一位体型硕大、双臂粗壮、头上绑了条蓝色丝巾的女士。她那双超级大眼定定地看着我。我则一阵慌乱涌上心头,赶紧把视线移开,因为我惊觉自己好像忽然又落入了纽约的生活形态。住在纽约,花大钱买昂贵的食物、烹调大餐,是城市生活的基本元素。然而,这个女人的眼神却足以让我回到现实:要价 60 美元一瓶的香槟,买上两瓶,就比当时许多卢旺达人一年的收入还要高出许多。

"请取消这两瓶香槟。"我对那位女士说。

我看着丹恩,对他说:"这样实在有点过了,丹恩。"虽然我们买的食物也不便宜,但在我心里,那两瓶香槟却让我们跨越了堕落的红线。

丹恩轻按我的手臂说:"我们说好了今晚要吃一顿香槟大餐。你很喜欢喝香槟,而这是我们第一次这么做,就让我们今天晚上尽兴一下吧。"

他把那两瓶香槟又推到那位女士面前。

我又把它们移到另一边去。

"我现在根本不确定自己想不想喝香槟了,丹恩,"我说,"我甚至感到有点羞愧。我不晓得当我们住在这样一个国家时,这么做是不是正确的。"

丹恩看着我:"我知道就某种层面而言,这样做似乎不太合情理,因为我们是和一些非常穷困的人生活在一起。和他们比较起来,我们确实已经太幸福了,但你无法假装自己不是个幸福的人。如果你在自己的家乡,你现在就会喝香槟来庆祝。想要在工作时保持快乐与活力,你就必须接受自己的这个部分,并认清自己的本质与工作之间的不协调,让所有的事和平共处于你的生命中。这样,你才是一个真正完整的人。"

我看着这位亲爱的朋友。身为一位年轻人,他已承受过失去一个兄弟的痛苦,也经历了许多生命中的不幸。但他对社会改革的使命感从未动摇。或许他真的比我更了解生命的本质。

"况且,"丹恩眼光诡异地说,"我们的另一个选择是大家一直宣称可以当酒喝的阿尔及利亚红色防冻液。你觉得如何?"

我放声大笑,我们买下了那两瓶香槟。开车回家的路上,我们讨论到"选择"的问题,以及年纪愈大,选择似乎也益显复杂的情况。

我们享尽了人生中的各种特权:我们可以在法国大使馆的宴会中

喝上好的酒，而且旅行过全世界。最重要的特权则是我们的护照，它让我们随心所欲地进出国门，同时赋予我们能量，使我们深信自己能完成任何不可能的任务。其实我们面对的真正挑战不在于我们是否买下那两瓶香槟酒，而是不将这一切特权视为理所当然，努力利用这些特权，以便对这个世界及人生的终极目标有所贡献。

回到家后，我用色彩缤纷的布在花园中铺设餐桌，丹恩则用我的小烤箱做出一顿真正的盛宴。天空也以最美的装饰与我们相伴，满空星光宛如天堂里的水晶灯。我们在桌上和整个花园中放满了蜡烛，浸淫在赤素馨花浓烈的晚香之中。莫扎特的乐曲回荡在空中，我们举杯庆贺生命的丰盛（以及它的强烈反差），更庆幸我们得以在世上做我们正在做的事，同时希望自己能誓死抵抗自满心态的入侵。之后，我们又随着雷鬼乐而舞，试图远离小镇生活的艰险与苦涩。

第二天早上，在长长的晨跑中，我一直思索"独特应变"成功的原因，以及自己的下一步。我决定申请商学院。虽然"独特应变"也运用了一些慈善捐款，但我们把它当成事业来经营，而且成功了。当我们以典型的非营利组织的方式来运作时，就不会要求自己为成果负责，也不会评估自己的成效，通常就会落入惨败的命运。我想要深入了解管理之道，并想知道如何才能打造一个事业。这正是穷人最缺乏的东西。在卢旺达，想要有钱就得挤进政府，而非接受创业的考验（当然，任何事都有例外）。我见过最穷困的人——尤其是妇女——的惊人潜力，他们需要的只是机会，不是救济品。

20世纪80年代，在像卢旺达这样的国家申请美国商学院的入学许可，绝不是件容易的事。单单只是拿到申请表格，就得花上好几个星期的时间。请人写推荐函，意味着寄信出门，然后祈祷它们能顺利抵达对方手中，或者打上好几通昂贵的电话。幸运的是普登丝同意为我写一封推荐函，但我还得解决考GMAT的问题。由于我已错过内罗毕的考试时间，因而决定前往下一个最近的地点——新德里考试。这也将是一趟很棒的探险之旅。

印度之旅

在对GMAT和印度都毫无准备的情况下，我飞到了内罗毕，然后转搭夜机飞往新德里。一下飞机，这个城市浓烈的辛辣味就让我陶醉不已。眼前斑斓的色彩、美丽的场景、感官的刺激，以及各种浓郁的气味，让我一时间几乎难以招架。即使是在机场里，女人也都打扮得有如珠宝般亮丽，全身披着粉紫、浅黄、艳红、金黄的纱巾。我知道，自己一定会喜欢这个地方。

一个人如何看待自己目前所处的地方，与他过往的经验大有关系。在德里，我住在基督教青年会馆（YMCA）里，这是一个每间房只要20美元的干净地方，而且还有个繁花怒放的中庭。我在那里碰到一对从头抱怨到尾的美国夫妇。他们觉得印度热到令人无法忍受，德里太脏乱，印度人完全不可信任，食物辣到难以入口。我的感觉则完全相反。我会在布店里消磨上好几个小时，听裁缝师骄傲地说明各种布的不同织法。我发现当地人有着难以想象的慷慨，也在混乱的市场中感到无比兴奋。光是那么多的颜色与丝布、女人身上的珠宝与艳妆、食物中的各式香料，就足以让我目眩神迷。一个地方怎么可能同时拥有这么多奇幻的元素与活力呀？

我旅行到阿格拉去瞻仰泰姬陵的风采。我在她面前一坐就是好几个小时，心里想着三百多年前建造这个不世杰作的蒙兀儿文明。那美丽的大理石墙壁和女性化的圆顶，以红宝石和许多其他宝石所拼贴镶嵌而成的拜占庭图腾，还有夕阳下色彩变化万千的陵墓，都叫我哑然，无法自已。我不禁想到，这个美丽的建筑完成于美国刚诞生的时候，而那时的卢旺达又有哪些事情发生？非洲中部出现了什么样的纪念性建筑或象征？或许他们根本不会有具体的建筑，而是出现一些由人类心灵所锻造的成就。

我花了几个星期的时间，搭火车横越拉贾斯坦，二等车厢，没有冷气。即使热气逼人，我仍然为沿路上像斋浦尔这种充满异国风情的城市而倾倒。皇宫墙面的反射让斋浦尔城一片粉红，大象在街上悠闲漫步，即使是穷人家的妇女，身上仍戴满了我从没见识过的美丽珠宝。

火车突然在斋浦尔西边的小镇久德浦尔发生故障。我背上背包离开车站，却发现自己正置身婆罗门教的区域。这里有一片小小的水泥房子，屋外漆着传统的蓝紫色。我原想一路旅行到斋沙默尔去参加一个骆驼营，在沙漠里走上个一两天，但当我下午回到车站时才发现，火车恐怕要停驶个一两天。

我在当地的旅店里和老板攀谈，提到自己原想直接赶到斋沙默尔，现在却得困在此地的悲惨遭遇。他建议我雇用他的朋友，用摩托车载我渡过沙漠，直接赶到骆驼营队开拔的地点去。他看起来是个善良诚实的人，所以我就同意了。但是来回的摩托车程都得足足花上一整天的时间。

我的向导名字叫做裘德里，他非常结实，脑门上一撮头发几乎挡住乌黑的眼睛。他还有一道经过仔细修剪但却十分浓密的翘胡子，那胡子够宽，刚好横过他大大的脸。裘德里是个颇为逗趣的人，对事情有自己的见解，包括路旁那些头上顶着大水罐的女人："你知道，在这里，水就是命呀。"

我跟他说，在哪里，水都是命，心里则想着还在内罗毕贫民窟里奋斗的玛丽·蔻茵南格。

"但运水的工作必须交给女人,"他继续说,"因为身体比例的关系,她们的脖子特别强韧。"

"好借口。"我取笑他,但也决定,这趟旅程不要以"女权"这种政治议题来开场,因为我还想要好好欣赏沿途的风光呢。我们的摩托车经过了无数小村庄,翠绿如宝石的稻田,以及所有我能想象的各种车子:驴车、牛拉着的板车、超级大卡车、白色的大使座车,以及五颜六色的黄包车。终于,我们看到沙漠了,但我们还必须继续前行直到太阳下山为止。我们的目的地是一个小小的人家,他们将特准我们在他们的院子里席地而睡,以星空为被。

我的向导突然看到路旁有人牵着一头骆驼,他停下摩托车,建议说:"趁着太阳还没下山,我们来一趟短短的骆驼之行吧!"

只要能让我从摩托车上下来休息一下,我什么都肯做。于是,我们上了骆驼。就在骆驼悠闲地走在沙地上时,我觉得自己似乎完全迷失在那片无垠的沙漠,以及那美丽的曲线和沙丘之中。这景象和东非是多么不同呀。

大约半个小时后,骆驼在裘德里的指挥下停了下来。我们坐在地上,我细细聆听着沙漠的声音,裘德里请我喝了一口他带来的水。"杰奎琳,我可以问你一件事吗?"

"没问题,请说。"

"你可不可以在沙上写下你的名字?"

我笑了笑,仔细地写下我的名字。

"现在,请你也在沙上写下我的名字。"他慢慢拼出自己的名字:裘—德—里。

然后,他把写了两个名字的沙用双手挖了起来,放进他的口袋里。

"拉贾斯坦有个传统,"他解释,"一个女人先在沙上写下自己的名字,然后再写下一个男人的名字,这个男人把写着两人名字的沙挖起来,放在自己的口袋里,接下来他们就要开始做爱。"

我立刻举目四望:方圆十里内渺无人烟,一个影子都没有。"我真是个白痴,"我在脑子里对自己说,"一个不折不扣的大白痴。"

"裘德里,这是你们的传统,跟我可没有半点关系。"我跟他说我希望立刻回久德浦尔,因为我不想留宿在那个人家里了。他摇了摇头,没说什么。于是我们爬上骆驼,回去骑上摩托车,连夜赶路,直到重回久德浦尔的小旅店。这中间,我们只停下来喝了几口茶水。

事实上,连夜赶路并不是最聪明的选择。有时,没开车灯的卡车就这么从高速公路上朝我们直冲而来,而我们也惊险闪过突然在摩托车前出现的巨牛。为了保持清醒,我们唱完了所有想得到的有关旅行的歌,最后,在筋疲力竭之下,我们终于抵达了旅店,全身盖满了泥沙。

我不知道告诉过自己多少次,一个单身女子出门旅行和男人可是大不相同。虽然我已不再是个懵懂无知的旅人,但我仍无法抵挡探险的诱惑,只有偶尔才会去设想可能的危险,而回家后更是没有时间或习惯进行反省检讨。我决心走出来认识这个世界,改变这个世界,爱上它绝美的面貌,但也愿意面对它所有的瑕疵。

在印度探险了几个星期,几乎没做任何准备,我就要在新德里参加 GMAT 测验了。一大清早,我就到了美国大使馆,结果立刻身陷人龙,几百位长相斯文、打扮利落的印度年轻男人以及一两位女生挤满了大使馆。

我们在炙人的大太阳下,从早上七点等到快十一点,大家没吃任何东西,也弄不到咖啡。终于,一位印度中年妇女带着笔记本出现,她告诉大家,今天到的人数比预期多了大约一百人,我们得再等几个小时,好让他们搜集更多试卷。"或许,"她甜美地问,"有些人可以下一次再来？"

我赶紧告诉她，我住在卢旺达，大老远跑来印度就是为了参加这次测验。她告诉我当天一定让我顺利参加测验，但我还得再等一等。两个小时后，我终于坐在当地的听障中心里参加测验，但考试的房间里不时有听障儿童进进出出，有时还会在我们努力作答时，不小心撞到我们的桌椅。我们在新德里的雨季中挥汗如雨，绞尽脑汁，同时还得忍受口干舌燥、饥肠辘辘之苦。

考到一半，一个妇女团体突然开始在中庭举行周末庆典，扩音器响起震耳欲聋的音乐。我忍不住大笑，把整个考试看成是我当下处境以及我一生想做的事情的一个缩影。

斯坦福大学商学院是我唯一的选择。除了声誉卓著外，还因为他们有非常好的公共管理课程。我当时的想法是如果进不了斯坦福，可能会改换跑道。回基加利的路上，我一直在思考非洲与世界其他地区的关系，它与印度的连结性，以及自己如何能在其中有所贡献。我知道自己还需要一些时间和经验。在非洲待了两年多，我准备好要回家一趟了。

挑战极限

但在离开非洲前，我决定挑战尼拉贡戈火山。它高达3470米，是非洲中部最高的火山之一，就耸立在卢旺达与扎伊尔边境的戈马城，距离基加利只有4个小时的车程。我和我那加拿大好友查尔斯都很爱徒步旅行和爬山。我们已经被公认是两个北美来的疯子，因为当大家都趁着炎热的午后小睡片刻时，我们两人却常顶着大太阳出去慢跑。

我们选了一个星期五提早下班，开着查尔斯的小雷诺往戈马进发。车子开过基加利市区，经过几个热闹的市场，里面挤满了鱼贩，还有一群光着脚丫、穿着破牛仔裤和美国慈善团体所捐赠的T恤的小孩。当那些一身破烂的孩子，身上却穿着歌颂哈佛橄榄球队或普林斯顿选手有多英勇的T恤时，简直充满了一种悲剧式的讽刺意味。一路上，许多小男孩骑着古董级的英国凤头牌自行车载着乘客，车身上还挂着用纸板做成的"出租车"牌子。

边听着巴布·马利④和凯特·斯蒂文斯，我们顺着满是玉米田和香蕉田的小山丘往前开，车旁不断出现大步慢跑的长角牛，后面一定跟着细长腿的小男孩，神勇地戳赶着这些庞然大物。我们终于抵达卢旺达北部基伍湖畔的吉塞尼。虽然已到过基伍湖无数次，但它的辽阔和瑰丽每次仍让我目眩神迷、心生敬畏。湖的对岸就是戈马，岸边，一栋栋古老的殖民时期白色房屋坐落在修剪整齐的草坪上。晒得黝黑的渔夫站在湛蓝的水中，推着独木舟，带着长长的鱼竿，等候着晚上的丰收。宁静的水波在岸边荡漾着，柔和的夕阳洒向湖面，仿佛芭蕾舞者踮着脚尖在湖心回旋。

愈是接近扎伊尔边界，我们愈是加足马力，生怕错过边境岗哨的开放时间。从扎伊尔进入卢旺达向来容易，但要进入扎伊尔可就得花一番功夫了。和海关人员争执了一番，拒绝付出任何贿赂后，我们终于获准过关，但却又被警卫拦了下来，他们要搭便车到附近去买些啤酒。两个士兵上了车子后座，其中一人还扛了一把AK-47上车。他们指引我们来到一个小店，啤酒很冰，花生很香，那两人不断感谢我们，而且有讲不完的笑话，我们显然没有选择不听的权利。

半小时后，我们终于再度上路。漆黑的路上，我们看到一个男孩穿着荧光红的裤子和黄色上衣，雄赳赳气昂昂地走在一位背着婴儿、服

---

④ Bob Marley，雷鬼乐教父。

装颜色也异常鲜艳的妇人旁边。风吹的声音有如歌唱。越过边界，我们仿佛从无聊的堪萨斯一下子闯进了《绿野仙踪》里的奥兹王国，这里充满了瑰丽的色彩。

查尔斯的车子走在布满陨石屑的路上，有如坦克车闯荡在地图上找不到的未知领域，但没几分钟，我们就到了戈马。对我们这些外国人而言，这个小镇最有名的就是夜店。从旅馆阳台上，我们看见火山在雾色中清楚勾勒出的线条，而在黑夜中，我们又认出一些闪闪发亮的尼龙衫，那些男孩子也都正赶赴夜店狂欢。黑暗中，小山羊蹦蹦跳跳地跟着一些瘦小的孩子，旁边则是孩子们的母亲。

我们在旅馆中吃了晚饭，之后去了一家漆黑、热气熏天的小夜店，里面挤满了舞客。带着点甜味的香氛、烟味、汗水味、各式香水味夹杂着酒味，弥漫在整个夜店中。穿着丝质紧身小洋装的女子，随着 DJ 酷酷的声音，配上他那夹着英文俚语、斯瓦西里语的非洲腔法语，煽惑地扭动着双臀。麦当娜、巴布·马利、各种非洲音乐交织其间，在 DJ 指尖不断滑动。我们狂舞不止，直到凌晨四点。我们决定星期天再去挑战火山，第二天将完全花在观赏乡村风光上。

当晚我一边思索着扎伊尔的悲剧，一边进入梦乡。1965 年，莫布杜成为扎伊尔总统，据说他在瑞士的私人账户里藏了 50 亿巨款，大部分要归功于世界各国的人道救助，尤其是美国、法国、比利时的慷慨捐输。贪污与无能让他的国家落入贫穷、混乱，以及缺乏教育资源的困境。我记得自己碰到过一个小男孩，他希望我能带他走，因为他觉得我是个有钱人。

"你为什么觉得我是有钱人？"我问他。

"啊，女士，因为您是美国人呀。"

"但我并不是有钱人呀，"我说，"不是每一个美国人都很有钱。美国什么样的人都有，有钱人和穷人都有呀。"

"但在扎伊尔,我们每一个人都很穷。"那小男孩回答说。

"你们的总统不穷呀,他非常有钱呢。"我跟他开玩笑。

"啊,女士,但是你知道,他是总统呀!"他说得理直气壮、理所当然。

早晨来得很快。我很高兴在爬那座大山前可以先过一天轻松的日子。但我们也知道,推迟到星期天再爬山会让回程有很大的时间压力,因为我们得赶在岗哨关闭前通过扎伊尔边界。

吃了一些芒果、香蕉和一杯浓浓的咖啡后,我们沿着一条河开过一座座小村落,茅草屋四周种满了龙舌兰和艳红的木槿。一种自由的感觉让我们纵声大叫、大笑。当时我们完全无法想象,戈马日后将成为卢旺达大屠杀后难民危机的震中[5]。而在 2002 年,戈马将再次惨遭荼毒,因为我们即将挑战的尼拉贡戈火山在那一年爆发,毁了半个戈马城,50 万人无家可归。但在我们造访时,戈马还是一个单纯的边境小城,无拘无束,美丽迷人,刚好为我们提供了卢旺达少有的自由的感觉。

穿过乡间,我们经过宽阔的田野,欣赏一望无际的蓝色湖面,以及一些用竹竿、泥巴糊成的圆形茅草屋。妇女们在太阳底下晒花生,小孩全都跑到路边来对我们挥手,用他们童稚但却呆板的声音大叫:"哈啰!哈啰!"之后,我们来到一个野生动物保护区,凝神欣赏那些奇妙的动物:长颈鹿、羚羊、非洲水牛,以及猴子,一看就是几个小时。在保留区的山林小屋里喝了几瓶啤酒后,我们惊觉时间已晚。天已经黑了,而我们还得再开 4 个小时才能回到戈马。

查尔斯的雷诺在泥巴路上奋力前行,车子的灯光照着黑夜里的尤

---

[5] 卢旺达大屠杀爆发后,约有 150 万难民涌入戈马等城镇,难民营人满为患,环境恶劣,几个月内至少两万人死于霍乱。

加利树,那细长的树枝在风中飘荡,宛如被鬼附身的舞者。我们几乎没说半句话,两人随时注意是否有大卡车向我们疾驰而来,或是一些在路上游荡的匪类。忽然间,车灯前竟然出现一头狂吼的大象,它高举长长的鼻子,从我们的车前横冲而过。查尔斯紧急刹车,车子在路上急转弯,差点撞上大象。当我们看着那头孤单、愤怒的公象继续前行时,两人惊魂未定,心差点跳出来。

当我们终于返抵戈马时,已近午夜时分。旅馆的餐厅已经打烊,只有一个地方可以找到食物——夜店。我们毫不犹豫立刻前往,吃了一顿典型的英国鱼加薯条餐,之后又毫无节制地舞到半夜三点。

那天清晨,天气和前一天简直有天壤之别。厚厚的云层意味着暴雨将至,空气中有着重重的湿气。我们四肢无力,也没带适当的装备和衣服,更找不到吃早餐的地方,因为那是个星期天的清晨。"我们真的疯到要去爬那座巨大的火山,然后还得一路爬回来吗?"查尔斯开玩笑说。他心里明知我的答案,于是加了一句:"答应我,一切慢慢来,轻松以对。"

尼拉贡戈火山离戈马只有13到16公里,我们很快就抵达山脚下,在约好的地方找到向导艾方司。他矮小精悍,有着一身黑到发蓝的皮肤,一脸阴沉。他穿着迷彩装,戴着迷彩帽,肩上还背了一枝AK-47。我没见他笑过。显然,这家伙绝不会带我们来一趟轻松愉快的踏青之旅。

艾方司问我们,是否有足够的体力可以跟上他的脚步。

查尔斯立即回答:"没问题,我们状况好得很。我们两人每天都跑步、打网球。"

我知道那不是艾方司要的答案。

艾方司没答腔,只请我们在他的魔鬼训练营就位。我们这位动作敏捷、沉默寡言的向导每跨一步足足有一米长,逼得我只得跑步才能跟得上。虽然我已完全上气不接下气,但还是深深为眼前的美景着迷:一畦畦的竹林和各式耐寒的花朵,鲜黄、艳橘,简直美呆了。更棒的是至少有三分之一的山路有茂密的树林遮蔽。

当我们进入五小时脚程的后半段时,空气已经变冷。我身穿湿透的背心和短裤,完全不是恰当的装备。我们继续前行,看到更多高山树木,也一样装点着紫色、黄色的花朵。愈接近山顶,四周愈空旷、崎岖。我们开始在黑灰色的火山岩上爬行,慢慢地一步贴着一步往上爬。我冷得不住发抖,心里痛斥自己,为什么在山下时没注意到艾方司为这趟旅程所穿的毛衣、帽子、长裤和靴子。

但山顶的美景让这一切都值得了。火山口极其巨大,深浅不一的灰色、棕色和黑色的岩石闪烁在火山口旁,岩缝中不断冒出白茫茫的热气。十四年后它才会再度爆发,完全改变附近的地貌。

为了庆祝攻顶成功,我们三人分享了仅剩的食物:一片比利时巧克力,还有两颗水煮蛋。我们仅有的一瓶水早就在半路上喝光了。

但我们的探险之旅才刚开始。几分钟后,灰暗的天空突然一片光明,同时头上降下高尔夫球般大小的冰雹。我又开始冷得不自主地颤抖。我们唯一的出路就是拼命往山下跑,一路跌跌撞撞,不断滑倒,锐利的火山岩划破了我的短裤。

我们终于回到树荫遮蔽的山路,但滂沱大雨忽然倾盆而下,山路成了小河,浑浊的雨水深及大腿。我们依然挺进,手牵手以免跌倒。剩下最后三分之一路程时,大雨和缓了下来,但我们却碰到庞大的障碍:原本茂密的路树如今接连倒落在路上,形成约 2.5 米宽的树墙,看来根本过不去。

三只落汤鸡站在大水中央,紧盯着那堆树干,不知该哭还是该笑。事实上,被堵在那里一秒钟都让我无法忍受。我奋不顾身地爬上那堆树枝,结果却直往下坍,我的腿从上到下被狠狠划了一道。绝望之下,我们还是决定勇闯树丛,不断折树枝,摔进树堆。不一会儿,我们竟然爬过了树墙!此后,一路无阻地回到山下。将近9个小时之后,我们终于抵达出发之地,虽然全身瘫软,但非常高兴终于可以站在平地上了。

当时已经过了下午五点,而我们得赶在六点半前通过扎伊尔边境,以便在卢旺达七点关闭边境前顺利入境。但我们当时简直饿昏了,而我还在不停发抖。艾方司把他的手放在我额头上替我量体温(那是他一整天中唯一的一次友善举动),他说我有点着凉,并坚持带我到一个地方去喝点热汤。

虽然我连汤匙都拿不稳,但那碗汤却是我这辈子喝过的最美味的汤。

我们谢过艾方司,火速跳进车内冲向边境,顺利进入卢旺达。由于高原反应,我一路狂吐到基加利。第二天,我们两人都动弹不得。但我还是痊愈了,而我们俩也都觉得心满意足。尼拉贡戈火山教导了我们什么叫谦卑。

我来到非洲时,也是一样准备不足——没带地图、工具或装备,也没做任何保护措施。尼拉贡戈火山好好地教训了我,它测试我,一再测试。在差点要了查尔斯和我的命之后,它却给了我们一个湛蓝的天空,在我们脸上洒满瑰丽的阳光,以及一些陌生人的仁慈对待。

就像那座火山,非洲可以让你立时目眩神迷,也可以让你历经水火、干旱、疾病的无情攻击,有时甚至全部一起来。但就在下一秒钟,它却又用难以想象的美丽来补偿你。因此,即使你无法忘记它所带给你的苦痛,你也会想尽办法去原谅它。最终,它会让你难以忘怀,不断召唤你回来体验它更多的美丽与哀愁。

08
全新的学习曲线

我们的智慧并非出自过去经验的累积，而是来自于对未来的责任感。

——萧伯纳

岁末时分的基加利让我益发思念我的家人、雪景、圣诞树，还有家家欢唱的圣诞歌曲。知道自己即将离去，这个十二月，我的心情特别矛盾，既兴奋又感伤。我知道自己将会非常怀念卢旺达的美、与我共事过的妇女、奇妙的探险，以及这种简单而素朴的生活。

我和绮奈特为朋友们准备了一个圣诞派对。我们用厚纸片剪成小雪人，贴在绮奈特家的墙上。那道墙上原本贴了一整面的风景壁纸，那是当年最流行的居家装饰。我们自己做饼干，用伏特加和百香果汁调了一大盆鸡尾酒。朋友和同事都精心打扮而来，翩翩起舞。褪下儿童基金会制服的波尼斐司，差点让我们认不出来。为"独特应变"设计企业标志的艺术家杜东内则穿了一套扎伊尔传统服装,整晚狂舞。普登丝和莉莉安也在场,如果不是我不幸摔断了手指,她们俩一定也会彻夜跳舞。

我当时正带着一群小朋友进行舞蹈表演,还要将赛门与葛芬柯(Simon & Garfunkel)的经典名曲翻译成当地语言唱出来。我知道自己同时在做好几件事,一定得特别小心,但当我看到几个孩子忽然瞪大眼睛时,已经太迟了:我从房子前面一个大约 1.5 米高的小桥上滚了下来。一着地,我就知道自己想撑住地面的手完蛋了。绮奈特赶快打电话向一位医生邻居求救。这位医生邻居火速赶到现场,他抓住我的手,使劲地猛拉我的一根手指头,一阵锥心之痛立刻袭来。当我大喊一声并抽回我的手时,那医生直说我是一位"非常娇弱的女人"。

"你和卢旺达女人完全不一样,她们都很坚强,"他说,"即使是生孩子,她们都不会叫。"

我眼神冰冷地看着他。

他又拉了我第二根手指,我觉得自己痛到快要吐了。"拜托,拜托,"我气若游丝地说,"我的指头一定是断了。"

他完全置若罔闻,又狠狠地拉了我另一根手指头。这一次,就在拉的那一刻,我立刻吐了出来。终于,他建议我第二天早上最好去一趟医院。

在卢旺达的最后一天,我在基加利医院里,和一群艾滋病和疟疾病患者一起等着看医生。照完 X 光,医生让我看自己那三根断得很整齐的手指,然后,他给我打上了一个奇大无比的石膏,从手指头一直到肩膀,这整套医疗却仅仅花了我两美元。

那天晚上,"独特应变"的同事为我举办了一个欢送会。普登丝当着大家的面,送了我一条寓意"多子多孙"的金项链。其他人则合送了我一条极其精致的拼布被套，上面以鲜艳的颜色拼出了我最喜欢的卢旺达景致：正中央是"独特应变"的企业标志，旁边则是蓝色烘焙坊、小孩学识字、卢旺达绵延的山丘、当地的市场，甚至还有一群穿着粉红色囚衣的犯人，因为我一直觉得，卢旺达政府让犯人穿粉红色囚衣，是一件超级古怪的事情。

"我们一起完成了了不起的事，"普登丝对着所有人说，"我们建立了一个机构，向卢旺达和全世界证明，女人绝对有能力达到极大的成就。卢旺达将因这个机构及妇女团结的力量而更强大。"

有那么一刻，我几乎想要取消回美国的机票，以便留在这里看着我们的梦想全然实现。但我知道，那恐怕得花上好几十年的时间。直到那时，还有一部分的我仍未相信自己真的要离开卢旺达或非洲。绮奈特告诉我，干脆就把这看成是一次短暂的分离，因为非洲大陆显然已经成为我的一部分。我摇摇头对她说，再回非洲，至少会是好几年后的事情了。

回家的飞机上，我眼泪掉个不停，回想起第一次到非洲时，年轻的我也是这样一路哭着来的。我经历过的地方带给我的改变，远大于我为那些地方带来的改变。与此同时，我也见证了一小群人可以如何改变这个世界。这个经验完全无可取代。

新任务

回到弗吉尼亚家中，我在一月份已获得斯坦福商学院的入学许可，但距离开学却还有整整9个月的时间。虽然我很珍惜与家人团聚的时间，但"家"对我而言却很陌生，因为几乎任何家人都无法与我分享对非洲政治的兴趣，有些朋友的眼神也会让我警觉，自己是不是谈了太多有关非洲的故事——那些我所遇见的人、我所到过的地方。

于是我开始寻找一些短期工作的机会，一些能让我重新接触非洲事务的机会。通过一些渠道,我在世界银行找到了一个研究农业、女性及西非的工作。几个星期后,我就被派往冈比亚执行一项任务。冈比亚位于西非前法国殖民地区,过去曾是英国属地,三面被塞内加尔包围,只有西面一小部分临海,狭长的国土沿着极具战略重要性的冈比亚河。冈比亚是殖民国家无视当地人的生活、硬生生切割非洲土地的见证。

我的任务是与冈比亚农业部一起研究一项由世界银行出资的1500万美元无息贷款计划。先前,许多坐领高薪的顾问已经与冈比亚政府讨论了好几个月,才终于提出这项建议案,但即使花费了巨额顾问费,冈比亚政府与世界银行却都对这个提案心存疑虑。我需要重新审查并完成一个能让冈比亚政府和世界银行都满意的提案。亲眼见证"独特应变"只用非常少的经费(几乎是世界银行付给那些顾问巨额顾问费的零头),就能持续运作两年以上,我决心要以不同的方法来考虑这个任务,但我当时还不清楚自己该从何下手。

这项任务是从美国华盛顿世界银行总部的豪华办公室里开始的。在世界银行的办公室走道上,我很兴奋看到有那么多从世界各地而来的人。大家都带着自己的专业知识,决心竭尽所能来协助落后国家。我很清楚世界银行的弱点——从上而下的决策模式,以及必须直接将钱借给各国政府的规定。这些弱点和规定创造出太多不得善终的计划。但我也可以看出,这样一个强有力而且目标单一(帮助有发展需求的国家)的机构所可能发挥的影响力。

由于我的任务是要重新修改这个为冈比亚农妇所提出的计划,于是我决定先了解世界银行过去到底为冈比亚(尤其是当地农妇)做过哪些事情。其中有个计划特别引起我的注意。世界银行在过去十多年内,总共花了超过2000万美元,希望在当地建立起一套灌溉系统,以协助提升冈比亚农民的稻米产量。早期数据显示,他们曾经讨论过,投资某一项灌溉技术将大大提升稻米(冈比亚主要作物)的产量,因此也将大大改善儿童的营养,并增加农民的整体收入。这个想法听起来非常合理。即便冈比亚有一面临海,但他们仍需要灌溉系统来提升稻米的产量,早期的成本效益分析显示,当时的稻米产量有可能因此而提高10倍以上。

我完全可以理解当年那些专家为什么觉得这会是一个很好的计划。然而,针对灌溉系统所进行的多年投资,最后却只换来惨痛的结局。稻米产量不增反减,当地妇女与儿童的健康状况也每况愈下,儿童的早夭率反而比从前还高。尽管灌溉系统确实应该有助于提升农业生产,但事实是世界银行投入了几千万美元,却完全没达到应有的效果。

这个过程应该写进教科书里,说明传统式经济援助的不可行性。试想20世纪70年代,也就是这个计划刚开始的时候,一批用心良善的农业经济专家及工程专家被世界银行派到冈比亚来,希望建立起一套精密的灌溉系统,以便提高当地的粮食产量。这些人(当年世界银行的人员多半是男性)先与当时的政府沟通,而地方政府则挑选一些农民来配合这项计划。参加农粮计划的农民多为男性,但问题是,在冈比亚负责种稻的其实都是妇女,男人负责的是有别于粮食的经济作物——花生。为什么当时要找男性农民来参与这项计划?原因是,灌溉牵涉到科技的运用,而科技一向被认为是男人的专长。

于是,农夫开始埋设灌溉管路、开垦稻田,却将自己的花生田晾在一旁。一段时间后,稻米产量不增反减,原因并非灌溉出了问题,而是因为农田落在一群既不懂稻米、也不懂新科技的人手里。真正让人吃惊的,并不是这个计划的负面结果,而是这个问题竟然从来没被人提出来检讨过。

而细读我必须负责修改的提案也没有让我觉得好过些。根据这个计划,大部分经费都将用作援助金,而我知道这种做法必死无疑。例如,他们建议花100万美元作为采购玉米脱粒机的经费,以减少妇女工作量。一般而言,西非妇女每天都要花上好几个小时来剥玉米粒。如果能让妇女不再做这种折磨人的苦工,她们就会有时间做其他事情,包括赚取其他收入。理论上而言,以科技代替劳力是再合理不过的事。但理论不足以成事。我看过太多像这类立意良善的计划,最后却落得痛苦收场。

通常,援助机构的专家会协助当地人将机器装好,而当地民众则会努力运用这些机器,直到终有一天机器发生故障为止。由于知道如何修理这些机器的当地人少之又少,因此这些有故障的机器常就此停摆,毫无用武之地。其他村庄则根本没有这些机器赖以运转的柴油。更让人啼笑皆非的是,眼前的问题还没解决,日本政府最近又捐了好几千台这种玉米脱粒机给冈比亚各地的妇女团体及村庄。在我看来,世界银行打算再提供数千台玉米脱粒机给冈比亚农民的想法,简直是荒谬至极。

在所有数据中,有一项计划特别让我眼睛一亮。这项计划建议进行一项实验:以贷款方式将肥料更有效地卖给有需要的农村妇女。我在肯尼亚和卢旺达见识过家庭食物来源稳定的重要性。当地农户需要特别的协助,帮他们通过耕作或其他方式来养活家人。印度的"绿色革命"[1]已让我们看到,引进更好的种子与肥料能大幅增加作物产量。可惜印度的绿色革命行动并未普及于小型农户。为农民提供贷款,再以更好的种子及肥料来改善农民的生产力,这种双管齐下的做法似乎可以产生惊人的力量。

---

[1] Green Revolution,始于20世纪60年代末,发展中国家和落后国家为解决粮食问题而推广的大规模农业改良革命。

看完这些资料，我心中还是有许多未解的问题，但我知道，下一步应该直接前往冈比亚，了解当地实际状况。事实上，我非常想念非洲，也很兴奋在离开卢旺达几个月后就有机会再度回到非洲。

重返非洲

乘客寥寥无几的飞机越过西非的海岸线，在一层灰蒙蒙的空气中降落在冈比亚寂寥的首都班珠尔。飞机两旁是一片平坦的大地，前方则是一座孤零零的小航站。当我一出机门，踏上柏油碎石铺成的跑道时，一阵浓重的热气扑面而来，我立刻发现，位于热带、平坦的西非，与多山的卢旺达及干燥的肯尼亚大草原是多么的不同。

一位和善的出租车司机把我载到了邦格罗海滩饭店。这是一间非常可爱的旅馆，就坐落在棕榈树掩映的海滩边。饭店的主建筑漆成白色，我则拥有一间靠近海边的小小独栋公寓，因此得先穿过一个美丽的热带花园才能抵达我的房间。一个茅草屋顶的小餐厅就位于游泳池边，旅馆四周到处都是羽毛鲜艳的美丽小鸟。我的窗外就有一棵大树，树梢间净是快乐地唱歌、玩闹的黄色织布鸟，树上还有它们的鸟巢呢。抵达房间的那一刻，我心中再度充满了自由的感觉。

几天后，我终于见到我的工作伙伴邓肯。他是一位高高瘦瘦、黑头发、戴着眼镜的工程师。他总是穿着一件短袖衬衫，上衣口袋里放枝铅笔，而且永远带着一个超大型的公文包。我们坐在游泳池畔讨论我们的"任务"：为世界银行要提供给冈比亚的1500万美元无息贷款，提出一份实际可行的建议案。我被指派为此项任务的负责人，而我也和邓肯分享了我对这次任务的一些看法，以及已做过的一些功课。我告诉邓肯，我对原先计划中缺乏目标与责任归属的情况感到不安，而且，除非我们有信心能确实看到生产力提升，否则，再提供1500万美元无息贷款，对这个国家也无济于事。

邓肯同意我的看法,于是我们讨论了接下来几个星期的工作内容。我们会跟所有我们找得到的人讨教,前往农村与农民对话,向相关政府首长请益,而且尽可能地公平看待所有的人和事物,进行周密的思考。我们决心要为冈比亚的人民谋求最高福祉。这就是我们的任务。

我们花了大约一个星期的时间在班珠尔。班珠尔位于冈比亚河口的一座小岛上,以一座桥与内陆相连,街上永远挤满了叫卖的小贩。他们大多在一排排的两层楼房前聚集,这些房子有拱形的骑楼相连,让我想起孟买的商业街道。班珠尔的妇女常躲在临时搭建的布篷下贩卖各色蜡染布、金银饰品、篮子和蔬菜,避免被毒辣的太阳晒昏头。但除了这些琐碎的交易外,大部分冈比亚人都以农为生。

当我和邓肯要离开班珠尔前往偏远地区拜访农民时,我们经过了一排坐在路边的妇女,她们在大太阳下卖着牡蛎。这些牡蛎是她们从冈比亚河岸旁的红树林里捡来的。这些河岸旁的湿地植物盘根错节,创造出一大片沼泽地,里面不但藏污纳垢,而且藏了许多新鲜牡蛎。

"一块钱买一盘好吃的牡蛎。"一位干瘦的女人对着我们的车子叫喊,一脸快活的笑容。我确确实实已经回到了非洲,因为在这里,不管生活有多么艰苦,人们总会展现一种发自内心、抑制不住的乐观天性,而我也总是因此大受激励、重燃活力。

在一个村庄里,我们遇见了海蒂。她约四十多岁,是那种霸气十足、一见就令人印象深刻的女性。她是一位肥料零售商,非常了解当地农民,也深谙销售心理学。她硕大的身躯上披着一件紫色长袍,手上佩戴着超大的金银手环。她像女王似的坐在一袋饱满的肥料袋上,全身散发自信,仿佛对某些事情的了解比谁都多——至少她的气势让人相信是如此。经过19年的辛勤工作,海蒂成功建立了自己的事业。短短一天内，我从这位女性创业家口中所了解的事，就比办公室里那些专家几个月来告诉我的还要多。

我告诉她，世界银行有一项计划，希望通过大型开发银行及商业银行为当地农民提供贷款，用来购买像肥料之类足以提升农业生产力的东西，我们希望听听她的意见。

"简直是天方夜谭，"海蒂解释，"第一，那些银行离我们太远了；第二，我们根本不信任他们。而且大部分的银行也不会想和我们这样的农民打交道，他们只对农业大户有兴趣。小型农户只会找像我这样的零售商家借钱，购买他们需要的种子和肥料。你知道的，他们根本没有现金，所以只能用借贷的方式，等到收成后才可能还钱。"

"但你怎么知道他们会还你钱？"我问道。

"因为我们这里地方小，大家彼此都认识。如果我有更多的现金，我会借更多的钱给他们。在这里，只有我才有足够的信用，所以你们只能押宝在我身上。我会负责确保那些农民还我钱，然后我就可以把钱还给你们。"

"我们怎么知道你会是一个公平的商家？"我再问道。

"那你就得去问问那些农民啰，看他们怎么说。"她回答，"我希望帮助改变我的国家，而且我知道我可以比那些大银行做得更好。"

我毫不怀疑，至少这是一个可能的起点。

这种做法很有道理，因为它是靠当地人自己的力量，而不是仰赖外国顾问的慷慨。更何况，那些顾问也只是慷他人之慨，从来不必从自己的口袋里掏出任何钱来。这是一个可以在既有基础上发挥更大功效的机会。和更多的农民及当地经销商讨论过后，我们提出了一份建议案，准备向冈比亚农业部的计划协调委员会提出口头报告。我们建议以发展当地的信贷和经销系统来解决当地农民的需要。这套做法很简单，而且我们相信它一定会成功。

经过一道开放式的长廊，我们来到一间白色的办公室会见协调委员会的主席。她穿着一件长袍，刺眼的黄蓝色，坐在一张大木桌后面，双眼藏在一副飞行员式的墨镜后。我觉得她仿佛一只秃鹰，而我们只是两个不识相的人，来浪费她今天原本可以用来施展更多政治手腕的宝贵时间。

还没来得及说完我们报告的前言，主席女士就立刻打断了我们。

"为什么你们会想要为冈比亚的女性建立一套私人的经销网络？"她不耐烦地问，"这样做，你们将照顾不到最穷困的女性。"

我解释说，我们是希望推动民间力量的兴起，让民间力量自己来帮助那些最穷的农民。如果我们可以找到让市场为穷困农民服务的方法，他们就可以自行将钱投资在像肥料或种子之类的重要事项上，等到收成后，他们就有钱偿还借款了。这样，他们就不必再坐等救助机构送一些他们或许根本不需要的东西。我也提到，面对贫穷的农民时，我们必须培养出一种超越慈善救助的心态。因为这些农民本身就非常具有市场导向，因此，他们也应该获得一些足以帮助他们自力更生的解决方案。

主席女士完全没掌握到重点。她完全不管我们是要通过当地的经销商或是大型开发银行来进行贷款业务。她也完全不相信借钱给穷人这回事。"把钱借给已经有生意可做的妇女，并不能帮助那些最穷的农民。如果她们已经有生意可做，她们就不会是最穷的一群人了。"

我试着向她说明，支持那些已经在做生意的女性，其实对更穷困的农民有很大的好处。况且，我们所说的那些"做生意的女性"跟"有钱人"还差得远呢。

"穷人才需要我们的帮助，不是那些做生意的女人。贫穷的农村妇女根本不可能偿还任何贷款。只有当她们有更多金钱时，她们才能脱离贫穷。"

她所说的最后那句话当然无可反驳,但我完全不知要如何才能让她跳出她的那套逻辑。反正,不管我说什么,她是一个字都不想听。

"请您看一下以前这些援助计划的结果,"我向她抗议,"一堆废弃的设备!经过二十年的辛苦与金援,换来的却是稻米产量的下降,这其中一定有问题呀。"或许我的语气中确实有太多的自以为是,因为我已经可以听出自己的愤怒。"如果真要让这个计划对农民有所帮助,唯一的方法就是让他们有参与感,看到自己的努力真的可以改善自己的生活,让他们觉得可以掌控自己的未来,而不是一直等政府来帮他们解决问题。"

"你根本不了解这个国家。"她突然开口训斥我。

"我完全同意,但我却仔细聆听了贵国农民的心声。"

"反正事情非常清楚,你根本不了解冈比亚的状况。"她把手上的书用力合上。会谈到此结束。

但我们在农业部里还有些盟友,因此仍在持续继动这个肥料贷款计划。我们也建议将原本 1500 万美元的援助计划降低为以 100 万美元来进行一项实验:建立一个能自主运作的肥料运销系统。但我们的建议最终还是被否决了。规划这个大型援助计划,已经投入了太多的时间与金钱,因此,一个金额锐减的小型计划显然无法符合成本效益要求。我从没机会看到这个贷款计划的最后版本,但我相信,许多原有规划一定又被加了回去。没有一个人向我解释过,那些原有的计划会有什么样的成功几率。

虽然世界银行的工作经历令人挫折,但我却非常高兴自己有机会得到这样的经验,并认识了许多杰出的人才,同时也了解,经济援助的善良动机如何可以蜕变为有害于受援国家经济的行为。这个经验也让我更加确信,建立一个拥有正确成功诱因的架构、找出像海蒂这样的人、将资源提供给她们来服务自己同胞的重要性。离开世界银行,我急着想在斯坦福学习更好的管理技能,因为我确信,如果要建立任何改变的机制,企业管理知识与经验将是非常重要的基础。

生命中的领航员

从华盛顿到加州,我独自开车横越了整个美国。走进斯坦福大学商学院时,我觉得自己好像进入了另一个世界。基加利让帕拉阿图②感觉起来像是一片平淡无味的白吐司。但与此同时,我也突然发现自己是和一群说着相同语言、能准时参加会议、行动力极强的人在一起。我非常喜欢这整个轻松的氛围,而且从来没有觉得自己这么幸运过。

但我仍然非常怀念非洲的缤纷色彩、一大清早炭火上煮着东西的味道,以及紫雨横扫大地的景象。我怀念非洲人彼此关怀的单纯方式;在讨论正事之前,他们一定会对你的家人、对你这一天过得如何、对你的健康状况热情关心;我怀念非洲孩子有如挥舞日本扇子一般挥舞着小手的模样;我怀念买每样东西时必经的讨价还价过程、我所认识的那么多非洲朋友的达观与活力。我怀念在每件事情上都能发现令人惊叹的美。我甚至怀念卢旺达那些破败的街道,正如我的朋友绮奈特送我到机场时所经过的基加利那些颠簸、泥泞、坑坑洞洞的道路。

最重要的是,我怀念那种"派得上用场"的感觉。

"我想要成为人类学家,为何却在这里学习'向量分析'、'期权定价理论'?"我困惑地问一位朋友。

他提醒我,我来这里是要学习改变世界所需要的技能(至少那是

---

② Palo Alto,斯坦福大学所在地,位于北加州旧金山附近。

我的期待)。发展中世界需要企管技能,他们需要的不只是立意良善的人,而是一些真正懂得如何开创、经营企业的人。对我而言,有一件事愈来愈清楚:有钱有势的人才能获得制定规则的权力,然而,权力却足以使人堕落、腐化。马丁·路德·金在他最后几场演说中曾经说过:"有权力却没有爱,只会带来权力的滥用与轻率。"但是,"有爱心却没有权力,只会带来滥情与无助。"

这个世界需要两者并重。我见过太多只有爱心却没有权力所带来的问题。我希望自己能够获得充足的技能及自信,以便让爱心与权力能够相互为用、有效结合。

问题是如何才能使爱心与权力融合、产生有力的行动。我的教授与同学们可以很自在地讨论金钱与权力的问题,但是爱心与尊严却是许多人怯于公开讨论的议题(至少我觉得如此)。我们一定得找出方法,让市场经济的能量、活力和严格的要求,能和出于爱心、为了协助穷人所采取的行动相结合。我当时就认为,资本主义的未来,完全要看它能包容多少创意与差异,如今我更觉得如此。

在斯坦福,每个学期开始前,教授都会为自己所开的课提供一次课程摘要说明,供学生选课参考。在一次课程说明会上,一位高大、优雅、身穿灰色西装、头戴软呢帽的老先生走上讲台。看起来,他年轻时应该是位运动好手,因为他依然身手灵活、脚步轻盈。他举手投足间也带着一股庄严的气息,让人不得不对他凝神倾听。

"文明为何起起落落?"他问道,一只手在空中画出一道弧形,然后停止不动。

我想起了泰姬陵,以及我在许多国家中所见到的强烈反差。我非常渴望和他讨论这些问题。

"为什么有些人年届三十就停止成长,每天只是来往于自己的办公室和家中的沙发及电视机前,但许多人却到七老八十还生气蓬勃,好奇心不减,几乎保持着像孩子般的童真?"

他再度停下不语,而我已完全被他折服了;我觉得他这番话好像是对着我说的。虽然当时我还不清楚他是何许人也,但我知道,他将在我的人生中扮演重要的角色。

那天下午,我跑去这位教授的办公室,看到他门上的名字:名誉教授约翰·贾德纳。我敲了敲门,里面传来声音请我进去。约翰坐在他的办公桌后面,帽子已经脱掉,但仍穿着外套。看到我进来后,他把正在阅读的报告放在一旁。我结结巴巴地向他自我介绍了一番,并告诉他为何他在课堂上所说的话会引起我这么大的共鸣:他谈到了我一心想成为的那种人。我告诉他,我很希望能与他深入讨论他在课堂上所提到的那些议题,但不知他是否有时间。

房间里一阵寂静,他正用我这辈子见过的最慈祥的眼神看着我。"亲爱的,"他说,"我当然有时间和你谈。坐下吧。但是我要先问你,你知不知道自己戴着两只不一样的耳环?"

我告诉他我知道,我认为这或许能引发别人一些思考,而那是件不错的事,难道他不觉得吗?

他笑了,我也坐了下来。我们的对话就此展开,直到他十多年后去世为止。

在我们第一次谈话之后,我才赫然发现,原来约翰曾经担任过约翰逊总统[3]时期的卫生、教育暨福利部部长。辞去公职后,他在56岁时成立了一个基层公民组织——"共同的事业"(Common Cause)。约翰·贾德纳深谙"自我更新"的意义,因为他彻底实践了这个信念。

---

[3] 林登·贝恩斯·约翰逊(Lyndon Baines Johnson1908—1973),于1963至1969年间任美国总统。

此外，他也成立了"独立部门"（Independent Sector），作为全美的领导论坛，致力于鼓励公益、义工、非营利工作及公民行动。他还在华盛顿创办了"白宫学者计划"（White House Fellow），以提升年轻人的领导能力。他还成立了"国家公民联盟"（National Civic League），鼓励小区民众参与公共事务。约翰所做的每一件事都是要释放社会各阶层的能量。他的伟大并非来自于他的职衔，而是因为他的生命内涵。那是一种愿景与动力、谦卑与仁慈的罕见组合。

约翰一生从未停止学习。至今我仍清楚记得，他在每周的研讨课程中，手上拿着一枝笔，仔细聆听、记录每位同学发言内容的景象。他的这个习惯也使我更谨慎地聆听同学的发言，因为如果连他都会记下同学所说的话，其中必有值得我参考的智慧。约翰和我们讨论美国的民权运动，为何社会运动需要有局内人和局外人的共同参与，才有可能创造出大家希望产生的改变；还有，学习如何跨越社会差异（种族、宗教、社会阶级、意识形态）彼此沟通的重要性。

下课后，我常在他办公室一坐就是几个小时。我也请他担任我的专题研究指导教授，向他学习领导力、以及如何成立不为个人利益而是为了增进公众利益的组织。不管我想谈的是重大的社会趋势，或是如何有尊严地活着、如何以尊重的态度与人彼此相待，约翰始终对我来者不拒。事实上，他的身教就是我的教科书。有时我会在校园里看到他正与某位前任部长谈话，即使我试着回避，不想打扰他们的重要讨论，但约翰一定会把我叫过去，给我一个热情的拥抱。正如他曾形容自己的一位朋友：只因为他的存在，这个世界就已经变得更好了，这个话用在约翰身上，也再适合不过了。

我们最常讨论的话题是社群（community），它的意义，以及如何培养、建立社群。约翰深信，人际关系是人类非常重要的激励因素，而能够提供每个人归属感及责任感的社群，才是个人和整体社会成功的关键因素。

当我在考虑商学院毕业后要做什么时,我有两个选择:一是接受洛克菲勒基金会的奖学金,深入研究美国低收入小区的企业发展策略;二是前往捷克,协助这个国家建立一些小型企业。基于我的流浪天性,我当然比较倾向于在一个历史时刻,前往一个新的国家工作。

但约翰却认为我应该接受洛克菲勒基金会的奖学金。"这个机会可以让你取得一个观察美国及国际慈善机构的重要位置,"他告诉我,"你已经具有在一个发展中国家建立企业的经验,而你人生的下一个阶段应该是尽量在你的工具箱中加入更多新的工具。你很清楚今天的社群是超越国界的,而你自己也隶属于好几个不同的社群——斯坦福、女性、以及关心非洲的社群。但要真正发挥你的能量,尤其在国际领域,你必须在你自己的土地上扎根更深。此刻正是你了解自己国家的重要机会。只有先了解自己,我们才能真正了解别人。而要认清你自己是谁,你就必须先了解你所来自的地方。"

"有兴趣了解美国的人很多,"我说,"我的贡献应该发挥在放眼国际。"

他摇头:"你应该对事情有更多的'关怀',而非只关注自己的'兴趣'。"这也是他不断提醒我的一件事。"此时美国发生的事,对于国际事务有着极重要的影响。当然,反之亦然。"

我接受了约翰的建议,接下洛克菲勒基金会提供的"华伦·威佛奖学金"。我花了一年时间走访全美各地的微型企业及中小企业,并与孟加拉国及印度等地正在开展的微型贷款进行比较。这是改变我生命的一项重要经验。这一年中,我曾坐在美国中西部小工厂的地板上,到南达科他州观察印第安人保留区,并在旧金山郊外与当地的出狱犯人讨论他们经营的橙子园。相同的结论一再浮现:对经常被社会忽视的人而言，企业经营是一种极为有力的方式，它足以创造纪律与活力，为他们带来独立自主及拥有选择权利的感觉。约翰说的没错，不管是住在亚洲的孟加拉国或是美国田纳西州的孟菲斯，人们的需求都一样。全球的低收入民众都面对着相同的困难与挑战。

勇于挑战未来

在洛克菲勒基金会，我遇到了另一位人生导师，也就是基金会的会长彼得·戈德马克。他要我对人类的未来提出重要的核心的问题，逼我往前看——不只是看眼前的问题，而是要看到10年、20年后的情形。他特别要我想象慈善事业未来应如何发展。当时已是20世纪90年代，彼得认为我们正面临几个人类最重大的危机，只有靠人类的全力创新及共同行动，才有可能避免这些正在不断成形的重大危机。他极力主张人类要正视环境问题，尤其是能源问题；他对核武的扩张心存忧虑；他极力支持对伊斯兰世界进行更深刻的研究与了解。他是一位真正有远见的领导者，对于人类解决问题的能力深具信心。他认为，具有创新能力的民间公益组织将是解决公共议题的领航者。

当我的奖学金到期时，彼得强力建议我接受另一项工作机会：协助一个全新的、匿名的信托基金，在两年内对纽约提供一亿美元的捐款。这个工作听起来简直太完美了。有人辛勤工作一辈子，却将赚来的钱捐了出来，而我则有此荣幸参与这样一件可能为社会带来极大影响的工作。

不过我很快就发现，让捐出的钱发挥更大作用可能比赚这些钱还难，尤其是当这些捐款的决策是由一个委员会来进行，而非由个人来负责。不仅如此，慈善事业吸引到的多半是一些喜欢"受敬爱"多过真正想有所作为的人。要受人敬爱并不是那么困难，但要能真正有所作为、改变世界，却可能得花上一辈子的时间来努力。

我也在三个月内就发现了，这个委员会中最有力的一个人，刚好比较喜欢慈善事业中"受人敬爱"的那部分。我并不是说那些钱没有用在对的地方；事实上，他们支持了许多非常好的纽约公益机构。但对我而言，这个组织正逐渐失去它真正改变纽约的机会。通过约翰和彼得，我亲眼看到公益事业足以启动制度化的变革，而我非常希望献身在那种行动之中。他们两位也教我要勇于做大梦，但这项匿名基金却让我认清了：庞大的金钱不一定能创造出伟大的梦想或带来伟大的结果。

我告诉彼得，我打算离开公益领域出去创业，希望能雇用许多低收入的人。我跟他说，慈善事业对我而言实在太挫折了，因为大家都没有责任感，不重视真正的结果。

彼得完全不同意我的想法。"如果你认为慈善事业必须更重视责任感与结果，那就应该开创能帮慈善家确保他们的金钱达到应有效果的事。看在老天的份上，不要还没试着改变就决定放弃。"

要对彼得说"不"，简直不可能。

我在洛克菲勒基金会的数据库里待了几个星期，希望了解公益组织过去做过哪些事，以及未来可能的发展。我发现，洛克菲勒在创办标准石油公司赚了大钱后，就开始捐出亿万美元成立洛克菲勒基金会。身为虔诚的基督徒，洛克菲勒从小就谨守"十一奉献"④。日后，他的财富以及社会责任感，促使他通过慈善事业对社会产生了惊人的贡献。他协助成立了著名的芝加哥大学，创办了斯贝尔曼学院⑤，更在中国各地成立了许多医学研究中心。

在基金会成立前，洛克菲勒就已让钩虫病绝迹。20世纪初期，美国南方的孩童普遍都会染患钩虫病。洛克菲勒没有自作聪明，觉得自己

---

④ tithe，将所得的十分之一奉献给上帝。
⑤ Spelman College，全美第一所黑人女子大学。

知道所有的答案。相反的,他将这个领域中所有的顶尖专家邀集起来,他们发现,钩虫病其实是很容易预防的,只要民众不赤脚上厕所,就能大幅降低染病的可能。洛克菲勒不只为南部各州提供对付钩虫病的医疗资源,相反的,他的团队认为,真正重要的应是强化美国的公共卫生服务体系,大幅提高民众的卫生常识。

于是,洛克菲勒团队通过广播与镇民大会发动了一次大型的媒体宣传。他更利用自己的影响力,说服南部11个州在地方政府里设立公共卫生专员。不到5年,不但钩虫病在美国南方绝迹,南方各州同时还建立了一套公共卫生系统。这次行动为美国及全世界的公共卫生服务提供了最佳的典范。

彼得鼓励我深入研究美国富裕人口扩张的情形。当时还没进入网络时代,但美国已预估,战后婴儿潮的子女将从父母身上继承数十兆美元的资产,而金融业者也将赚进十年前难以想象的财富。

"你能如何帮助有心的人善用他们的财富?"他问我,"你可以创造哪些计划,为有心人提供各种技巧及不同经验,协助他们了解社会上的重要议题,产生使命感,并将自己视为答案的一部分?"

我花了几个月的时间旅行全美各地,与慈善事业工作者讨论他们的期望及学习的需求,回来后在洛克菲勒基金会下成立了"慈善工作坊"(Philanthropy Workshop)。我们为许多慈善事业工作者提供解决艰难问题的技能、知识,以及他们所需的人际网络。我们知道自己的目标是全球性的,因此深入了解许多不同的议题,探讨过去有哪些成功的做法,而未来又可能有哪些不同的需要。

当然,我不会在没和约翰讨论前就贸然展开任何行动。所以我飞回斯坦福去征询他的意见。在当地的咖啡馆里,我愉快地看着他用心将前往天天造访的一家咖啡厅变成一种近乎庄严的仪式。当约翰和你在一起时,他一定心无旁骛。虽然他没有穿着修道士的衣服,而且在这个社会上极为活跃,但他的举手投足之间,却散发出一种强烈的、灵性上的平静,那是我深深渴慕的一种境界。在听完我的伟大梦想和计划之后,他点了点头说,他觉得这个计划应该会产生极大的影响力。在与我分享他的想法前,他习惯性地停顿了一下。

"你必须教导他们,"他说,"最重要的就是聆听。如果慈善工作者不先学会聆听,他们永远无法真正解决问题,因为他们根本就没办法完全了解那些问题。第二,慈善工作者应努力支持已经在做对的事情的人,而不是自作聪明地希望主导所有的事。许多有钱人——尤其是近几年一夕暴富的人都有一种毛病,就是他们都认为只有自己才想得出最好的解决方案。他们真正应该做的事,是投资、培养社会工作领域中的优秀人才,正如他们花钱培养优秀的金融人才一样。那才真正能对事情有所帮助,"他笑着加上一句,"但'自负'实在是个难以对抗的包袱。"

我同意地点点头,努力学习聆听。

"最后,"约翰继续说,"慈善工作者必须想出创新的方式来帮助受助者释放自己的能量。大家都不喜欢'接受照顾'的感觉,他们需要发挥自身潜能的机会。太多的援助计划都使受助者产生依赖感,长期而言,这对任何人都没有好处。"

当我告诉他,我对此早有同感时,他会心一笑:"那么,你就该花时间思考怎么做,好好思考社群的意义。大家都需要对彼此负责,否则我们只会培养出成功的个人,但他们却常与群体脱节。"

他停下来看着我:"好好思考如何让中产阶级及劳工阶级融入社会。社会通常是由知识精英所掌控,也就是懂得分析、精于数字、知道如何运用符号和科技的人,他们通常对弱势者缺乏同理心。当他们真正发挥同理心时,却又常把焦点放在最弱势的人身上,而不是社会中广大的中下阶层,但这些人才是社会变迁的关键。"

在今天这个全球化的世界里,社会精英似乎愈来愈喜欢和其他国家的社会精英沟通、相处,但却与自己国家里的弱势同胞鲜有接触。如何创造真正国际化但同时又与当地紧密结合的社群,将是对我们这一代人最重要的挑战。

我遵照约翰的建议,努力与全美许多有见识、有实践经验的人深入讨论,终于规划出一个分散在 10 个月中进行、总计 4 周的课程。我们每次都邀请八到十位对学习与付出有强烈使命感,同时具有策略能力的慈善工作者来参加我们的课程。第一年,研讨课程的成员来自全美各地:波士顿、弗吉尼亚、加州、纽约……。他们的年龄从 28 岁到 50 岁不等,每位都具有勇敢、坚韧的灵魂,愿意尝试全新的课程。他们必须离家好几个星期,在贫民区住上好几天,以便了解租房居住的贫困户及房东的心情;他们经常从晚上讨论到半夜,还得到国外进行旅行观察。今天,全球有超过 150 位慈善事业工作者参与过我们的研讨课程。

课程中,我们当然也研究了洛克菲勒,以及另一位伟大的美国企业巨擘兼慈善家卡内基。卡内基相信,拥有庞大财富的人有责任要对社会、文化、人们的生活有所贡献,并应负起改善这个世界的责任。他曾写道:"一个人死后留下千万财富,却未在生前好好运用,他将孤寂而死,无人为他哭泣,无人尊荣他,无人为他哀凄歌唱。"

我们阅读亚里士多德、苏格拉底,我们讨论马丁·路德·金、甘地。我们探讨如何进行最好的援助与投资,如何心存怜恤地说"不",如何进行实地参观访问,以及如何处理非营利组织的预算。我们的目标是让每个人对各项议题都有扎实的知识基础,同时具备有效启动社会变革的策略思考能力及道德认知。

跨国旅行是研讨课程中非常重要的一环。我们在印度乡间探访了许多深具创意的计划,计划的目标包括改善当地教育、艾滋病防范,以及环境保护等。造访印度的日子既热又长,但每分钟都值得,因为那深深改变了我们。出了加尔各答约两小时车程后,气温高达摄氏49度,巴士却突然出故障了。我们当时正要去拜访一位成效惊人的小区工作者,了解当地的青年运动,以及慈善团体在其中扮演的角色。天气如此炎热,放眼望去,能看到空气中蒸腾的油光。忽然,几百米外,一条长长的彩带出现在灰白的地平线。我们的向导指着彩带开始大步前进。走近一些,我们开始听到欢呼声与歌声。慢慢地,我们看到身穿橘、红、黄色衣服的妇女站成两排,正等着迎接我们。当我们通过时,那些妇女一边跳舞,一边唱得更大声,还将美丽的金盏花洒向我们。橘色的金盏花落在我的白上衣上,仿佛就要融进我的皮肤和头发里。那暑气、热情、缤纷的色彩,以及四围的声响,让我仿佛进入了幻境。

进了村子,我们与妇女一起坐下,她们为我们奉上椰子水——我这辈子从没喝过比这更棒的椰子水。接着,站在太阳下的妇女开始说明她们为了争取权利及自由所采取的行动。汇报结束后,她们为我们唱了一首极美的印度歌谣。唱毕,妇女中一位负责人转向我们,很自然地问,她们是否有荣幸也听我们唱一首歌。我们这群美国人忽然面面相觑,因为从来没有在陌生人面前随兴高歌的经验。

"我们真的能找出一首大家都会唱的歌吗?"其中一人开玩笑说。终于,我们决定唱《我们必得胜》[6],因为这首歌好像很符合当下的情境——至少,我们都记得它的歌词。

起先大家都有点儿尴尬、犹豫,但一旦开始唱,大家似乎愈唱愈带劲。忽然,那些妇女中有些人也开始用她们的语言加入我们的行列,显然她们也都知道这首歌。唱到歌曲中段那些充满决心的歌词时,所有人都站了起来,手牵着手,扯开喉咙放声高歌。虽然我们用的语言各不

---

[6] We Shall Overcome,20世纪60年代美国民权运动经典歌曲。

相同，但信念却一致——50位展颜欢笑的印度妇女和8位止不住泪水的美国人。

带着智识与爱前行

为了预备早期的一次研讨课程，我在1994年造访了柬埔寨的首府金边，当时距波尔布特政权以大屠杀撕裂柬埔寨社会已有二十年。

我前往柬埔寨的目的是拜访知名的玛哈·哥沙纳达法师，当时身为和平与和解象征的他，正在重新恢复"法行"(Dhammayietra)这种柬埔寨传统，经过一些从前埋了许多地雷的区域。他同意在他所住的寺庙见我一面。那是一座极为朴素的寺庙，外头全部漆成白色，里面铺着工整的木地板，有开放式的窗户。年轻的和尚忙着嘘走在庙旁玩耍的小男孩，因为他们不断嬉闹，假装要用手上的枪射击我们。

在寺庙二楼，玛哈·哥沙纳达法师穿着黄色袈裟，在一间非常开阔的房间里等着我。他坐在一个栗色的坐垫上，下面铺着草席，对面放着另一张草席，那是为我预备的。当我向他鞠躬致意后，跪坐在草席上，打开笔记本。虽然我能清晰感觉到他沉静的力量，但却因为紧张而急如星火地自我介绍了一番，说明我所做的一些事，并感谢他愿意见我一面。

"能不能谈谈您的和平游行？您怎么会有勇气领导人民进行这些游行？过程中有没有人遇害？"我一口气问了一串问题。

他看着我，完全不急着回答，双手合十说："每一步就是一个祈祷，每一步也是一次冥想。"

"您做了这么大的牺牲，也是如此重要的心灵导师，"我继续说，虽然我根本不确定自己是否了解他之前的回答，"这些游行得走45天，光是后勤作业就是极大的负担。有哪些人在帮助您？其他人可以做些什么来支持您的行动？慈善组织可以扮演什么角色？有多少人知道您的和平游行？我认为这些游行不只对柬埔寨人重要，全世界都应该知道您的行动。"

"我们带着对全世界的悲悯而行。"他回答说。

在与人沟通时,我这种过度亢奋的风格从来没有这么失败过。显然,我需要换一种方式。

"玛哈·哥沙纳达法师,"我说,"我带着对您极大的尊敬来此。我非常敬佩您所做的一切,也想了解能如何将您及您的工作介绍给可以支持您的人。但我连怎么问问题都不会,请您原谅。"

这一次,他什么话也没说。他看着我,我也看着他。因为不知道该做什么,我低下头去,心想,他是否希望我赶紧走人。

几分钟过去。终于,哥沙纳达法师慢慢地站了起来。我这时可以更清楚地看到他年老的身躯,因此也更佩服眼前这位熬过了邪恶的波尔布特政权的老人。

"如果你只用你的智识行走在这个世界上,"他以一种直接而清晰的声音说,"那么,你就是只用一只脚在走路。"他仍然双手合十,抬起一条腿来,从容不迫地跳了三步,又以同样的速度与从容,把脚放回地上。长叹一口气后,又开始说:

"如果你只用自己的爱心与怜悯行走在这个世界上,"他说,同时抬起另一条腿来,"那么,你还是只用一只脚在走路。"他又跳了三下。

"但是,如果你能同时以智识及爱心行走世界,那么,你就是个有智慧的人。"他优雅地跨了三个大步。最后,低下身子,坐回我面前的坐垫。

"谢谢您。"我对他说,再次对他鞠躬。

他温柔地对我笑了笑。一切尽在不言中。

缓缓地,每走一步都深深感知脚下的地板,我走出了寺庙,进入外面那炎炎烈日之中。

09
路边的蓝油漆

在追寻真理的路上,我们可能会犯两种错误:
不能坚持到底,以及根本没有起步。

——佛陀

1994年,我和全世界一同见证了惨绝人寰的卢旺达大屠杀,曼德拉对囚禁他的人展现的宽恕,以及他就任南非总统的历史性一刻。此外,我在坦桑尼亚海滩也遭遇了一次暴力攻击。这些反差强烈的事件让我认清,每个人的内心都同时拥有善与恶的两面,这也使我获得了更丰富的世界观。

在一个阴冷的纽约冬日,我接到来自卢旺达好友丹恩的电话。他那时已是联合国儿童基金会在坦桑尼亚的第二把交椅:"你能不能到坦桑尼亚来一个月,帮忙审查基金会协助坦桑尼亚政府推动的一项全国性微型贷款计划?我们不清楚这个计划成效如何。你能来吗?如果可以,可否愈快愈好?"

我当然非常乐意与丹恩再次合作,而且可以有所贡献、有所学习呢!以非洲的缤纷色彩来交换纽约的阴郁?我连想都不用想就答应了。

我搭乘一架小飞机来到坦桑尼亚位于海岸的首都达累斯萨拉姆。从飞机的小窗户往外看,坦桑尼亚海岸的湛蓝海水立刻让我心旷神怡,岸旁棕榈树的大叶子不断拍打,细瘦的树干随着海风左右摆荡。飞机落了地,空气又湿又热。此地的建筑充分反映了这个国家的殖民历史,以及来自充满传奇色彩的桑给巴尔的阿拉伯商人往来贸易史。

到了联合国儿童基金会的办公室,丹恩和我坐在小厨房里一边吃芒果,一边讨论我此行的"任务"。这项计划仿佛是我在卢旺达所开办的微型贷款业务以及我曾研究过的肯尼亚女性团体补助计划的综合体。丹恩解释,虽然他们也提供贷款给当地的妇女团体成员,帮助她们赚更多钱,但他们完全不清楚究竟有哪些人按时还款,或者是不是有人还款。

坦桑尼亚是个能有效分配金援(而非贷款)到各地农村的国家。备受尊敬的第一任总统尼雷尔[1]是社会主义者,他创造了全国性"土地村有化"计划,也希望将好的医疗保健服务引进每个村庄。他的卓越领导在后殖民时期为非洲人一点一滴建立光荣感,也赢得全世界领袖的尊敬。我记得卢旺达儿童基金会的司机常会兴致勃勃地阅读他的文章,讨论他的行事风格与治国哲学。

虽然社会主义后来解体了,但坦桑尼亚政府在乡村所进行的基础建设仍旧完好。然而,我却担心以政府补助的模式来推动这项贷款计划,恐怕会造成它的早夭。丹恩希望我以敏锐、具建设性的眼光来检视这项计划,然后向联合国儿童基金会提出未来发展的建议。

我横越整个坦桑尼亚,拜访许多茂密山林间的小村落。全世界最

---

[1] 朱利叶斯·尼雷尔(Julius Nyerere 1922-1999),于1962至1985年间担任坦桑尼亚总统。

穷的人竟然身处这么美丽的景致中，真是让人慨叹不已。和肯尼亚一样，坦桑尼亚也是地貌丰富多元的国家，她有美丽的海岸线、广袤的平原、高山、湖泊，以及浓密无垠的森林。经过几个星期的旅行，拜访偏远地区的妇女及政府人员，我发现自己深受这个国家美丽的山光水色所吸引，更迷上了坦桑尼亚人的温柔与和善。

与此同时，我却对这项由儿童基金会赞助、坦桑尼亚政府负责执行的计划所产生的低效能感到受挫与愤怒。几乎没有贷款人按时还款，也看不出贫穷的农民或裁缝有成功的可能性。好的经营管理得不到任何奖励，而我所碰到的政府工作人员中，也没人具备任何企业经营或金融业务的经验。显然，这个计划无法帮人脱离贫困，尤其是偏远地区，因为当地妇女没有渠道接触任何市场。

回到达累斯萨拉姆后，我花了几小时与丹恩讨论所见所闻，以及对这个计划的未来所做的评估。丹恩仔细聆听，毫不自我防卫，最后告诉我，我所说的一切他并不意外。他也同意我的建议：应该终止这个计划。我告诉他，如果联合国儿童基金会想给穷人提供微型贷款，应该自己投资、设立微型贷款机构，而不是交给没有完整制度的政府。我决定将这份报告定名为"善意的代价"，打算花一星期时间，在丹恩位于海滩旁的大房子里把报告完成。

丹恩的房子属于斯瓦西里风格，有纯白的墙、高耸的屋顶和梁柱，房间则以高大、厚重的木门分隔。一条长长的木头走廊直通到海滩，迎向湛蓝的印度洋。粉红色的细沙在阳光下闪闪发亮。从我的窗户，可以看到渔夫拖着船上岸，木制的单桅三角帆船优雅地滑过海面。当时正值伊斯兰教的斋戒月，这让我想起穆斯林必须在大热天里滴水不进地工作，需要何等的纪律与毅力。

回想我这几个星期来的观察，我发现自己逐渐看出，这些提升妇女经济能力的计划其实有些共通的模式。尤其在偏远地区，妇女需要的是工作机会以及她们负担得起的社会服务,例如卫生保健以及孩子们的教育。因此,坦桑尼亚必须花更多心力投资于企业及工厂,以便创造更多就业机会,同时,也需要找出更好的方法,让穷人能获得重要的服务,毫无疑问,金融服务就是其中之一。但政府却不该是主要的贷款机构,不只坦桑尼亚如此,在任何国家都一样。政府应该做的是提供奖励办法及基础建设,协助人民开创足以独立运作、自给自足的事业。民众所需要的贷款或其他必要的服务,应由民间企业(不论是营利或非营利事业)负责提供。如果每件事都由政府一手包办,许多传统的援助行动就只会落得灰头土脸——正如我在检讨的这个计划一样。

海滩上的暴力事件

虽然我答应过丹恩和在美国的朋友及家人,绝不单独在空旷的地方慢跑,但连续工作了几个小时后,我还是决定出门慢跑。我在国外单独慢跑的安全纪录极差。我曾在墨西哥遭人用枪顶着,在巴西被人扑倒在地,在马来西亚遭人拦路抢劫,在肯尼亚被突袭。但当时海滩上到处有三三两两的人,而且那时是下午三点钟。我只打算来回跑个三十分钟,不可能离丹恩的家太远。

我走向木头走道的尽头,左右张望了一下,充分享受这午后的宁静与美丽。慢跑时,太阳洒在我的皮肤上,呼吸中充满海洋的味道,看着孩子用水泼洒站在岸边的母亲,耳机里传来鲍勃·迪伦的《莫桑比克》,我觉得自己仿佛醉了一般。人生真是美好!

然而,人生也总是在这种全然平静、几近完美的时刻,突然出现转折。

正当我要转身往回跑时,忽然瞥见三个男人正从沙滩往海边走,他们走路的样子让我警觉到这些人是冲着我来的。其中戴着红帽子的男人大喊"小姐,停住!"时,我立刻拔腿狂奔。下一刻,我已陷入与这三个男人的搏斗,像锅子般在地上猛转,像女巫般大声尖叫,但这并未能阻止他们抢走我的洋基球帽及随身听。不知哪来的胆子,我紧抓着自己的银手链,硬是从其中一人手中抢了回来。

事情发生在一瞬间,也在一瞬间结束。我突然挣脱了,拔腿飞奔回家。我从来没跑那么快过。

直到抵达丹恩家的走道时,我才停下脚步。我无意识地拧着湿透的T恤,抹掉手臂上、胸前的汗水,全身上下的刮痕和伤口因汗水的刺激而隐隐作痛。走进屋内,我在浴室的镜子里看到自己瘀青的脸和被打肿的眼睛。我告诉自己镇静,然后走进客厅,坐下来继续写我的报告。一个小时后,我终于崩溃,趴在桌上啜泣。我需要找人说话,但我却连个电话都没有。

丹恩的园丁听到我的哭泣声,带着棉花棒、消炎药走了进来。他像母亲般轻轻安抚我,这正是我心里渴望但却无法开口索求的安慰。他的安慰让我的泪水溃堤。他抱着我,告诉我他听到我一路尖叫着回来,但我却完全记不得自己逃离那些人后曾发出任何声音。后来我才知道,当女性遭受攻击时,最好的响应方式就是尖叫、全力反击。那天我的反应完全只是本能而已。

事后,当我对丹恩和其他人重述自己的遭遇时,我会将其中最让我害怕的部分略过。我发现,讨论让那些年轻人必须铤而走险的经济问题,要比想象自己可能碰到的最坏情况来得容易得多。丹恩非常了解我的这种反应,因为他自己也是个超爱冒险的人。

虽然我明白喜欢冒险和鲁莽只有一线之隔,但我还是宁可冒险过丰富的人生。白天在到处有人的沙滩上慢跑,对我而言是再正常不过的事,但我一直不愿承认的是,即使是这么简单的事,也可能已跨越了某些红线。即使到今天,我仍不愿屈服于女性单独旅行所必须遵守的各种清规戒律。但我现在已开始带领一群群的年轻人,我对他们的要求可比对我自己的要求严格得多。

那天晚上我难以入眠，一直工作到眼睛完全睁不开才沉沉睡去。大约半夜三点，防盗铃突然响起，我立刻从床上跳起来冲出房间，猛敲丹恩的房门。我们一起下楼查看，发现他的音响、CD、电视、一些家具，还有我的计算机全都被偷了。最可能的情况是那些在沙滩上攻击我的人暗暗跟着我回家，半夜再跑来行窃。他们显然在丹恩的家里待了一段时间，我们相信，他们一定买通了警卫。

我们整个下半夜都在安静的警局里做笔录，一一说明哪些东西被偷，也知道不可能再见到那些东西了。丹恩立刻开除原先的警卫，并在当天雇用了坦桑尼亚最好的一家保安公司的武装警卫。那真是聪明之举，因为两天后，小偷又在大门上剪出一个大洞，这次他们完全没能接近丹恩的屋子。

一个星期后，我完成了报告，搭便车进城买汽水和蛋糕，答谢丹恩的园丁和管家这一个月来对我的殷切照顾。儿童基金会的司机把我和点心送回家，但他前脚一离开，我立刻发现自己把钱包和护照掉在某家店里了。我不敢相信自己竟这么粗心，落入极度的挫折和恐慌中，因为我已准备要回家了。这时，上周那桩暴力事件的阴影又重上心头。丹恩家没有电话，我又没车，似乎只能苦等丹恩下班回家。但我知道，时间拖得愈久，找回东西的机会也就愈渺茫。更何况，我还得靠它们才能回家呢。

我和丹恩的园丁开始一家家敲门，看看邻居是否有电话可以借用。终于，我们找到一对非常好心的夫妇，他们愿意开车载我回城里，这个时候，好几个小时已经过去了。我的心脏跟着我的脚步一家店一家店飞奔。最后，我来到那家糕饼店，店里那位小姐正满脸微笑地揣着我的钱包和护照，她还问我，怎么花了这么久的时间才回来。我给她一个大大的拥抱和一点小小心意，同时再买了一个蛋糕。我笑着对她说，她让我重拾了对人性的信心。

令人落泪的悲剧

第二天回到纽约,我立刻进洛克菲勒基金会上班,全心进行"慈善工作坊"的课程,与许多有心改变世界的人见面,从基金会过去的历史中学习。我很清楚,这项课程必须深入探讨为什么那么多传统的慈善援助计划都惨遭"滑铁卢",同时也必须发掘出一些成功的案例——尤其是在非洲。坦桑尼亚那项计划的成果令人不忍卒睹,而我知道,失败只会降低大家的期待与信心。许多妇女在我问到她们的事业时都显得极为怯懦,仿佛从一开始就不相信自己做的事有可能成功。

就和所有的群体一样,非洲也需要一些成功的故事。如果坦桑尼亚的那项计划能只专注于做好一两件事,它可以发挥的功效会大得多。一位飞行员曾经告诉我,如果你以月亮的高度为目标,成功飞越树梢的机会就会大得多。那些穷人救助计划必须让接受帮助的人有机会把眼光拉高,相信自己,而且也必须让他们对达成自己的目标产生真正的责任感。

1994年,一个春天的早晨,在搭地铁去洛克菲勒基金会上班途中,我随意瞄了一下《纽约时报》的头版,却立刻被卢旺达大屠杀的头条新闻吓得怔住了。在一群陌生人当中,我安静地拭去泪水,当时根本不知道事情后来将会演变到多么惨烈。我为认识的朋友担心,也为卢旺达担心。这样一个小小的非洲国家要成为美国的头条新闻,一定是发生了难以想象的悲剧。

接下来的几个星期,卢旺达的情况似乎愈来愈糟:他们以刀棍互相砍杀,见一个杀一个。多年邻居彼此杀害,毫不手软,甚至连父母都杀害自己的儿女。虽然这些故事听起来难以置信且完全违反人性,但确实在德国、柬埔寨等国家都发生过。电视上,我看到外国人排队等着上飞机,只留下惊恐的卢旺达人面对不可知的未来。一位卢旺达妇女跟我说过的话，一直刺痛着我的心，至今依然如此："外国人总是来来去去，根本不会留下来。"我怀疑自己如果现在仍在卢旺达会怎么做？对于自己竟然不敢确定自己的答案，我深深感到羞愧。

当时，我每晚的梦里都充满了尸体，有时是自己被压在下面大叫，希望有人可以听到。我常从梦中惊醒，坐在床上发抖，有如风中颤抖的树枝。当我试着了解为什么会发生这么恐怖的杀戮时，才发现自己根本不知道那些曾经与我共事的妇女到底是胡图人或图西人[2]。

1994年4月14日，就在卢旺达和布隆迪总统所搭乘的那架飞机被击落、因而引发这场大屠杀后的第八天，我写下了这段文字：

卢旺达正在一场狂暴、恣意、无政府状态下的大屠杀中崩解。超过两万人躺卧在血泊中，大多是遭刀子和匕首刺杀。凶手看着受害者的眼神，听着他们的惨叫声，感觉手上的铁器刺穿别人的骨头、肌肉与心脏。在一个像基加利这样的小城市里，凶手其实认识受害者。他们看过这些人走在街上，与他们在市场里打过招呼，彼此说笑。凶手和受害者有着死亡也难以切割的关系——丈夫杀死妻子，哥哥杀死妹妹。连女人也成为凶手。我不知道该如何想象这个我曾熟知的城市里的大屠杀——至少我以为我曾熟知这个城市。

我的朋友问我的想法，他们诘问我："为什么我们要去管这些'根本不想进入20世纪，更别说21世纪'的国家的闲事？你在那里做过的事，到底发生了什么作用？"我没有答案。我只知道，如果我们能花更多心思，这一切或许都可以避免。

真希望我们曾经更仔细地聆听。

---

[2] 发生于1994年4月6日至6月中旬的卢旺达种族大屠杀主要是胡图族对图西族及胡图族温和派有组织的种族灭绝大屠杀。

大屠杀的第一天，卢旺达军队俘虏了10名联合国维和部队的士兵，这些士兵虽有武器配备，但却奉命不准使用。卢旺达军队严刑拷打、杀害并肢解了这些年轻的士兵，向世人展现他们的残酷。自称"胡图力量"的卢旺达政府深知，在索马里的恐怖屠杀③后，美国和欧洲将会因为这10名金发碧眼的士兵遭残害而不敢采取任何强势行动。这正如我们所见过的许多例子：原本被认为是弱势的一方，对强势者的心理状态有深刻的了解，而强势的一方却对自己的对手一无所知。

　　如果西方国家当时立刻进行思虑周密的强力反击，或许后来数以万计的性命就不会牺牲。但西方政客、官僚却争执不下，直到这个拥有800万人民的国家，在100天内失去80万条人命。在卢旺达某些地方，遭屠杀的图西人高达75%。直到大屠杀结束前不久，美国政府才终于承认这不是战争，而是不折不扣的大屠杀，但一切为时已晚。

　　当大屠杀在六月停止时，我急切希望前往卢旺达的难民营工作，而且听说莉莉安和普登丝都逃过了一劫。丹恩当时已被联合国儿童基金会从坦桑尼亚调到卢旺达去领导当地的重建工作。我知道，如果我想回卢旺达，丹恩一定会聘用我。对于我是否该回卢旺达，母亲和我产生了非常强烈的争执。她坚持我应专注于能发挥自己最大能力的工作，但我却认为，在这种紧急情况下，还要讨论"发挥最大能力"简直匪夷所思。她告诉我，我对洛克菲勒基金会有所承诺，必须负责能力"慈善工作坊"，我应该尊重自己的承诺。她强调，我应该要从卢旺达发生的事获得一些启发，让我在解决全球贫穷问题时有更具智慧的思考及行动。她坚信，每个人都该以不同方式发挥自己的能力，而我的能力应

---

③ 1993年10月3日，美军"游骑兵"特遣队在抓捕索马里军阀艾迪德时，18名美军特种队员被打死，其尸体被索马里人拖行游街示众。

该发挥在比较长远的事务上。最后，我同意暂时不回卢旺达，但至今都不确定那个决定是否正确。

在大屠杀的恐怖背景下，我开始集中心力研究慈善事业有哪些潜力能开启改变世界的行动。卢旺达永远提醒着我，改变是一件多么重要的工作，而我们也必须在协助其他国家发展及在慈善事业中，确实建立责任机制。卢旺达也不断提醒我，我们所处的世界是多么紧密相连。当我听到媒体上有人说"再也不能让这样的事发生"时，总会觉得万分羞愧。因为我认为，如果不能建立一个足以让所有人都觉得自己和社会是利益共同体的全球经济，那么，"再也不能发生"只不过是空话而已。

如果大多数卢旺达人都相信可以通过努力来改变自己的生活、送孩子上学、保障家人健康、有能力计划未来，丧心病狂的政客想在人民心中埋下足以引发大屠杀的恐惧的伎俩就不会那么容易得逞。我深深觉得，由慈善公益机构推动的民间行动与创新力量，将是全球穷人获得应有机会的最大希望。

迎向新的挑战

在我负责"慈善工作坊"的那几年里曾遇见许多精彩的人物，其中好几位日后都成了我的朋友与同事，与我一起见证慈善事业所经历的巨大变革——从少数几个历史悠久的基金会独撑大局，一直到公益事业成为生机蓬勃的专业领域。而这些新兴的基金会大多是由独具创意的个人在拥有财富后，极希望参与、并对自己的慈善工作负起责任的情况下所产生的。

后来，一些工作坊的成员也与我一同创办了"聪明人基金"，并将他们的创意与人际网络一起带进了这个以改变世界为共同愿景的行动当中。

当我正要将"慈善工作坊"转交给下一位负责人时,洛克菲勒基金会会长戈德马克及才貌兼备的资深副会长安杰拉·布莱克威尔来找我,希望我能接手一个新挑战:1992年的洛杉矶暴动④凸显了美国20世纪90年代逐渐滋长的种族、意识形态及阶级的冲突。安杰拉和彼得认为,美国必须自我重建,成为全球化社会中的更多元、更具包容性的民主社会新典范。

安杰拉对我提到了"少数领导"的概念:"美国需要培养能面对多元需求的领导人,"她说,"美国的人口结构正经历极大的改变,我们有机会在世界上树立不同的领导典范。我相信女性及有色人种在'少数领导'上具有特别的优势,因为从定义上来看,他们原本就被界定为'局外人'。"

我同意安杰拉的看法,但想更深入了解"少数领导"的意涵。她回答说:"社会上的主流团体一向认为我们的社会规范很合理、很有效,因为这些规范对他们似乎很公平。但另一方面,视自己为'局外人'的群体则必须努力学习社会中的主流文化才能拥有成功的机会。能够敏锐地了解别人的决策及行为模式,是我们必须教导给下一代领导人的关键能力。"

这又让我想起卢旺达。这个小国家非常了解西方国家心理,才会以杀害比利时的联合国维和人员来对强国示警。卢旺达的领导人深知这场杀戮足以吓阻美国政府——尤其是几个月前美国大兵才在索马里的摩加迪沙街上被拖行示众,引起美国社会的震惊与愤怒。反观西方国家却很少花时间去了解卢旺达文化。直觉上,我了解安杰拉在说

---

④ 1992年4月,大多由白人组成的陪审团宣判释放4名警察(3名白人和1名拉丁裔),他们遭指控的罪名是使用过当武力殴打违反交通规则的黑人罗德尼·金。此举导致上千名洛杉矶非裔和拉丁裔群众起而暴动。暴动持续4天,震撼了全世界,一些美国其他城市也因而引发了小规模的暴动。

什么，但不确定该如何进行这项任务。

彼得和安杰拉希望我能打造一套机制，有计划地找出、连结、教育及启发跨越不同种族、社会阶层、宗教及意识形态的美国优秀年轻领导人物。他们告诉我，这个计划必须具备足以改变这些年轻人的功能。洛克菲勒基金会将赞助这项计划，而我则将带领一个团队，让这个计划顺利诞生。他们找我执行这项任务当然让我受宠若惊，但我确信他们找错了人。我哪懂得什么领导学呀？

安杰拉穿着黑色高领毛衣搭配窄裙，看起来比平常更雍容高雅。她笑着说我当然对领导力有一定的了解："我们需要的是一种新的领导形态。你知道如何聆听；你知道怎么做那些你已经做到的事情；你深谙跨文化合作之道及其意义，而且不怕接受重大挑战。就算是当下不懂的事，你也会很快地学习。我们的世界需要这套计划。我们会帮你，你只管答应就行了。"

我亲爱的人生导师约翰·贾德纳曾告诉我，当你年轻时，最重要的事就是找到最好的领导人并追随他们。现在，我正面对两位自己深深敬佩的领导人。即使我还没弄清楚真正要创造的是什么，但决定凭信心接受他们的邀请，而且勇往直前。

安杰拉协助我组成了一个非常多元的团队，其中包括担任"外展训练中心"[5]指导员的杰茜·金，以及一些洛克菲勒基金会的同仁。我也与莉萨·苏利文合作密切，她是小区工作者，曾与"儿童保护基金会"的创办人马丁·艾德曼一起工作。莉萨是一个彻头彻尾的美国人，聪明、

---

[5] Outward Bound，德国教育家柯汉（Kurt Hahn）认为传统的学校课程不足以全面培育下一代，于是构思了一套另类教学理念。1941年，第一所"外展训练中心"在英国成立。Outward Bound 至今仍是全球规模最大、历史最悠久、从事户外体验式教学的非营利机构。

意志坚定,是耶鲁大学政治系高材生,同时也是黑人、同性恋。她的身材壮硕宛若卡车司机,永远涂着翘翘的睫毛膏,戴着可爱的耳环。她的台球技术高超,可以打败小区里任何一个小鬼,赢得他们的友谊与尊敬。我从没碰过像她这样的人。

第一次开会时,我们一边讨论这项计划的目标及达成方法,一边小心翼翼地彼此打量。我们非常讶异两人竟然对许多基本原则都有强烈的共识,包括:这个计划必须以行动为本,专注于解决问题,而非只是讨论,而且其中应包括许多阅读与思考。我曾经有两次对我帮助极大的学术经验,一次是与知名儿童心理学家寇尔斯一起担任哈佛大学一项课程的讲师,另一次是参与亚斯本研究所的主管训练计划。这两项经验让我了解到,运用文学、哲学及政治著作来引导一些有关信仰、原则及价值观的讨论,可以产生极大的效果。我非常同意柏拉图的说法——这个世界需要一些"哲学王"。我也认为,思辨能力与行动能力的结合是培养未来领袖的关键。

每年,我们从数百位被提名人中选出24位来自不同背景的领袖人物:小区工作者、人权推动者、社会创业家,甚至还有美国海军的战斗机驾驶员。他们在自己的领域中都极出色。我很高兴能认识瑞塔·布莱特。她是从华盛顿来的非裔小区工作者,高高瘦瘦,看起来颇具威严。她非常受当地年轻人敬爱,因为她几乎每天都在行神迹。有一次,她说服华盛顿一个极危险地区的母亲们,一起站在她们孩子每天进行毒品交易的街角,目的就是让孩子自觉羞愧,乖乖跟她们回家。她同时也创立了一个小区自助洗衣店,因为她深信企业所能产生的力量以及"天助自助者"的道理。

当她形容她们那个小小的企业时强调:"每个人上路前当然都需要别人帮忙推一把。运用一些补助金来培训小区民众,甚至作为邻里企业的投资基金并没什么好丢人的。只要给他们一条路走,慢慢他们就会跑，接着你会看到他们跳舞，有些人甚至可以学会振翅高飞呢。"

当我们这个 24 人组成的"新世代领导人"（Next Generation Leadership，简称 NGL）拜访南非时，瑞塔碰到了一群赤贫的养猪户，他们没钱买饲料喂猪，瑞塔深受这些南非人的困境及打不死的企图心所感动，决定固定捐钱协助他们。她以理所当然的口吻说，她只要每周少吃两次午餐，就可以细水长流地帮助那些非洲人。"我从来没觉得自己这么富有过，因为我亲眼看到了什么叫贫穷。"她的眼神中传达出深深的体会：心灵破碎所带来的贫穷比金钱上的贫穷更加残酷。

* * * * * * * * * * * * * * *

我很荣幸能认识并与这么多和瑞塔一样有智慧的人共同学习、成长，但我却犯了教科书里所提到的所有错误。第一年，我竟让 24 位 NGL 成员在一次讨论会里遭受一小群激进分子的无情攻讦。这群人只要听到任何自己不认同的事情，就会无端攻击别人。虽然他们在自己的领域中表现杰出，却很少能针对问题提出真正具建设性的解决方案。他们刚好是我们这个计划最典型的负面教材：只会大放厥词，却无法根据事实及原则进行讨论、找出解决方案的"领袖"。

而我最大的错误，则是未能诚实面对自己。也是在第一年，有一次，一位年轻的非裔男性当着所有学员的面，指称我没有资格带领这个团体，因为我是白人，享尽了所有特权，而且还跟洛克菲勒基金会这种大机构勾结。他认为，洛克菲勒基金会对这个世界造成了很大的伤害。我没有直接面对他的问题，反而像在公路上被车灯照到眼睛的小鹿，直瞪着他，而且拼命想办法自卫，辩解自己是一路打工念完大学的，而且完全靠自食其力坐上了现在的位子。但当我只顾奋力抵抗别人的攻击时，我完全忘了以身作则这回事——要求对方在说话时要保持必要的尊重，同时也该以尊重的态度对待攻击我的人。就在那个过程中，我几乎可以感觉到那 24 位学员缩进了他们的座位里。

我花了好几个月的时间才想通,原来自己所犯的最大错误,其实是捍卫了一个根本不需要捍卫的事实。从某个角度来看,那个小男生说的其实没错——我确实享受了很多特权。我生长在一个充满爱的家庭里,有幸在世界上最优秀的学府里受教育,而我的肤色也确实为我打开了许多重要的门。但问题并不是出在我是否享受了特权,而是这些特权是否应该自动剥夺我有效领导这个计划的权利。我其实是响应了一个错误的攻击,而且表现得荒腔走板。就是这么回事!

当时,我最好的处理方式应该是反问他,如果他对这个计划的主办单位洛克菲勒基金会这么不齿,为什么还要选择参加这个计划?他当天说话的方式正如一个受信托基金供养的金童——成天数落自己父母的不是,但还是快乐地享受父母提供的优渥生活。与洛克菲勒基金会的关系不仅能让他立即拥有某种肯定,同时也为他提供了重要的人际网络,为他打通许多重要渠道。由于未能对他的攻击提出正面的挑战,我不但让自己蒙羞,也让这个计划受了伤害。

虽然我已不再是那个盯着两瓶香槟、不知如何面对"公平"问题的年轻女孩,但特权的各种面貌仍会不断向我提出愈来愈细致的问题。我知道,许多人是因为他们的教养、美貌、特殊体能或教育成就而拥有一些特权,并不完全是因为他们的肤色或国籍。我小学一年级时的修女就曾经告诉我,上帝给谁的恩赐多,向他收取的也愈多。我正在学习的是这个教训必须与莎士比亚的智慧相结合——"忠于自我"。这种谦逊的特质,加上同理心、好奇心、勇气,以及单纯的认真与努力,让我终于看到了一条通往真正的领导力之路。当然,幽默永远可以为我们加分。

在洛克菲勒基金会的研究人员中,我碰到了许多杰出的领导人,包括英格丽·瓦西那瓦托克,她是威斯康星州麦洛米尼民族学院的一员,先生是巴勒斯坦人,她则是全球原住民的主要发言人之一。英格丽身心强健,有张宽宽的圆脸,通常穿着牛仔裤,热爱分享几位美国伟大印第安酋长的奇闻轶事及生命哲学。我们针对全球原住民为何自认隔绝于主流经济,以及市场经济在原住民生活中可以扮演什么角色,展开了长达一年的对话。

我会花几个小时兴味盎然地听英格丽说故事,却没机会真正结束这场对话。当 NGL 正准备第二年的南非之行时,英格丽与同事——来自夏威夷的盖和环境专家费塔斯正在哥伦比亚协助尤瓦族原住民,帮助深受美国大型石油公司压迫的当地小区建立一套教育系统。在往机场的回程上,当地反抗军挡下她们的车,她们三人遭到无情的虐杀。

我想起了自己在坦桑尼亚遭受攻击的经验,心想,英格丽遇害前,是否也想着:这真是完美的一天?那些反抗军的年轻人一定不知道英格丽是谁,以及她的生命代表了什么样的意义。我们是在 NGL 拜访南非时听到这个消息的。几天后,我们会见了南非大主教图图[6],与他讨论南非"真相与和解委员会"的工作。

他对我们说:"我们都是上帝的儿女。你们必须记住,有时我们会做错事,但每个人的内心都渴望做对的事。现在,英格丽的精神正住在你们心中,你们必须完成她的未竟之志。这才叫生命,这才叫爱。"从那时起,我们团队每次见面都会为英格丽留下位子,纪念这位深为我们敬爱的朋友。

图图大主教的话、英格丽及其他我所认识的领袖的努力,更加强了我寻找人性共通点的使命感。NGL 计划让我了解,只是把不同背景的人凑在一起,并不会产生具有建设性的对话。更有效的方法是让他们共同完成一项任务或共同面对一个问题。这样一来,世界上的问题就

---

[6] Archbishop Desmond Tutu,南非黑人主教,长期致力于反对种族隔离制度,1984 年荣获诺贝尔和平奖。

会成为大家共同分担的问题。一位美国女性原住民大老远跑去协助遭跨国石油公司欺压的哥伦比亚原住民，却遭哥伦比亚反抗军杀害。英格丽的生与死，给了我一个永远坚持的信念，认清所有人——无论贫穷或富贵、来自哪个国家、拥有什么样的信仰或背景——都是血脉相通的手足。任何事都必须从这个基础上发展。

领导是一生的功课

那段岁月里，我最怀念的人之一就是莉萨·苏利文。在建立 NGL 计划的初期，我和莉萨决定去一趟密西西比三角洲，因为我们计划带 NGL 到那里参观。那时，莉萨和我还不太熟，她坦白地告诉我，她不确定是否想和我一起去真正的美国南方——她眼中属于她的同胞的故乡。但我答应一定会进退合宜，举止得当。当我们在一个冷飕飕的秋日抵达密西西比的杰克逊机场时，我穿的是折裙和高跟鞋，莉萨则是牛仔裤、球鞋和棒球帽。真是绝配！

我们花了一个星期拜访当地的教育工作者、教会领袖、政府决策者、监狱里的犯人，以及企业家。当我得知当地 95％的公立学校都是黑人学校，而 95％的私立学校都是白人学校时，我毫不掩饰自己的惊讶，莉萨对我的无知感到十分不悦，而我也觉得她对企业的看法简直是个不经大脑思考的自由派，而且也直接这么告诉了她。最后，智慧过人的密西西比州第一位黑人女市长布莱克薇尔提醒我们，我们多么需要彼此包容、彼此拥抱。在团队运作上，莉萨比谁都厉害，而我则懂得如何建立组织。我们拥有共同的世界观：每个人都该有机会在这个世界上发挥自己最大的潜能。

布莱克薇尔告诉我们："领导是一生的功课，和我们最不同的人，通常就是我们最需要的人。"

莉萨和我最吃惊的就是赌博产业对低收入民众的影响。1990 年，密西西比成为美国南部第一个将赌博合法化的州，理由是赌场能创造工作机会，也能为当地政府带来可观的税收。但赌场员工的薪水极低，而赌博对当地小区的伤害却极大。在吐匹洛的赌场里，坐在吃角子老虎机面前的，绝大多数是当地的低收入民众，他们根本就是把自己微薄的收入直接扔进虎口。我们在密西西比州各地的赌场里一再目睹相同的情况。

在鲶鱼工厂里，我们亲眼看到私人企业如何以创造工作机会之名剥削贫穷的民众。全密西西比州400家鲶鱼工厂中，只有一家是由黑人经营，其余全由白人拥有，而他们的员工却有99%都是当地黑人女性。这些妇女只能赚到最低的基本工资，却得整天站在冰冷的血水中切鲶鱼块，连休息或上厕所的时间都很有限。20世纪80年代末期之前，鲶鱼厂工人经常因为滑倒或不慎掉进碎冰机中而残废或丧生，许多人也因为严重的"腕道症候群"而失去工作。

当我们来到一家大型鲶鱼工厂时，莉萨要我到工厂大门去登记。"告诉警卫你是学生，"她小声对我说，"否则他会认为你是商业间谍。告诉他你是个学生，正在写一份有关鲶鱼的报告。"

"你是在说笑吧？"我回答说。

但是，当那个警卫严肃地问我来做什么时，我还是乖乖地说："我是个学生。"

走进工厂办公室，一位穿制服、戴帽子的肥胖女人走上前来。"我们正在研究鲶鱼产业，"当她询问我们时，莉萨这么跟她说，"我们想要了解过去一年来，鲶鱼工厂的情况有什么改变，而且我们希望能参观一下你们的工厂。"她没问那女人的名字，对方也无意主动告知。

当那女人问我们有没有参观生产线的许可证时，莉萨摇摇头。那女人安静地比了个手势，要我们跟着她走。进入工厂里，一排排工人正用飞快的速度切着鲶鱼,工厂里的嘈杂声听起来十分可怕。虽然我们穿着橡胶靴子,但撩过冰冷的血水的感觉还是让我作呕。

回到办公室,那女人请我们在一张白色塑料桌旁坐下。她还是没告诉我们她的名字,只把巨大的双手放在桌上,双唇紧闭。莉萨开始跟她提起儿童保护基金会在三角洲地区所做的一些事情,告诉她自己最喜欢的食物,还有为什么她那么爱密西西比。终于,那女人的表情开始变得柔和。

"现在情况已经好多了。"她在安静了一两分钟后,开口对我们说道。

"为什么?"莉萨问她。

"生产线比从前安全多了,我们有了休息时间,而且工作排班也不再像从前那么恐怖。大家也不再那么容易受伤。"

"为什么会有这些改变?"莉萨追问。

她身体往前倾,用食指在空中画了个大大的 U 字,代表"工会"。她压低声音告诉我们,一些东岸的年轻人来到密西西比,跟她们讨论工会的力量。

那些工人可是冒了失去一切的风险。她说:"我们有些人曾被解雇,你知道,我们是没有其他退路的,被解雇就得饿肚子。但我们彼此帮助,决心坚持到底,最后终于成功了。"

密西西比是全美国最穷的州之一。当时,每三个年轻的黑人男性中,就有一个正在接受某种犯罪监管。高中男生的毕业率极低,而公共卫生系统更是一团糟。这是美国的另一面,而其他的美国人得靠一场卡特里娜飓风,才开始看到自己国家的另一面。

密西西比三角洲同时提醒了我,资本主义是多么容易被操弄,用来压榨社会中最弱势的一群人。好的公共政策必须有一些市场导向的解决方案来配合,而这些方案必须有极具道德感的领导人才能产生。我们必须提出更多的质疑:国家的公共建设都是由哪些人取得?哪些人因而获利?哪些人的权益被剥夺?我们的公共预算是否为最多数人谋求了最大的福利,还是只图利了少数人?NGL计划的宗旨让我觉得很骄傲,但我们如何才能将这些原则推广到更多的领导人身上?

经营NGL计划两年后,莉萨和我都决定转换跑道,建立新的机构。我想专注在国际事务上,莉萨则决定前往华盛顿从事青少年工作。每当我们深夜在办公室里互通电话时,会对彼此的超时工作及孤寂互相安慰。有时谈到自己为了改变世界而付出许多代价时,莉萨就会用她最喜欢的"摇滚甜心"[7]的歌与我彼此激励:"我们就是自己一直在等候的那种人。"

"我们不能等待别人来改变这个世界。"她总这么说。但就在我建议她放慢脚步、多找点时间休息的一个星期后,她却因气喘病发而猝逝。莉萨太早离开这个世界了;这个世界迫切需要像她这样有勇气、使命感、智慧及韧性的人。她正是拥有玛哈·哥沙纳达法师所说的那种智慧的人。

认识莉萨、与NGL团队前往南非及密西西比的经验让我再度想起卢旺达,也促使我终于再度回到那里。如果领导力和愿景及与人易地而处的道德想象力有关,那么我必须了解那个我曾住过、工作过,但却可能从来没有完全了解过的国家,知道那里到底发生了什么事。我必须回去看看那些我认识的人遭遇了什么事。1997年,我回到基加利。在这里,我曾亲身体会跨越不同文化的困难,而这个国家也是因为

---

[7] Sweet Honey in the Rock 是一个由纯非洲裔美国人组成的女子合唱团,成立于1973年。

人们对彼此的惧怕而惨遭摧毁。

破碎的记忆

当我从肯尼迪国际机场起飞时，我想象着，基加利原本青绿的树一定都在哭泣，繁花也必已落尽。我对大屠杀过后的卢旺达有一种沉重的想象：这个地方将永远笼罩在灰暗之中，一片死寂。毕竟，在三个月内，有80万人死在这个国家肥沃的土地上。

我的想象完全错误。大地几乎没有留下任何屠杀的痕迹，卢旺达的景象一如往昔。虽然恐怖的记忆仍然留存在人们呼吸的空气中，但大地似乎在转眼间完全忘记了发生过的事。当然，人类所造的建筑受到了损害：卢旺达全境的教堂、房屋全遭摧毁，建筑物上布满了弹孔，每个角落都站了穿着制服、手拿机关枪的男孩。高大的砖墙上绑着尖锐、通电的铁丝网，从前，那些墙上装的是木头围篱。有时候，辉煌的晨光似乎带着隐喻似的环绕在锐利的铁丝网上。卢旺达亮晃晃的天空依然湛蓝。

我直接开车到联合国儿童基金会找我的朋友波尼斐司。他老了许多，看起来异常疲惫。"战争结束后我信了上帝，"他说，"而且把酒戒了。我曾因为想忘掉大家是如何残酷地对待彼此而成天猛灌啤酒，当时还差一点要了我的命。"他的座椅旁放了一本小小的《圣经》，后视镜上也挂了一串念珠。

当我请他载我到烘焙坊去时，他面有难色地对我说："你知道，一切都改变了。"

在安静地前往尼亚米兰伯的路上，我突然意识到自己多么喜欢波尼斐司和其他司机，但那几位司机都死了，不是死于大屠杀，就是艾滋病。我们经过那长得像糖果纸般的清真寺，它就像这些杂乱街道中最明显的一个路标。穆斯林是唯一没有参与大屠杀的族群。大屠杀后，信奉伊斯兰教的人口也因此大幅增加。熟悉的小店旁出现了几所穆斯林学校。事实上,宗教在大屠杀中扮演了非常悲剧性且令人失望的角色;成千上万的人逃到教堂寻求庇护时,他们找到的不是避难所,而是杀戮场。一些神父或修女成为现代犹大,而原先对教会权威极度顺服的民众恍然大悟,上帝的家或神殿都已不再神圣。

来到这个天翻地覆的世界里,我想知道那些我曾熟悉的事物到底还有多少残留了下来。光是看到清真寺就大大安慰了我的心。我知道"独特应变"幸存了下来,但烘焙坊呢?波尼斐司和我走过熟悉的街道,经过那些裁缝店和录像带店。终于,他指向路旁的一片蓝色油漆。

我敲了敲门,一开始比较含蓄,但没有人应门。我再次大力敲门,仍然无人响应。

正当我要放弃时,门突然开了一条缝,门后出现一只瘦削的手。一位年轻、瘦小得像只小鸟般的女人,头上缠着红色头巾,慢慢从阴影中现身。

我用法语自我介绍。她瞪着我瞧。

我再说了一遍,仍旧没有回应。

"我只会说英语。"她终于结结巴巴地说。她是乌干达来的难民,应该是在大屠杀后逃到这里,然后占有了这间空屋。或许,她担心我是来要回这间房子的。

她说她没听说过这里曾经是一间烘焙坊。

不知为何,我对于使用母语与一位乌干达人说话感到有些别扭:"你在这里住多久了?"

"两年了,"她回答,"我家卖牛奶。"

我家?此时我确信这女人是在大屠杀后发现这里空无一人,于是将屋子占为己有的。这种情形在基加利很常见,我也知道卢旺达总统卡加梅[8]正在努力解决这个问题。但这件事对我而言实在充满了太多个人的感情因素。我很不喜欢她那种理所当然的语气,但我也知道,她可能也失去了自己原有的一切,如今也只是想在这里生存下去而已。

"你认识这里的邻居吗?邻居中有没有人从前就住在这里?"我不肯罢休。

她摇摇头,在我还没来得及谢她之前,门就关上了。

我安静地站在那儿。

路边的那片蓝色油漆是烘焙坊留下的唯一痕迹,而这蓝油漆原本还应该是绿色的呢。有那么一段短暂的时间,这个地方曾藏着一种稀有的喜悦,因为曾有一群敢于梦想、希望以自己的方式为自己做决定的妇女,试图在这里打造自己的人生。我想,既然烘焙坊已毁,那些曾在此工作的妇女当然也不知所踪了。我想起犹太人有关回忆的说法:谁能不断述说过去的故事,好让后人不致遗忘?

虽然烘焙坊毁了,但它的故事会流传下去,并鼓舞更多人继续奋斗——我当然是其中之一。那片蓝色油漆激发了我,必须努力去做更多的事。大屠杀之后的所见所闻,让我祷告并许下心愿,日后我将以一个新的组织,来应许我的祈愿。

当我看着路边那片蓝色的油漆时,脑中不断想起曾与我共事多年的女性,包括宏诺拉塔、普登丝、爱格妮丝、莉莉安,猜想她们会在那场大屠杀中扮演什么样的角色呢——受害者、旁观者,甚或是加害者?我希望能够知道她们的故事。因此,1997至2000年间,我四度造访这些女性。她们与我分享的事,完全改变了我对人类重大危机的看法——无论是大屠杀、艾滋病的蔓延,或是贫穷问题对人类的长期蹂躏。直到今天,她们依然活在我的心中。

---

[8] Paul Kagame(1957–),卢旺达现任总统,2000年首次当选,2010年获得连任。

10
末日与重生

> 每当绝望时我总想起,在人类历史上,真理与爱永远赢得胜利。我们见过暴君与独夫,他们似乎总是所向无敌,但终会溃败。我们要记住这一点,永远放在心上。
>
> ——甘地

看到蓝色烘焙坊被彻底摧毁的情况后,我很怕知道曾经协助建立"独特应变"的女性后来的命运,包括宏诺拉塔、莉莉安、普登丝、爱格妮丝以及安妮。第一次回卢旺达,我只给自己一个星期的时间,因为我只想了解我所认识的那些人有何遭遇。

当我发现她们在大屠杀期间,竟然扮演了所有我能想象得到的不同角色,就决定未来每年都要回卢旺达,以便了解到底发生了什么事。当然,我知道自己可能永远无法窥得事情的全貌及真相。

第二次返回卢旺达,我第一个想见的人是宏诺拉塔,也就是薇若妮卡昔日的工作伙伴。她曾带我拜访了许多女性团体，也是第一个引介我认识蓝色烘焙坊的人。

"上帝把你带回来了！"穿着白衣、蓝裙，头上绑着印有热带图案的黄色头巾，宏诺拉塔见到我时忍不住热情尖叫。这不是我在大屠杀发生两年后所见到的那个宏诺拉塔。当时我们泪眼相对，为了生命的宝贵而彼此打气。那时的她如槁木死灰，语气是全然的绝望；我记得她从办公室阴暗的角落向我走来时，仿佛是一个孤魂野鬼，没有半点生气。

这一次，她却像一道辉煌的光，充满了能量，双眼像太阳般耀眼，我光是看到她那美丽的模样就忍不住笑了。宏诺拉塔粉红色的小屋就位于尼亚米兰伯，掩映在一棵巨大的尤加利树后，离从前的烘焙坊很近。我们坐在她狭小但干净、朴素的客厅里，墙上漆着淡淡的蓝，房里只有一张塑料皮沙发、两张小木桌和一张单人床，床单上有小精灵漫画图案。其中一张桌上摆着一大盆芒果、香蕉及百香果，还有一大瓶花，象征着生命与更新。另一张桌上则放了一幅金发碧眼、头戴荆棘冠冕的耶稣像、一个塑料做的圣母玛丽亚塑像，以及一张框起来的祷告词，内容是凡事相信神。

宏诺拉塔的生命中充满了上帝。她说每句话时都不忘感谢上帝，也将所发生的一切美好事物都归荣耀给上帝。我非常尊敬她的信心，但心中不免怀疑，她深刻的信仰中难道不曾有过一丝的怀疑？大屠杀之后，许多卢旺达人认为，如果真有慈爱的上帝，他怎么可能任凭这么残暴的事情发生？但如果宏诺拉塔心中真有任何怀疑，我显然一点也没看出来。不论我是否与她信仰相同，毫无疑问的，她的信心为她带来了惊人的勇气。

"烘焙坊的妇女大都遇害了，"她告诉我，"我现在花很多时间在协助一个妇女团体。和其中许多人一样，我现在也是寡妇，我们彼此相伴。帮助这些贫穷妇女让我产生了很大的能量，因为她们许多人回来时都是孑然一身。"

这时,我也为她从前给予我的协助向她致谢。宏诺拉塔的眼睛立时涌出泪水:"那真是一段美好时光。当时我们真的相信任何事都是可能的。那是卢旺达妇女睁开眼睛向外面看的时候,她们开始以更宽阔的眼光来看自己的生命。1986年,我们开始认识外面的世界及外面的人。我们开始为了共同的利益而分享自己仅有的东西,从来不管彼此的种族背景。"

"你离开卢旺达的时候,正是问题开始浮出台面的时刻。"她告诉我。

1990年10月,由卡加梅领导的一支纪律严明的图西族反抗军"卢旺达爱国阵线"从乌干达打回了卢旺达。爱国阵线的使命就是要推翻当时的政府,让流亡在外的图西人能重返卢旺达。与此同时,国际社会也不断要求卢旺达进行民主改革。

这就是恐惧的开始。随着恐惧而来的,则是当时政府铺天盖地而来的不实宣传、谎言,以及卢旺达政客对人民的操弄。他们在已极度缺乏安全感的人民中制造了更多的恐慌与自卫心理。接下来的五年,一个问题不断在人民之间出现:"你是胡图人还是图西人?"当两个族群间的紧张气氛不断升高时,仇恨开始渗入卢旺达人的日常生活之中。

与死神擦身而过

我从来不知道宏诺拉塔是胡图人还是图西人。如果当时问我,我会说她应该是胡图人,因为她非常符合胡图人的典型——身材矮小、鼻子宽阔。事实上,外表完全不足以判定一个人的种族背景。我知道她的母亲是图西人,但在卢旺达,族裔取决于父亲的血脉。我也知道,大屠杀夺走了宏诺拉塔许多亲戚的性命,包括她娘家所有的人,以及她挚爱的丈夫及孪生姐姐。

虽然她的家庭显然是大屠杀的主要对象，但宏诺拉塔和我从来没有特别讨论过她的族裔背景及我们所拥有的多重身份：除了种族背景，宏诺拉塔也是卢旺达人、女性、社会工作者和一位母亲。那是我希望与她谈论的主题。

但我决定只问她大屠杀期间发生在她身上的事。宏诺拉塔握着我的手，深吸一口气，一说就是整整三个小时，而且经常以第三人称来叙述。或许，这是能让她开口说出这些事情的唯一方式。

小时候，她生命中有三位重要的女性。她说孪生姐姐安农齐雅塔和她就像是"同一棵树上的两根树干"，是她的心灵伴侣和安定的力量："我们分开最长的时间，就是出生时间隔的那15分钟。"

两姐妹小时候花许多时间寻找亲生母亲可蕾特，据说她十分美丽，但在女儿很小时就离家出走了，时间可能是在20世纪60年代初的集体屠杀①期间。或者她也可能是为了远离女儿的继母而离开的，因为继母对她十分不敬。可蕾特离开后，继母虐待两姐妹，逼她们像女仆般工作，对她们毫不怜惜。

"我们常向上帝祷告，"宏诺拉塔说，"要上帝告诉我们母亲在哪里，即使只能从一棵树或一块石头上找到她的踪迹也好。"

"得而复失、失而复得"是两姐妹一生的写照。

两姐妹长大后发现母亲人在扎伊尔，安静地住在一个小村落里，没再生过孩子。就在那时候，宏诺拉塔也找到了一生的挚爱西奥多，他是一位年轻有为的工程师。这对年轻人把宏诺拉塔的母亲接回卢旺达，两人结了婚，生了三女一男，共四个孩子。安农齐雅塔也嫁给了西奥多的好友，并搬到了离基加利约两个小时车程的布塔瑞。两姐妹几乎仍然每周见面。后来，西奥多因为在政府中担任中级官员的身份而

---

① 1962年卢旺达独立后，爆发了胡图族和图西族人之间的冲突，数千名图西族人在冲突中丧生，约15万图西族人流亡到周边国家。

分派到一间官舍,宏诺拉塔的母亲于是搬进他们原来在尼亚米兰伯的旧房子,将房子改成一间单身女性公寓。宏诺拉塔终于得到她一直渴望的家庭生活与亲密关系。

"西奥多答应会永远爱我,"她热泪盈眶地说,"在他短暂一生中,从未违背自己的承诺。"

1994年,紧张气氛笼罩全国,宏诺拉塔和西奥多讨论是否该举家迁离卢旺达,但因无法为全家人弄到外国签证而作罢。4月16日,大屠杀开始后第10天,胡图族"国家发展革命运动"民兵团无预警地以暴力挺进了她家附近。她和西奥多带着孩子和邻居们一起撤往南边的布塔瑞,那是当时卢旺达唯一未被侵害的地方。布塔瑞是卢旺达教育程度最高的地方,居民以图西人为主,安农齐雅塔就住在那里。由于到母亲家的路上十分危险,想到要撇下在尼亚米兰伯的母亲,宏诺拉塔离开时心都碎了,却别无选择。

在卢旺达,政府官员不断以充满种族对立的广播来鼓动民众。正在执行大屠杀的政府所发送的讯息非常简单:图西族已回到卢旺达进行夺权,并将全力压制胡图族,因此,胡图族人觉得自己似乎身陷"不是杀人,就是被杀"的困境。民众极为焦躁、恐惧,对政府言听计从。当广播中传来"清除野草的时候已来到"时,平凡的卢旺达百姓竟然在地方政府的鼓动下,开始屠杀自己的邻居与朋友。

尽管政府已下令各地方政府必须召集民众全面屠杀图西人,布塔瑞的行政长官哈比亚利马纳却坚拒鼓动暴力。他维持当地政府正常运作,想办法买入大量粮食和油料,不厌其烦地举办民众大会,保证他们会受到法律的保障,并要求大家尽量待在家中。他力劝布塔瑞居民收听广播时务必特别谨慎,不断提醒民众,卢旺达并没有所谓的"种族间的历史仇恨"。

哈比亚利马纳成为希望的灯塔，成千上万图西人涌进他的城市，包括宏诺拉塔一家。他们奇迹般的在半夜顺利开车通过森林，于4月17日上午抵达布塔瑞。同一天，卢旺达总统与一个政府代表团也抵达布塔瑞，代表团中包括曾与我们一起建立"独特应变"的昔日战友爱格妮丝，也就是当年三位女性国会议员之一。爱格妮丝的行为和宏诺拉塔的命运因此产生了永远解不开的结。总统抵达后将哈比亚利马纳解职，并要求他即刻离开。我后来才知道，哈比亚利马纳的教父就是爱格妮丝的丈夫。

精力耗竭的哈比亚利马纳单独走出了礼堂大厅，但仍然对着街上的民众演讲。哈比亚利马纳从未停止呼吁大家放弃暴力，直到被吞没在愤怒的血海之中。

卢旺达政府的如意算盘是，在消灭每个图西人及立场不坚的胡图人时，将每个卢旺达人拖下水，让大屠杀成为一种集体罪恶。有如乌云逐渐吞噬清朗的天空，政府不断联合意志软弱的政府官员，将有心抵抗的人一一清除。哈比亚利马纳的继任者希尔凡·恩萨比马纳是一个农业经济专家，被认为是无足轻重的公子哥儿，他宣称完全无意于仕途，却为自己的就职大典弄了套崭新的西装。

哈比亚利马纳的去职让政府的杀人机器得以肆无忌惮地完全启动。4月18日，原先躲藏在伯纳定姐妹修道院中的人全数遭到杀害，总计超过一万人。宏诺拉塔姐妹全家人在安农齐雅塔的家中又躲了四天，孤立无援，四周净是凶险。

4月22日，橘红色的太阳慢慢隐没天际，两家人正准备吃晚饭。屋子里气氛紧绷，充满了一种虚假的、几乎无法忍受的"一切正常"的感觉。突然，一声枪响，一阵叫嚣紧接而来，枪声大作。

大门被踢开，一群脖子上挂着香蕉树叶的少年闯了进来，将大人小孩——往外拖,总共将近40人。他们叫男人站在街的一边,女人和小孩站另一边。

"我知道大限已到,"宏诺拉塔轻声说,"我们在士兵面前开始背诵短祷文,我也开始带领大家向圣母玛利亚祷告,祈求她来帮助我们。然后我又背诵了一遍短祷文,孩子们也跟着念。"

我想起这祈祷文的前面几句:"亲爱的天父,我为得罪你而诚心忏悔。"同时也想象着宏诺拉塔在那群凶手面前背诵这些祈祷文时的景象。

一个士兵突然对着她们咆哮:"你们伟大的上帝在哪里呀?"

"万福玛利亚,满备圣宠者,主与尔皆焉……"

领头的少年下令开枪,少年兵就在男人的妻子与孩子面前对准他们的额头开始射击。西奥多跌向地面,瘦削的身躯倒在泥泞的路面上。他们没有人试着逃跑,没有人喊叫,也没有人侥幸存活。

女人和孩子则哭嚎着,哀求士兵不要屠杀她们。

少年兵头转过身来,命令他的临时屠杀队向女人及孩童开枪。

"我当时真的感受到了圣灵的同在,"宏诺拉塔说,"于是我大叫,要每个人赶紧趴下。那些士兵一直扫射、一直扫射,直到他们认为我们都死了,然后就离开了,也没检查是否留下了任何活口。他们甚至没有拿走我们任何东西,或许他们也知道,我们早已一无所有了。"

大雨狂飘,浸湿了所有的尸体,街上一片血红。宏诺拉塔倒在一堆尸体下,以为自己死了。仿佛好几个小时之久,没有一个人动过。

忽然,她听到一个年轻、细小的声音在问:"有人活着吗?"宏诺拉塔惊魂未定,发不出任何声音。另一个孩子也开始尖叫:"还有人活着吗?请救救我们。"

宏诺拉塔的女儿开始推她、抓她的头发,哭着叫:"妈妈,妈妈!"

她一动也不能动,只能看着躺在她身边的姐姐安农齐雅塔,她身中两枪,正在垂死边缘。

其他的大人都死了。

但17个孩子仍活着,其中两个孩子伤势严重:宏诺拉塔13岁的女儿胸口中枪,一位好朋友的儿子则是大腿上中了一枪。

在她能帮助这些孩子之前,宏诺拉塔必须先陪伴自己垂死的姐姐。对宏诺拉塔而言,那是她那时唯一重要的事。

两姐妹一起祷告:"天父,请赦免他们,因为他们不知道自己所做的事。"宏诺拉塔请孩子们跟她们一起祷告。大家齐声背诵了三次祷文。

宏诺拉塔告诉我:"在所有的大人当中,我大概是最不懂得照顾孩子、也最胆小的一个。上帝显然选错了人活下来。但当时的情况是有17个孩子必须由我来照顾。所以我跟上帝说,我们的命运完全掌握在他手中了。"

当宏诺拉塔将心思放回孩子身上时,这种饶恕与顺服的祷告给了她从来未曾领受过的力量。

她们该何去何从?教会不再安全。成千上万的民众曾向他们一向视为避难所的教会和天主堂寻求庇护,但神父和修女却将信众送上死亡之路。宏诺拉塔拖着孩子跌跌撞撞地回到安农齐雅塔的家,房子里如今撒满了垃圾、食物、椅子和床垫。等到她再跑回安农齐雅塔的身边时,她已断了气。

破晓时分,无国界医生组织在大屠杀现场找到了正抱着姐姐痛哭的宏诺拉塔。之后,她陪着两个受伤的孩子前往布塔瑞的医院,当地已建立起了一个陆军野战医院。一整天,惊魂未定的宏诺拉塔在医院与安农齐雅塔家之间不断来回,因为孩子们还躲在安农齐雅塔家里。

第一天结束后,当地居民听说安农齐雅塔家发生的事,一位旧识在医院找到宏诺拉塔，给她20美元，那是她当时仅有的金钱。其他朋友则自愿将她的孩子带到家中躲藏。即使是陌生人也慷慨解囊，让她能喂饱孩子。后来，每当我想起某些救助组织一再形容非洲人只会坐领救济物资时，我就会想起宏诺拉塔和她的朋友。即使在一个发疯似的悲惨世界里，他们仍能自力救济，彼此帮助。

在气氛比较缓和的六个星期里，宏诺拉塔经常待在医院里，也为其他孩子能安全躲在城外而心存感恩。"那些士兵有时会跑进医院里，看到我的孩子竟说：'这些孩子根本就是蟑螂的后代。'"但其他卢旺达人则会到医院来，为她和其他幸存者提供自己仅有的金钱，让她们购买药品或食物。后来，宏诺拉塔也开始尽己所能地协助其他伤员，安慰他们，与他们一起祷告。

到了六月，宏诺拉塔觉得已比较安全，于是决定勇敢展开一趟旅程，前往尚古古附近由法国人控制的绿松石区，探访当地的难民营。尚古古在我记忆中既美丽又神奇，靠近茂密的尼永圭森林，是世界上极为特别的地方，因为它有惊人的生物物种，包括14种非洲灵长类动物，光是鸟类就有280种，而且有非常绵密的植被。承平时期的尼永圭森林是个完全不同的世界。和朋友到那里露营时，我会在高耸的树林间看着满天星斗沉沉睡去，然后在喧嚣的黎明醒来，发现自己竟然被一大群黑白疣猴团团围住，它们的脸仿佛戴了面具，正以好奇的眼光观察着我们。如今，那似乎已成了历史记忆。

死别后的生离

一个难民营接着一个难民营地跑，宏诺拉塔开始出现精神崩溃的征兆，她的孩子则让事情变得更糟。她正处青春期的孩子也经历了失去一切、面对战争、以及正常行为界线突然消失的多重创伤。女儿以超级迷你裙及超大声的收音机来表达她们的愤怒与反叛。她们拒绝与宏诺拉塔对话——典型的青春期行为。但对濒临崩溃的宏诺拉塔而言，这种情况只会使她更加困惑。

"为什么我们要变得聪明、体贴？"当她安抚孩子时，她们会回呛她。"难道你不聪明吗？难道你不是对每个人都很好吗？但他们还不是照样把你当狗一样对待，还不是杀了我们的父亲！"

当时唯一聆听宏诺拉塔说话的是几位加拿大修女。她们教她以瑜伽及其他一些运动来医治自己的身心。她们紧紧环抱着她。这是宏诺拉塔有生以来第一次容许别人"陪伴"她。

"一向都是我陪伴身陷贫穷的妇女及寡妇；突然间，我竟然需要别人来陪伴了。"她回忆道。

爱是人类共通的天性。非洲某些地方有一种说法："我因你而我。"[2] 印度教徒则以"我向你鞠躬"来彼此问候，他们的宗教领袖认为，这句话的意思应该诠释为："我里面的神向你里面的神致意。"战争激发人性的光明与丑陋，大屠杀也一样。有人将邻居贬抑为"蟑螂"或"杂草"，因而才能下手加以杀害。但许多平凡的卢旺达人却也冒死帮助别人。有时（其实是"经常"），同一个人会做出这两种完全相反的行为。

朋友为宏诺拉塔提供了金钱上的帮助。一位比利时神父愿意资助她们一家的生活，说他希望能扮演类似爷爷的角色。他了解宏诺拉塔的儿女为什么不想继续留在卢旺达。他也了解，宏诺拉塔必须回去看她母亲是否还活着，所以帮宏诺拉塔募了一些钱，将她的儿女送到国外去读寄宿学校。

宏诺拉塔几乎无法跟我谈起必须与儿女说再见的那个日子。她左右为难，她知道子女出国读书会让他们更安全、更健康，同时他必须回尼亚米兰伯去看母亲是否仍健在，并留下来协助幸存者。

---

[2] 英文原文为 I am because you are.

她停了一下,深深吸了一口气。我看着她,既悲伤又疲惫,同时也在她眼里看到平和与安静。如果经历了这么巨大的痛苦后,宏诺拉塔还能带着宁静的笑容坐在我面前,那么,享尽世上一切特权的我,又能在自己的位置发挥什么样的作用?我知道,如果我问她,她的力量从何而来,她一定会说是上帝。但我也知道,坐在她身旁的那位特别的女性——她的母亲可蕾特,也是她重要的力量泉源。

黑暗中见亮光

大屠杀开始之后,可蕾特与10位年轻的图西族女孩住在宏诺拉塔和西奥多那栋粉红色小房子里。由于孤立无援,可蕾特与这些年轻女孩成为非常容易捕杀的猎物。当愤怒的少年带着刀棍围着她们的房子时,可蕾特带着女孩不断朗诵《圣经》里的章节,要求她们不要看窗外恐怖的景象。最让可蕾特难过的是,许多野狗在大街上嚎叫,饥饿地啃噬着邻居的尸体。

我还记得,1988年,有一次半夜从"独特应变"开车回家途中也曾受到一群野狗的攻击。那些野狗忽然从四面八方冲撞我的车,有一只甚至跳上我的引擎盖,逼得我只能直视它那凶狠的狗脸。我加足马力往前冲才终于脱困,但那些野狗所展现的邪恶本质却一直萦绕在我脑海,挥之不去。可蕾特几乎是因为不愿让自己和那些女孩面对被啃噬的羞辱而硬撑了过来。

"所有人都该被好好埋葬,"她后来告诉女儿,"死亡是必然的,但绝不能放弃最后的尊严。"

有时,薄薄的树叶也能穿石而过。可蕾特和那些女孩在房里待了足足三个月。她们在小花园里种东西,但几乎很少进食。她们把房子四周的围篱拆了当柴火烧。那些士兵每天都会跑来嘲弄这些年轻女孩,有时还承诺会解救她们,但第二天,同样的人又会跑来威胁要杀掉她们,割下她们精致的鼻子,砍断她们修长的美腿。每一天,可蕾特都会坐在门后的椅子上读《圣经》,拒绝暴徒进门。久而久之,那些士兵开始觉得可蕾特好像真的受了上帝的保护。她和那10位女孩因而全部幸存下来。

和女儿宏诺拉塔一样,大屠杀一结束,可蕾特立刻开始照顾当地的寡妇。当宏诺拉塔回到尼亚米兰伯后,她也加入母亲的行列,关心、陪伴和她一样失去丈夫的女人。

如今,宏诺拉塔的继母也与可蕾特、宏诺拉塔,以及一些孤儿一同住在粉红色的小屋中。宏诺拉塔从前一直觉得自己的继母很邪恶。但她承认,大屠杀期间她曾向上帝许愿,如果上帝让她存活下来,她愿意照顾自己的继母。

"时间是良药,"宏诺拉塔告诉我,"我曾听到继母告诉别人,我多么照顾她。她甚至向朋友透露,早知道最后会是由我照顾她,当年她一定会善待我和安农齐雅塔。真是世事难料,不是吗?"

真金需要火炼。"战争发生之前,"宏诺拉塔说,"我觉得生命很单纯,不知道自己为何而工作。但帮助别人让我真正活出了自己。尽心服务别人,毫无怨尤地接受命运,也让我发现上帝真实的力量。我开始了解,上帝其实是送给我一个信息:不论遇到什么困难,我在世上都必须发光发亮。不要只把眼光放在自己的困难上,要去安慰和我一样失去了丈夫的妇女。

"最终,善良一定胜过邪恶。我们的挑战是不求报偿地行善,帮助别人。我深信,拥有普世之爱的人,必将在世享受祝福。帮助别人的时候,我能在最深沉的黑暗中见到亮光。"

在宏诺拉塔身上,我看到"死而复活"真实地发生在这个世界上。在许多原本已一无所有、但却还能以怜悯与尊严忍受痛失一切的女人身上，我都看到了与宏诺拉塔一样的心灵能量及浴火重生的能力。宏诺拉塔将永远是我重要的人生导师。她的经历一再提醒我，人类惊人的心灵力量足以抵抗所有艰难。她的生命故事也彰显了为帮助别人而活、有目标的人生，以及怀抱希望的巨大力量。

宏诺拉塔邀请我一起去拜访她正在帮助的妇女。"她们需要借由告诉别人她们的故事来治疗伤痛。"我从未听过这种"说出自己的故事"的概念，但很快就了解，见证痛苦与借着说出自己的故事来转移伤痛的力量。借由聆听这些妇女说出真相，我有幸在她们伤愈过程中扮演了一个微小的角色。

在一个小房间里，我们与四位妇女见了面。她们之中有胡图人也有图西人，她们的丈夫不是死了就是在牢里。每一位都是独居妇女。和宏诺拉塔一样，她们每个人都花了大约3个小时来述说自己的故事；她们也和宏诺拉塔一样，每个人都充满了慈悲与感恩。

将近12个小时，我们坐在一起，只有她们的故事和几杯茶支撑着我们。每一位妇女都仔细回忆自己所经历的残酷、惊惧，以及难以想象的悲伤。我不断受到猛烈冲击，不知该如何处理内心的感受。终于，我开口问，她们怎么可以跨越种族仇恨，坐在一起聆听彼此的故事？难道不会引起她们内心的愤恨吗？因为一个人的丈夫可能就是伤害其他人丈夫或孩子的凶手。她们如何能彼此宽恕？

一位妇女安静地回答："我们彼此聆听，在彼此眼中看到了真正的痛苦。这种痛苦让我们连结在一起；这种痛苦提醒了我们，大家都是人。"

她的话在我心中引起了极大的震撼与共鸣。她们的人性光辉，让我更加相信人性。

何处为家

没有人能逃过苦难。每一位卢旺达人都亲眼见证或亲手做过难以想象的恐怖行为，但每个人也都痛失了亲人，内心也因而撕裂。然而，许多平凡的卢旺达人却展现了不凡的勇气与精神，也预示了这个国家未来的重生。

莉莉安是胡图人，她不是大屠杀的目标，也没参与任何暴行，却也活在羞愧与罪恶的阴影中。

当我在大屠杀后第一次见到莉莉安时，她身上仿佛压着无法承受的沉重。宏诺拉塔经历了难以想象的苦难，但她已随着时间找回了内心的平静，住在从前的房子里，参加了一个照顾幸存者的团体。

但莉莉安和家人从难民营回到卢旺达后，却一直在贫民窟中赁屋而居，因为一个卢旺达爱国阵线的军人占据了她原来的家。宏诺拉塔的家充满了亮光，但莉莉安的暂时栖身之所却阴暗得令人不安。房子正中央是破败的客厅，宽不到 2.4 米，长不到 3 米，里面摆了张小木桌，旁边则是一条长板凳和三张椅子。墙上的裂缝宛如地图上纵横蜿蜒的河流，漆着工厂里常见的绿色。水泥地上裂了许多口子，泥土破地而出。一个白皮肤、头戴荆冠的耶稣画像挂在墙上，另一面墙上则粘贴着一串塑料念珠。灯泡光溜溜地挂在屋顶，房子里空气凝结，令人几乎窒息。

莉莉安的丈夫朱力安是医生，大屠杀期间多半留在城里的医院工作。莉莉安当时怀着双胞胎，带着 5 岁的大儿子奥古斯汀躲在家中，几乎不敢出门。莉莉安还在家中藏了一对夫妇和她们年幼的孩子，但几个星期后，他们因为危险而离开了，后来那位丈夫被杀，太太和孩子幸存了下来。

1994 年 6 月底，图西族的爱国阵线占领了首都基加利。和大多数的胡图族人一样，莉莉安和家人赶紧开车逃往戈马。第一个晚上，她们抵达吉塞尼，朱力安曾在当地的医院工作多年。莉莉安的双胞胎却在当夜出生，早产八周。

莉莉安半夜临盆。到了早上，一个孩子夭折，另一个不到两磅重，皮肤脆弱得无法清洗。在杀戮战场上，夫妻二人埋葬了早夭的孩子，哀悼她生命的短暂，一如无数被丢入河中或遭棍棒打死的孩子，但那些孩子不像莉莉安的孩子那么幸运，他们宛如人间蒸发，尸骨难寻。

莉莉安在医院中待了将近三个星期，直到爱国阵线打进吉塞尼，才又逃往戈马。他们所拥有的特权让他们得以在难民营外找到旅馆住了进去，直到几个星期后身上的钱花光了为止。由于难民营内每天有多达数千人死于霍乱，莉莉安一直不愿将婴儿带进难民营中，但后来别无选择。她和朱力安等了将近十个月才为女儿取名为凡乐蕊，并给她起了一个卢旺达名字，意思是"珍珠"，因为对他们而言，没有任何东西比她更珍贵了。

他们在难民营里待了整整两年。对莉莉安而言，难民营的生活还算可以忍受，因为一个村落系统几乎一夕成形，其中有学校、诊所，甚至还有临时的街道系统，让大家可以享有某种小区与秩序感，她的家人也都住在附近。莉莉安甚至在逃出基加利时保住了她的相簿。"我一遍又一遍地看着那些照片，记得人生可以如此的不同。"

然而，胡图族的民兵团仍以几近恐怖的残忍手段来管理难民营。"我们后面有四间房子，里面住着一群年轻人，年纪大约在16岁到25岁之间，所有人都待过军队，也都单身。他们让我们持续生活在恐惧之中，担心可怕的事情随时会发生。"

1996年11月，莉莉安一家与百万难民形成安静、有秩序的队伍，重返卢旺达。大多数人都对未来充满恐惧，因为不知在一个已不再熟悉的地方会有什么事等着他们。这群难民用皮箱、篮子装着所有的家当。他们是一百万个平凡的人,不幸困在一次大屠杀中,身无分文,必须徒步走几个星期甚至几个月,返回根本不想要他们的国家。成千上万的人死于归乡途中,其中包括莉莉安的母亲。

第一天,莉莉安和七岁的儿子和两岁的女儿走了将近20个小时,只靠一点点水和糖来保持体力。她专心想着自己在基加利的房子而撑了下来;她不断祷告,希望回到基加利后能看到自己的房子依然完好。她和朱力安在大屠杀发生前六个月才买了这栋房子,而且已经偿还了三分之一的房贷。那栋房子代表了家与安定,那是他们的一切。

一到基加利她就跑去找自己的房子,完全不知会看到什么景象。到家前,一位旧识劝她赶紧回头:"你的房子现在住着乌干达军人。任何人想索回房子,他们一概杀害。你得再耐心等等。"

她不知道自己还有什么地方可去。在没有食物、饮水及无处落脚的情况下,她带着孩子循原路走回4小时车程外的吉塞尼。虽然那不是她们的家,但至少朱力安还能在原来的医院工作,因此,他们也比较有机会在那里弄到另一所房子。

一心想找回自己房子的莉莉安只在吉塞尼住了几个月就决定返回基加利。她知道自己冒了极大的危险,但她还握有自己的房屋所有权状,而卡加梅总统已承诺,所有有权状的房子都必须物归原主。她决定赌上自己这条命,相信卡加梅总统的承诺。

放下怨怼

回到基加利之初,莉莉安付出了极大的代价。她和孩子必须住进贫民窟,朱力安还得暂时留在吉塞尼。恶劣的生活环境逼得莉莉安终于鼓起勇气去面对占据房子的乌干达人。她朝熟悉的房子缓缓走去,敲了一下大门,来应门的是一位面容严峻、穿着军服的军人。她深吸一口气,试着不去想那些被活活打死的女人,只是单纯向那人述说自己的故事。

他仔细听了。

虽然他仍拒绝离开，却同意付租金给莉莉安。虽然租金根本不够偿付房子的贷款，但总是个开始。莉莉安向他致谢，回家后大大感谢上帝。

但什么事也没发生。那军人没付过半毛租金，更没搬离那栋房子。

莉莉安数度造访，也数度与那人进行协商，但什么都没改变。后来，莉莉安和朱力安终于再也付不起那栋房子的贷款。她开始每个星期都去找那个军人，要求他搬家。

一天早晨，莉莉安再度造访，发现人去楼空，但那军人却也把所有没钉住的东西搜刮一空——家具、窗帘、墙上的画。空荡、脏乱的房子恶臭难闻，但离开了五年的房子，终于回到她的手中了。

第一次在贫民窟见到莉莉安的一年后，我回到基加利，前往她和朱力安珍爱的房子里拜访她。此时房子已变得明亮而宽敞，其中有三个房间，一个是她和朱力安的卧房，一个是孩子的房间，另一个房间住着她的妹妹和妹妹的孩子。莉莉安将家中的第四个房间改成小小的家庭礼拜堂，感谢上帝在她们家中的恩典。房间里有一个祭坛、一本《圣经》，以及几个跪地祷告时用的垫子。

那个占据她家的军人搬到附近另一个房子里去了，莉莉安的孩子有时还会和他的孩子在一起玩。"我们不能再对别人心存怨怼了，"她说，"太多人都因一些小小的冲突而送了命。现在是疗伤的时刻。我再度拥有了自己的家，为此万分感恩。为什么还要对任何人心存怨怼？"

当她对我述说自己的故事时，她强调，难民营让大家都变平等了，因为每个人都得生活在同样的悲惨环境中。"这个国家有太多需要做的事情，"她说，"太多的疗伤止痛，太多的重建工作。"

每一天，像宏诺拉塔和莉莉安这样的女性，都以各自的方式向世人显现她们面对苦难时的韧性，以及做梦的能力。只要这个世界愿意对她们张开双臂，她们的能力足以改变世界的面貌。

11
沉默的代价

> 到最后,我们记得的将不是敌人的叫嚣声,而是朋友的噤声不语。
> ——马丁·路德·金

如果宏诺拉塔的经历代表着重生,那么,爱格妮丝的经历就是一个逐渐失去灵魂、投向黑暗的过程。从进大学念法律系开始,爱格妮丝就一心想成为领导人。她一生中大部分时间都致力于追求社会公义,先是担任法官,后来成为非洲大陆第一批进入国家领导阶层的女性国会议员。就在大屠杀发生前几个月,爱格妮丝还正在筹组一个立场温和的政党,一个全心接纳不同种族的政党。然而,她的事业却以参与大屠杀、入狱作为句点。

我希望深入了解爱格妮丝的故事。我曾认识她,与她一起为社会公义而努力。她曾是极具潜力的女性领导人、女性运动先驱、非洲女性的典范。虽然在"独特应变"工作时,我曾质疑过她的清廉,但怎么也想不到,她竟成为发动大屠杀的残暴政权中的领导者。如果她都可能成为杀人机器的一部分,那么人类邪恶的能量果真令人吃惊。我读过汉娜·阿伦特①的《艾希曼在耶路撒冷:出于平凡的邪恶》,但仍无法想象自己竟认识一个执行了灭种屠杀计划的领导者。

大屠杀后,我拜访过爱格妮丝两次,都是在基加利的中央监狱。1930年由比利时殖民政府所建的这所大型监狱是红砖砌成的堡垒形建筑,坐落在基加利城边的山丘顶端,有绿色的大铁门,离主要干道不到一百米远,外形像极了工业革命时代的老工厂。

从监狱门口再往下走,可以看到绿色田野一路缓降至青翠的山谷,然后再往上耸起,成为圆润的山丘,后方衬着宽阔耀眼的晴空,让人感受到无比的自由与希望。中央监狱原先的容纳量是2000人,大屠杀发生5年后收容了比原先多出4倍以上的犯人,其中7800位男性,600位女性。监狱里厕所严重不足,犯人每天只能吃一顿汤汤水水的食物。有人告诉我,男性囚犯甚至得轮流睡觉,因为根本没有足够的空间让所有人同时躺下。不论男女,监狱里的犯人已这样轮流睡觉长达5年之久。

我在一个星期五抵达中央监狱,这是规定的探监日,数千民众(大多是妇女与小孩)从基加利及附近地区蜂拥而来,有些人得走上五六个小时才能抵达,还得扛着为牢里的家人所准备的一篮篮食物。探监者得先在外面广场等候,直到被叫进去见自己的亲人,而犯人则必须靠着亲人带来的食物才能存活。从探监者疲惫、饱经风霜的面容可以

---

① Hannah Arendt(1906-1975),近代重要思想家,犹太人,出生于德国,纳粹时期移居美国,一生关注犹太民族的命运与文化。《艾希曼在耶路撒冷:出于平凡的邪恶》(*Eichmann in Jerusalem: A Report on the Banality of Evil*)一书,是她在60年代初以《纽约客》杂志特约记者身份前往耶路撒冷采访纳粹战犯艾希曼的审判报导。

看出，预备这些食物并长途跋涉，让他们付出了多大的代价。那些妇女穿着五颜六色的衣服，背着孩子，一动也不动地等候着，眼神一片空洞。有些妇女直接坐在地上喂孩子吃奶，其他人则安静地耳语。

这么多被迫与丈夫分开的妇女显示了卢旺达严重的社会人口错位问题。每周五，超过15万名妇女儿童前往卢旺达各地的监狱，为大约12万名囚犯送食物。这些妇女的丈夫长年关在监狱，平常生活跟寡妇没什么两样，没人能帮她们赚钱或种田来养活一家老小。这种生产力的折损，使这个因为内战而千疮百孔的国家更加摇摇欲坠。

我造访的那一天，所有探监者都被一个象征性的围篱（一条粗绳子绑在两根柱子上）围在监狱广场外30米之处。三名穿着蓝色制服的警卫陪同两位穿着粉红色囚衣的男性犯人走了出来，其中一个穿着绿色高统球鞋，戴着红色扁帽，另一个则穿着黄色夹脚拖鞋，还带着三把闪亮、簇新、外面包着塑料的砍刀，他们五个人仿佛老朋友般边走边笑。

其中一名警卫走到我面前，带我去典狱长办公室，然后又领我走到更远的一个小房间，里面只有一个窗子，掩着粉红色的窗帘。我独自站在那里，一面等候，一面看着广场对面的一道绿色大门，心想，另一头不知是什么光景。

十分钟后，爱格妮丝出现了。

虽然她剃了光头，但看起来不像是个曾在执行大屠杀的政府里位居要津的司法部长，反而像个年轻女孩。她已经在这里待了三年，其中两年遭单独囚禁。她穿着监狱里的标准制服——前面开扣的粉红棉质短袖连身裙。我看着她远远走来，大力挥动着手臂，连头都不断摇晃，看起来更像个小女孩。长着雀斑的脸和淡棕色的眼睛让她看起来更显童真，完全不像个可能做出残酷事情的人。

"独特应变"的所有女性中，我最不熟悉的就是她，而且从未真正信任过她。这一天也一样。

"杰奎琳！"她一看到我就大声惊呼，"我才正想起你呢！"

她抓着我的肩膀，在我的两颊各给了一个大大的亲吻。"我完全不晓得你会来，"她的语气仿佛我们是多年不见的好友，"谢谢你来看我。我一直都非常想念你呢！"

我很难想象自己是她想念的人，不舒服的感觉让我的胃翻搅。虽然她还没接受审判，但她确实在大屠杀开始之前就已宣誓就任刚成立的"胡图力量"政府的司法部长。许多人都指称，爱格妮丝曾多次发表煽动性的演说，鼓动男性勇敢杀害图西人，要求女性鼓励自己的丈夫进行野蛮的杀戮行为。

我对她心存恐惧。我甚至害怕太接近真实的她。我担心她那残酷的本质会在不经意间传染给我。我听说她曾在一堆暴民面前大喊："当灭绝的行动开始时，没有任何人任何事应该被放过。你们现在只杀了几个老妇人，就感到满意了吗？"这就是5年前以满腔热情鼓励卢旺达妇女必须为建立一个更好的国家而努力的那个人吗？

许多人相信，这个世界如果由女性来统治，人类将能享受到真正的和平。虽然这话可能没错，但爱格妮丝却是一个血淋淋的例子，提醒我们"权力使人腐化"是一件完全符合男女平权原则的事。爱格妮丝一向喜欢权力的滋味，毕竟，她将一生所做的好事与人格都拿来交换权力了。

虽然我知道许多她在大屠杀中所参与的事，但毕竟我们也曾一起创造过一个很棒的机构。因此我拜访爱格妮丝的动机很复杂。我希望至少能向她表达一些善意，虽然我自己也不确定那代表了什么；我希望了解她，即使我无意和她成为朋友。

当我还在洛克菲勒基金会负责"新世代领导人"计划时,我曾说服一位南非人权斗士和我一起去拜访一位领导过南非安全部队的将军。那位将军当时正倡议要在南非建立一个属于非洲人的国家。虽然这位人权斗士一开始并不愿意,但后来还是同意与我一起去见这位将军,附带条件是如果他真的觉得不舒服,我们可以随时结束这场会面。那次会面持续了两个小时,因为他们发现彼此都热爱诗作。后来,那位人权斗士还和我讨论了那位将军所展现的热情与自信。

"他只是忠于自己,不想假装成别人而已,"我那朋友若有所思地说,"他不像有些自由派的白人,永远只会说些'政治正确'的话。跟他在一起,至少我知道自己面对的是什么样的人。"

虽然我不知道与爱格妮丝在一起时,我面对的是什么样的人,但或许也能从她身上学到些什么吧。

我们以一些琐碎的问候打发了刚开始的尴尬。你的家人如何?结婚了没?这些永远是我最常被问到的问题。

之前,经过一番思考,我决定给爱格妮丝带来一盒巧克力,现在我把巧克力拿出来,递给她。她尝了一小口,笑逐颜开,看起来又是一个无忧无虑的小女孩模样。我真怀疑她脑袋里到底有什么样的魔鬼,也感叹她给自己带来了什么样的折磨。但从爱格妮丝的外表上,我什么都看不出来。

当她说话时,她一直用手轻拨一串木制念珠。我告诉她,我小时候也非常喜欢自己的念珠,但已经好多年没拿过念珠了。学校的修女对爱格妮丝在学业及事业上的成功有很大的影响。她们深信她的潜力,而她也不负众望,成了学校里最早进入大学的几位女性之一,后来更成为卢旺达女性法官及女性国会议员的先驱。

"如果有人真心相信你的潜力,可以改变你的一生。"她跟我说。

我将话题转到爱格妮丝的狱中生活及卢旺达的现状,而她就此展开了长达 20 分钟的激昂陈词。她童挚的脸庞不见了，转而变成一张因愤怒而扭曲的面孔。她咬牙切齿，露出整齐洁白的牙齿。她双眼圆瞪，眼珠四围的眼白清晰可见。当她一路激动地谈到大家对她的不实指控及战争带来的悲剧时，她仍然不停揉搓手上的念珠，而我则插不进什么话。

脱序的人生

根据爱格妮丝的说法，打败胡图政府的图西族反抗军"卢旺达爱国阵线"才是一切的罪魁祸首，因为是他们先暗杀了前任总统。1994 年 4 月 6 日，一架载着卢旺达总统和布隆迪总统的飞机遭人击落，两位总统当场遇难，因而引发了这场大屠杀。但是从来没人知道是谁打下了那架飞机。

"卢旺达爱国阵线干了许多骇人听闻的事，"她告诉我，"但全世界的人都只看到事情的另一面。"她吸了口气，"杰奎琳，因为你是西方人，你永远无法了解到底发生了什么事。卢旺达人对彼此非常了解。我们知道这一切是怎么回事。两边都有杀人。如果你真的去数，你会发现胡图人死的比图西人还多。我非常清楚，四月初时，卢旺达全境到处有人惨遭图西人杀害，但现在全世界都把一切罪过推给胡图人，图西人好像完全没有错似的。"

她将图西人比喻成渴望拥有权力的犹太人。"犹太人死了几百万人，他们把这些被杀的人展现给世人看，所以就可以永远拥有权力。现在，同样的事将发生在图西人身上。图西人现在大权在握，而未来全球各国都会一直做他们的后盾。他们才是这场大屠杀的真正受益者。这就是为什么我们必须找出到底是谁暗杀了前任总统，因为只有这样，我们才能决定谁该为这场恐怖的战争负责。你知道，想掌握权力的人什么事情都做得出来。"

我问她，对于我们一起做过的事情，哪部分让她记忆最深刻。

"对我个人而言，最让我感动的就是那些妇女，她们发现自己可以做的事比从前想象的多很多。从前，女性会在田里等候一整天，看丈夫最后会带些什么回家。当她们发现自己也能工作，甚至可以赚到比丈夫更多的钱时，她们简直迫不及待。那是最让我感兴趣的部分。"

"那么多女性不断涌入'独特应变'。"她回忆说。

她让我想起我们当时工作得有多辛苦。"对我个人而言，"她又开始说，"我在'独特应变'工作时，还必须兼顾国会议员的责任。我们开会到晚上十点，但我们并没有任何抱怨。我们没想过要从谁那里讨到一点薪水，我们甚至没有报销任何开支。"

爱格妮丝确实和每一位创办"独特应变"的人一样工作非常辛苦。但我不想提醒她，她是因为贪污行为而被请走的。

她继续说："'独特应变'是由一群有幸接受良好教育的女性所创办的，我们有学位、有工作，想为那些不像我们那么幸运的姐妹做一点事。我们希望帮助没有机会受教育的女性。卢旺达一天比一天穷。越来越多的女性必须一肩扛起家中生计，同时还得照顾一家人的生活。我们一定得帮助她们站起来。这就是我们当时的动力。"

毫无预警地，一阵噪音打断了她的话。原来是等在外面的妇女终于可以进入监所了。一开始，大约 300 位穿着粉红囚衣的犯人从广场那头出现，随即在一排排的绿色长凳上坐下，一个紧挨着一个，每个人手上都拿着一个深绿色塑料袋。一声刺耳的哨音响起，广场外原本安静的人群突然展开一场疯狂的集体行动。300 位妇人和一堆小孩冲向广场，身上的袋子、篮子让她们左右摇晃，直到她们重重地跌坐在犯人对面的长凳上。三分钟，或许四分钟吧，所有人开始大声交换讯息。他们不能彼此碰触。那种嘈杂声简直难以想象。

"嗨……你还好吧?……家里有没有什么事呀?……这个孩子病了……那个女儿结婚了……妈妈死了……"

感觉上那些妇女才刚坐下,警卫却已开始敲起警棍,哨音再度响起。就像她们出现时那般,那些妇女走得也干净利落,这样的会面仿佛成了刷牙一般熟稔的例行公事。

犯人被赶回大铁门内,每个人手上都抓着自己的绿色塑料袋,里面就是这个星期的粮饷。几分钟后,相同的过程再度重演。300个男人和300个女人将一个星期的粮食从篮子里倒进绿色塑料袋里。300个故事在嘈杂的广场上喊叫出来。警棍一敲,这些男人和女人就像一批批衣衫褴褛的士兵火速撤退。一天下来,将近4000人就这样来来去去,只留下未说完的故事,回荡在空旷的广场上。

就在那一阵疯狂的换档中,我和爱格妮丝重新展开谈话。

从她的叙述中我突然发现,在这次屠杀事件中,爱格妮丝原本可能走上一条完全不同的路,让她成为一位英雄而非杀人凶手。多年以来,她一直与我们团队中的一位比利时成员安妮·慕格瓦尼萨密切合作。爱格妮丝和安妮都是20世纪90年代初期成立的自由党创党成员。自由党是一个开放、立场温和的组织,专注于建立一个团结的卢旺达。

那时,西方世界不断推动卢旺达成为一个多党派的国家,实行民主选举。然而,在尚未建立某些公民教育基础或是让民众普遍了解公民的意义之前,强制实行民主制度根本就是行不通的事,这也是全世界仍有待学习的功课。大多数卢旺达领导人借此机会成立政党,目的不是推行民主政治,而是掌握权力。在卢旺达,一个空洞但却被强制施行的民主,成了火药桶中的引信。

刚开始,爱格妮丝和安妮想成立的是一个以多元、温和中立为原则的政党。这个政党显然曾经考虑过要与图西族的卢旺达爱国阵线结盟,但当自由党内一群极右翼人士分裂出去时,爱格妮丝决定与他们一起离开,并加入了激进的"胡图力量"。我大概永远无法得知爱格妮丝到底是为了什么或何时做出那个决定,我只能相信,她决定追求权力,而不愿为坚守原则而牺牲自己的性命。

安妮是倡议建立多元团结的卢旺达最强力的鼓吹者,因此她必须被消音。4月6日,大屠杀的第一天,安妮、她的丈夫及他们5名子女中的4名,加上许多温和派的胡图族人及图西族知识分子,全遭胡图族国家发展革命运动民兵团杀害。对激进派而言,没有什么比温和主义者更危险的了。

当我问到安妮之死时,爱格妮丝回避了这个问题。她似乎迷失在自己不断打转的言语之中,与我的问题完全脱节。

"让我们拿美国做例子,"她说,"黑人和西班牙裔都不是社会的主流。如果有一天他们掌握了权力,如果他们开始压制其他美国人,你晓得,那一定会出问题的。我不知道你是否能够想象,有一天黑人起来抗争并夺得美国的主导权。我不认为你会接受那种情况。"

"你是假设那些掌握了权力的族群一定会压迫其他人。"我说。

她眼神空洞地看着我。她的恐惧与偏执,说明了一小群知识精英因为缺乏安全感而在一个完全信奉霍布斯主义[2]的社会中,不惜代价想要紧握权力。对他们而言,权力是零和游戏中唯一的主宰。

爱格妮丝以一句话说明了她对卢旺达的看法:"那些掌握了权力、不愿放弃权力的人,必须不惜一切代价来保住自己的权力,而那些希望取得权力的人,也必须不计代价地取得它。"

---

[2] 英国政治哲学家霍布斯(Thomas Hobbes, 1588-1679)认为,社会需要强大的政府来控制互相冲突的个人利益。

当我聆听时,我发现自己能从爱格妮丝身上学到的东西恐怕仅止于此。她为自己的选择付出了极大的代价。她牺牲了自己的原则,使自己沦为邪恶的力量。我当时正在美国负责一个领袖训练计划,致力于强化一个人的道德原则、在内心建构一种别人永远夺不走的力量。当我走访卢旺达各地时,几乎所有与爱格妮丝接触过的妇女都认为她是一个仁慈、聪颖、温暖的人。她们简直不敢相信竟然所有的事都变了调,爱格妮丝会如此迷失了自己。

"她曾是卢旺达最有力的女性之一,激励了许多妇女努力为自己创造更好的生活,"一位她从前的友人告诉我,"她真的不应该踏入政界,在政治圈里,她成了权力的猎物。"

"我不相信她知道当时政府的计划,"另一位女性说,"当你在政治圈里,你只是整部大机器的一个小螺丝钉。"

当我听这些妇女这么说时,心中不免质疑,她们怎么会相信爱格妮丝对整个计划毫无所知?因为她当时确实位居政府最重要的职务之一。我问她们,如果身为司法部长都不知道当时政府的计划,谁才会知道?通常,她们都只是无奈地摇摇头。

当警卫来带走爱格妮丝时,她再度给我一个拥抱。我想起她如何与当时的总统一起抵达布塔瑞,启动杀人机器,将宏诺拉塔的家人从她生命中夺走。我也想起我们曾在一段很短的时间里一起做过一些非常美好的事,为妇女争取经济上的公义。我反复思考着一句话:她怎么会如此迷失?

我看着她离去,穿着粉红色囚衣,剃着光头,看起来是如此无助,依旧捻着她的念珠,不时回头向我招手。我安静地站在那儿,令人窒息的悲伤让我哽咽。有一部分的我想要抹去刚才所听到的一切,立刻逃离那个可能一辈子都无法真正理解的情境。但爱格妮丝也帮助我认清了自己一直不愿面对的事实——魔鬼真的存在,但不是我从前所想象的那种。我是在卡普拉③的世界里长大的,在那里,除了戴着黑帽子的坏人外,每个人都是好人,而且坏人最后也一定不得善终,或是终于改邪归正。

我从来没有想过,一个理着光头、有着长长睫毛、眼神温柔、穿着粉红色制服,而且还和我一起建立一个公益机构的女人,会是"坏人"或"魔鬼"。爱格妮丝在监狱中已经待了十几年,目前正在卢旺达受审。要让公义得到彰显的这条漫漫长路必然更深地折磨、扭曲了爱格妮丝,而对那些大屠杀首脑迟迟不施行的正义,必然也一直啃噬、伤害着许多卢旺达人的心灵。

西方国家希望为族群仇恨所带来的暴行、出了差错的国际援助,或政治上的贪腐找到一些简单的解答。但现实世界并不肯从命。施暴者当然必须为他们的暴行负起责任,公义也必须得到伸张,让所有受害者(包括所有卢旺达人民)得以开始疗伤。与此同时,这个世界所面对的最大挑战,不是如何惩罚施暴者,而是如何防范类似的暴行再度发生。这样的暴行只有一个来源,就是对"其他人"的深深恐惧。这种恐惧会因为富人觉得可以操弄制度、而穷人觉得完全被排拒在社会之外而益形加深。

我决心要培养自己的勇气,以便更能与人易地而处。我也希望拥有更多智慧,协助弱势者创造自力更生的机会。我希望自己能参与某个社会运动,将人人生而平等的理念传播给世界上的每个人,因为科技已让我们的世界愈来愈紧密相连。爱格妮丝必然曾经在某一刻决定将人性放置一旁,而其原因或许掺杂了真实的恐惧,以及对权力的渴

---

③ Frank Russell Capra,美国知名导演,作品洞察人性,亲切励志却又不说教,最后通常有圆满结局。

望。但我们将永远无法真正理解。

没有罪名的罪行

我无法与犯下暴行的爱格妮丝取得心灵上的和解,而普登丝的故事则更让我感到迷惑与谦卑。

她当时被监禁在她的故乡附近,就在卢旺达北方的比温巴。和爱格妮丝一样,她也被控犯有一级罪行,也就是说她也被视为大屠杀的主要加害者。但普登丝的故事中最复杂的一点是她可能既不是受害者,也不是加害者。天主教里提到两种罪:明知故犯(sins of commission),以及知而未行(sins of omission)。我认为,普登丝必然了解当时发生了什么事,但许多拥有更大权力、更有能力插手的人也都知道发生了什么事——包括联合国的官员。

我聘请的司机李奥纳和我一早就从基加利出发,北上前往两个小时车程外的比温巴。一路上,载满士兵的吉普车及装满乌干达香蕉的卡车不断朝我们直冲而来,常常在撞到我们之前才紧急闪过,好让我们保住小命。少年骑着脚踏车,车后面载着超大捆牧草,两边各突出一米长,从道路两旁颤颤巍巍地奔驰而过。光着脚丫、拿着木棍的孩子追着羊群往前跑,穿过许多身披鲜艳长巾、头上顶着大堆柴火的妇女。灰色的薄雾衬着耀眼的阳光,让这个千山之国拥挤而美丽的清晨更添一分辉煌的色彩。

李奥纳开的是一部破旧的日产汽车。他也在大屠杀中痛失了亲人。就在比温巴省外10英里处,李奥纳的老日产车抛锚了,他怎么也无法让它再发动。

他下了车,走到前面,像个外科医生一样把手伸进车的肚子里。忽然,不知从哪儿冒出来两个小孩(在卢旺达永远如此,这一秒钟你还身在一个空无一人的地方,下一秒钟,你可能就已跻身在人群之中了)。

他们走向我们的车子，把小脸贴在我的车窗上。两个孩子都剃了大光头。小女孩又圆又黑的眼睛上有浓密的睫毛，小男孩穿着一件领口变形的 T 恤。我打开车门，想看清楚他们。小女孩的裙子长长地拖在膝盖之下，小男孩的短裤则在腰际卷了好几圈，以免松脱。

他们没吐出一个字，只是瞪着我瞧，我也回看他们。

"哈啰。"我说。

小女孩害羞地重复了我的问候。我怀疑他们是不是卢旺达 40 万名孤儿中的二位。

"我叫杰奎琳。"我说。

他们的默然不语比真正开口乞讨还要让我心碎。

我给了他们每人 300 卢旺达法郎，相当于 1 美元。他们拿了钱就飞奔而去，消失在山丘旁的树丛后面。他们让我想起那个穿着我的蓝毛衣的男孩。多年之前，他也是这么飞奔而去的。

我们之间是有连结的，但有时这种连结实在非常脆弱。下一个加油站在比温巴，距此还有 10 英里之遥。当李奥纳安静地修车时，我走到空旷的马路中央，对路上忽然一片寂静感到有点不安。毕竟，强盗在卢旺达还是十分猖獗，尤其是在北边和西边。我忽然想起联合国儿童基金会给了我一个对讲机，以备紧急时使用，心头才松了一下，却立刻又想起，对讲机的电池没电了！

看着蜿蜒而上的山路，我忽然觉得自己十分渺小。拿着无用的对讲机站在路中央，我安静地做了一个祷告，继续等候。

20 分钟或 30 分钟后，一辆白色吉普车朝我们开来。我追着它跑，不断挥舞双臂。车上两个人都是国际救援工作者，他们同意载我到比温巴，并愿意一路把我送到监狱。

从吉普车上，我看到右边山丘上满是联合国的蓝色塑料布搭盖的帐篷，一排接一排，就像一块画布从上到下贴满了蓝色邮票。这里住着两万名胡图人，因为害怕而不敢回家。他们的生活条件极差，缺水、缺粮、几近失控的疾病、公厕不足，而且到处充满死亡的恶臭。卢旺达爱国阵线在这附近杀害了数千人，战争罪行仍是卢旺达的痛，空气中都能闻到这个国家的消沉与郁闷。

当我终于抵达比温巴中央监狱时，已过了中午。这是座老旧的监狱，原本只能容纳100人，现在却关了超过1000人。我们开进大门，经过一群满身汗臭的男人。这个以高高的围墙与外界隔绝的监狱，里面其实很宽敞，只有中间立着几栋砖砌的建筑。我四周全是穿着粉红及膝短裤的男性囚犯，他们有的在修理引擎，有的在用金属制造器械，有的只是围着聊天，还有一群人在举行一场热闹的伏地挺身大赛。湛蓝天空下，一些男孩在高低杠上荡来荡去，彼此炫耀自己的本事。这景象看起来比较像一张好笑的明信片，而不是一个监狱。

有那么一秒钟，我几乎忘了自己身在何方，直到两个人从我身旁走过，用冷峻的双眼瞪着我。我的背脊一阵发凉。孤身一人，没有警卫陪伴，没有任何防身武器，走在一座监狱里，身旁满是被控谋杀重罪的囚犯——我真想拔腿狂奔。

我快步走向典狱长办公室。一道墙边，一排赤脚、身穿棉花糖般粉红裙子的妇女正坐着做针线活儿。她们让我想起一长条剪出来的纸人儿。她们看起来就像邻家的老太太、隔壁的邻居、护士或菜贩。

我已经将近十年没见到普登丝了。她和爱格妮丝是卢旺达女性国会议员的先驱，更重要的是，她曾是我的良师益友。我离开卢旺达的那一天，我们彼此紧紧拥抱。她曾为我申请斯坦福大学商学院写过推荐函。虽然离开卢旺达时，我还不知道自己是否进得了斯坦福，但她却对我充满祝福及信心。当我告诉她我真的进了斯坦福时，她用当年那种淡蓝色、轻得像羽毛般的航空信纸给我写了一封文情并茂的信，里面充满了对我的关怀和赞美。

她会记得我吗?我穿着白色T恤、卡其裤,看起来活像流行服饰广告里的女人,就这样静静地站在几百个男人之中,等候一位被控犯下我难以想象的罪行、等候审判的老朋友。和爱格妮丝一样,普登丝也被控参与大屠杀计划,但许多人都认为她在其中并未扮演任何积极的角色。在一个整个翻了过来的国家里,没人真正知道发生了什么事。

普登丝穿越监狱的广场向我这边走来,剃光的头上戴了一条紫色、淡黄、青绿相间的鲜艳丝巾。她起看来比我印象中整整小了一号,但仍散发着奇妙的魅力。即使穿着囚服,她还是那么与众不同。

头侧向一边,用手遮着太阳,她边走边朝我的方向眯着眼睛寻找。一发现我,她急忙跑上前来,一把抱住了我。我也紧紧抱住她,希望掩饰心中的紧张。

"我简直不敢相信你会这么大老远跑来看我,"她说,"我正在这里坐牢呢。真是太久了,我经常想起你,但竟然差一点认不出你来。"

典狱长空荡昏暗的办公室里,我们坐在两张木头椅子上,彼此的膝盖碰在一起。我再度被两种不同的心情撕裂——我想知道普登丝发生了什么事,又直觉地想与她保持距离。那是一种让我既羞愧又厌恶的感觉。我握着普登丝的手,她开始啜泣。我们对望,一方面彼此打量,一方面努力回忆。

她已经入狱两年,遭逮捕却没有发落任何罪名。她向我叙述监狱里的情况,说明女犯人如何像纸牌一样,前胸贴后背地一个挨着一个睡在水泥地上。八九十名女犯人却只有两间厕所。

"你真的得有超自然的能量才能在这里存活,"她说,"我们每个人之间几乎无法保持任何距离,连睡觉都得彼此贴着。例如,现在每个人几乎都得了感冒。我没得感冒,我想是因为我心里不允许自己病倒的缘故吧。如果一个人得以存活下来，她得感谢自己内在的能量以及上帝。"

普登丝在大屠杀之前位居要津，她是当时卢旺达国民议会的主席，相当于美国的众议院议长。她向我解释，和爱格妮丝不同的是，当胡图力量政权与卢旺达爱国阵线于1993年8月签署了"阿鲁沙和平协议"后，她的权力早已大幅限缩，因为当时卢旺达建立了一个临时过渡政府，为全国大选做准备。全国大选最后当然没有举行。

虽然我觉得普登丝必然知道一些事情，但我的了解确实很有限。我怀疑她为何没有揭露甚至阻止事情的发生，但我也真的不知一个接近权力核心的人如果要做这样的事，必须付出什么样的代价。如果她事先真的知道这件事，她也一定了解，如果她挺身而出，自己必将成为最早被铲除的人之一。

"知道"与"参与其中"的界线到底该怎么画？普登丝不认为自己有罪。确实，她告诉我，当时她与许多人一起从住了两年多的难民营返回卢旺达，她以为每个人都知道她并未参与大屠杀。但另一方面，爱格妮丝当时则是和其他胡图政府官员一起逃往赞比亚，并在那里遭到新政府的逮捕。普登丝在1996年11月返回比温巴后不久在街上遭到逮捕，并被关进了监狱。虽然没有明确的罪名，但她仍遭到单独监禁，不久就被转来此地。

在我的记忆中，普登丝极为善良。她确实非常善良。她告诉我，在那段惊恐的日子里，她将图西族女仆藏了起来。然而，她后来却落难至此，被指控（虽然并无明确罪名）参与了大屠杀。

这种暧昧不明的状况让我也变得十分驽钝。"你是怎么到这里来的？"我问，声音小到连我自己都快听不到了。

她摇摇头，说她自己也不清楚："我和其他难民一起徒步回到卢旺达,我觉得自己没做错任何事,我只是要回家而已。我从来没想到,他们竟然会逮捕我。"她又重复了一遍。

"卢旺达像遭到暴风袭击,"普登丝说,"现在,卢旺达本身才是最大的受害者。"她继续诉说她和那些与她一样无辜、但也被关在牢里的妇女在这期间所遭受的羞辱。我安静地聆听。即使她说的只有部分正确,但遭到不实指控而被送进黑牢的屈辱感,恐怕只会加深她们对其他人的不信任。

后来,一位也在难民营待了两年的朋友噙着泪水告诉我,当她看到普登丝从难民营走回来的模样,简直难以承受。"我根本不敢看她。她的头发散乱,头上也顶着所有家当,就和我们一样。普登丝从来就不是个平凡人,她永远都是那么与众不同。看到她像个丐妇一般,简直让我心碎。我想当时我们每个人看起来都像丐妇,但眼见一个从前备受尊敬的人变成这样,真是特别令人感伤。"

就在我不断回访卢旺达的那段时间,女性在卢旺达的重建中已经开始扮演重要的角色。许多妇女开始创业,重建家庭,并在国会中取得前所未有的席次——不仅在卢旺达,整个非洲都是如此。遗憾的是,带领女性大步前进的这几位最早期的卢旺达女性国会议员,却都落得悲剧收场。

据说,在1991到1994年之间,普登丝的两位兄弟都在卢旺达北方遭卢旺达爱国阵线杀害。我们讨论了这个小国北方不平静的历史。当时,许多流亡在外超过一代人之久的图西人一心想回卢旺达。爱国阵线运动以及一些相关的战争犯罪行为让胡图人心中产生了极深的恐惧。政客见猎心喜,于是将恐惧转为仇恨,将平常人变成了凶手。"那真是一段恐怖的岁月。"普登丝说。

当我一再追问她在大屠杀中的涉入程度时,她极力反抗,再度强调她的无辜。普登丝指控说我对她的拷问和军方没什么两样。她说得没错,我希望了解真相,而我的问题也的确非常直接。我发现自己被困在一个混杂了恐惧、身份认同、政治操弄及自我保护的故事之中,而我也觉得,除非我们可以清楚认知人类的共通人性,并克服对彼此的恐惧,否则那些从来不该发生的事随时可能再度发生。

我和普登丝之间有了距离。我自以为是谁?离开卢旺达十几年后,突然出现在这所监狱里,对普登丝提出这些质问?我了解她为何不再信任我。但我想与爱格妮丝及普登丝谈话,其实与信任无关,相反的,我真正需要的是从她们口中厘清一些真相,好让我自己的世界观能保持某种秩序感。

当我与普登丝道别时,她为我的探访向我致谢,并说她的朋友都没来看过她。

"她们或许是害怕吧。"我说。她勉强地笑了笑。

回基加利的路上,我觉得胃里一阵翻搅,不得不要求司机将车子停到路边,让我好好吐一下。我凭什么觉得自己可以从这些监狱谈话中得到答案?或许这些女性给我的最大的礼物,就是让我接受人性在面临严酷考验时,必然出现的失序状态。

重生

一年后,普登丝无罪释放,重获自由,但她从来未曾经历任何正式审判。这一次,我到她家拜访她。普登丝热情欢迎我,给我一个长长的、温暖的拥抱。我们走进她家的蓝色铁门,经过一个非常精致、种满果树与花丛的花园。那一天,这位前任政府高官看起来就像我们在超市碰到的平凡妇人,穿着黑长裤及宽松的条纹上衣。她的头发扎成了上百条及肩的细细发辫。

我们一起喝茶、聊天。我问她为何获释,她轻柔地回答:"我原本就没有被控任何罪名。"

她告诉我,经过两年的牢狱生涯,重返正常生活远比她想象中困难。她已经习惯了监狱里的粗茶淡饭,而在与那么多人贴着睡在地上那么久后,她也很不习惯再度睡在床上。

"牢房里极度拥挤,我已经因为整天整夜动弹不得地坐着而几乎瘫痪,我的两条腿严重肿胀。整个晚上我会不断醒来,不知自己身在何方,忘了自己已不再睡在水泥地上了。"

至少就法律上而言,她现在已经是个自由人了,因为她已被无罪释放。她的眼睛里依旧闪烁着熟悉的光芒。

"你知道,"她说,"只要你不住地祷告,全心相信上帝,奇迹真的会发生。"

身为旁观者

未来几年对普登丝而言并不容易,但经过一段时间,基于她强大的韧性,以及了解卢旺达仍然在经历一次重要的疗伤止痛过程,她再度成为一个行动者。

如果普登丝只是作为一个旁观者而获罪,那我们这些同样也袖手旁观的人又该当何罪呢?如果国际社会当时介入,很容易就可以阻止这场大屠杀的发生。我们的世界愈来愈紧密相连,我们必须找出更好的方法,让全世界每一个人都能享有这个世界为我们提供的机会。魔鬼确实存在,我们每个人心中都有一个魔鬼。但我们的心里也都住着一位天使。如何才能治死心中的魔鬼,拥抱心中的天使,恐怕是当今人类必须共同面对的最重要的议题吧。

12
机构决定一切

天助自助者。

——《古兰经》

当我们看到卢旺达大屠杀期间所发生的事,大可绝望地相信人性本恶,或者也可以将眼光放在许多让人常怀希望的事物上:人类心灵的惊人力量、某些人在最黑暗的时刻所展现的人性尊严,以及许多遵循良知、在大屠杀期间冒险帮助别人的善良心灵。基于不灭的希望、对重生的期待、赎罪之心,甚或只是单纯的乐观,卢旺达如今极有可能成为发展中世界的一个成功案例。

卢旺达的遭遇深深触动我的心,不只因为它显露出人类平常隐而未现的邪恶潜质,同时也因为它将永远提醒我,在一个健康发展的社会里,强势者不应有任何理由剥夺弱势者的基本权利。如果卢旺达大屠杀让我看到了人性的软弱,它也使我更加相信,一个能激励人性去做对的事情的制度或机构有多么重要。制度及机构是提醒我们应当成为一个什么样的人、以及身为社会一份子何所当为的关键。

我们当初创立"独特应变"这个微型贷款银行的基本认识是，如果卢旺达要健康发展，绝不能将女性排除在国家经济体制之外。我们的创始人中有许多卢旺达女性，她们认为，如果卢旺达妇女能拥有取得贷款、接触市场的渠道，以及些许的企管训练，就能靠自己的力量来改变生活。虽然我们刚开始犯了不少错误，尽管"独特应变"并不完美，但我们仍创造出一个比它的创办团队还长命、能自主运作、由卢旺达妇女自己管理、为卢旺达妇女而存在的机构，而且它敢于承担一般传统机构所不能承担的风险。看到"独特应变"能在二十年后仍继续在许多人生命中发挥那么大的影响力，让我有强烈的满足感。

让我们试着想象1994年大屠杀发生后几个月的基加利：城里所有的房子被洗劫一空，有些甚至烧得精光；每一所学校、每一栋建筑物里的计算机、电话线都被拔光，公共设施也被破坏殆尽；惶惑的幸存者走在街上，整个城市弥漫着一种集体的惊恐及无可言喻的悲伤。另外，还有超过100万卢旺达人（几乎全是胡图人）则和莉莉安及她的家人一样，住在位于扎伊尔的难民营里。

让事情更加复杂的是许多因早期种族冲突而流亡在外（有些甚至超过三十年）的图西族纷纷重回卢旺达。那些这辈子大部分时间都活在乌干达的图西人，包括卢旺达新任总统卡加梅以及爱国阵线大部分的成员，除了卢旺达语外只会说英语，不会说从殖民时期就成为卢旺达官方语言之一的法语。显然，整个国家都需要重建、再造与重生。

虽然"独特应变"所在的建筑和办公室早已被搜刮一空，家具、设备也全毁，但一群"独特应变"的成员还是决定集合起来，加入卢旺达重生的行列。"独特应变"大部分财务记录都已遗失，贷款资料散落在街上及附近的房子四周。但一步步的，这群妇女开始重整散佚的数据，重建整个机构。

2007年,我有幸亲眼见证她们努力的成果。那时,卢旺达又已成为全球慈善机构和国际援助专家的最爱。我发现许多充满热情的有钱人开始与我展开许多有关卢旺达的奇特对话:"真是个经济奇迹。"他们这么形容卢旺达高达6%的经济增长率。但对于一个刚结束冲突状态的国家而言,这种经济增长率的真实性其实令人怀疑。他们说当时绝对是一个"绝佳的投资时机",而卢旺达则是一个"从大屠杀中成功走出来"的"民主"国家。

卢旺达当时的确是在平和的情况下创造了惊人的经济增长,同时也因为展现了维护女性权益的决心而几乎成为全球典范。卢旺达国会中的女性比例世界第一,这是当年普登丝、康斯坦丝和爱格妮丝担任卢旺达最早期的女性国会议员时,我们一心企盼的梦想。不仅如此,卢旺达的创业家中,女性的比例也高达四成以上。卡加梅总统的表现也令人钦佩,他不断与民众沟通,一再强调,不论种族背景如何,这个国家的每一位国民都是"卢旺达人"。卢旺达真是充满了希望与骄傲。

每次当我听到有人说卢旺达人"已经走出大屠杀的伤痛"时,总会全身不自在。我真的很想问那些慈善家(有时我真的直接问了),如果一个冷血杀害自己亲生子女的人与他们隔邻而居,他们真的能够在十年内就"走出来"吗?我同时也希望大家更谦逊地检讨一下,在卢旺达的经济增长中,真正获益的到底是哪些人?每个人在经济增长的过程中,真的享有公平的机会吗?

经过二十年,我已改变了。我曾和那些富有的慈善家一样,一心只想改变弱势者的生活,对自己的想法深信不疑,未能以更谨慎的眼光评估是否有其他力量会抵消自己的努力,甚至导致铩羽而归。大屠杀已暴露出一个国家过度依赖外国援助、政府权力集中在少数人手中、仰赖一个缺乏责任归属的制度所能带来的危险，它同时也显示出怀抱理想却缺乏务实精神所可能产生的结果。我这一次回来，带着更谦卑的心，准备更深入地聆听。

班机在晚上抵达，扑鼻而来的是基加利独一无二的味道——烤树薯的甜焦味，立刻在我心里燃起一丝恐惧与悲伤。我又回到这个被强烈矛盾撕裂的国家。一个味道瞬间就唤醒我所有的复杂情绪。

海关外，我的朋友莉莉安站在人群中等候着我。她打扮得十分正式，乳白色套装配上同色系的鞋，头发经过精心设计，编了许多发辫，笑容开朗而灿烂。她将我一把抱住，毫无保留地露出真情。旁边站着的是她的丈夫朱力安、18岁的儿子奥古斯汀，以及幸存下来的双胞胎女儿凡乐蕊，现在她已是个漂亮但有点儿别扭的青春期少女了。忽然，我活回来了，觉得自己简直龙精虎猛，准备要好好吸收自己将见到的一切。在莉莉安奔放的精神感染下，我真没料到自己这趟回来可以这么快乐。

"我们是你的欢迎大队。"莉莉安兴奋地笑着说。

当晚我们一起吃烤羊肉串、烤香蕉，就跟从前一样。莉莉安生动地向我说明第二天我将见识到的改变：基加利簇新的大楼、高档餐厅，甚至还有奢华的咖啡馆。我不禁大笑，想起二十年前自己如何仰赖速溶咖啡和高脂奶粉而活。另一桌，一群男人正高谈阔论。我发现他们的声音时而高亢、忽而低沉，似乎大家对于在公共场所公开讨论政治问题还是有所顾忌。当晚睡着前，我深为基加利和卢旺达人感到心疼，同时也知道，不信任与恐惧仍深埋在这个国家的肌理之中。

在第二天的晨光里，我看到了基加利大兴土木的新面貌，不只是金融区到处高楼林立，新的郊区里也净是政府高官及少数企业新贵的豪宅。基加利街道上有无数穿着浅绿色外套、戴着安全帽的男孩，骑着摩托车到处载客,每跑一趟索价约50美分。另一群年轻人则穿着黄色上衣,沿街兜售手机电话卡,让这个曾经偏处世界一隅的国家得以连接全世界。尽管曾经遭遇(或反而受惠于)如此恐怖的灾难,基加利正大步前行,发展速度远超过东非其他国家。这样的改变的确振奋人心。

然而,基加利仍是出奇地眼熟,我仍然认得出大部分的建筑物、商店、银行及街口的环形道。随着山丘高低起伏的街道两旁依然种着尤加利及九重葛,而那些围墙里的砖砌小屋也一如以往。某些街角站着的士兵以及总统府四周的路障也仍提醒着我,有些事情还是没有变。

遥想当年

在一间咖啡厅吃午餐时,我碰到一位在卢旺达一住几十年的西方人。我问他怎么会在卢旺达待了那么久,并提到我所见到的惊人进步。"没错,这里确实有很多进步,"这位眼神疲惫、头发花白的男子回答我,"卢旺达的经济发展确实跑在许多国家的前面,但这里慢慢出现了一种不平的情绪,因为经济发展的好处被少数一些人占尽了,其他人则因为觉得自己完全被排挤在外而开始心生怨怼。大多数人都有一种强烈的相对剥夺感,因为有些人变得非常非常有钱。你有没有看到那些正在大兴土木的豪宅?它们大多为卢旺达政府高官所有。"

我提醒他,他并没有回答我的问题——为什么他在卢旺达待了那么久?

"经过这么长一段时间,"他叹了口气说,"这里已经是我的家了,我应该永远不会离开了。"

"那你又为什么回来呢?"他反问我。

"探望朋友。"我简单响应,然后就跟他道了别。我急着想知道,大屠杀发生十三年,也就是"独特应变"创立二十年后,那里的妇女如今安在?她们过得如何?自从六年前最后一次造访后,我只偶尔与她们联系,因为那段时间我一直忙于成立"聪明人基金"。这个新机构之所以成立，也与我早年协助创办"独特应变"的经验有关。我后来和"独特应变"并没有太紧密的接触，因为从上次来访后，她们又换了好几任执行长。

车子愈来愈接近"独特应变"，我不知道经过那么长的时间，而且彼此鲜少联系的情况下，自己会遇到什么样的境况。大家会不会根本忘记我了？我告诉自己，有没有人记得我并不重要；但我当然还是希望自己没有被完全遗忘。

看到银行外面排了一长排的客户，让我倍感兴奋。银行所在的建筑看起来干净、明亮，大门上熟悉的企业标志让我会心一笑。排队的客户显然都是穷人，但其中有男有女，这和以前可大不相同。我猜想，那些男性客户应该是"独特应变"后来所成立的信用合作社的客户。想象着一个机构如何因为许多人的努力而成长、茁壮、改变，我的脸上又泛起了笑容。在进银行与新任执行长见面之前，我先走向队伍中一位腰间系着红黄色布巾的老妇人。

"请问您来这里做什么呀？"我问她。

"我是来偿还贷款的。"她说，旁边的邻居帮忙点头。她旁边的妇人手上拿着 2000 卢旺达法郎（约 4 美元），是来存钱的。银行里，更多人坐在椅子上等候，三位行员忙得不可开交。

银行的新任执行长达提娃留着一头及肩直发，身着干练的裤装。她热情地欢迎我，并为我介绍每一位同仁。她指着两个不同的区域，一个是营利性质的信用合作社，另一边则是非营利的微型贷款部门。这两个部门总计拥有 5 万名客户。然后，她骄傲地向我展示"独特应变"庆祝成立二十周年的照片，卢旺达的第一夫人、许多达官显要，包括多位女性国会议员及"独特应变"的创始会员都到了。

我一面感谢达提娃的热忱招待，同时也为"独特应变"的成就向她道喜。我知道,"独特应变"一路走来确实并不容易。多年来,"独特应变"碰到过不少次严重的财务危机以及人事更迭。

"没错,"她说,"但我们一一渡过了那些难关,如今正准备迎接更丰盛的成果与进展。"

我们来到三楼的图书室,四周都是木头书架,中间放了几张椅子供开会使用。达提娃翻出我当年所写的培训手册。她说,为了应对卢旺达近年的变化,她们最近才刚修订了这份手册。我迫不急待地翻阅那些早期的版本,并在手稿中发现了年轻时的自己。当时的我显然急于向所有人说明各种财务管理的概念,包括"流动负债"(也就是那些妇女很快就可以偿还的贷款)以及"长期负债"之间的差别。我简直难以想象自己当年竟然会写得如此之巨细靡遗,因为我们的客户几乎都是在市场里卖蔬果的妇女,她们几乎全都是文盲。我为自己当年竟以这种华尔街的财务培训来折磨那些可怜的妇女而向达提娃深深致歉。我们相视而笑,她伸出手来与我击掌,表示完全可以体会我当年的心情。

正当我们窃笑时,一位五十岁左右、看起来非常友善的妇女走了进来。她黑色的长发里夹杂了一丝灰白,穿了件黄绿黑三色相间的传统长袍。大屠杀后,安玛莉是"独特应变"最早聘任的主管之一,负责所有的培训工作。她也是我今天的向导,我喜欢她的活力与笑容。

我问安玛莉,她是否生长于卢旺达。她扬起一道眉毛,笑着说:"噢,你已经开始把我归类了。现在我知道你是内行人了。"她的语气听起来仿佛我在不经意间破解了一道密码一般。

我羞怯地回答,卢旺达的情形似乎仍然非常复杂,我只是想搞清楚状况而已。

"复杂,"她说,"一点没错。我很高兴你能立刻进入状况,而非有意忽视卢旺达的文化背景与现实。但我们现在已经更有希望了,我们有一种自己真的可能有一番作为的感觉，这是我们的机会。但我们必须先互相帮助，让大家真正成为一家人。我们正在努力。"

安玛莉的父母都是卢旺达人，但她却生长在刚果共和国。大屠杀结束一个月后，她就回到卢旺达。她形容1994年刚回卢旺达时的情况："当时基加利一片混乱，我希望找到一个可以让自己觉得很骄傲的机构工作。"她说："我曾有过信用合作社的经验，而且对于女性共同努力所能产生的力量深具信心。我母亲一直告诉我：'团结就是力量。'当我第一次看到'独特应变'企业标志上那一群女性勇敢朝银行走去的图象时，我立刻想起了我母亲的话。"

我也想起了杜东内设计这个企业标志的那段时光，当时绮奈特与我和他一起合作，他当时笑着说，他非常同意普登丝的观察：这些女人看起来比较不像卢旺达妇女，反而比较像我。我也想起我们当时为了克服社会压力、为了存活所做的许多努力。团结就是力量。没错，只要团结，每个人都能得到力量。

安玛莉继续说："当我1994年加入'独特应变'时，一切百废待举，那景象真是令人气馁，但我们决心一起努力。我们每个人都遭受过极大的磨难，但当时却没有任何人趁机犯罪，甚至没有人因生气而提高嗓门。每个人都尽力帮助彼此。可惜的是，也就是从那时起，一切开始改变了。"

着手重建"独特应变"的妇女（包括原有成员及贷款人）首先向联合国儿童基金会求援，并因此获得了一小笔款项，以便为一些"妇女团结小组"提供重建基金。每个团结小组由4到5位幸存的妇女组成，小组成员每个人最高可以申请50美元的无息贷款，只要每位成员都能如期偿还，她们就可以申请更多贷款。"独特应变"团队陪伴这些女性借款人重建生活，为她们提供创业点子，甚至真正扶持她们走过最痛苦的日子。

四公升牛奶的故事

夏绿蒂是"独特应变"最早的重建借款人之一，如今已是基加利一家热门餐厅的老板。夏绿蒂长得很高，颧骨也高，身材保持得很好，黑色长发编着一条长辫子。她穿着黑白相间的上衣与窄裙，举手投足完全是职业经理人的架势。安玛莉向她介绍我是"独特应变"创办人之一，夏绿蒂以卢旺达人典型的热情欢迎我：左右脸颊三个亲吻，加上热情拥抱，最后再以握手表示女性的团结。虽然她一整天在餐厅厨房里进进出出，但我对她身上竟然散发着清香一点都不感到意外，因为她的一切看起来那么专业，井井有条。她请我在餐厅后阳台的一张白色塑料桌旁坐下，边喝咖啡边告诉我她的故事。

她的故事要从四公升牛奶说起。

"大屠杀后，除了身上的衣物外，我完全一无所有。"她说，"我们真的差一点饿死，我和女儿只能在暂时栖身的破房子四周拔草充饥。还好，一位朋友听到我的惨况，赶紧跑来看我，并给我四公升牛奶。我倒了一杯给女儿喝，然后把剩下的全拿到市集里去卖。我忽然明白自己可以怎么做了。"

大屠杀前一年，夏绿蒂发现自己受丈夫传染而得了艾滋病，而且四个孩子中有三个也在她怀孕过程中受到感染。1993年，她的丈夫和三个孩子相继撒手人寰。"我是个胆小的人，完全不是个勇敢的女人，"说到这里，她的眼泪汩汩而流，"我觉得自己已经走到了人生的尽头。"

她停下来顺了口气，继续说："我觉得吃一颗子弹总比死于艾滋病好，于是当我看到军人拿着枪走在街上时，就会跑上前去请他们杀了我，但他们却告诉我，他们不想把子弹浪费在我身上。他们知道我迟早会死……他们不想浪费子弹……"

"我的女儿比较安全，因为我丈夫是胡图人，所以她也是胡图人，于是我把她送到公婆家住。我应该是个受害者的。当有人拿着棍子时，我会躲起来,但碰到拿枪的人,我却完全不怕。"

用卖四公升牛奶所获得的3块钱,夏绿蒂买进了更多牛奶,除了供第二天贩卖之用外,也让她和女儿不必再饿肚子。有一次,她到基加利的中央监狱去探视一位朋友的丈夫,凑巧碰到一位"独特应变"的妇女,得知重建贷款这件事。第二天,她就和其他四位妇女组成了一个团结小组,借了50美元去购买更多的牛奶、几个杯子,以及一张桌子。她的生意开张了。

她在街头卖了一阵子牛奶后就还清了所有的贷款,并再度借款。如此来回几次,夏绿蒂终于有了足够的资金,开了一家小咖啡馆。她从"独特应变"毕业,成为营利性的"独特应变合作社"的客户。后来她又寻求商业银行的协助,买下餐厅所在大楼的部分股权。"独特应变"为她提供了企业规划上的协助及鼓励,其他一切完全都靠她自己。

夏绿蒂热闹的开放式餐厅位于基加利城边一栋大楼的二楼,俯视着一个工业市场。男男女女坐在打着红色太阳伞的白色塑料椅上说说笑笑,喝着芬达汽水、啤酒,吃着三角形饺子。我们向客人点头致意,与收银台的小姐打过招呼后,走进了厨房。厨房里,十几位穿着蓝色工作服的男人正卖力翻着锅里的肉和蔬菜、炸着薯条、切蔬果、洗碗。

夏绿蒂挥着手向我们介绍她的厨房,脸上带着"好不容易才走到今天"的满意表情。就和全世界的餐厅一样,主厨从一个窗台口领取服务生递进来的点菜单。夏绿蒂的餐厅每天要供应250份餐点,客人从楼梯口一路排到楼下的街上。除了成功的餐厅生意外,夏绿蒂还提供外烩服务。一个政府部门租下餐厅的一间房间,每天有40多位员工会到餐厅来吃早餐,而她也出租椅子供各种活动之用。如今,夏绿蒂拥有餐厅所在的这栋大楼大部分的股权。她一直扩张自己的生意,她说,这可以让她拥有"某种安全感"。

我追问她，所谓的安全感是什么意思？她告诉我，她并不是哲学家。"我只是必须花很多时间来维护我的身体健康。"她说。虽然卢旺达政府免费为民众提供对抗艾滋病的药物，但他们只提供印度制药物，而她的身体却排斥印度生产的药物。餐厅的收入让她可以付钱买欧洲制造的药品，因此她必须确保自己拥有很高的收入。

为了扩张事业版图，她必须一直向银行贷款。但夏绿蒂说，很少有银行愿意借钱给艾滋病患者，因此他们要求夏绿蒂提供150%的担保品。"我提供了150%的担保品，买了保险，并请医生写了封信，证明过去十多年来我的身体一直维持健康状态。"结果，她总共借了超过3万美元的贷款来继续扩张自己的事业。夏绿蒂没有坐等别人送她救济金。

我深深佩服她的纪律、企图心和胆识，并笑她竟然还形容自己是个胆小的人。夏绿蒂露出了有个齿缝的笑靥："亲爱的，我当年真的是惶恐终日，一心想死，但我现在变得坚强了。我有了自己的事业，对未来充满希望。然而，我却经历过各种歧视。有人因为我是图西人而恨我，因为我嫁了胡图人而恨我，因为我患有艾滋病而排挤我，更因为我是个女人而歧视我。所以别人不接受我有什么关系？重要的是我必须接受我自己。"

"我并不是一个哲学家，"她继续说，"我只有一个谦卑的梦想：直到我死都不必再向人乞讨，这辈子不再见到那种恐怖的暴力。"

隔桌相望，我看到她眼中充满了生命力。我觉得我的尊严因她而发光，而她的尊严也必然因我而更坚固。我真想痛快地大哭一场。我非常高兴自己回到了这个复杂的国度，虽然见识了一些人类最残酷的暴行，但也看见了人类最辉煌的勇气、宽宏，以及人性的美丽。

我对夏绿蒂能克服这一切困难而深感惊异，同时也质疑，这个国家到底有几个夏绿蒂？我知道自己会见到一些"独特应变"的成功案例，但是这项为最穷困的民众提供小额贷款、以便她们能改善自己生活的财务援助计划,到底产生了什么样的整体影响力?夏绿蒂是一位真正的创业家,而且还因大屠杀的创伤而变得更坚强,但创业家只占卢旺达人口非常小的比例,大多数人还是无法勇于冒险、想象那些别人看不到的未来。微型贷款是解决贫穷的一种方式,但不是唯一的答案。

我心中的疑问得再多等几天。因为我又见了几位"独特应变"的贷款客户,这些妇女的事业大多非常成功。艾芳辛体型矮胖,个性却让人无法小觑。她住在卢旺达中部的吉塔拉马城外,在自己的农场里养了牛、猪和鸡,而且还种了玉米、香蕉、西红柿、茄子等蔬果。丈夫死后,她在1996年借了一小笔贷款,养了一些鸭子,但当时市场里却没人要买鸭。虽然她损失了一些钱,但她还是勉力偿还了贷款,同时又借了些钱开始种植其他农产品。今天,艾芳辛已成为当地最有钱的人之一。她告诉我,她觉得自己非常幸运,因为她现在可以将大部分的时间花在更重要的事情上——教导当地妇女如何创业。

爱森普塔的个性直来直往,是典型的都市人。当她从难民营回到卢旺达时,没有家,没有产品,也没有任何谋生技能,幸运的是身边有位体贴的丈夫支持她。一位亲戚借给她一点小钱,她用来批了一些童装,转卖后赚了一点利润。一段时间后,她借着"独特应变"提供的贷款以及管理上的协助,不断扩充自己的事业。如今,她一个月要跑两趟迪拜,去采购商品。

爱森普塔骄傲地向我介绍停在她小店前面的新越野车。"如果没有那些贷款,这一切都不可能成真。"她说道。

"过去生意比较好做,"她告诉我,"但现在,我们这些刚挤进中产阶级的人都感受了极大的压力。我们已经是比较幸运的一群人了。现在的穷人比以前更苦了,而且他们觉得自己有愈来愈穷的趋势。我的许多老顾客现在都没有能力再为孩子添购衣服了。我们恐怕得更努力来帮助这些人。"

开花结果

我忽然回想起当年在薇若妮卡的客厅里，我们这群女人在一起编织大梦的那个时候。如今，那些这辈子第一次不必仰赖丈夫许可、勇于在银行自行开户的女性，已开始跻身银行的管理阶层，有些则在政府机构、企业里担任重要职位。有史以来第一次，女性也可以继承父亲的土地。我们当时梦想的事情，至少有一部分已然实现了。

然而，如何才能使贫穷的底层人真正获得翻身的机会？我也拜访了一些贷款户，她们至今仍在编织篮子卖给慈善机构，而她们所得的那一点微薄的利润，恐怕将使她们继续困在贫穷之中。我也碰到一些大力宣扬咖啡豆公平交易计划的人，在他们口中，公平交易仿佛是卢旺达脱离贫困唯一的出路。然而，历史经验告诉我们，改变不太可能那么简单。

最近，我听到一位大力鼓吹公平交易的人在一场演讲中说："只要喝一杯咖啡，你就可以改变这个世界。"这些口号确实是很好的营销利器，但大家应该特别留意简单答案背后潜藏的谬误。贫穷是个复杂的问题，不太可能用一个简单的答案就解决了，世界上如果有任何一个地方可以充分展现贫穷的复杂性，以及如何从贫穷中破茧而出，卢旺达必然是最好的例子。

科技是推动变革极重要的力量。当我二十年前来到卢旺达时，这个非洲内陆小国只有一个广播电台、一份每周出刊一次的报纸，根本还没有电视。由于信息沟通不易，当时的卢旺达人眼界非常有限。现在，不论走到哪里都会看到许多拥有计算机及 MP3 的卢旺达年轻人，彼此讨论着国际政治问题，思考着与从前完全不同的未来。

这一次，在来卢旺达之前，我给莉莉安发了一封电邮，问她我可以给她带些什么东西。她拜托我千万不要给她买礼物，所以我就转了个弯，问她可以为孩子带些什么礼物。第二天，我收到一封回函，上面写着:"奥古斯汀先前曾问我有关一种新型的音乐播放器,叫做 iPod。"

虽然下载一首音乐得花上 13 个小时,奥古斯汀也才刚开始学英语,但他现在每天都可以收听自己最爱的史奴比狗狗①和图派克②的音乐,跟着摇头晃脑。然而,在奥古斯汀的房间里,你会看到墙上贴着曼德拉、甘地、以及马丁·路德·金博士的小型海报。这个孩子 5 到 7 岁时曾在难民营中生活,现在却与全球五大洲的孩子同步成长,分享相同的想法、音乐及沟通方式。

莉莉安和朱力安搬进了一个新房子。朱力安非常喜欢自己的工作,他目前在一个国际非营利组织中负责艾滋病的研究与治疗。莉莉安则将暂时离开工作,专心照顾家人,但她还是希望找一个顾问性质的工作。由于她的工作已不像从前那么忙碌,她开始有时间下厨了。因此,这一次她总共做了九道菜来惯坏我,其中包括炸非洲鲫鱼配青豆、大蕉配米饭、炖肉、炸洋芋,以及沙拉。

莉莉安和我一起拜访了基加利的大屠杀纪念馆,和我们同行的还有年轻的图西族出租车司机,他的叔叔就埋葬于此。我们手牵手一起走过一间又一间展览室,细数卢旺达的历史,凝视被害者的照片,看了许多幸存者的回忆与见证。

之后,莉莉安跟我说:"我相信卢旺达不会再发生类似的屠杀事件了。如果说我们从这次教训中学到了什么,那就是当人们无法自主思考,只能盲从权威、听命行事时,这种恐怖的事才有可能发生。如果卢旺达要能真正的茁壮成长,我们就必须在学校和企业中教导我们的孩子如何做判断。"

至于普登丝,她在大屠杀后一直未能谋得工作,于是又回学校读

---
① Snoop Dogg,美国嘻哈天王。
② Tupac,美国饶舌歌手。

了一个法律学位,现在在基加利一家主要的咖啡制造公司负责质量标准的订定与监督。在卢旺达的最后一个晚上,我去拜访了普登丝和她的丈夫以西结。在大约三十分钟的轻松闲聊和几瓶啤酒下肚后,我问普登丝,自上次一别,她这几年有什么观察和体悟。

"一切事情发生之前,"她说,"我和家人几乎拥有一切:一栋大房子、两部车子、四个优秀的孩子、财富、地位,我甚至还拥有国会议员的头衔。然后,我们突然失去了一切。我被逮捕入狱,我们的东西被掠夺一空,最重要的是,我有两个孩子在从难民营长途跋涉回卢旺达的途中走失了。从此我们再也没见过他们。"

她说她的狱中生涯非常痛苦,但那也是一段很重要的时间,让她得以仔细思考,什么东西才是最重要的,并且在她心中注入了更深的信仰。

"当你拥有一切时,"她继续说,"你会觉得物质上的一切非常重要。但当你失去一切时,刚开始你会觉得好像连自己也随着那些物质的东西一起消逝了。但是当你回到上帝面前时,你会发现,只有那些在你内心深处的东西,也就是那些谁也无法从你身上夺走的东西,才是最重要的。现在,我们希望自己能为爱而活。而且我们发现,只有经历水火,才能体会真正的喜悦。"

普登丝和以西结的孩子都出国念书了,但他们决定留在卢旺达。"我们无法想象自己以难民身份去其他国家生活的情景,"以西结补充道,"这才是我们的家,我们会留下来与她一起重生、成长。"

"独特应变"庆祝二十周年时,也邀请了身为创办人之一的普登丝前往同庆。

"我没办法去,"她说,"因为那天要上班。当时我才刚得到这份工作,必须证明自己是个尽忠职守的人。但我还是把她们送我的奖状骄傲地挂在客厅里。那真是我一生中最美好的一段时光。"

一个为了培养女性经济力量而创办的小机构在 20 年前诞生,而今它真的带来了改变。"独特应变"的创办团队日后又协助成立了"女性利益"、"妇女网络"等许多其他的团体及企业,一起在这个女性从未享有正式地位或权利的社会中大力推动女性议题。成千上万的女性都受惠于妇女银行的贷款,而这些贷款也创造了许多成功的企业,为这些贷款妇女和她们的家庭提供了重要的收入来源及更宽阔的人生价值。

当我第一次前往卢旺达时,我在地图上根本找不到这个国家。今天,非洲经常跃上全球报纸的头版,也是全世界许多家庭餐桌上讨论的话题。名人喜欢到非洲旅行,许多人也愿意提供协助,年轻人更是络绎于途——为了学习,也为了贡献自己的一份力量。如今,这个世界彼此连结的方式与程度,是我从前难以想象的。

我将永远感谢"独特应变"及卢旺达,因为她们让我认识了何谓"可能性",见识了市场的力量,了解聪明而谨慎规划的金融协助行动有多重要,以及我们必须对重生怀抱不灭的希望。我了解到,微型企业是解决贫穷问题的方法之一,但不是唯一的解答。我也清楚知道,单靠传统的慈善工作并不能解决贫穷问题。

在蓝色烘焙坊成立之前,那些妇女意志消沉,完全无法独立自主,而且一直陷在绝望的贫困之中。大量的国际救援可以带来改变,但也会引来贪腐及不当管理。大多数创业家对低收入民众几乎视而不见,因为他们无法想象这些人能成为他们的顾客。粗劣的分配体系、基础建设不足,以及贪腐都会让市场失灵,让贫穷人口无法以他们负担得起的方式获得他们需要的东西。

我们继续前进所需要的动力,是一种根植于人性尊严的生命哲学,而这也是每个人都需要、也都渴求的东西。如果我们开始将每个人都视为全球社群的一份子,认识到每个人都应拥有打造合理生活的机会,那么,我们就真的有可能终结人类一直难以摆脱的贫穷问题。

13
耐心资本家的养成教育

在历史演进过程中,人性有时会被要求提升到新的高度,达到更高的道德层次。

那是我们必须克服恐惧、彼此互信互助的时候。现在正是那样的一个时刻。

——万加丽·马泰伊[①]

20世纪最后几年,网络企业在全球兴起,几乎天天有二十来岁的百万富翁诞生,而全球富豪对慈善事业的兴趣也不断提升。1999年底,我与洛

[①] Wangari Maathai,1940年出生于肯尼亚,1976年开始推广植树运动,后来发展为"绿带运动"(The Green Belt Movement),动员贫穷的肯尼亚妇女在农场、学校、教堂种树,既保护生态,也让上万人得以就业,改善生活。1986年,"绿带运动"推展到全非洲,成为跨国性运动。2004年,马泰伊成为诺贝尔和平奖百年来首位非洲女性得主。

克菲勒基金会新任会长戈登·康威爵士在他那能俯视全曼哈顿的二十二楼办公室里，分享我对传统慈善事业的挫折感，因为它们大都缺乏清楚的效益评估与责任归属。有时我甚至觉得，他们花在取悦赞助者上的心力，甚至超过改变的心力。

我跟他说，这个世界需要一种新的机构，一种以慈善事业的精神及经验为基础、但又能善用企业经营理念的机构。我看到以社会公益为目标的企业不断兴起，而且觉得一般企业与慈善事业都在经历一些根本性的变革。我说话时，康威爵士看着我，仔细聆听。他扬起一边眉毛，看起来对我的想法有点兴趣或有点质疑，或许两者都有一点。

我说得眉飞色舞，梦想要创造一种不一样的"基金"，一种可以筹募慈善捐款、但又拥有极大的弹性、可以对营利及非营利事业进行赞助或投资、冒险支持一些专注于为贫民提供基本生活服务的新创事业、协助低收入社群也能加入解决贫穷问题的行列。我们的组织将有极高的透明度、清楚的责任归属，并将贫民视为真正的顾客，而非只是接受救济的对象。

"它和今天的各种基金会有何不同？"康威爵士问道。

我告诉他："最大的不同就是我们不再只是提供金钱的赞助者，而是真正的投资者。我们将金钱投资于有愿景、能以创意及市场机制来解决当地问题的创业者。我们会聘请一些有创意，同时了解什么是财务报表、资产负债表、而非只会看预算表的人。我们不会只着眼于'项目'，而是将力量放在创造一些优秀的组织企业，并一步步帮助它们走向独立运作、自给自足。"

慈善事业这个领域正在进行巨变，光是"慈善事业"这个名词听起来就已经落伍了。私人企业与慈善事业之间的界线也已经愈来愈模糊：当许多企业都已将慈善、公益纳入企业经营目标之中时，更多的非营利事业将变得更像企业，而更多的人也会将回馈社会视为自己的第二事业。洛克菲勒基金会当年是创造慈善公益事业的先驱，现在，它也有机会带领慈善公益事业进行自我再造。

戈登吸了口气，思考了一分钟。当他建议我花几个月的时间研究一下这个做法的可能性、而且洛克菲勒将会赞助我的研究时，我高兴得差点从椅子上掉下来。这真是天上掉下来的大礼物。正如当年联合国儿童基金会决定给我提供食宿经费，以便让我协助创办"独特应变"一样，今天，洛克菲勒基金会也让我的新梦想有了最好的起跑点，而我此时甚至还无法完全勾勒出这个梦想的样子呢。我只知道，这是一件迫切需要去做的事。

我想象的机构是介于市场经济与传统慈善事业间的新模式。二十年来，我一直努力学习、储备自己，并仔细观察创办"乡村银行"的尤努斯[2]、创办"岸边银行"的荷顿与格兹文司基[3]，以及创办"阿育王"的德雷顿[4]。我从他们身上学习如何寻找创业家，并将这些有能力创造改变

---

[2] Grameen Bank，又称"穷人银行"，由孟加拉国经济学家尤努斯于1983年创办，专门提供无抵押的短期小额信贷（微型贷款）给具有生产能力的贫民，帮助他们改善生活。尤努斯并因此荣获2006年诺贝尔和平奖。乡村银行要求贷款客户组成小组，互相监督并共同承担还款责任。自成立以来，乡村银行已贷放超过51亿美元给530万贫户，其中90%以上为女性。乡村银行不以营利为目的，不收担保品，年息20%，呆账率却远比一般金融机构低，而且让全球一亿人口脱离贫穷。尤努斯坚信，借贷是一项基本人权。他所推动的除贫计划正席卷全球，乡村银行也已推展至全球各国。

[3] "岸边银行"（Shore Bank）由荷顿（Mary Houghton）、格兹文司基（Ron Grzywinski）及另外两位伙伴于1973年共同成立，是美国第一家以小区发展为目标所设立的银行，专门提供贷款给维护小区软硬件需求的企业，或以提供小区新兴服务为愿景的创业家，同时也提供全球性的咨询服务，大力支持绿色建筑及环保运动。

[4] "阿育王"（Ashoka），1981年由曾任美国环保署副署长、麦肯锡企管公司资深主管的德雷顿（Bill Drayton）于印度成立，每年投入数千万美元，以"创投"概念协助世界各国的社会企业家创业。

的人结合成一个人脉网络。现在正是我站在巨人的肩膀上迈开大步的时候了。

我当时常与几位对慈善工作极有使命感的人一起尝试一些新想法，他们大多参加过我在洛克菲勒基金会所创办的慈善工作坊。曾任思科公司营销副总裁的凯特·慕瑟正在构思一个科技门户网站，希望能协助慈善事业进行变革，并提供必要的支持。为了达到这个目标，她定期与一群人开会讨论，包括对企业在社会变革中能扮演什么角色极有兴趣的创投专家史都华·达维森、网景前法律总顾问萝贝塔·凯兹、家乐氏基金会的汤姆·瑞斯，以及刚被指派负责思科公司慈善事业的资深副总裁泰·优。这群人无私奉献、创意无穷，我很荣幸成为他们中的一员。

但是，另一个深具吸引力的机会也在这时找上了我。一家大型金融机构的首席运营官希望我能为他们一位身价上亿的客户打造一个慈善计划。在那个网络企业正盛的时代，亿万富豪的圈子愈来愈大，而许多人都希望借着慈善事业回馈社会。这是一个帮助他们行善的机会。不仅如此，对方提出的薪水竟是我在洛克菲勒基金会的整整7倍之多。

我的内心非常挣扎，一方面，我能拥有极大空间去创造一个自己理想中的机构，另一方面则代表着一个通往权力和充沛财务资源的渠道。我当时没钱、没组织，而且必须独自面对极大的挑战。因此，进入一个素负盛名的机构，同时还能享受高薪、拥有傲人的头衔以及各种资源，确实非常诱人。虽然我过去从未因收入或职衔而选择一份工作，但这次的诱惑实在远超过以往。

虽然两个机会都让我心动，但其中一个却比较忠于自我。一位71岁的创业家最近帮我定义他们这一群人："我们是世界上最固执己见、也最能坚持到底的一群人。创业家看到的是机会,只要有了一个想法就紧咬不放;不管面对的是什么样的障碍,他们绝对是不达目的绝不罢休。他们不见得是世界上最聪明的人,但他们却是最有胆识、最有热情、会排除万难让自己梦想成真的人。"然后,他又会心一笑:"当然,他们也绝不是一群最容易相处的人。"

我看出自己也具有这种特质,我知道,自己比较适合在一个自由、创新的环境里打造自己的梦想。我想起亚里士多德的提醒——绝不要混淆了目标与手段。别人今天可以给我头衔和金钱,明天也可以立刻取走。我也知道,要在一个金融机构里打造一个计划,我必须面对一套完全不同的限制与挑战,在景气不好的时候尤其如此。事实上,不到一年,网络泡沫就破裂了,亿万富豪的圈子也在一夜之间缩水。最后,我想起了歌德的祷文:"全然委身在一件事情上,宇宙的各种力量就会汇集起来,让你美梦成真。"我决定选择那个少有人探索的领域。

我开始将我们要创办的事业视为"为穷人而设立的创投基金"。我们将募集慈善捐款,然后视需要而定,或投资、或贷款、或赞助那些有愿景、希望为低收入民众提供基本生活需求的社会企业家,协助他们建立有效的组织,为贫民提供安全的用水、卫生保健、住房、以及替代能源等服务。我们不是要为贫困妇女提供微型贷款,而是要投资数十万、甚至上百万的资金于一些有潜力为至少100万名顾客服务的新创事业上。我希望运用商业模式打造出一些有效、长久的事业,以服务贫民的需要,而这些需要正是政府或慈善团体过去让穷人大失所望的地方。我们希望借着投资于私人创新事业,来了解如何为贫民提供基本的生活需求,同时也为解决全球性公共问题建立更好的模式。

刚开始,募款工作让我有点担心。我们相信自己的募款对象必须包括个人及团体,因为它象征着我们未来想要达成的愿景。史都华、凯特和泰都从他们个人的财产中捐出了50万美元,对于一个效果仍是未知数的计划而言,这真是一项极为慷慨、重大的承诺。接下来的几年,他们也都实际参与筹建了这个组织,并花更多心力、时间及金钱支持这项计划。最后,洛克菲勒基金会决定赞助500万美元,而思科基金会也投入了200万美元。这笔基金立刻让我们跻身主要基金会的行列,让我们一开始就拥有重要的社会公信力,并给我们其他机构很难拥有的起跑优势。这真是一份奢侈的厚礼。

2001年初,我们已经有了事业计划书以及超过800万的基金,但我们却连名字都还没有。我最喜欢的文学作品中,包括缇莉·欧森⑤的一段文字:"全心投入生活要比无知度日好得多……然而,要如何才能坚持下去?"我曾考虑以"全心投入"(Immersion)为这个组织命名。毕竟,要做这种工作,我们确实需要全心投入——不只用脑袋,还要用心。它表示我们必须运用道德想象力来与别人易地而处,同时也意味着我们必须有勇气,跌倒后不断重新爬起、继续向前。

虽然大多数女性成员都很喜欢"全心投入",但男性成员却多持反对意见,觉得它听起来太软性,不够力道。因此,我邀请一群朋友及同事到洛克菲勒基金会来参加一次"命名晚餐"。我们为这个希望连结不同世界的机构想出了一长串名字,而且大多以聪明、策略、有目标等意涵为主轴。

我弟弟迈克也在华尔街工作,我和他从小就展开了如何改变世界的对话。他以犀利的幽默来与我的诚恳风格较量,提出了一些像是"这可不是你老祖母的慈善事业"这类的怪名字。三杯黄汤下肚,大家想出来的名字愈来愈搞怪。那天晚上,我们提出了大约400个名字,大多数

---

⑤ Tillie Olsen(1913-2007),美国当代知名作家,一生以写作来关怀人权及女权。1961年出版第一本著作《告诉我一个谜语》(Tell Me a Riddle),并以其中的短篇小说《我站在这儿烫衣服》震撼社会及文坛。

都很可笑,但绝对极富创意而且生趣盎然。最后,在从事网络事业的朋友安东妮雅的帮助下,我们决定采用"聪明人基金"(Acumen Fund)这个名字。这是一个我们认为足以代表思虑周密、有见地、聪明、以及"专注于改变"的名字,而它正象征着我们一心想要追求的目标。

接下来,我们必须向美国国税局注册登记为一个非营利组织。在2001年,这可不是件容易的事,因为当时根本没有类似性质的机构存在。还好,我们的律师在2001年4月1日成功地帮"聪明人基金"登记为一个公共慈善机构。

我们投资的是"改变"

改变"用语"则是我们的另一项挑战。传统的慈善机构以"捐款人"及"受赠者"来称呼金钱赞助的双方,但这种被动式的语言却创造了一种不平衡的权力结构,双方基本上成了一种施与受的关系。我听过太多毫无意义的对话,许多争取捐款的单位会向那些潜在的捐款人提出误导性的答案或托辞,因为他们担心如果说了实话、诚实说出工作上碰到的困难,原本有心捐款的人就会缩手。而我也见过许多受赠机构迫于形势而接受捐款者的要求,去进行一些根本与自己宗旨不符的计划。要向那些出钱支持你的理想(或说得更明白些——出钱付你薪水)的人说"不",确实是一件不容易的事。

我也不太同意某些捐款人只愿意赞助某项"计划",而不愿支持整个"机构"的做法。"我希望自己捐的钱直接进入需要者的口袋。"他们常会这样告诉我。如果捐款用途单纯只是发放救济物资或金钱,这或许是个合理的要求。但话说回来,我们恐怕很少见到有人投资一家公司,但却不肯让公司花钱聘请好人才、付房租及水电费的吧。我们需要愿意投资于建立优秀社会公益机构的慈善家。

因此,我们也希望致力于改变捐款人与受赠机构之间的传统施与受的关系。我们的捐款人将被称为"投资者"。当然,他们提供给我们的仍然是慈善捐款,但我们希望他们视自己的捐款行动为一种"改变世界的投资",并且认真了解他们的钱是花在什么事情上。我们希望能与捐款人建立一种诚实的关系。事实上,我们会在寻求大笔捐款以便建立真正健全机构的同时告诉捐款人:我们会将自己的成果以及失败,全盘诚实地告知他们。毕竟,身为投资人,他们要看的应该是长期的绩效,因此,他们也应该像一般企业的投资人一样,与我们站在同一边,一起面对困难、享受成果。我常告诉他们:"你的投资不会让你回本、赚钱。你赚到的将是'改变'。"

"聪明人基金"成立时,我们确实享有好几个重要机构所提供的巨额资金,但我们觉得,"聪明人基金"也必须在一开始就建立起一个个人投资者的网络,因为我们需要一些不但能提供金钱、同时也愿意贡献自己的时间及人脉网络的事业伙伴。我们希望找到20位能为我们提供最初期资金、智慧、能力及人脉基础的"创业伙伴",以便在这个基础上建立一个坚实的机构。虽然"聪明人基金"才刚起步,没有任何成功经验可供展示,而且许多人甚至还无法真正了解我们的愿景,但我要求每一位创业伙伴必须先掏出10万美元的捐款。

当然,找到那前20位创业伙伴比我们原先想象的困难许多。多位出身华尔街的人士告诉我们,他们在赚钱和捐钱的途径之间,有着非常清楚的界线。

"你们想同时做两件事一定行不通。企业经营的目标只有一个,就是赚钱,这也正是企业能做出明智决定的原因,"一位投资银行家在一个夏日午后对我谆谆教诲,"你想把企业经营与慈善事业结合的做法是绝对行不通的,这种想法是被误导的。"可想而知,他没有成为我们的创业伙伴。

另有一些人则认为，美国自己的问题已经够多了，还想要去解决全球性的问题，根本是逻辑不通。当我与一个财务投资专家及科学家所组成的团体一起吃晚饭的时候，其中一位成员竟然问我："艾滋病会不会根本就是一种物竞天择的自然规律？"

这位科学家还大发谬论："或许，阻止艾滋病的蔓延到最后反而对地球有害，因为人类早已开始面对人口增长过速所带来的许多严重后果。"我花了大约一个小时告诉他们，这个想法不但不道德，而且有违他们自身的利益，因为今天任何疾病都可以非常容易地跨越国境、横行全球。

累积了许多募款经验之后，我们的想法愈来愈清晰，我也愈来愈能快速辨别哪些人会与我们携手合作，哪些人只会拼命找借口推辞而非加入解决问题的行列。有时候，历经连续多日的"对不起，谢谢。但祝你好运"之后，我得靠着好朋友的支持才能重展笑颜。

最后，钱终于到位了——至少够我们前几年的运作所需。直到现在，我才明白自己对那些一开始就支持这项创意的人亏欠了多少恩情，包括那20位创业伙伴、洛克菲勒、思科，以及家乐氏基金会，因为他们在一个看起来不太可能的春秋大梦上（至少对许多人而言是如此），投下了极大的赌注。但这个梦想如果真能实现，将可能改变整个慈善事业的未来面貌。

有了资金与法律地位，我们在2001年4月聘请了第一批的四人团队，其中包括第一任首席运营官丹恩·杜尔。我想不出任何人比丹恩更能让我信赖、陪我一起展开这趟旅程。丹恩原就是我们中间重要的一员，协助我厘清了我们的愿景，并在我们的成长初期发挥了极重要的作用。我也聘请了一位强悍的投资银行家戴维·巴克斯包恩，以及出身硅谷的科技高手罗斯腾·马萨拉瓦拉，还有奈黛吉·尤瑟夫——我日后最信任的助手。

在我们早期的一次会议中，我问大家，从企业文化的角度而言，"聪明人基金"与其他非营利组织最大的不同会是什么？

"'聪明人基金'应该是一个表现不佳的人就应该被请走的组织。"戴维首先发难，其他人都点头同意。如果我们要拥有最优秀的人才，大家就必须明白我们是玩真的。也就是说，如果有人工作表现达不到我们的标准（更常见的情况是，有些人并不适合我们的组织），那么他们就得走人。

玛歌·亚历山大是华尔街主要券商中第一个负责证券交易业务的女性主管。结束自己辉煌的事业后，她决定接受我们的邀请，出任"聪明人基金"的董事长。她完全符合我们的期待：既有专业的强悍，也有怜恤的胸怀，而且对世界充满了好奇。她和"聪明人基金"的其他董监事一样，日后将在这个新创事业中，投入远超过原先想象的巨大心力。

我们这个小团队首先必须面对的重大挑战，就是寻找适合投资的创业家和创意。我们当时决定先锁定医疗科技，并将目标放在印度及东非。我原先以为，以我们与其他基金会及联合国的关系，要找到合适的社会企业家绝不成问题。我们开始寻找有远见、又能运用企业管理知识解决重大社会问题的领导人物。他们的企业必须具有财务上自给自足且未来能服务超过百万客户的潜力。我们认为，在医疗保健科技这样宽广的领域里，以及超过10亿人口的地区，要找到源源不绝的投资机会绝对毫无问题。

可是我大错特错。我们咨询过无数人，寻求各种建议与联系渠道。许多人确实指点我们找到了一些很有创意的人，但他们的服务范围多半以当地小区为目标，而且无法展现足够的成长空间，用企业管理的术语来说，就是缺乏"经济规模"。我们聘请了两位暑期实习生，每天在网络上搜寻可能的投资对象。我们总共审阅、拜访超过700位企业家，其中没有一个能符合我们的三项标准：领导性、永续性，以及经济规模。其中很大一个原因是，我们当时将主要搜寻范围局限在我们较熟悉的非营利领域之中。

暑假结束前，我们开始有点慌了。一位特别有智慧的医疗科技企业 CEO 给了我一个一生受用的忠告："你必须先开始，"他说，"不要苦等完美的人出现。先开始，然后让事情的进展教导你如何继续走下去。没有人会要求你一开始就完全不犯错。而且，你从错误中所学到的，一定会比一开始就成功来得多。所以别再烦恼了，赶快看一下你们手中最好的投资对象，立刻放手去做吧。"

我还是不放心地说，我们的愿景得靠找到"对的"社会企业家才能实现呀。

"那就赶快从你们现有的候选人中找出一个最好的，直接从那里开始。"

在印度南部马都赖创办亚拉文眼科医院的文卡塔斯瓦米医生是最能代表我们理想的领导人物。1976 年，这位 58 岁的传奇人物从印度文官制度中退休，他是当时全印度最受尊敬的眼科医生之一。文卡塔斯瓦米医生决定开设一所眼科医院，协助印度（甚至全世界）摆脱不必要的眼盲问题。由于基因及饮食的关系，印度人患糖尿病的比例极高，因糖尿病而导致眼盲的印度人比例也远高于世界其他国家。印度的千万盲人并没有让文卡塔斯瓦米医生望之却步，他在一间小房子里开始经营一家只有 11 张病床的眼科医院。

今天，亚拉文医院每年为多达 230 万印度人检查眼睛，为 28 万人进行白内障手术，而且无论有钱没钱，他们都服务。亚拉文每位医师每天平均进行 80 次手术，而美国的平均数字是 6 次。如果有任何社会企业家能同时拥有严格的专业水平和强烈的怜悯之心，那非文卡塔斯瓦米医生莫属。我们决定去拜访他，了解他是否正在进行创新的工作。

麦当劳式经营的医院

一个燠热的午后，我在印度南部坦米尔那督小小的马都赖机场首次见到了文卡塔斯瓦米医生。他当时年近八十，我听说他深受风湿性关节炎之苦，但出乎我意料的是，文卡塔斯瓦米医生虽然瘦骨嶙峋，满头白发，却精神焕发。他头上戴着棒球帽，布满皱纹的手拄着拐杖，而且我还注意到，他的一根手指上还戴了一只漂亮的戒指。这样一个小细节，加上他开朗的笑容，立刻让我想起自己在斯坦福的恩师约翰·贾德纳——文卡塔斯瓦米医生和约翰一样，永远神采奕奕，简直就是正直的化身，而且能在每件事情上发现美的存在。

"您实在不该亲自来机场接我。"我边自我介绍边笑着说。

"为什么？"他问，"你是我们的客人，我很高兴能够认识你。"

更令我惊奇的是，V医生（大家都这么称呼他）竟然自己爬上驾驶座，亲自载我到他们的招待所。他开车时简直像个多动的青年，一直在车阵中钻来钻去，每分钟至少按15次喇叭，同时不停跟我分享他的变革模式。我边听边深感惊叹，想要吸纳眼前的一切景象。而且光是在他的身边，我就能感受到一股开朗、自由的气息。

"我们经营亚拉文的方式就跟麦当劳一样，"他解释说，"整洁、有效率，每个人都了解整个流程，以达到最高效率。我们有三分之二的病人根本付不起任何费用，但我们的医院还是持续赢利，而且还不断扩充。"

"您是怎么做到的？"我问他，眼睛盯着他，以避免车子两旁的动物、卡车、以及路上到处乱窜的孩子让我分心。

"就是靠我刚刚跟你提到的那种管理制度，"他说，"而且我们绝不拒收病人。待会儿你就会看到我们的运作方式了。"

我们先前往离医院只有几条街的招待所。那是一栋简单的建筑物，地上铺着白色大理石，有个小小的用餐区，楼上则是一间间客房。我的房间里有一张床、一盏吊扇、一个小衣橱，加上一间小小的厕所。一幅室利阿罗频多的照片挂在墙上，那是Ｖ医生所追随的一位印度教大师。每个角落都透露着安详、庄严、纪律与慈悲的气息。

医院显得忙碌多了，但仍然弥漫着一股稳定、安详的气息。1700位女工作人员按照她们的职务穿着不同颜色的纱丽。一位医生温柔地帮一位衣衫褴褛的妇人整理披裹在羸弱身躯上的纱丽。医生和妇女间的互动所显露出的纯然的慈悲，让我直想落泪。这正是许多美国医院缺乏的一种怜恤之情。对Ｖ医生而言，你怎么做一件事比你做了什么更重要。他相信，"把一件事做好"带有一种神圣的本质，而它能为人带来极大的能量与心灵上的满足。

"聪明人基金"成立的第一年，我们把重心放在与医疗保健相关的科技上，因为我们相信科技是一个关键动力，能为解决贫穷问题所需要的创新提供强大的助力。Ｖ医生深谙这个道理。亚拉文医院成立的前30年，他们的医生一直是以摘除病人的白内障、为他们配上厚厚的眼镜来让病人重见光明。当可以直接植入眼球的人工晶体发明之后，Ｖ医生知道这将为眼疾治疗带来革命性的改变。但是这种镜片的价格却让人闻之却步——1990年时，每片要价140美元。Ｖ医生发现，穷人必须等到有慈善捐款或政府补助才能动这项手术，因此大部分人一等就是好几年。

因此，亚拉文面临的挑战是：如何制造出能让更多人负担得起的人工晶体。最后，亚拉文终于发明出一种不输市面上任何人工晶体的产品，而它的价钱是10美元一片。虽然生活极为穷困的人可能仍然无法负担这个价钱，但他们有信心可以发展出一种商业模式，让绝大多数的人都可以不再需要仰赖大笔的慈善捐款或政府补助，就能进行人工晶体植入手术。

亚拉文另创了一个营利性质的"欧若实验室"，在研发人工晶体的早期，曾有一家制药公司希望大量购买他们的产品，然后以60美元的价格在市场上推出，这将使当时的市场价格骤降一半以上。虽然这个合作案可以为亚拉文带来可观的收入，但V医生却拒绝了这项交易，因为他的目标是要确保最穷困的民众负担得起这项手术，而不是只让中产阶级可以享受到好处。他知道，穷人绝对付不起要价60美元的水晶体，因此，他希望能以低于10美元的价格来制造人工晶体。今天，欧若实验室已经成为全球最大的人工晶体制造公司，并为120多个国家提供不到2美元一片的人工晶体。

亚拉文运用"差异化定价制度"建立了一个简单的商业模式，也就是说，有钱人必须付全额手术费，穷人则只需付一点象征性的费用。碰到真正一贫如洗的穷人，他们甚至会提供免费服务，没有人会被拒于门外。亚拉文在同一个地点设有两家医院，他们区隔病人的方法是，付费病人可以住在比较新的那所医院，享受冷气房、全套服务，而免费或低价病人则要在较旧的那所医院接受治疗，睡在地面的草席上。然而，亚拉文的每位医生都必须在两家医院轮流看诊、开刀，所以每位病人享有的医疗质量完全一样。

当我问"聪明人基金"可以如何与亚拉文合作时，V医生的团队（包括他的7个兄弟姐妹、他们的配偶及孩子，总共31位家庭成员）建议，我们可以提供一笔资金，让他们尝试建立一个远程医疗小组，以便为偏远地区的农民检查眼睛，让他们不必长途跋涉几百公里，跑到城里的大医院接受检查。亚拉文也希望将远程医疗系统当作一种教学设备。由于他们要为5家医院提供教学服务，有了远程医疗系统，所有的学生都可以接受最优秀的医生的指导，不受任何地理限制。

远程医疗当时还是一个很新的做法,尤其在低收入地区。基本上,远程医疗就是一种通过有摄影功能的计算机来链接医生与远程病人的新型医疗模式。考虑到大部分偏远乡镇距现代化大医院都极为遥远,我们立刻明白为低收入民众提供优秀医疗渠道的重要性及影响,但是我们并不确定要如何建立起一个让亚拉文能够平衡收支的商业模式。

"让我们试试看再说吧,答案自然会出现的。"V医生很有信心。

我们为他们提供了一笔赞助资金。一年后,我重返亚拉文医院去看事情的进展。V医生陪我走进医院里的一间教室。铺着木地板的明亮房间里满是年轻、饥渴的医学院学生。看到V医生进来,所有学生立刻起立致敬。教室前方的大屏幕墙上显示着另外四间教室,它们都位于印度的其他地区。看到V医生,那些教室里的学生也都立刻起立。然后,另一位医生走上讲台,开始指导学生如何进行眼科手术。其他四个城市的学生都能清楚地看到老师的讲解,仿佛他们也在同一间教室里一样。

那天下午,我也看到亚拉文的医生通过计算机视频,为一位被甘蔗打伤眼睛的老农夫进行视力检查,而那位老农夫住的地方远在300公里外。那农夫愁容满面,非常担心自己会双眼失明,因为那就等于判他死刑:在印度,失去视力就等于失去了谋生能力。亚拉文的医生们清楚地看到,农夫那只伤势较轻的眼睛明显有视觉上的"共鸣反应",只要那只伤势较重的眼睛接受妥善治疗,双眼就都能顺利复原。

这位农夫接受了印度最优秀的眼科医师的检查,而他所需要付的只是区区几个卢比而已。这真的可以成为一项重要的医疗革命。到了2008年,远程医疗已经成为亚拉文常规业务的一部分。16个偏远地区的视力中心已经加入到这套远程医疗系统,而每个视力中心可以为5万民众提供前所未有的优质眼科服务。通过这套系统,亚拉文每年治疗的病人多达 15 万。就在七年前，这一切都还只是一个梦，但是，通过一群极富创业精神、非常目标导向的人，这个梦想已果实累累。

到了 2001 年秋天，我们又发掘出一些社会企业家，而且对于能找到源源不绝的企业家开始有了信心，同时也深信，我们确实找到了一种强而有力的慈善事业模式。另外，我们也在位于华尔街的三一教堂对面找到了新的办公空间。我非常喜欢这个地点所象征的意义，因为"聪明人基金"必须同时具有聪明的脑与温柔的心。我喜欢教堂每 15 分钟一次的钟声，因为它能提醒我时间过得很快，我必须更用心实践我的理想。我也非常高兴我们的办公室将与世界贸易中心隔邻而居，因为我们的梦想与人类共同的未来息息相关。

我们打算在 2001 年 9 月 11 日搬家。

目睹剧变

那一天的记忆，恍如昨日般清晰。一个完美的世界在黎明晨光中隐隐出现，粉红色的天光逐渐转为湛蓝。我在中央公园里慢跑，脑中想着学生时代的美好时光，并暗自庆幸自己能够享受美国东岸四季分明的季节韵律。当时已是秋天，我正期待着未来的一年，多少事正等着我去完成。

一个半小时后，我站在洛克菲勒基金会二十八楼的办公室里与我们的财务总监戴维谈话。这栋大楼位于纽约第三十八街与第五大道交口。从帷幕玻璃窗看出去，第五大道就这么一路通往曼哈顿尾端的世贸大楼，而我们的计算机、家具正运进位于世贸大楼旁的新办公室呢。忽然之间，一架巨大的商用客机从第五大道上空呼啸而过，我们可以发誓，它的飞行高度绝对低于几个街口外的帝国大厦。那架飞机继续往世贸大楼飞去，然后它转了个弯，直接撞进其中一栋大楼。

我们两人吓得目瞪口呆。我认为那一定是一桩意外事件，但戴维说他看到那飞机转了个弯。"这是一桩恐怖行动，"他说，"这绝对不是意外。"我们的科技高手罗斯腾刚从印度回来,在飞机冲入世贸大楼的那一刻,他和丹恩火速冲上前来。我们立刻明白,戴维说得没错,因为我们随后眼看着两栋大楼就在我们面前倒塌。我们知道,这个世界将不再一样。

第二天早上,我们这四人小组在暂时借住的洛克菲勒办公室内集合。跟所有的纽约人一样,我们也想要贡献自己的一份力量——做什么都好。但我们不可能接近现场协助搜救,而且情况也很明白,能在大楼残骸中幸存的人将非常有限。整个世界的眼光都集中到了纽约,我怀疑那些原先有意参与"聪明人基金"的捐款人是否会决定暂时将心力集中于自己城市所面对的挑战,而非国际性的援助行动。当然,我们也必须想办法来贡献己力。

我们的团队决定举行一个圆桌会议,试着搞清楚发生了什么事。我们邀集创业伙伴、团队成员和一些专家,包括一位专门研究恐怖主义的白宫顾问,以及一位前《华尔街日报》记者。他采访中东多年,遍访伊斯兰圣战组织的每位首脑,包括伊朗精神领袖霍梅尼以及本拉登本人。专家告诉我们,白宫已经认定伊拉克总统萨达姆就是这场悲剧的幕后主使者,并预测美国将在第二年对伊拉克开战。

我们针对伊斯兰原教旨主义、恐怖主义、全球贫穷问题,以及如何以"软实力"而非武力报复来解决问题,进行了好几个小时的讨论。最后,我问大家,像"聪明人基金"这样的组织可以有何贡献?大家很快得出了一个清楚的共识:"努力建立一些公民社会组织,前往伊斯兰世界,向他们说明其他人正如何携手合作,帮助自己创造更好的未来。"

"聪明人基金"成立后的几个月,我们的工作一直专注于发展印度与东非的医疗科技。虽然在印度有些合作计划,但我们的早期成员对伊斯兰世界几乎一无所知。然而,我们知道自己可以找到一些真正了解伊斯兰世界的人。我又想起那位有智慧的医疗企业总裁的忠告:"让工作的进展来教导你。"

虽然我们希望低调地探索进入伊斯兰世界工作的可能性,但到了年底,那天晚上的共识却为"聪明人基金"带来了百万美元以上的赞助款。几个月后,也就是2002年年初,我们去了一趟巴基斯坦。十一月,也就是第一次圆桌会议之后一年,我们已经在巴基斯坦进行了好几项投资。后来证明,巴基斯坦的工作是一项非常明智的决定。

在我们第一年的工作中,我们也为一位社会企业家提供了一笔经费,协助他发展出一套只要40美元的助听器,实验证明,它的功能与当时一套要价3000美元的助听器一样好。和亚拉文所提供的眼科医疗服务一样,这套助听器也采用了"差异化定价"的策略,以便让穷人也负担得起,同时又能为这个企业创造收入来源。当这套助听器的试验结果出炉时,我们整个团队在办公室里兴奋地欢呼,相信这项科技将改变整个市场、改变许多人的命运。我们根本没想到自己可以这么快就为穷人发展出如此成功的科技。

但事实证明,事情的确没那么简单。

我们没想清楚的是,人们有兴趣的不是科技本身,而是它所能带来的效果。人工晶体手术可以让人避免失明的厄运,重新拥有工作能力。这个改变有如生与死的差别。例如,对一位裁缝而言,视力就是他的谋生能力,因此,花钱动手术绝对是非做不可的事。

然而,虽然失去听力,大多数农民、裁缝、鞋匠、劳工仍然可以继续工作。而且,人类的心理对助听器的普及也产生了一种微妙的影响:许多人对于戴助听器都会有某种心理障碍,但大家却视戴眼镜为理所当然。结果,人们对助听器的需求其实并不强烈。当然,助听器在医院和其他一些机构仍有一定的市场,但在穷人之中,助听器的需求却极有限。

除了助听器,我们也支持了一项电磁免疫传感器的初期研究,那是一种低价、高科技的疾病检测方式。这个经验也让我们确认,"聪明人基金"不应再投资于创新型的科技,尤其我们的组织并不是以协助科技发展为终极目标。我们发现,科技本身不是答案。如果我们将主要精力放在深入了解医疗保健的营销体系、价格策略以及市场制度,而非科技本身,我们将对这个世界有更大的贡献。

从这些经验我们发现,虽然亚拉文的赞助行动非常成功,但直接投资或提供贷款的效果通常比赞助好,尤其当我们的目标是要创造贫穷人口的市场时,更是如此。直接投资可以让我们成为真正的股东,因此赋予我们更明确的地位。提供贷款或直接投资也可以让我们所投资的企业必须遵守市场机制、诚实揭露信息,如此一来,我们未来就更可能募集到其他投资资金,而我们知道,这正是我们所支持的创新事业未来扩张及长久发展的关键。

且战且走

我们边做边学。第一年即将结束时,我们已调整运作模式,决定不再提供赞助,而是直接投资或提供贷款给社会企业家。我们在一开始就与创业对象订定他们希望达成的目标,并要求他们必须为达成目标负起责任,正如我们也必须为自己的目标负责一样。这正是传统慈善团体最欠缺的部分。

我们的新模式也使我们与一般创投业及私募基金有了清楚的区别。一般投资业者根本不想碰我们会考虑的投资项目。他们寻求的是能在五到七年内让他们获得25%—40%利润的投资目标,而我们有兴趣的则是由社会企业家所领导的企业。他们对于在低收入市场发展可能面对的特殊困难、破旧的道路及基础设施的残缺(或根本付之阙如)心无畏惧。低收入市场通常也是贪官污吏横行的地方,他们言而无信,通常需要贿赂或"佣金"才会发给相关执照,让你能服务他们的乡里。

我们知道要找到源源不绝的社会企业家，将是我们未来几年最大的挑战。但我们清楚，许多贫穷所带来的问题，只有在社会企业家获得鼓励、支持、愿意勇敢去面对及克服所有困难时，才有可能真正获得解决。这就表示，我们不可能只是单纯进行投资，然后就坐等丰盛的成果神奇地出现。我们必须与我们的企业家并肩作战，提供管理上的建议、技术上的协助，并为他们拓宽人脉，寻找优秀人才。我们也愿意务实地考虑他们偿还贷款的方式及时间，因为我们知道，要在金字塔底层发展事业，可能得花很长的时间，而我们最主要的目标不是赚钱，而是创造恒久、重大的改变。

我们将自己的投资方式称为耐心资本（patient capital），它不是传统的慈善捐款，也不是传统的企业投资，而是介于两者之间的一种投资方式。耐心资本是一种明知获利可能不高的长期投资，而且还为投资对象提供多元的管理支持服务，以协助投资企业顺利起步、发展。

如果为穷人提供服务是件简单的事，耐心资本就没有必要存在。以服务低收入市场为目标的社会企业家根本是在逆势而为，他们必须面对极大的个人及企业的挑战。克服诸多困难的唯一机会就是找到优秀的创业家，并为他们提供传统投资者和慈善机构都不可能给予的协助。

我们认识到本地支持团队的重要性。三十出头的梵伦·萨尼是我们的印度办公室主任。他毕业于哥伦比亚大学，曾在联合利华任职，他在印度中部的海德拉巴设立了我们的印度办公室，组织起一个团队，集中了全印度最好的企业脑袋（一个对服务印度穷人深具使命感的顾问群）。梵伦拥有在传统私募基金公司中大展宏图的才干与能力，但他却有一个个人使命，就是协助打造一个能促进公平发展的新产业。他发掘了萨提安·马席拉———一位有远见、一心想为穷人打造一个大规模信息服务系统的创业家。

我记得第一次与萨提安见面是在新德里的一家旅馆。当时和我一起去印度的是提姆·布朗,他是一家名为 IDEO 的设计公司的 CEO。提姆是个低调的英国人,住在加州的帕拉阿图,与许多全球大型消费性产品公司合作密切。他在萨提安身上看到了我们共同观察到的一种极具感染力的个性组合:热情、使命感,加上远大的理想。当萨提安离开座位去接紧急电话时,提姆在我耳边说:我们挖到宝了。

这个三十来岁、头发微秃、蓄着黑胡须、长着一张诚实脸孔的年轻人,上衣口袋里放了几枝笔,严肃的眼睛上戴着一副保守的眼镜。但他可不是什么小鼻子小眼之辈。他的愿景是要在印度 65 万个村庄中,建立起一个庞大的"电子小铺"连锁网络。他跟我们解释,电子小铺是由本地创业家(加盟店主)经营的小店,里面会架设一台计算机、一部电话,以及一部照相机。这个小店可以提供一系列服务,包括计算机培训课程、国际电话服务、家庭照相馆,还可以通过网络帮顾客将照片寄给外地的亲友。

"偏远地区大都无法获得真正的信息,"他说,"但是,如果印度未来要蓬勃发展,我们就必须帮助那 3 亿最穷困的印度人进入全球经济之中。为他们提供信息与技能是方法之一。"

那时,萨提安的公司"聚思地"已在印度设立了 500 个电子小铺,他正在寻求更多的资金——包括直接投资及贷款。这个人不仅了解印度贫民的需求,而且也知道如何建立起可以真正接触到民众、能够永续经营、而且一般人都负担得起的服务网络。

当萨提安提到偏远农村时,他完全知道自己在说什么,因为他自己就是一个偏远农村的孩子。他的家乡远在比哈尔,那也是印度最穷困的地区之一。他了解顾客的方式非常极端——他每年都会亲自回到家乡住上一个月左右,直接与邻居聊天,了解他们真正的需求。身为可能的合作伙伴，他极力邀请我亲自到他的家乡走一趟。

那时，我们已决定投资100万美元在他的公司，另外还提供60万美元贷款，帮助他扩张版图。大约一年后，我邀请"聪明人基金"的创业董事凯特与我一同前往印度。当时，电子小铺的数量又增加了一倍，但我们也注意到，大多数加盟店主都是男性。我们很怀疑，印度妇女都到哪儿去了？萨提安解释，事实上，妇女是他的加盟店中最成功的一群人，但是她们无法获得任何金融上的协助，因为她们出生时都没有登记，所以无法提出任何身份证明。相对而言，她们的兄弟都拥有出生证明，因为父母期待男孩长大后会出去找正式的工作、在社会上寻求地位，因此一定得有正式的身份文件。

我们问他，为什么妇女的表现比男性好？

"妇女都一大早就来，而且待到很晚才走，"他说，"她们很认真地看待自己的工作，我想她们是因为工作努力才会比较成功。除此之外，女性赚的每一分钱都直接放到家里。男性就不一定了。所以，如果我们支持更多女性加入这个事业，所有人都会获得更大的好处。"

凯特和我一起脑力激荡，希望为妇女找到财务上的支持。我打电话给耐克基金会的玛丽亚·爱特尔，因为这个基金会和凯特自己的三基尼基金会一样，一向特别关注女性经济议题。耐克基金会很快就决定提供25万美元经费，凯特则开始花时间与聪明人团队及"聚思地"合作，为印度妇女提供更大的贷款量，凯特自己将负责提供资金。

"聚思地"开始以倍数成长。2007年，电子小铺已进入将近2000个农村。萨提安再度邀请我前往他在比哈尔的家乡。我搭了一班误点的夜机从纽约飞到伦敦，在希思罗国际机场又等了好几个小时，然后搭上夜机抵达德里。我和两位"聪明人基金"的同仁在德里碰面，安·麦克杜格是新任法律总顾问，比朱·默窄达司则是了解印度农村的前任军医。从德里，我们搭了两小时的飞机抵达比哈尔首府巴特那，然后开车上了坑坑洼洼的泥巴路，路上到处都是冒着黑烟的卡车和牛车、人力车、脚踏车，还有背着巨型麻袋的瘦削男人。

出了巴特那，道路两旁开始出现堆得像小山一样、臭气冲天的垃圾，而且绵延数公里。人类文明的产物——废纸、烂掉的水果、塑料袋及铁罐，成了当地景观的一部分，将绿色的田野染成一幅混杂了红、蓝、棕等各种颜色的抽象画，让这里看起来比较像是被弄脏的月球表面，而非青翠的地球。经过五六个小时又热又颠簸的路程，终于抵达我们的迷你旅店。大家倒头就睡，直到第二天黎明。我们起床后又开了两小时车，终于来到了萨提安家乡的小村落。

一切才刚开始

印度是一个极度富裕与极度贫困比邻、交错的国家。在孟买，一位印度富豪正在兴建一栋高27层的私人豪宅，内有168个车位，楼顶还有3个直升机停机坪，里面光是服务人员就有600人，总计花费10亿美元。但同时，印度却有3亿人口每天生活费不到一美元。印度的穷人占了世界贫穷人口的三分之一。缩小贫富差距、协助贫民脱离穷困，是印度未来发展必须优先处理的一个课题。对"聪明人基金"而言，这意味着我们必须更努力找出像萨提安这样的社会企业家，创造出一个成功模式，以便为印度的发展铺路。

我们进入了一个完全不同的世界。看不到尽头的泥巴路分隔着绿油油的田野，牛车、人力车吃力地慢慢辗过。妇女在水井边来回奔忙，虔敬的男人则坐在寺庙前，大家都在预备一场宗教盛宴。在这里，只有最有钱的人才买得起自己的发电机，而那些上学的孩子告诉我们，许多老师常常不来上课。

当安向当地妇女借用厕所时，那位妇女带她走到了自家后院。她绝不是有意刁难安。她住在一间砖砌的房子里，里面有几间房间，院子还有围墙围住。安告诉我，她四处张望寻找后院里的厕所，后来突然明白过来，屋外根本没有厕所。她回头望了望那妇女，她则高兴地用手臂划过整个后院，意思是安可以享用这整个后院。因为她是位重要的客人，因此她可以在自己觉得满意的任何地方蹲下如厕。

安问，如果情况比较好的人处境都是如此，那么，那些真正赤贫的人是如何处理自己的卫生问题的呢？萨提安的一位医生朋友回答，事实上，露天排泄正是这个地方所面临的最严重的公共卫生问题之一。这件事又提醒了我，某些有关健康的投资必须通过有效的教育倡导来进行，而不是靠提供药物或任何直接的服务。

我们在萨提安老家屋前的大树下围成圈坐下，远处则有几头懒洋洋的牛。萨提安拿出他的计算机向我们展示他正在进行的一项"企业流程外包"计划。他已在这里架设了无线网络。没错，就在这个位于世界边陲的小小农村里，我们可以查看自己的电子邮件，阅读《纽约时报》。在一个小屋子里，6个年轻人正在为德里的一家银行进行数据录入的工作。他们每个人现在所赚的钱，是他们这辈子想都没想过的。一名还太年轻、无法参与数据录入工作的17岁男孩，则向我们展示他所建立的网站。

萨提安接着带我们去拜访一位电子小铺的加盟店主。他是个年轻人，长着一张小脸和尖尖的下巴。虽然我们比原先预定的时间晚了一个半小时才到，但他仍极为热忱地招待我们。当地正在淹水，路上积水很深，根本无法通行。但这对他的生意毫无影响，因为他的客人大多是走路来他这个提供照相及计算机服务的小店。他正计划添购更多计算机，因为服务的需求量实在太大了。他还有一部电话，可以让顾客打给在外地的亲友。他希望带我们去附近的一个小镇，看看他通过"聚思地购物点"所贩卖的一些艺术品，而"购物点"则是"聚思地"的在线购物商店。

夕阳西下时分，我们开车去见他的一些艺术家朋友。很快地，大地一片漆黑，我们根本看不到任何东西，更别提欣赏画作了。但我们还是跟跟跄跄地来到一位艺术家的住所。她拿着一卷画纸和两根蜡烛出来。那里暗得简直无法做任何生意，而我也忽然产生了一阵强烈的挫折感，因为只要一个简单的灯泡就能解决的问题，在这里却是那么的不可得。

所有的人，包括萨提安，都有一股冲动，希望一口气解决这里所有的问题：孩子需要良好的教育，而他们的母亲更需要有关健康、卫生以及营养的常识教育；农民需要一些保险制度，让他们在不幸碰到问题时，不至于全家陷入万劫不复的赤贫。萨提安和我都是爱做大梦的人。没办法，天性使然。但我们的谈话终究还是回到了他正在做的事，以及他需要什么样的支持才能达到目标。

如果萨提安要成功地在1万或3万个村庄、甚至全印度65万个村庄建立起这个信息网络，那么，"聚思地"就得专注于这件事，而且一定要比任何人都做得好。这需要某种纪律与谦卑，因为我们必须承认，没有一个人可以解决所有的问题。如果萨提安能够专注于这件事情，他就有机会服务上百万的人，并借着帮助他们自力救济而得以完全改变他们的生活。这是一个值得专心、拼命去达成的目标。

2008年，"聚思地"开始以超越星巴克的速度在印度各地扩张，每天平均新开4家店。到了秋天，"聚思地"已开店到4000个农村，创造了5300个以上的工作机会，每天服务750万人。同样让我兴奋的是，"聚思地"也正在建立一个强而有力的配售系统，希望借着这个系统贩卖许多不同的产品，以提升低收入民众改善自己生活的能力。聪明人基金的"耐心资本"让萨提安能在他事业发展的初期承担更大的风险，进行实验及创新。我们知道，虽然他的公司正在快速成长，但他才只是刚开始而已。

当然，我们也是一样。

14
万丈高楼平地起

太上，下知有之，其次亲而誉之，其次畏之，其次侮之。

信不足焉，有不信焉。悠兮其贵言，功成事遂，百姓皆谓我自然。

——老子

能在印度找到许多为贫民提供医疗、住房、饮水等基本生活所需为职志、才华洋溢的企业家，并不令我们觉得特别意外，因为印度有10亿多人口，还有多所全球顶尖大学、散居各国的印度精英，以及强大的医疗产业。这个国家似乎原本就拥有培养社会企业家的最佳土壤。但我对巴基斯坦的状况却没那么乐观。这个伊斯兰国家在全球媒体眼中是一个混乱的、恐怖分子及原教旨主义者横行的地方。我并不期望自己会爱上这个国家，但生命总有办法让你喜出望外。

在印度工作一个星期后，我准备前往巴基斯坦的卡拉奇。当我坐在孟买机场一边思考、写东西，一边等候误点的班机时，一位波赫里妇女突然走了过来，一屁股在我旁边坐下。她紧挨着我，一部分大腿几乎压在我腿上。波赫里人是穆斯林中极有创业精神的群体，他们和巴基斯坦、印度、东非都有大量的生意往来。这位妇女穿着大大的披风，罩着头纱，让我想起天主教的修女。但波赫里女性显然比较偏爱鲜艳的花色以及蕾丝花边，她们的裙子宽大、蓬松，年纪大一点的波赫里妇女多半穿黑鞋，这就更像我记忆中的修女了。

整个机场空荡荡的，为什么她要这样紧挨着我坐？我旁边还有许多空位呢。那位波赫里女人的脸宽宽的，看起来极为和善，是那种会让你不自觉对她发出微笑的面孔。她戴着金属丝框眼镜，但掩不住那蜂蜜色的眼珠所发出的闪烁光芒。还有，她口中没剩半颗牙。虽然我很想独处一下，但实在无法不理会她那张脸。

她说话有如连珠炮，完全不是闲聊的架势。她开口第一句话就让我差点儿笑了出来。未经任何自我介绍，她劈头就问："告诉我，你是做什么的？你结婚了吗？有没有孩子？"

虽然我连她的名字都还不晓得，但我还是回答了："我没结婚，也没小孩。"

"啊，"她双手一拍，笑得更开心了，"我也没结婚。我看得出来，虽然你独自一人，但你一点也不孤单，而且显然非常快乐。我看得出来，你是个非常快乐的人，就是那种因为全心奉献给这个世界而心中大有喜乐的人。"

我看着她，谢谢她对我的称赞。

"虽然我也没结过婚，但我也非常快乐。你知道，人生道路有很多种，但最好的一种就是能忠于自己而活，极力追求人性的美善，帮助别人。或许这就是你为自己找到的路。"

我如大梦初醒。或许这真的就是我一直在追寻的人生道路，但却经由一个陌生人来点醒我。

当广播终于叫到登机时,我那新朋友大步走向入口处的女警卫,双臂高高举起,准备让警卫仔细检查。她的披风扬起,露出一件绿白相间的格子衬衫,正如多年前我在基加利创办蓝色烘焙坊时大家身上所穿的制服一样。她的衬衫扎在一条绿白相间的大裙子里,那裙摆几乎罩住了她的厚底黑鞋子。

这下子她看起来更像天主教的修女了。我发现自己露出了一个与她相仿、类似《爱丽丝梦游仙境》里那只英国猫一般的傻笑,霎时觉得她好像是天堂派来的使者,虽然这位"无齿"的女人并不完全符合我心中守护天使的形象。

聪明人基金之所以展开在巴基斯坦的工作,一来是因为这个国家拥有全世界最关键的地理位置,二来则是因为我们认为,在一个伊斯兰国家建立一些能帮助人民享有更多自由与选择的公民社会机构,对巴基斯坦(或世界上任何国家)的长期发展至为重要。

2002年,就在《华尔街日报》记者丹尼·珀尔[1]在卡拉奇遭绑架后分尸的同时,聪明人基金进入巴基斯坦,并认定微型贷款和住房计划是当地最有机会发挥的两个领域,但我们过去在这两个领域中并没有经验。

"卡胥夫"(Kashf)如今已是巴基斯坦最大的金融机构之一,创办人兼 CEO 罗莎妮·札法尔就是我们当时为巴基斯坦穷人提供微型贷款服务的合作伙伴。罗莎妮是一位不同凡响的领导人物。她身材苗条,有着一头乌黑长发及犀利的眼神,手指上戴满了大颗戒指。她是优雅、美丽及聪明才智的化身。

---

[1] Danny Pearl。丹尼·珀尔的遇害过程被录像下来,震惊世人。他的法籍妻子玛莉安(Mariane Pearl)当时正怀着六个月的身孕,事后她写了一本关于丈夫的回忆录《无畏之心》(A Mighty Heart)来纪念丈夫捍卫新闻自由的勇敢事迹。

她父亲告诉我们，罗莎妮如何不畏艰难地创办了卡胥夫。罗莎妮毕业于全美首屈一指的宾州大学沃顿商学院，之后进入华盛顿的世界银行工作。有一天，她打电话给父亲，说自己想要筹办一家专门为巴基斯坦妇女提供微型贷款的金融机构。

"你是来问我的意见，"他问女儿，"还是来告诉我你的决定？"

他早就明白问题的答案，而且知道大事已定，没有什么好商量的了。

罗莎妮于1996年创业。十年内，卡胥夫成为了为35万名女性提供服务的金融机构，并让罗莎妮荣获巴基斯坦最高公民奖章。但她的创业之路并非一路顺畅。在卡胥夫成立的前几年，她们贷放1美元所需的成本高达8美元。这个机构需要时间学习，而赞助者也必须学习相信主事者，与她一起接受磨练、成长。如今，卡胥夫只需要8美分成本，就可以贷放1美元给世界上最穷困的一群人。

2002年，也就是成立六年之后，卡胥夫已有12万客户，运作上也开始损益两平。就在这时，"聪明人基金"进入了巴基斯坦，决定提供一笔低息的长期贷款来支持卡胥夫的贫民贷款服务，这就是所谓的"耐心资本"。最近，花旗银行更主导一项3200万美元的联贷给卡胥夫，聪明人基金也投资了150万美元于卡胥夫的控股公司，因为卡胥夫又成立了一个专门为贫民提供服务的商业银行。卡胥夫如今的贷款客户已达32万人，而巴基斯坦也向全球展示了一个足供学习的模范微型贷款机构。

微型贷款的成功必须仰赖低收入妇女在短期内申借、偿还小额贷款的能力。住宅计划可就是挑战性更高的问题了。以卡拉奇为例，在这个拥有1500万人口的城市里，过半民众都在贫民窟中居住，而且有钱房东所收的租金并不低。与此同时，由于城市的扩张，土地炒作猖獗，低收入民众甚至中产阶级都已无力购房。即使穷人偶尔碰到买房子的机会，也无法从金融机构获得任何贷款。事实上，许多商业银行都将低收入人群列为服务"禁区"。

问题出在金融机构是否能将房屋贷款或住宅开发案规划成人人都有机会申请，而非只有富人才能享受的服务。这其中也有"信任"的问题：低收入地区即使出现了负担得起的住宅兴建计划，开发商也常常借故毁约或未能诚实履约，穷人通常就是这种骗局中受害最深的一群人。

然而，少数像塔斯尼慕·希德奇这样的社会企业家，却开始尝试新的低价住宅计划。

"上帝之城"计划

2002年，当我第一次拜访巴基斯坦时，塔斯尼慕向我说明他的公司"塞班"（Saiban）的理想："我们直接跑去找贫民，和他们住在一起，从他们所能理解的事情下手，聆听他们的想法，然后帮助他们为自己找到答案。"

在他的第一个住宅计划"上帝之城"中，他有一间小办公室，里面空气十分闷热，但塔斯尼慕显然一点都没感觉。塔斯尼慕头顶微秃，披着嬉皮式的花白长发，穿着皱巴巴的裤子，戴着大号眼镜，眼神中透着智慧，看起来简直就像个神经质的天才老教授。

但此人可是如假包换的行动派。"我起先在东巴基斯坦（现在的孟加拉国），直到1971年内战后回到巴基斯坦，"他说，"经过三十年不断尝试，我终于领略出'住房增量'[②]的策略。"

"住房增量"的概念是根据塔斯尼慕对穷人购房模式的深入了解而产生的。"贫民窟里的穷人非常有市场观念，但他们通常无力一次性为自己建好整栋房屋。他们希望靠自己的力量来保有起码的尊严，而

[②] incremental housing。住房增量是一种新的住宅改建策略，多由社会企业家与贫民小区合作，逐步改善穷人的住房。一般贫民窟的改建通常是全面拆除旧屋，新建房屋。"住房增量"则多为就地改善居住条件，使居民能保有自己的邻居和社会网络。

我们的工作就是帮助他们实现梦想。"

塞班鼓励民众从自己负担得起的小工程做起,然后再逐步扩建自己的房子。

"一开始,我们知道自己最大的挑战就是克服民众的恐惧,让他们相信我们不是另一群骗子。我们把塞班的行事规范全部写在办公室的外墙上,让所有事情全部透明,以便每一个人,不管是不是购房者,都清楚我们的做法,不必担惊受怕。"

他带我走到外面,在炙热的艳阳下指着办公室外墙上用蓝漆写上的规范。那些巴基斯坦文又大又美丽,写得很清楚,应该也很容易懂。

"但你们到底怎么做?"我问。

他微微一笑,摇摇头说:"刚开始真的很不容易。我们花了很大功夫才找到第一批顾客。我们要求他们先到新小区所在地去住几天。当时那里还没有任何水电设施,而且与他们的工作地点及原来的小区有一点距离。但就是有一些勇敢的人愿意冒险一试。他们得先拿出170美元来买下土地,然后我们要求他们在空空如也的庭院中住上十天。他们通常会自己带一些基本的用具来遮风避雨,但他们愿意这么做,就让我们确定他们是真正有心购房的人,而非投机客,只想买房子来转手、牟取利润。"

"最困难的部分是什么?"

"信任。除了规范透明、清楚之外,我们的工地主任从一开始就搬到这里来与大家住在一起,每天24小时解决所有疑问与纷争。我们仔细聆听,让大家选择自己想住的房屋形式。贫民要的就是头上有个坚固的屋顶、一份安全感,以及可靠的基本水电服务。我们不是一夜之间就能为大家提供这一切,这也是为什么我们称之为'住房增量'计划。我们是经过一段时间,才让这里终于变成一个美丽的小区。"

如今,"上帝之城"住了两万居民,小区里也出现了十几个商家。小区里还有教堂、清真寺和印度寺庙；便宜的公交车服务也往来于市区与小区之间。塞班的成功成了一个改变的典范。

接下来，塔斯尼慕开始在另一个地点测试这个模式。这一次，他们找了一块私有土地，因为到了2003年，巴基斯坦的公有土地已所剩无几。他的新地点是距旁遮普省的拉合尔市约40分钟车程的一大块地。如果卡拉奇是纽约，那么拉合尔应该就是波士顿，一个知识重镇，步调较慢，城市较美，小区关系比都市化程度较深、个人主义鲜明的卡拉奇强得多。

聪明人基金借了30万美元给塞班购买那块地，并将它登记为开发用地。塔斯尼慕很幸运地找到了贾瓦达·阿斯朗加入这个计划。贾瓦达是个三十多岁的巴裔美国人，极具创业家特质。他生长于美国马里兰州的巴尔的摩，先前从事的就是商业不动产的开发。9·11事件让他决定返回巴基斯坦，全心贡献给自己的祖国。中等身材、留着整齐胡须的贾瓦达，穿着巴基斯坦传统服装，举止谦恭，而且甘愿以薄薪为巴基斯坦的改变而卖命。在塞班的第一年，这个成功的美国企业精英每个月的薪水只有450美元。

"我希望为理想而工作，"他告诉我，"即使有所牺牲，每天面对一堆头痛的问题，我还是觉得非常值得。"

聪明人基金的巴基斯坦办公室主任奥恩·拉曼和我一起飞往拉合尔去见贾瓦达，当时他回巴基斯坦已近一年。奥恩也是三十出头，身高近190公分，有着淡褐色的眼睛和一头乌黑的头发。他在卡拉奇长大，从美国名校芝加哥大学毕业后，曾在一家知名企管顾问公司工作多年。但他非常了解低收入民众的市场，因为他是聪明人基金的第一位研究员，曾经加入塞班团队，在卡拉奇郊外的贫民窟工作了一年。这个经验让他看清了贫民生活的真实状况，加强了他希望创造改变的使命感，因而也使他成为"聪明人"最合适的本地领导人。

虽然贾瓦达非常努力想要降低我们的期望值,但我们还是决定要去现场一探究竟。"我知道你们一定不会相信,我们花了整整一年时间,却还没有取得这块地的注册登记。请千万不要以为我工作不够努力,因为我现在的生活里除了工作还是工作。只因为我们拒绝行贿,所以这块地才会到现在还没获得正式登记。你们知道自己只会看到一块空地吧?"

"那些负责登记注册的人长什么样子?"我问,想象着他们一定是一副黑道兄弟的模样,威胁已经花了钱买下土地的人,还得再掏钱出来取得所有权状。

贾瓦达大笑。"请想象一个三十一岁的独臂男子,瘦得像竹竿,每天只会用政府规章中所有找得到的借口来刁难、回避我。他不知道用了多少次'外面下雨'作为失约的借口。但我已决定一切依法行事,不行贿,所以拿他一点辙都没有。整整一年,即便我跑断了腿,不断恳求,还是毫无进展。"

在大多数国家里,贪腐通常有两种,一种是最高阶层官员的贪腐,另一种则是更容易造成社会不安、层次较低的小贪腐。这种贪腐之普遍,几乎让民众觉得这是要办通事情的唯一方法。这种低层级的小贪腐——花钱消灾、让孩子进好学校、撤销罚单等,其实对社会具有极大的腐蚀性。

"我早就听说了,损失一两年时间是常有的事,尤其新的事物更是如此。"我希望让贾瓦达宽心,"有时候时间的损失是因为没有预料到的官僚行径或贪腐行为;有时候则是必须花时间说服民众尝试新的事物;有时是必要物资延迟抵达,甚至纯粹是因为找不到合适的工作人员。"

贾瓦达感激地点点头。他深深了解,只有有人拒绝就范,陋习才有改变的可能。

终于，我们抵达开发案的所在地。我们停好车，走过一条拱廊，爬过一段火车轨道，来到一个迷人的小村庄，穿过尘土飞扬的小巷弄。小孩头上顶着肥皂或杂货。妇女坐在门槛上，从她们鲜艳的头巾下偷看我们。小女孩牵着手蹦蹦跳跳地经过石砖路，小折裙在空中飞扬。当我们来到村子边，眼前出现的是一大片绿油油的稻田，衬着背后完美的蓝天。每件事都美极了。

空气闻起来既新鲜又健康，这是卡拉奇所没有的。双眼所及净是青葱稻田，小男孩坐在堆满稻草的驴车上，赶着把稻草载到市场里去卖。除此之外，就是一大片空地。这才是乡村生活呀，而且距离贫民窟只有40分钟车程。我可以想象，从城里的贫民窟搬到这里来，一定像是到了天堂一般。

大约几百米外，还有另一个小村子，但我们看不出这两个村子间有什么关系。贾瓦达指着一个新挖好的鱼池，以及雨季时会全部被淹没的稻田。光是想象着这里即将成为一个为低收入民众建立的美丽小区，我和奥恩就已经手舞足蹈了起来。

"要不了太久了！"我兴奋地说。

"尤其是我们现在已经有了一个鱼池啦！"奥恩补上一句。

贾瓦达取笑我们太过乐观，但我们当然拒绝停止做梦。

逃过枪战之劫

又过了六七个月，贾瓦达的努力终于开花结果，那块地取得了正式登记。他的下一个挑战更大：找到合适的人和材料来造房子，而且还得和雨季奋战。当我再度造访拉合尔时，贾瓦达邀请我们去看一下住宅计划的进度。这一次，我们另一位同事蜜丝芭也与我们同行，她是放弃了在巴基斯坦花旗银行十年的工作资历加入聪明人基金的。

在拉合尔一家旅馆里火速喝了杯咖啡，我们一行四人挤上租来的车子，直奔郊外。当我望向车外，午后柔和的阳光洒在整个大地，轻吻着清真寺圆圆的屋顶，简直让我着迷。进入最拥挤的市区前，我让自己沉浸在拉合尔的青绿中，两旁种着大树的街道沿着宽阔的河湾而行，一所私立中学外的美丽花园连接着一片大草坪，男生在草坪上玩马球、进行板球比赛。当地妇女手牵手走在路的两旁，有些穿着现代女装，有些仍遮盖着传统黑纱巾。和卡拉奇一样，拉合尔也是个充满强烈对比的城市。

我们的车子进入市中心，开始在拥挤的街道上慢慢爬行。到处都是马、驴拉着的板车，以及三轮车、小货车、大货车，还有一群群背着篮子的男人，努力踩着后座绑着大箱子的脚踏车。许多满身装饰得鲜艳无比、看起来有点好笑的骆驼，驼峰上载着一家人，不断在我们车旁穿梭。五彩缤纷的大卡车像行动艺术品一般呼啸而过，上面坐满了拼命向我们挥手的男孩。留着大胡子的男人穿着传统的白色罩衫慢慢走着，而企业家则端坐在他们那簇新、发亮的奔驰车后座上。一群群的野狗（发展中国家常见的景观）四处漫步，店家也三三两两地在街上摆出他们的货品。

我们一路经过了建于16世纪、极为壮观的拉合尔堡，以及美得让人屏息的巴德夏希清真寺，它那高耸的墙垣和洋葱型的尖顶在夜晚的灯海中显得格外辉煌。我们七嘴八舌地针对优雅的清真寺、现代与传统的交错、伊斯兰建筑之美大发议论，甚至认为有一天我们或许可以将这些传统之美融入塞班所盖的住宅之中。

就和第一次来的时候一样，在看到塞班的蓝色招牌后，我们的车转入一条泥巴路，穿过一大片麦田。麦田中有许多已收成、卷成一捆捆的麦捆。这个安静的午后，农夫牵着水牛或赶着羊群走在小路上，骑着脚踏车的老人也悠闲地从我们身旁经过。停好车，我们又穿过上次那个小村子的巷弄，来到那一大片稻田旁。我们的住宅计划就将在这里实现，但这一次，我们竟然看见了一栋小房子。它就立在那里，美丽而高贵。对我们而言，它简直美极了。

"那是我们的房子，"贾瓦达兴奋地说，"但你们可能没办法走过这片泥泞，近距离观赏它。"

这片稻田的田埂平常都是干的，但因为最近刚淹过水，所以现在是一团烂泥。"但你们可以从这里眺望一下。"贾瓦达说。

但我们等着看这第一栋房子已经很久了，都想仔细看看它。于是，我们脱下鞋子，卷起裤管，光着脚小心翼翼地跟着贾瓦达走在烂泥巴田里，他忍不住笑了出来。

我真喜欢软软的泥巴挤在我的趾缝间、水缓缓滑过我小腿的触感，但心里也一直想象着，自己是否会连同早上开会穿的淡蓝色丝质外套和西装裤，一头摔进烂泥巴里。不远处的稻田边有个肤色黝黑、头上缠着头巾的男孩蹲坐在自己的后脚踝上，在橘红色的云彩下形成一幅动人的剪影。由马匹拖着的巨大板车上，堆着大捆的稻草，缓缓走向天际线，鸬鹚则在青绿的稻田上方来回翱翔。

我们花了10到15分钟才抵达那间房子，这房子有500平方英尺大，足够一家人居住，里面有两个房间、两间厕所、一个小厨房，还有个院子。我们在门前少说照了十几张照片，并为我们的成就深感骄傲。

当我终于放下相机时，我看着奥恩、蜜丝芭及贾瓦达，手上都拎着鞋，脸上充满了骄傲。我想象着，这些巴基斯坦之子，如此聪颖、能干、富于使命感，如果他们不是站在这个田野里，努力克服诸多难题，以便为自己穷困的同胞盖房子，现在可能在做些什么？我觉得自己真是幸运，能与他们一起工作，而我也多么希望他们能成为卓绝不凡的领袖人物。他们就是巴基斯坦的未来。

我们向现场工作人员致谢、致贺，但婉拒了他们喝茶的邀约，因为太阳逐渐下山，我希望团队成员能在天黑之前赶回拉合尔。当我们穿过稻田时，我们谈到这第一栋房子的重要性，以及我们亲自跑来庆祝它的落成具有多么深刻的意义——人生苦短,成功得来不易,而它不是来自于随便冒险,而是来自于在世上努力追求美善,正如我的守护天使在机场里对我说的。

突然之间,"砰!"的一声,我们身后枪声大作,一群年轻人从我们身旁流窜而过,显然十分惊恐。我一把抓住蜜丝芭的手,两人赶紧加快脚步。子弹声愈来愈急促,我们努力往前,每一步都尽量踩稳,试着不要在烂泥里跌倒。

前面的村子里,我们看到一个穿着蓝衬衫的男人正在对空发射子弹,旁边还围着一群年轻人。我们没什么选择:我们卡在一大片稻田中的窄小泥巴路上,夹在两方战火中间,不可能回头。虽然似乎没有人直接冲着我们开枪,但两方人马都举着枪向我们的方向跑来,而子弹穿梭的声音似乎来自四面八方。我们继续往前,使尽力气向前跑。

靠近村子时,我们看到一群人抓着一个年轻人的黑衬衫,他的衬衫前有一道红色的条纹。每个人都在大声喊叫,那个年轻人惊恐万分。我猜想他大概犯了什么罪,但我们完全无意停下来搞清楚是怎么回事。我们快速跑过村子里的小巷弄。蜜丝芭仍然抓着我的手。突然,她叫我停下脚步。

"怎么啦?"我问她。

"把你的裤管放下来,"她说,"我们不知道哪些人或什么事情引起了这场混战。但如果我们看起来鬼鬼祟祟,一副落荒而逃的样子,反而会更引人注意。"

与此同时,奥恩说他听到有人喊,说村子里有外国人。我们强作镇定,快步向前,专心看着前面的路,但我的脑袋好像快要裂成两半,而且仿佛正从天上看着目前发生的一切——这是一种应付危机的心理机制。

当下,我最关心的事情是如何让我这个年轻的团队脱离险境。我们前进的时候,我心中涌起一阵对他们深切的爱。与此同时,我也注意到了,那些穿着折裙的小女孩竟然跟在那群持枪的男孩后面跑,而非躲起来。对她们而言,那些男孩并不吓人。他们是英雄,是她们安全的守护者。

我们安全地逃脱了。后来我们得知,当时是因为有四五个小偷开了一部车进了那个比较远的村子,捣毁了几户人家,然后打算开车潜逃。不料,车子却在烂泥中抛锚,那几个小偷赶紧跳出来,往四处逃跑。村民一面追逐他们,一面对空鸣枪,通知邻村的人来驰援。这和当年卢旺达警卫碰到问题时,高喊其他警卫前来帮忙的做法并无二致。

那天,没有任何村民受伤。在没有警察能依靠的情况下,村民只能自己保家卫产。大多数人家中都有枪。贫穷不只是收入低的问题,同时也代表了因人身、财产安全无法受到保障而造成的恐惧。

开枪事件之后,村民显然觉得我们并不是那种会暗夜潜逃、不负责任的骗子,他们看出了我们打算在那里埋锅造饭的诚意。当贾瓦达第二天早上再回工地时,村民怀疑的眼光大大地减少了。几天之内,我们有了第一位客户。贾瓦达和塞班的工作终于上路了。

一开始,购房者并不踊跃。低收入民众无法着眼太远的未来,而且很少有人会有足够的储蓄来付房子的定金。由于这个开发案是建在私有土地上,因此每户房屋的定金要比卡拉奇的"上帝之城"高出3倍——将近600美元,这对我们目标市场的民众而言,几乎是个奢望。而拉合尔市民紧密的小区情感,也让一般人很难下定决心搬离自己原有的家(不管它有多破烂),选择一条风险较大的道路。

潜在买家对于长达15年的房贷也心有疑惧。因为如果有任何不幸的事(像是家中忽然有人得重病)发生,整个家庭都会被拖下去。虽然塞班提供的房贷每个月只需付30到35美元,远低于他们在贫民窟里付的租金,但长期房贷的概念还是令人心生畏惧。

但贾瓦达不放弃,他持续与村民恳谈,终于,一个接一个,客户开始涌入。

时间快转到 2007 年。我们再度从拉合尔开车来到那个小村子，这一次，我们的车子可以直接开进新小区，看到两条街总计 50 户人家、将近 300 位愿意打先锋的民众已经在此落户了。第一条街的中央有一座四四方方的小公园，草地修剪得很整齐，四周满是粉嫩、洁白的花朵。公园四周还散落着悠闲的长椅，家家户户都在窗台下种了各色花草。我心里大喊，我们要如何衡量出这种改变是怎样扭转了人们的人生价值？

我碰到一个满头白发、满脸风霜的人，我猜想他年约六十，但他其实只有四十岁左右。他大半辈子都住在贫民窟中，却鼓起勇气举家搬到塞班来展开全新的生活。他也宣称自己是这个开发案中第一个申请房贷的人。

"这些人真的很有耐心，"他说，"刚开始，我一直问他们为什么我要申请一笔贷款，但未来却必须付出好几倍于这项贷款的金额？他们一直跟我解释，但从来没真正说服我。"

"那最后他们到底是怎么说服你的？"我问道。

"我从前在拉合尔每个月得付 38 美元的房租，但那栋房子永远不会属于我。现在，我每个月只要付 30 美元贷款，却能为太太和孩子买下属于我们自己的房屋。我是着眼于未来。"

离这些房子约 50 米外的地方，出现了一栋只有一间教室的学校。小小的鞋子整齐地排在教室门口，孩子们正坐在教室地板上，手里拿着书，在三位年轻老师的面前背诵英文单词。在这个动荡的时代里，巴基斯坦的激进分子正与试图为这个国家建立起公民社会架构的领导人进行一场激烈的竞争，而这个学校正是巴基斯坦迈向进步的一个重要的象征。三年内，这个开发案已经为一个真正的小区建立起重要的雏形。

没有不可能的事

索诺·坎嘉拉尼博士完全了解什么叫"社群"。他是巴基斯坦境内250万名印度人之一，巴基斯坦的印度人中，将近八成都来自于"达利"种姓，他们是社会上最低阶层的人，一向从事处理垃圾等被视为不洁的工作，也是无法拥有土地的劳力阶级。

虽然在印度的都会区，种姓制度已不再盛行，但直到今天，达利人在乡下许多地方仍受到排挤，不得居住在某些区域，也无法进入某些学校就读。一些农村茶馆还要求达利人使用专用的杯子和餐具，让上等阶层的人不致受到这些器皿的污染。就是这种害怕接触的现象，也让达利人被通称为"不可碰触的阶层"。

索诺博士的父亲是一位修鞋匠，按照传统，儿子应该要继承父业。但1948年的印巴分裂为索诺博士的生命带来了重要的转折。索诺博士出生于一片荒凉的塔尔沙漠，由于地处偏远，当地印度人竟在印巴分裂时成了伊斯兰国家巴基斯坦的国民。索诺博士念完大学后，虽然拥有父母那一代所无法想象的大好机会，但却选择回到自己的家乡。在那里，仍有太多人是受辖制的劳工，在制砖工厂或地毯工厂里卖命工作，或者在别人世袭的土地上租地耕作。

是什么事情让聪明人基金来到这个一般人仍住在泥造茅屋、家里只有几个锅碗、在寸草不生的土地上勉强维生的大漠地区呢？这个故事其实要从印度说起。

2004年，我的同事亚丝米娜·塞德曼和我在印度见到一位印度的社会企业家阿米塔巴·萨当奇。那时，"聪明人基金"正希望在为穷人提供水资源的领域进行投资。四十几岁的阿米塔巴已经与印度农民合作了近二十年。他为印度最贫困的农民设计、配送低价的设备，协助农民提高生产力。

阿米塔巴的公司叫做IDE，已卖出成千上万套踏板式水泵，也就是最基本的引水设备。农民只要站上踏板不断踩踏，像使用健身器材

"爬梯大师"一样，就可以抽水灌溉自己的农田。这些简单的科技帮助农民提高收入达四五倍之多。因此，阿米塔巴希望能设计出更好的设备，来帮助那些只能找到极有限水源的贫农。

阿米塔巴的笑容举世无双，常带着一丝慧黠。他有着结实的身材，修剪整齐的胡子，以及一双明亮的黑眼睛。虽然戴着钻石手环、宝石戒指，但他的笑容、和农民的亲切互动、以及（更重要的）聆听能力，却能让最偏远地区的农民对他信任有加。阿米塔巴非常忠于自我，完全无意仿效别人。

他那种"爱拼才会赢"的精神和务实的态度让我大感振奋。

"你看过以色列人发明的滴漏式灌溉系统吗？"他问我。我确实看过。从水源处以一些细长的管子将水引到需要灌溉的区域，这些管子沿着一排排即将播种的土畦整齐排列，每根管子延伸出许多更细的小管子，让水借着植物的茎干流到根部。这是个聪明绝顶的概念，但这个设计一般却是用来灌溉大型的农场，因为这样才能达到最高的成本效益。

阿米塔巴看到这套科技，决心将它变成最穷的农民也能负担的设备。"我们有三个核心原则，"他告诉我，"首先，这套系统的成本必须低到农民可以在第一年收成后就完全回本。第二，它必须很容易使用。第三，它必须可以无限扩充。即使有些贫农刚开始只能负担五公亩的灌溉面积，那也没关系，因为只要他们赚到了第一笔钱，就可以再买第二套系统，增加一倍的灌溉面积，最后终能让自己脱离贫困。"

最让他挫折的是，虽然他的赞助者非常欣赏这一切，但却非常不谅解他竟然要把这些设备卖给贫农，并且让设备的制造商及经销商借此赚钱。

"我要怎样才能让他们明白，全印度有 2.6 亿小型农户，我们有上亿的人口每天生活费不到一美元。要让这些人都得到帮助，我们必须提供必要的奖励，以确保这些系统的制造及配送质量达到一定的标准。毫无疑问,我们的工作具有慈善的性质,但我们也得建立起一个可长可久的制度和组织才行呀。"

亚丝米娜和我完全同意阿米塔巴的想法,"聪明人基金"决定支持他的工作,而且协助他成立一个营利性质的公司。接下来的四年里,阿米塔巴卖出了27.5万套滴漏式灌溉系统,而使用这套系统的农民收入与获利全都倍增,有些甚至还不止于此。

当我在巴基斯坦第一次和索诺博士见面时,我就在他位于卡拉奇的联合利华办公室里,与他分享了阿米塔巴的故事。我深深被索诺博士那温厚的面容所感动。他的眼睛会微笑,花白的头发会跳舞,而且显然什么事都能让他快乐。当我们向他解说滴漏式灌溉系统如何帮助印度农民改善了生活时,索诺博士的眼睛愈瞪愈大。他觉得联合利华一定很乐意参与这项工作,因为联合利华非常关心塔尔沙漠地区的发展。他当然也很愿意与"聪明人基金"合作,因为巴基斯坦的农民亟欲改变自己的生活。

索诺博士立刻决定要将这套灌溉系统引介给塔尔地区的农民。聪明人基金同意进行第一次跨国科技转移投资。基于印巴两国间的紧张状态,我们面临了很大的挑战。但我们也相信,推动这样的学习与合作,是促进双方建立良性关系的强而有力的方式。索诺博士显然是我们最好的投资目标。和阿米塔巴一样,索诺博士非常喜欢与贫农一起工作,而且已和他们建立了良好的信任关系,愿意将生命投注在这项使命上。和阿米塔巴一样,他说话时眼睛也会闪闪发光。

索诺博士的第一步就是前往印度,他要亲眼见识 IDE 的成果。他花了好几个月才拿到前往新德里的签证。但在抵达新德里以后,他才发现自己的签证只能前往某些城市,而 IDE 的重点工作区域奥兰加巴德并不包括在其中。引进这套系统当然会碰到更多难题,但对这两个人而言,他们的字典里没有"不可能"三个字。虽然这代表着又得浪费一年，但索诺博士的热情丝毫不减。他建立了一个示范灌溉区，让当地农民可以在完全不必负担风险的情况下，亲眼见识此系统的功效。

农夫是一群理性的决策者，但他们也是非常不喜欢冒险的人。他们整个生计以及信誉就仰赖一季又一季的丰收来维系。冒险采用新科技意味着他们可能损失一整季的收成。对他们而言，这可能是一场失去所有食物及收入的大灾难。索诺博士深知他们的恐惧。他也知道，要维系与农民之间的信任关系，他必须让他们亲眼见到滴漏式灌溉系统的成效，而不只是空口说白话。于是，在联合利华的支持之下，他建立了一套示范系统。经过一季的丰收，他成功地说服了20位农民，以一部分的土地来实验这套系统，而所有的设备都由他买单。在农民亲身体验到农产品的增加以后，索诺博士终于卖出了100套滴漏式灌溉系统给纳加帕卡的农民，而他们所拥有的土地面积总计高达4万公亩，这套系统在巴基斯坦的试验也因此正式上路。

我和奥恩一起开车到索诺博士位于米提的办公室，距离卡拉奇足足有五个半小时车程。那真是一趟又远又热的行程，气温高达摄氏46度。我们经过一片广袤的荒地，偶尔可以看到一座甘蔗工厂或制砖工厂。大地一片干涸，满是裂缝，看起来毫无生气。

索诺博士以一个大大的拥抱来欢迎我。在他身边真是不快乐也难。索诺博士自己也有一个月左右没去拜访纳加帕卡的农民了，所以他请我们吃饭速度加快，好赶紧上路，再赶两个半小时车程前往我们的目的地。

当我们开在那两旁仿佛月球表面的路上时，热气愈来愈沸腾。即使我们坐的是一部空调车，大家还是满身大汗。我只能看着窗外那些坐在枯树下、毛茸茸的骆驼来让自己觉得凉快一点，因为它们显然比我们惨多了。突然，索诺博士发出一声满足的长叹，大声宣告："谁能不爱这春天的沙漠呀！空气如此的清新，到处充满了美丽的色彩！"

"恕我驽钝，"我说，"但我只看得到一片灰黑、土黄。而且老实说，我真的感觉不出这里的空气有多清新。我觉得我们简直像是困在一个烤箱里呢。"

"这就表示你观察不够仔细。看到树上的小花苞没？这里到处都是粉红、鲜橘、艳紫的花呢！"他边说边指向远方，"这些小小的色彩正代表着春天的盛宴即将来临。啊，我真爱这个地方！"

我请司机在路旁停下，决定跑下车去检查一番。果不其然！如果仔细观察，你真的可以看到路旁树上及灌木丛里那些姹紫嫣红的花苞正像烈焰般准备怒放呢。索诺博士说得一点没错，如果你不死心眼地一直盯着那灰黄的大地，你真的会发现，身旁净是缤纷的色彩。

当时正是 2008 年初，也就是全球粮食危机刚刚开始的时候。我们愈向那个世界的尽头开去，我就愈明白这里的农民正面临着难以想象的风暴。过去，这些农民唯一的水源就是水井，比较有钱的农户还可以用柴油机来打水。但在油价狂涨之下，后来即便比较富裕的农民都再也负担不起打水的费用。碰到干季，贫农只得走上好几天的路，到大一点的农场去打工，每天赚个五毛、一块美金。他们得用这么一点钱来买粮食、养活一家人。然而，不断上涨的物价让他们现在连维持一家温饱都成了问题。

索诺博士的实验得靠为农民找到水源才能进行。太阳能的费用远超过他们所能负担的，于是他跑去找巴基斯坦政府的"脱贫计划"，请他们提供架设一座太阳能水泵所需的 80% 经费，其他经费则由索诺博士自己负责筹措。有了免费的基本设备，那些参与这项计划的农民现在只需要负担滴漏式灌溉系统的费用。这个实验是否能够成功，我们都不确定。

能掌握的未来

两个半小时后，我们终于抵达目的地。远远的地平线，一道金黄色的丝带慢慢扩大，最后我们终于看出来了，那是一大片向日葵田，金黄色的花、鲜绿的叶衬着湛蓝的天空。这个惊艳的景象让我们兴奋地开怀大笑，就像一群小孩一般。

"现在是沙漠里的旱季，过去小型农田在旱季里根本不可能种任何东西，"索诺博士笑着说，"你能相信这一切吗？"

来到葵花田旁，我们停下车来仰望这些高达两米、生命强旺的向日葵。我屏气凝神，心中涌起一股激动之情，或许是因为看到新生命就在自己眼前展开，或许是见证生命在不毛之地高高挺立，而希望就这样出现在一个太容易被遗忘或被遗弃的地方。大自然所展现的戏剧性变化充满了温柔，它可以借着细细的塑料管而引发源源不绝的生命力；借着善用每一滴水，让已成槁木的大地再现生机。

正如玛丽·蔻茵南格当年在内罗毕的贫民窟中所说的："水就是生命。"

突然之间，九个高大的男人同时从葵花田的不同角落向我们走来。那是一位父亲和他的 8 个儿子，全都穿着农民的衣服，一个比一个英俊，围绕着他们的，则是 15 到 20 个小男孩。这家人总共拥有 280 公亩地，虽然过去每年只有半年可供耕种，但这也是他们这一大家子的唯一生计。拉缰是一家之主，长得十分高大，裹着绿格子头巾。他有一张带着智慧、饱经风霜、留着大胡子的脸，以及一对和我父亲一样的栗色眼睛。他骄傲地看着那些向日葵，因为政府将以保证价格收购他的向日葵。

在他身后，八大片蓝色太阳能板朝着太阳，立在一口水井的后面，它们用来运转水泵，供应滴漏式灌溉系统的用水。"这套系统运作得如何？"我们问他。

"没有半点问题。"他笑着回答。

印度 IDE 公司滴漏式灌溉系统的细小水管整齐地铺在一排排向日葵旁。拉缰的儿孙们急着展示他们铺设水管的高超技术。"我们所用的农药量也已大幅降低。"一个儿子说。

拉缰还不知道这一季的收成会带来多少收入。"但是，"他立刻补充说,"这是我们在这块地上所见过最好的一次收成——包括过去最好的季节在内。"

我试着想象,这五十口之家在摄氏43度高温下,拖着牲口,横越沙漠去其他农庄寻找打工机会的光景。

"我已经是个老人了,"拉缰告诉我们,"但这是我有生以来第一次能在旱季留在自家的土地上。我们终于可以规划自己的未来了。"

他指向远处一个院落说:"请来参观一下我们的家吧。"

这些泥巴茅草屋盖在一个地势较高的地点,整个院落由一圈睡房组成。院落大门低矮、窄小,访客必须低着头才进得去。最主要的一间茅草屋住着祖母和几位长媳。这间房子也只是一间简单的泥造圆形茅屋,沿着墙砌了一个小小的橱柜,橱柜上的墙面则用彩色油漆涂了几个圈,橱柜里放了一些盘子和锅铲器皿。"这样孩子们才够不到。"祖母跟我们说。

院落正中央挖了个洞,大约1米长、50公分宽。这是他们的炉灶。家中妇女想要有个安全一点的地方来煮饭,因为在风季里,任何小小的火花都很容易吹上茅草屋顶,把她们的家烧得精光。炉灶旁有一个石臼和一个木臼,等着女主人将谷物和蔬菜磨碎,送进家人的肚子里。

另一个茅草屋旁则有两个泥制的器皿,其中装满了谷物,旁边还有一个大型研磨机。那是一大块平坦的石头,得用很大的力气才能将里头的大麦磨成面粉,好让家中妇女制作成面包。每一栋茅草房的地上都铺着毯子,但我实在很难想象,这些毯子在沙漠寒冷的夜里,到底能有多大的保暖效果。

家中妇女,不管老少,都美得令人神魂颠倒。她们穿着薄纱长裙和绣着亮片的鲜艳上衣,让我不禁联想起美丽的孔雀和各种羽毛鲜艳的鸟类。结过婚的妇女手臂上戴着白色塑料手链,有时多达五十几个。她们的唇上涂着粉红胭脂,眼睛四周则抹上黑色烟熏,让她们的眼睛看起来更为明艳动人。大多数女性乌黑的秀发上都罩着色彩斑斓的头巾。

身材瘦高、非常美丽的祖母则穿着亮绿色的上衣，戴着蓝紫相间的头纱。她黝黑的皮肤显然饱经日晒摧残，而且还生过十几个孩子，但她看起来就像是个年轻女子。

"这一季大家不必离家外出，一定让你很高兴吧？"我对她说。

她开心地笑了，双手合十向我亲切致意。

"从前得把所有家当扔下，到外地去工作，是不是会让你很担心？"我问。

"我们哪有什么家当可言，"她笑说，"我们就只有几个杯盘，还有几个装水用的瓮。我们不在的时候，唯一会闯进来的只有那些拿我们的屋顶充饥的白蚁。"

"至少那些白蚁会非常感激你们。"

"没错，"她笑着说，"它们真的非常、非常感激我们。"

我们问拉缅，现在他有了收入了，他打算拿这些钱做什么？

"我的孩子和孙子都没上过学，"他说，"我想让我的孙子们受教育。"

有人问道，包不包括女孩子？"包括。"他回答说。

"但这么一来，她们可能会不再戴头巾、变得更进步了。"那人挑战道。

拉缅温柔地回答，这对他们家的女孩是件好事。"我希望她们都能接受教育，这样，她们就不再会受到歧视，而她们也会懂得不要歧视别人。"

人因拥有选择的自由而产生的人性尊严，完全展现在拉缅那一望无际的葵花田里。那些茂盛的向日葵正在原本寸草不生的大漠中宣告着："生命真是美好！"

市场可以成为最好的聆听工具。通过滴漏式灌溉系统的投资经验，我们发现，为小农户提供生产链中所需的各种协助，可以产生惊人的成效。试想，在农民的生产过程中，我们有多少可以为他们提供协助的机会？除了这套系统外，我们还可以为他们提供更优良的种子及肥料。如果我们可以用他们负担得起的价格为他们提供这些协助，他们的收成可以再增加三成。农民因为没有仓储设备而损失的农作物产品也常高达三成以上。我们也正在试验一种太阳能涵洞，它可以加速谷物的干燥，因此可以让农民拥有更多作物贩卖。运送农作物是另一个问题，找到能提供合理利润的市场，也是一件非常重要的事。如果我们可以将全球4亿贫农视为自己所仰赖的农产品供应者，那么，我们一定可以找出无数的方法来帮助他们成长、获利、喂饱全世界。

当然，我们愈了解如何为贫农提供有效的协助，也就愈清楚国际救援界是如何扭曲、利用这些农民。当肯尼亚或巴基斯坦南部这类地方出现危机的时候，美国和欧洲各国就会以近乎高额补贴的价格向本国农民大量收购农产品，然后以"免费粮食援助"的名义送到受创的地区，而不是直接花钱采购当地农民的作物。要改变世界，我们还有很长的路要走。然而，这些小小的实验正在教导我们，如果我们能与贫农建立起互信，让他们看到自己可能的出路，为他们提供技术支持，建立起连接市场的渠道，那么，未来的可能性无可限量。

威廉·吉布森[3]曾写道："未来已经在我们眼前，只是它还没被普及而已。"让未来普及化应该不是件困难的事，但我们的急迫感确实必须提升，好让贫农们有机会改变自己的生活，并在这个过程中改变整个世界。

---

[3] William Gibson，知名美籍加拿大科幻作家。

15
放大变革的规模

> 表象的单纯毫无价值可言,但从复杂之中淬炼而来的单纯,我却愿意舍身以求。
>
> ——奥立佛·霍姆斯[1]

坦桑尼亚青翠浓密的山岭绝对是巴基斯坦燥热沙漠最强烈的对比。2004年,在坦桑尼亚一个名叫乌萨河的小村落里,我遇见了另一位让我印象极为深刻的人。一项简单的科技完全改变了他的生命。他名叫埃利亚黑姆,他的茅草屋盖在一块宛如邮票的小小的泥地上,家

---

[1] Oliver Wendell Holmes(1841-1939),美国知名法哲学家,曾任哈佛大学教授、麻省最高法院院长,担任联邦最高法院大法官长达30年。他是美国"实用主义法理学"的奠基者,并在名著《普通法》(The Common Law)中提出一句名言:"法律的生命不是逻辑,而是经验。"他对美国法律界主流保守意见的挑战,也为自己赢得了"伟大反对者"(The Great Dissenter)的称号。

门前只长了一秆玉米。他穿戴着自己仅有的衣物——一顶老旧肮脏的帽子、一件破烂的衬衫,我们抵达时他正急着扣扣子。他的裤子上缝满了补丁,连穿在稻草人身上恐怕都嫌破旧。他的双手显然饱经蹂躏,又厚又硬,摸起来像砂纸一样,但他却有一副怡然自得的笑容。

那时,他估计自己在附近农田打零工的平均收入大约是每个月6美元。但他很快补了一句:只是疟疾常让他无法正常工作。"当你得了疟疾,有时真的连起身都很困难。你只能待在家里发抖,试着用睡觉来熬过那恐怖的头痛。"

和其他非洲贫民一样,疟疾已成为埃利亚黑姆生活中的一部分。当他觉得不舒服时,他只能把自己仅有的几分钱拿去买氯奎宁,但由于经济上的困窘,他每次都无法完成整个疗程,只要觉得稍微好了一点,就会停止服药,这也使他的身体一直处于虚弱状态。乌萨河两旁都是稻田,此处一定有许多死水区,这正是蚊子孳生的温床,也使疟疾成为当地人的宿命。数以百万计的人和埃利亚黑姆一样无法完成疗程,因此疟疾的抗药性愈来愈强,当地人的生计问题也愈来愈严重。

第一次见到埃利亚黑姆时,虽然他看起来既苍老又憔悴,而且显然十分疲惫,但他却兴奋地告诉我,他觉得自己已经比从前健康多了。"有了蚊帐,我现在简直太快乐了。"他说,完全没提他的蚊帐根本无床可塞,他只能将蚊帐挂在屋顶上,让它自然垂到每晚躺卧的泥巴地上。

最让我吃惊的是,埃利亚黑姆在世上所拥有的如此贫乏,但却依然真诚地对每件事心怀感恩、喜悦。一份简单的礼物、一件每个人都可轻易取得的东西,完全改变了他的生活。

"你知道,我现在可以一夜好眠,不用再忍受蚊子飞来飞去的吵闹声和叮咬了。"他一面说,一面将双手合起来贴在脸颊上,模仿小婴儿睡觉的模样。他的脸上净是满足的笑容。

我每年都会去拜访埃利亚黑姆一次,而他也一年比一年健康。不仅如此,健康也为他带来了更多的工作机会及收入。他开始在自己的院子里种起玉米,此时已近收成。他也在房子四周筑了一道围墙,以防小动物闯进来毁了他的庄稼。房子里挂着一条绳子,上面晾了两件衬衫。我们逐渐熟络了起来。每次拜访他,我都会帮他拍几张照片,有一次还特地带了一盒巧克力送给他。

认识埃利亚黑姆三年,他再没得过疟疾,而且骄傲地站在如今已经长得比我们还高的玉米旁,快乐地笑着。

"我现在已经有足够的食物,可以让自己整年都不会挨饿了。或许明年我还有多出来的农作物拿去卖呢。"他说。他仍然在附近的稻田、农场打工赚钱,晚上也开始在附近的教堂进修。

"对了,"他自顾自地用英语宣告说,"我觉得自己现在真的非常健康!"

"你在哪里学的英语呀?"我笑着问他。

"牧师教的。"他回答说。

他转回斯瓦西里语,邀请我进他的茅草屋。他的地上多了一个床垫,上面还铺了床单。第一次,他的蚊帐可以塞进床垫下了!

当我问他的年龄时,他微笑着告诉我:"我今年 66 岁。"

由于他的蚊帐已经可以塞进床垫下,于是他将从前用来遮盖屋檐的部分移到屋外的厕所去了。

"我知道晚上起来上厕所时,还是会有蚊子伺机来咬我。所以,我在那里也需要一些保护措施。"他的思虑非常周密。

我只能揣摩埃利亚黑姆的心情于万一。活到 66 岁,他才终于能将头枕在一个柔软的地方;有生以来第一次,他终于可以睡在床垫上,而非冷硬的泥巴地上。我同时也第一次在他家里看到火柴、肥皂,还有几个碗,全都是新的。这是一个终于领略到健康滋味的男人为自己添购的生活用品。

当我们待在他的茅屋里时,他忽然靠到我耳边悄悄问我:"还记得上次你带给我的巧克力吗?"

我点点头,他咧嘴而笑:"我每天晚上都只吃一小块,足足吃了三个月。啊,那滋味真是甜美。"

我跟他说,下次会再为他带一些巧克力来,但我无法保证质量一定和上次一样。他耸了耸肩说,只要是巧克力,他就心满意足了。

他从来没向我要过任何东西,连一点暗示都没有过,这是有史以来第一次。他很穷,但他很有自尊。答应下次为他带一些巧克力后,我开始与他分享过去三年来我为他拍的一些照片。

看到第一张照片,他扮了个鬼脸,小声对我说:"我看起来好老哦,真的好老。"

"喔,不,"我赶紧说,"那时你正好生病。现在你既健康又英俊了,而且还胖了一点。"

他担心地摇摇头:"我真的老了。"

我赶紧翻到下一页让他看最近的照片。他穿着干净衣服站在家门前,脸和身材明显圆润了许多。

"啊,我明白了!我明白了!"他张嘴大笑。然后,他轻拍我的背,长长吁了一口气,眼中闪耀着喜悦的光芒,一字一句仔细地说:"咱们成绩不错!"

他的成绩真的很不错——除了蚊帐这份简单的礼物,以及身旁人对他抱持的信心之外,其他的一切都是他自己努力做到的。

一顶蚊帐改变命运

这种小故事带有很大的力量,因为它能让我们看到许多大事都大有可为。获得一顶蚊帐并正确使用,可以大幅改善一位贫农的健康,让他有足够的体力工作，耕种自己的田地，增加收入，完全改变自己的生活。投资民众的医疗保健与民众收入的提升之间，有着非常直接的关联，而收入的增加也将提升民众对子女教育的投资，同时降低人口增长率。

接下来的问题是如何制造足够的蚊帐，有效分配到有需要的民众手里，并确保他们知道如何正确使用。成功的案例有时也可能误导我们，因为蚊帐固然是问题的解答之一，却不是唯一的答案。不断寻求创新做法可以让我们为极度复杂的问题找到更多更好的解决方案。

疟疾是世界上最恐怖的杀手之一，平均每年夺去一两百万条人命，而其中90%发生在非洲。同时，得疟疾的人口中有四分之三是妇女和儿童。我永远忘不了自己在基加利感染疟疾时的痛苦经验，更忘不了因疟疾而送命的朋友。对非洲而言，疟疾代表大量的生命伤亡及生产力的惊人耗损。

试想每年有100万人死于疟疾，相当于一个大型城市的人口。据估计，非洲大陆每年因疟疾所造成的损失高达130亿美元，因为只要有人得了疟疾，就有7到10天无法工作。最保守的估计，每年非洲至少有3亿人得疟疾，扣除其中一半的儿童病例，也就是说，每年非洲至少损失1.5亿周的劳动生产力。

2002年，一个由联合国儿童基金会、住友化工及美孚石油所组成的团队找上了"聪明人基金"。他们想知道我们是否愿意参与一项在非洲当地生产经久耐用、经杀虫处理的蚊帐、并大量发送给当地民众的抗疟计划。一般传统蚊帐都是由聚酯纤维制成，但这种蚊帐有两大问题。第一，它们很容易破，一旦有了破洞，蚊子很容易钻进帐内咬人。第二，为了保持蚊帐的功效，使用者必须每3至6个月就将蚊帐浸泡在杀虫剂中一次。但偷懒是人类的天性，很少有人会按照规定浸泡蚊帐，因而，大多数人家里的蚊帐在使用几个月后，几乎就完全失去功能了。

日本的住友化工发明了一种方法，可以用事先以有机杀虫剂浸泡过的聚乙烯材质来制造蚊帐，这种蚊帐五年内都不需另行浸泡，这项新科技足以对疟疾的控制产生革命性的影响。然而，挑战是如何制造足够供大多数人使用的数量，让蚊帐确实送到民众手中，并确保他们知道使用方法。

制造蚊帐的关键是必须找到有能力将这项科技成功转移到非洲的本地企业家，并为这项尚无成功经验的新创事业提供财务上的支持。这正是"聪明人基金"可以发挥作用的地方。

在访视了许多企业后，经营 A to Z 纺织公司的阿弩吉·沙哈似乎是我们的最佳人选。A to Z 这个位于坦桑尼亚阿鲁沙的家族企业已在该国艰困的产业环境中成功经营了 25 个年头，员工人数高达千人，产品包括纺织品和塑料制品。担任公司 CEO 的阿弩吉不但聪明，而且有强烈的企图心与动力，他工作特别努力，而且以贯彻目标而闻名。聪明人基金为 A to Z 提供一笔贷款，让阿弩吉得以投资第一批蚊帐制造设备，而 A to Z 则与住友一起将这一套全新的蚊帐制造流程引进了非洲。我记得自己曾暗自思量，如果 A to Z 一年能制造 15 万顶蚊帐，我们就可算是功在非洲了。

第一次拜访 A to Z 时，我不禁想起孟加拉国的工厂——干净、有效率、明亮、忙碌，而且几乎全是女性。上到二楼，阿弩吉指着一排排坐在缝纫机前的妇女，她们正卖力缝制蚊帐，完成后立刻将它们交给负责检查和包装的质检部。为了检查每顶蚊帐的质量，女员工会将蚊帐吊起来，走进蚊帐里，仔细检查是否有破洞或撕裂处。她们简直就像马蒂斯笔下的舞者，流动的身形在蓝色薄纱围绕而成的世界中优雅地舞动着。工厂里到处展现着旺盛的生产力。阿弩吉骄傲地告诉我，他们的生产力已经可以和中国并驾齐驱了。

我坐在有着漂亮圆脸蛋的裁缝师旁。她到 A to Z 工作已八个月，每天可以缝制 160 顶蚊帐。她赚的钱足够让她搬进城里住，并且负担父亲白内障手术的费用。她完全不急着结婚，在进 A to Z 工作前，她在街上卖菜，有了这份真正的工作后，生活已完全改观。那是 2004 年初的事。

到了 2008 年，在阿弩吉和他的团队强旺的创业精神及决心推动之下，A to Z 的员工已高达 7000 人。假设每个工作机会可以支持一家五口人的生活，那么 7000 名员工就代表有 35000 人直接受惠于制造蚊帐的工作，而这些蚊帐也正是当地贫民亟需用以保障全家健康的生活必需品。以金额计算，这项工作等于为当地经济创造了高达 300 万美元的人民薪资。

阿弩吉的第三代工厂如今每年可以生产 1600 万顶蚊帐，也就是全球耐久、防虫型蚊帐总产量的十分之一以上。A to Z 每年所生产的蚊帐足供保护 2000 万人，帮助他们维持生产力，同时让成千上万人免于丧命。

A to Z 最新的一座工厂足足有 6500 平米大，这是他们与住友的一项合资计划。偌大的厂房里通透明亮，机器声从不停歇，男女员工都穿着制服，整座工厂透着一股专业的气氛。虽然阿鲁沙的电源供应仍是个严重的问题，但 A to Z 拥有自己的发电机房，成排的发电机在每天的停电时段都会自动启动，使工厂作业完全不受影响。

谁来送蚊帐？

制造一项保命产品只是第一步。接下来的挑战是必须找出正确的方法来推广及配送这些产品。虽然在全球基金（Global Fund）及联合国儿童基金会的赞助下，大多数的耐久型蚊帐都可以免费的方式分送给非洲民众，但许多机构（包括政府及援助组织）都各有一套分送的规范,这些都必须一并考虑。不仅如此,非洲许多地方的道路都破旧不堪,甚至完全不通,所有这些问题都是极大的挑战,但也代表了很好的机会。

"聪明人基金"对全世界的人都应该拥有保命蚊帐的目标非常认同,但我们也对与私人企业合作、找出新的配送方式抱着极大的使命感。"聪明人基金"和 A to Z 达成协议,我们将尝试以不同的价格来贩卖蚊帐,贩卖的对象不仅包括一般民众,同时还包括为了经济诱因而愿意购买蚊帐来保护自己员工、确保公司生产力的企业。创新需要实验才能检验效果。当时,制造并分送一顶蚊帐到一位非洲贫穷女性手中总计花费约为 10 美元。我们知道,某种程度的补助是绝对必要的,但我们也希望知道,我们到底需要多少经费才能让每个人都能拥有一顶蚊帐。

我们的一项关键假设是,当时耐久型蚊帐的产量仍不足以涵盖所有需要的人口,因此这项产品或许拥有一些市场空间。这个假设因我的同事茉莉在桑给巴尔的一趟拜访而得到印证。茉莉拜访当地一个约 4000 人的村落,发现在"联合国千禧年发展目标"的赞助下,当地孕妇及儿童总计获赠了约 700 顶免费蚊帐。虽然村长对此善举极为感念,但他仍因其他 3000 位居民无蚊帐可用而深感挫折,因为当地只有免费赠送的蚊帐,受赠者仅限于孕妇及 5 岁以下的儿童。许多村民眼见蚊帐的好处,愿意出 4 美元来买一顶蚊帐,但不管出多少钱,当地根本没蚊帐可买。

我们决定试验一下以不同价格来贩卖蚊帐,并希望借此了解一般民众在不同的情境下,愿意花什么样的价钱来买蚊帐。当然,或许有些村民愿意付 3 到 4 美元,但大多数东非贫农只能负担起 1 美元的价格,当然,还有许多人连一毛钱都付不起。为了满足这些需求,A to Z 同意尝试建立一个小型女性销售团队,看看如果她们挨家挨户去贩卖蚊帐，会有什么结果。

我们的第一种策略就是建立起一个类似特百惠的销售模式，也就是女性销售员以挨家挨户或举办小型家庭聚会的方式来推销蚊帐。然而，第一个月就发生了三位销售员带着 17 顶蚊帐人间蒸发的情况。由于原本就预料到早期必然会出现一些盗卖行为，A to Z 于是要求所有销售人员必须在工厂里找至少两位担保人，如果发生任何产品遗失的事情，担保人必须负起赔偿的责任。他们决心严格执行这项政策，盗卖事件从此没再发生过。

在一次培训性质的家庭聚会中，一位极有个人魅力的女销售员向大家示范她如何向自己的邻居推销蚊帐。她的口中完全没有"应该"、"必须"这类典型的公共卫生用语。

"只要把蚊帐挂在家里，"这位身型壮硕、梳着两条辫子的女性销售员用浑厚的嗓音说道，"所有小虫都会逃之夭夭，不是只有蚊子哦。不可思议吧？从此，你们可以一觉到天亮，因为耳边不再有蚊虫吵闹声，而且孩子的学习成绩也会变好，因为他们不再因为睡不好而精神不济了。"

她继续说："我们的蚊帐颜色非常漂亮，你们可以把它挂在窗前，让邻居知道你们把家人照顾得有多好。"然后，仿佛突然想起来一般，她顺道提了一下："蚊帐还可以让孩子免于感染疟疾呢。"

美丽、虚荣、地位、舒适，这些都是我们做决定的重要因素，而且这种倾向绝不仅限于有钱人。

A to Z 试验了好几种销售途径，发现其中两种最具潜力。坦桑尼亚的企业非常愿意以 3 到 4 美元的价格来购买蚊帐，然后以扣抵薪水的方式原价卖给自己的员工。A to Z 同时也发现，利用公司的卡车到偏远农村送货时顺便卖蚊帐，也是一种很有效的方法。许多男孩会骑着单车跑来买蚊帐，然后再拿到市场里去贩卖。

寻找这些不同的营销渠道让我想起了海蒂，也就是多年前我在冈比亚遇见的那位肥料零售商。我们努力将自己的营销渠道建立在既有制度上，特别是原本就对贫民帮助极大、能为贫民带来不同选择的制度。我也想起了基加利的夏绿蒂，她当然希望自己能使用政府免费提供的抗艾滋药物，但由于身体的排异反应，她非常庆幸自己至少能在市场上买到适合自己身体的欧洲制药物。

成功有时也可能会误导我们，因为蚊帐固然是问题的解答之一，却不是唯一的答案。不断寻求创新做法可以让我们为极度复杂的问题找到更多更好的解决方案。没错，当我们与农村妇女谈到购买蚊帐的问题时，她们迫使我们开始想一些更具创意、完全不同的解决方案。她们告诉我们，睡在蚊帐里又热又黏，而且出了蚊帐或半夜起来上厕所，一样会受到蚊子的袭击。于是我们开始与一位在非洲住了二十年以上的科学家合作，因为他发明了一种方法，可以通过装修房屋来预防疟疾和其他许多由昆虫传染的疾病。

在抗疟这件事上，我们从一个简单的模式下手——通过财务支持来协助一位非洲创业家进行科技成果转移，将一项重要产品引进非洲大陆。通过这项工作，我们又了解到一般人的决策诱因及各种可能的产品配送系统。我们同时又学习到，虽然免费赠送是让蚊帐在非洲普及的重要因素，但市场机制在非洲仍有发展空间。让防疟蚊帐进入商家，可以让有需要的人获得购买的渠道，而非一定得仰赖政府或其他组织提供赞助。

公共医疗是一个改变起来最为棘手的领域，但绝非不可能。通过聆听市场的声音，我们可以学到太多东西。聆听的过程可以让我们了解应如何制订医疗保键产品的价格，让我们能以更理性的制度、合宜的价格、方便而可靠的渠道，将最重要的医疗保健产品送到贫民手中。防疟蚊帐或许可以成为公共医疗保健制度中的一个项目，但重要的是，这种制度一定要从使用者的角度来规划、设计。

寻求解决方案的过程之所以复杂，还有另一个原因：许多媒体及自认拥有唯一答案的意见领袖所发出来的噪音与干扰。就在聆听已成为最重要的解决问题的方法时，这些人最缺乏的偏偏就是聆听的能力。今天的媒体正在上演一场激辩，也就是觉得每位非洲人都该获赠一顶蚊帐以免受疟疾之苦的人，以及相信蚊帐应以合理价格贩卖给非洲民众的人之间的论战。

"免费蚊帐派"列举蚊帐发送与疟疾罹患率急剧下降之间的强烈关联性。那的确是事实。当整个村庄都获赠免费蚊帐后，疟疾的罹患率的确因此骤降。"社会营销派"的拥护者（认为蚊帐该以合理价格贩卖给民众的人）则指出，免费发送的计划通常只会带来头痛医头、三分钟热度的结果。他们以埃塞俄比亚及其他一些国家为例，在免费发放蚊帐之后短短几年之内，实际使用蚊帐的民众比例大幅下降。而这也是事实。

事实上，我们常常问自己一些错误的问题。当我们在讨论像疟疾这样的疾病时，真正的问题其实不是蚊帐该免费赠送还是以贩卖方式来提供给民众。在全力对抗疟疾时，两种方式各有其功能与效果。我们真正应该问的是：要彻底消灭疟疾，我们必须做什么？如果没有稳定可靠的产品供应来源，民众可能会在他们最需要蚊帐时，无法购买也无法免费取得任何蚊帐。配送系统不该是个鱼与熊掌的问题，而应是双管齐下、并行不悖的。

我们也必须小心，不要因为全世界都把注意力都放在蚊帐上，反而忽略了其他对抗疟疾的创新方法。比尔·盖茨基金会已经投入上亿美元于疟疾疫苗的研发上。也有许多人正致力于发展一系列可以防蚊、灭蚊，但对人体毫无伤害的家用油漆。这些大有潜力的方法只有在人类学会携手合作、愿意以全面抗战的心态来面对疟疾时才有可能实现。

千里送水

在21世纪，一些由充满创意的慈善家所支持推动的民间力量，将成为解决全球性公共问题极为重要的一环，而最需要这些创新概念的领域，则非水资源的供应莫属。干旱地区的贫农根本没有足够的水来耕作；全世界也到处有人因为无法取得干净的用水而染患各种疾病。不安全的用水及卫生条件不足已经为全球带来极沉重的负担。我们也已能预见，许多小型的水资源争议将在这个世纪逐渐演变为水资源争夺大战。

以印度为例，他们的地下水位正以每年6米的速度下降。解决与水相关的问题将是本世纪的关键议题。同样的，没有任何人知道所有的答案。如果有人知道答案，我们就不至于面对全球现今竟有高达12亿人口（也就是每5人中就有1人）无法喝到一杯干净水的窘境。

就和公共医疗问题一样，"聪明人基金"也希望以不断试验、创新的方式来面对水资源这个复杂的问题。我们希望借此找出一些解决方案，供全球论坛参考，或指出一些迈向大规模变革的途径。举例来说，印度许多州政府都认为，水是一项基本人权，因此应该免费提供给大众，但印度同时却有1.8亿人完全无法取得安全的、负担得起的用水。

自从"聪明人基金"开始接触水的议题后，我受邀参加了无数讨论会。大家希望确认水到底是一项基本人权，还是它的所有权能被私有化。当然，这又是另一个错误的命题。所有人都需要水才能存活，因此，要改善全体人类的健康问题，关键应在于让最多的人拥有安全、便宜的用水。但是，我们如何才能确保安全、便宜的用水能够有效、长期地送到贫民手中？我们又如何才能确保所有人都能获得保有健康生活所需的基本用水？我们正努力寻找那些决心为这些问题找出答案的伟大创业家。

查兰司·亚迪是一位来自加纳的创业家。在强生集团工作多年后，他决心将自己的心力用在创办一家为低收入农村提供安全、便宜用水的公司。他发现一项由加州大学伯克利分校贾德吉尔教授所发明的紫外线杀菌科技，决定要将这项新科技引进到发展中国家。在菲律宾，查兰司发现自己根本卖错了东西——贫穷的农村根本不在乎帮他们净水的到底是什么科技，他们想要的只是稳定、便宜、安全的供水服务。查兰司于是将企业的重心从科技运用转为建立一套好的供水系统。

当我们遇见查兰司时，他已经学到了这些经验，正准备将企业触角延伸到印度。"聪明人基金"决定投资60万美元于他这家名为WHI的新公司。WHI拥有一套非常简单的商业模式——他们以5万美元将自己的净水系统卖给村落层级、有能力服务5000人以上的创业家，村民因此可以用便宜的价格买到安全的日常用水，而卖水的收入则可用来永续经营这些小型供水公司。查兰司的愿景是以这套系统来服务百万以上的农民，而我们也相信他做得到。但环境似乎对他很不利——遥远的距离、缺乏银行信用、不忍卒睹的路况以及许多农民的宿命心理，种种都意味着，他必须是个最有耐心的投资者，才有可能尝到最终的果实。

2005年，当WHI正要在印度设立营运中心时，我和几位"聪明人基金"的创业伙伴去拜访了WHI在当地的第一座工厂。印度西部的维查雅瓦达是我们的第一站，当地人口大约100万，就印度的标准而言，算是个小城市。我们从海德拉巴坐了一趟又长又热的夜车，才在清晨前抵达维查雅瓦达，而我们还得再开3小时的车才能抵达WHI试运营的第一个村落。我们都希望了解，要为从来没有享受过安全用水的民众（也就是长久以来一般人都看不上眼的"市场"）服务，必须付出什么样的代价。

虽然我们在一大清早抵达，但当地早已车水马龙。漆着鲜艳色彩、塞满了篮子和水果、家具和人的卡车，在维查雅瓦达清晨拥挤的街道上缓缓前行。女人戴满了彩色手镯的双臂下夹着一大罐、一大罐的水，还有人则是在头上顶着装满水的金属容器。早上是取水的时间，三轮车和脚踏车大无畏地与后面写着"保持车距，安全行车"的大小货车争道而行，仿佛小鸡穿梭在大野牛的脚底。

一出维查雅瓦达市区，我们发现自己的车子开上了一条狭窄的小路，小路两旁种着棕榈树，棕榈树后则是一望无际、绿油油的农田，还有小小的茅草屋点缀其中。每隔一段距离，我们总会看到几位女子，穿着姹紫嫣红的纱丽婀娜地走在路上，她们的裙摆衬着背后的蓝天徐徐飞舞。路上净是坑洞，我们得不断左躲右闪、蛇行前进。之后，路似乎又恢复了平坦。虽然我们一路超越了许多脚踏车、人群、牛群，但我们的车速似乎从未超过每小时50公里。妇女们将刚洗好的衣物晒在平坦的石头上，竟也是一片缤纷艳丽。一辆白色大使馆座车的前车盖上撒了许多黄色的金盏菊，车里坐的几位老人，似乎与车盖上的金盏菊一起正在向往日时光点头致意。

印度到处充满了花朵——为了庆贺、为了哀悼、为了让生活更美好——茉莉与栀子花、金盏菊与天堂鸟四处奔放。我看到一头牛悠闲地站在一台漆着印度民俗风景的板车旁。生命真的很美好。

经过两小时的路程，我们经过了村子里一个称为"村务委员会"的地方，然后继续沿着一条小路来到了一群房子前。我们远远就可以看到 WHI 那栋鹤立鸡群、有个钻石形屋顶、漆着荧光蓝的建筑。村民骑乘各种不同的交通工具前来。这里有三个水龙头，小男孩拿着塑料容器走上前来接水，年轻人则将摩托车、脚踏车、人力车或三轮车骑上前来。有人甚至推了一部大型的板车，上面装了九十个15公升的水桶。这座供水中心每天平均可以卖出300桶水，这明显是个成功的征兆。

水带来了改变

整个景象中最让我惊讶的是，来水厂买水的人中竟然看不到女人。我还记得多年前，自己曾为一位女子在头上顶了不只一个、而是两个大罐子，仍能摇曳生姿地走路而大为赞叹，当时站在我身边的一位男子还大发谬论："女人生来就比较适合做这些事，因为女人的脖子比男人强韧。"

"原来如此。"我随便应了一声，因为实在不想在大马路上与一位陌生男子就此展开一场辩论。我也记得，曾用摩托车载我闯越沙漠的向导裘德里也有过相同的论调。二十年来，我见过无数人努力想降低偏远地区妇女的劳动时间，理由是如果妇女能减少处理日常杂务的时间，就有更多的时间来赚钱、照顾家庭，甚至休闲。然而，大多数的努力都失败了。现在，这个完全无意碰触女性议题的供水中心，却使得男人开始负担起了买水的工作。当然，男人并非全都得自己出门取水，他们大多是雇用青少年以脚踏车、人力车、黄包车为他们运水。但重要的是，改变的确发生了。

一位留着翘胡子、一脸聪明相的鸡农笑着告诉我，他现在每天平均需要买10桶水来养他的7000只鸡，而在有干净水以前，他最多只能养5000只。这可真是个大跃进。他还说，现在他已不再需要为鸡买药了，而且小鸡的成长速度也比从前快了20%。

他那天是来和WHI商量，希望水厂能允许他直接装一条水管通到他的养鸡场，但WHI婉拒了他的请求，因为别人很容易就可以在管线上挖洞盗水。这位鸡农不放弃，他说他愿意支付所有的水费，而且愿意负责水管的管理与维修。WHI的同仁建议他可以考虑先买一套储水设备，作为初步的解决方案。这可以让他自行调节买水量，同时还可以省去每天舟车往返的麻烦。我对他的创业精神及思虑周密大感佩服。这个人知道自己是水厂的重要客户，也一心想要改变自己的生活。

但让我们觉得奇怪的是，为什么不是每个村庄都急着要买干净的水？毕竟，那位鸡农的鸡显然比从前健康多了，而使用干净水的家庭，医药费也应该比从前低得多了。然而，比起科技的改变，人类行为的改变真的困难许多。为了快捷推进农村，WHI决定与一个当地的非营利组织"南提基金会"联手合作，因为这个基金会非常了解WHI想要进军的小区，同时在帮助农村引进新科技、建立配送系统及与地方政府合作上拥有非常好的基础。这种由拥有产品及服务的营利企业，与矢志保护贫民利益、对本地小区有深入了解的非营利组织之间的合作关系，将是未来非常重要的一种发展模式，而这种模式必须靠打破私人组织与公共部门之间的界线才能顺利建立。

身为WHI的早期投资者，"聪明人基金"已经与WHI携手合作超过四年时间。在那一段时间里，我们共同进行了好几个项目，其中包括重新设计原有水厂的架构，以便使水厂的运作更有效率、更容易兴建，同时外观不致突兀且易于维护。WHI最令人激赏的是他们非常愿意试验各种不同的设计，承认自己的不足，并且有能力快速地进行改变。

我们也一起协助农村取得银行贷款，让这些村落能借到资金，兴建基本的水厂厂房。"聪明人基金"以自己的"耐心资本"，向全印度第二大商业银行"印度工业信贷投资银行"（ICICI）提供三成的风险担保。当然，我们也可以直接贷款给这些农村，但风险担保的做法却能将更多资金引进到这些过去无法享有足够金融服务的地区。我们的期待是经过一段时间之后，银行应该会对贷款给农村感到比较放心、熟悉，而"聪明人基金"则可以慢慢减少我们的担保比例。

结果，由于WHI的信用记录良好，不到一年，"聪明人基金"已经可以为WHI提供仅需15%风险担保的二次担保。也就是说，"聪明人基金"只要提供100万美元的担保，银行体系就可以提供800万美元的贷款给偏远农村建立水厂。

在供水中心附近待了几个小时后，我们一行人走进当地村庄。村民大多数都住在茅草屋或水泥房里，每栋房子都收拾得极为干净、整洁。妇女聚集在水井旁，一边打水，一边聊天、说笑。她们仍得自己打水到河边去洗衣服。整条河边都是忙着洗衣的妇女：水仍旧是农村生活的中心。因为有了生活所需的用水，小女孩现在可以穿着白衣绿裙，拎着书包上学去，白鹭鸶可以悠哉地停在干草堆上或牛背上。爸爸妈妈都得下田工作时，可以把孩子送到附近一座庙宇附设的托儿中心去。这显然是小区光荣感的来源。

自从2005年的访问后，WHI已一步步发展为一个为200个农村服务、拥有超过35万名顾客的企业。WHI现在又已募集到1200万美元以上的资金，下一步的目标是发行一笔债券，以便为百万计的农民提供安全的用水。

最近，我拜访了另一座WHI水厂。这个水厂显得比较亲切，但感觉上仍位于比较偏僻的地点。它坐落在一个美丽荷花池的另一端，荷花池四周有许多棕榈树及茅草屋。就和大多数的WHI水厂一样，这个供水中心也盖在政府的免费供水站旁。由于政府提供的水无法当作饮用水，因此，民众可以在领取政府免费提供的洗涤用水之后，顺道向WHI购买用来煮饭及饮用的干净水。

村子里大部分的居民都是农民或是在附近碾米厂工作，每天平均工资大约1到3美元。在这个案例里，水厂的建造费用是由一个狮子会[2]所赞助的，而小区则必须负起经营的责任。一位笑容满面的当地居民就负责管理这个水厂，监督手下数名员工，但他同时还可以叽里呱啦地与排队买水的顾客不停谈话、聊天。这些水多半将用来供应未来几天的家庭所需。

一位留着小胡子的顾客穿了一身工程师制服——格子上衣，口袋里放了一副眼镜，头上戴着棒球帽。他从容地朝供水中心走来。我后来发现，他其实并不是工程师，而是到处打零工的人。但你从他的穿着和走路的样子来看，可以清楚地感觉到他的内在动力与企图心。我问他从什么时候开始向WHI买水，他说，从供水中心启用的第一天就开始了。

之前，他得走上好一段路，付很高的价钱才能买到安全的饮用水。他很满意WHI的水价，一公升大约只要一卢比，也比较喜欢这里的水的滋味，更高兴供水中心竟然离家那么近。我问他生活上有没有因此而产生什么改变。他点点头告诉我，他的家人现在不再那么容易拉肚子或生病了。他觉得WHI的水价很合理，服务也令人满意。看着他把水桶放上脚踏车，一路踩着踏板离去时，我心想，他其实是个很聪明的人，只要能够拥有好的发挥机会，他可以为家人带来多大的幸福呀。

下一步

如果"聪明人基金"只是一般的投资公司，甚或是个对社会公益很有使命感的投资公司，我们都应该对WHI的进展感到非常满意，然后就此满足了。但"聪明人基金"创办的原因是，我们相信市场经济只是

---

[2] 国际狮子会俱乐部协会（International Association of Lions Clubs），简称国际狮子会，由美国人茂文钟士（Melvin Jones）创立于1917年，总部设在美国芝加哥，是一个国际性的社会服务社团。

解决贫穷问题的开端,而非终点。我们希望知道,要为世上最多的人提供安全、便宜的用水,而且一次可以服务上百万人、还要能够永续经营的最好方法究竟是什么?

追踪民众买水回家后的使用情形是件很重要的工作。WHI 以 15 公升的安全塑料容器来贩卖他们的水,这是一个很好的开始。但是当一些顾客回到家后把水倒进未经消毒的陶罐时,问题就出现了。在整个安得拉,从穷苦的拉吉普特妇女到王公贵族,全都喜欢陶罐而不爱用塑料或玻璃制品,因为陶罐具有散热功能,基本上是一种天然的冷却器。这个情况是我们与 IDEO 设计公司合作时所发现的。和聪明人基金一样,IDEO 也相信必须从客户的角度来寻找解决方案。虽然 IDEO 通常与全球大型企业合作,但不论客户的社会经济阶层如何,他们聆听客户声音的方式并无二致。IDEO 不希望以说服低收入民众改用塑料容器的方式来逼迫客户改变。相反的,他们希望努力设计出能够经常消毒的陶制容器。

我们也一直与比尔·盖茨基金会及一个全球性研究机构合作,希望聆听贫民的声音,了解当他们开始饮用干净水之后,到底会产生哪些改变。我们希望借此了解如何能让更多人开始饮用干净水。但改变任何行为模式都不是件容易的事。在印度偏远地区,一般民众相信水是上天的恩赐,因此,他们有很大的社会压力,必须接受他们的神口所给的水——不管那是什么样的水。要说服民众相信他们可以选择自己所喝的水,是一件既不容易又不便宜的事。因此,像"南提基金会"这样的非营利组织,就特别有助于我们发展出一些更完整的解决方案。

在印度的案例中,"聪明人基金"就是与一个营利企业(WHI),以及一个当地的非营利组织(南提基金会)共同合作。我们也为一家商业银行(ICICI)提供贷款保证,并与他们建立起良好的合作关系。我们还与盖茨基金会及知名的非营利研究组织"铁三角研究中心"合作,同时更与一家私人设计公司（IDEO）共同成立一个合作事业。大多数的村庄如果要设置一个水厂，都必须获得当地"村务委员会"——也就是官方的同意。而整个沟通、协调、学习、失败、成功，或一切又得重新来过的过程，确实需要具有真正的使命感及长期抗战决心的参与者通力合作才能完成。虽然许多单一的问题都可以找到简单的答案，但要建立起一套完整的解决方案却不是件容易的事，因为，我们所面对的问题原本就极为复杂。

就是这种能够跨越公私部门、不同专业领域、地理区域、利润需求的创新做法，加上所有参与者都能专注于共同的目标，才使得 WHI 能如此成功，并逐渐成为运用市场经济来解决公共问题的一个重要指标及典范。WHI 将地球上最宝贵的资源提供给了这个世界上最贫穷的一群人，而他们的方法既理性，又能创造就业机会，而且也尊重了每个人的尊严与需求。

要把这样的事情做好，需要某种特别的领导能力。他们必须始于聆听，知道如何寻求协助与合作，不以简单但不完整的解决方案为满足，而且他们的动力来源必须是真心想为全球社群中拥有最少资源的人，创造出真正的解决方案。而令人振奋的是，我们已经开始发现许多这样的领导人物，而且看到有更多的领导人物出现在我们未来必须携手开拓的道路上。

16
共筑美梦，共创未来

很少有人能只手改变历史，但我们每个人都能努力改变一些小小的事，这些努力的总和，将被记录在我们这一代的历史扉页上。

——罗伯特·肯尼迪

从我将那件后来出现在卢旺达小男孩身上的蓝毛衣丢掉的那一天至今，悠悠已过三十寒暑，而整个世界也已大不相同了。当年的那位卢旺达小男孩，从未看过电视、打过电话，也从未拍过一张照片。今天，同样穿着二手衣的基加利小男孩却可能拥有手机，也会使用网络。今天，来基加利工作的二十几岁年轻女子，也不再会有我从前所感到的那种孤立与封闭。她可以每天用电子邮件或网络电话与家人及朋友通话，在网络上读家乡的报纸、看熟悉的电视，掌握所有大小事。现在的世界里，许多人都拥有彼此连结的工具以及创造未来的资源，而在我们所希望开创的未来中，不论贫富，每个人都有机会追求一个更有意义的人生。

我自己也改变了许多。在非洲、印度、巴基斯坦工作了二十多年后,我已明白,要解决贫困问题,我们需要的是纪律、责任及市场力量,而非只是单纯的同情心。我也明白,解决贫穷问题的答案存在于市场经济与慈善事业之间的交界处,而我们最需要的就是深具道德意识的领导者,也就是愿意从穷人的角度来寻求解决方案、而非一味想将自己的伟大理论或计划强加于穷人身上的人。

我明白,如果你愿意努力聆听,人们会将心中真正的想法告诉你。若非如此,你只会听到他们认为你想听的说法。

我明白,世上没有任何东西比信任更珍贵,也没有比希望更有效的催化剂。建立良好关系的最大杀手就是一边利用别人,一边却满口仁义道德。我们每个人最需要自我强化的品格特质就是深切的同理心,因为它会为我们带来最强烈的希望,而这正是人类共同存活的基础。

我明白,慷慨解囊比伸张正义容易得多。在极度扭曲的穷人市场里,以对穷人不抱期望的心态来从事所谓的慈善事业,其实是一件容易得多的事,但这样只会让穷人感到更深的歧视。

我明白,当今的全球化经济如何连结起世界的不同区域,而我们的世界又是如何的唇齿相依。全球化经济创造了惊人的财富,也使千百万人脱离了贫困。然而,除非每个人都拥有参与全球化经济的机会,否则它所带来的危险将比它能带来的希望更大。

我通过自己有幸认识的不凡人士才得以明白这一切,他们是我曾共事过的伙伴、与我同行千万里的旅伴,以及我深爱的许多家庭及朋友。在丁尼生的《尤利西斯》中,我最喜欢的诗句之一是:"我所遇见的一切,形塑了现在的我。"我生命中所遇见的每个人,不管好或坏,也都成了我的一部分。

一位肯尼亚的老祖母以及一位巴基斯坦小女孩，正是人类心灵惊人能量的最好典范。碧翠丝是贾米波拉信托基金[1]的会员，这是个非营利组织，从肯尼亚50位乞妇的微小储蓄起家，如今会员超过20万人。"聪明人基金"正在支持贾米波拉进行一项非常符合环保要求的开发计划，它将兴建并出售2000户房屋给当地居民。

　　碧翠丝有一张宽宽的脸，头发整齐地扎成一个髻，身体结实，说话时直视我的眼睛。她在肯尼亚最穷困的贫民窟马塔亚谷地中生养了8个子女。那正是多年以前我在一个滂沱大雨的夜里，与一群女子在黑暗中疯狂漫舞的地方。碧翠丝不停地工作，从不休息，一点一滴攒下钱来，以确保所有孩子都能平安长大，接受良好的教育。这是她一生最骄傲的成就。

　　当她得知长子和长媳都将因艾滋病而不久于人世时，她受到的震惊简直难以想象，而他们还留下四个孩子由她接手照顾。一年后，她另一个孩子也死去了。然后，又一个。到了2000年，她所生的每个子女都先她而去，留下十几个孙子孙女让她抚养。她既没丈夫可依靠，也没有真正的收入来源。

　　"我简直绝望极了，"她轻合双手，眼睛里净是哀愁，"我曾想过在麦片粥里下毒，与孩子同归于尽，因为我实在想不出任何法子可以照顾到每个孩子。"

　　一位朋友告诉她有关贾米波拉的事，并帮她存下了一点点钱，让她能符合向贾米波拉贷款的条件。碧翠丝把贷款用来经营炸薯条的小

---

[1] Jamii Bora Trust，联合国驻肯尼亚贫民区专员英格丽·孟若（Ingrid Munro）负责提供贫民基本生活所需，在她即将退休时，一群女乞丐问她："你退休了，我们怎么办？"从那时起，她决定开展一项脱贫计划，只要贫穷女性开始储蓄，存多少她就借给她们两倍的金额，但彼此互为保人，如今"贾米波拉信托基金"已有20万会员。

生意，成功赚了一点钱后又借了更多钱。她在家里加盖房间出租，同时又开了一个卖水站、一家猪肉铺及一间理发店。

今天，碧翠丝拥有5项事业、11位员工，还有21间房可供出租。她的长孙即将成为一位律师，还有3个在高中就读。所有的孙子都会偶尔来和她一起工作。

至少在我写这段文章的几个月前，碧翠丝的情况确是如此。但就在我写这段文章的前一周，2007年12月的肯尼亚大选因招致极大怀疑而引发暴动，重创了碧翠丝和她家大部分成员所居住的贫民窟。"贾米波拉"强有力的创办者英格丽·孟若是一位现年60多岁的瑞典女性，她有着淡蓝色的眼珠，金发随意绑了个马尾。她告诉我们，贾米波拉几乎有半数会员受到影响，这些人曾竭尽所能让自己脱离贫困，但现在他们都必须努力挽回损失，还要去协助那些受损比他们更严重的人。肯尼亚所发生的事再一次提醒我们，贫富差距愈来愈大的世界隐含着巨大危机，尤其是在发展中国家，因为在这些国家中，一半以上的人都不满25岁。

为穷人服务

贫穷心理学极其复杂。世上受苦最深的人通常也是最有韧性的人。他们可以在最简单的事情中发现快乐、分享喜悦。想想那些在雨夜中漫舞的女人、经历大屠杀的夏绿蒂所展现的坚毅，以及宏诺拉塔的善良与包容。

但同样的韧性也可能演变成一种顺服、宿命、屈从于生命苦难的无奈，以致不公不义的事得以滋生、蔓延，演变成一种无可置疑的制度——直到某些事件发生，警醒下一代人为止。尤其对年轻男孩而言，暴力抗争所带来的兴奋感与同志之情，显然比接受毫无希望的未来有吸引力得多。

感受到这股压力的不只有巴基斯坦和肯尼亚。"聚思地"所在的印度比哈尔邦也出现了所谓的"纳萨尔运动"，那是尼泊尔毛派的一支，拥护者以武装民兵的力量来抗拒现代化的入侵。

人们必须觉得自己充分参与足以影响自己生活的决策过程之中，而且与整个社会利益与共、唇齿相依。这也就是为什么要找出并投资于极稀有的创业家是那么重要的事，因为他们能在每个人身上看到真正的能量，并愿意致力于释放这些能量。英格丽就告诉我，贾米波拉是属于全世界的。

"毕竟，"她说，"从历史的眼光来看，我们每个人的祖先都曾经历贫困。所以，为什么我们要不断分化自己人呢？"

当我见到小女孩玛黎安时，我在她身上看到了英格丽所拥有的永不放弃、通达人性及世界公民的特质。玛黎安住在巴基斯坦北部克什米尔地区。2005年10月巴基斯坦大地震后，她与父亲、妹妹栖身在一间临时房屋中。我发现他们的临时居所旁边，还有一间迷你的娃娃屋。

当我问是谁住在那个小房子里时，和妹妹站在一旁的玛黎安立刻回答："是我们的洋娃娃呀。"

她指着自己做的洋娃娃，每个洋娃娃都是用一根小竹竿、外面裹着一团布做成的。她会帮洋娃娃做一个小小的头，用鲜艳的布料为她们制作衣服。每个洋娃娃都有自己的服装，加上一条头巾以符合当地的礼数。她从杂志上剪下一些美女的脸庞，贴在洋娃娃的脸上。她的洋娃娃中有一个金发尤物，酷似电影《家有仙妻》中的女主角，另外还有一位棕发美女，甚至还有一位英俊的男子。这其中的创意及幽默感简直令人拜倒。

9岁的玛黎安戴着一个白色头箍及一条淡绿色的薄纱头巾。她的衣服很漂亮、很干净，而且手上还画着一朵紫红色小花。

我问她那朵小花是谁帮她画的。

"我自己画的，"她羞涩地说，"我很爱漂亮。"

她6岁大的妹妹梦娜仔细听着我们说的每一句话。

我告诉她，我也很爱漂亮，而她则是个很棒的艺术家和建筑师。

玛黎安脸一红，指着娃娃屋旁边她所做的另一间临时屋。那房子上有金属浪板的屋顶，墙上贴着塑料布，而且还有一张木头床和一个陶罐，就和她们自己家一模一样。

即使是住在一个女孩发展机会远不如男孩的保守地区，玛黎安也可以拥有伟大的梦想，因为她的父亲非常与众不同。从他谈起自己的未来、做事的方法，以及他坚持让两个女儿受教育的这些事上，都足以看出他的不平凡。而玛黎安身上也有一种特殊的光芒，让她显得出类拔萃。

我问她，将来想不想当企业家？是否愿意考虑卖我一个洋娃娃？如果愿意，她又想卖多少钱？玛黎安立刻高兴地说，她很愿意送我几个洋娃娃当礼物。

"哦，这可不行。"我说，并试着向她解释一个小小商业交易的价值，而且我还告诉她，如果她卖掉一两个洋娃娃，她可以自己重新再做，而且还可以再拿去卖。她害羞地点点头表示同意，于是我给了她们一人100卢比以及一枝笔。

小姐妹看着手中簇新的钞票，忽然跑进家中，回来时带了一个纸袋，以便让这次交易显得更专业。玛黎安原本要让我挑选自己喜欢的洋娃娃，但为了不夺走她最爱的娃娃，我请她帮我选，而且声明我不见得要那些她自己最喜欢的娃娃。我得到的是那位艳光四射的金发尤物及那个棕发美女，而她则还保有15到20个娃娃家族成员。

尽管有着极大的地理、文化、年龄及宗教的差异，但玛黎安和碧翠丝却拥有相同的精神。她们都不想向人伸手,但她们在社会中也都被归类为"其他"——对社会不可能有什么贡献的贫穷女性。创办"聪明人基金"后,我碰到过许多像玛黎安和碧翠丝这样的人。每碰到一位,我的决心就愈坚定——我们一定要以穷人为顾客,创造更多解决方案。当今全球有数亿、甚至数十亿的穷人愿意以纪律、企图心及努力来得到大家都希望拥有的东西,而我们还是必须从鼓励、敬重这些人的努力着手,来为这个伤痕累累的世界找出答案。

要创造一个大家都想要的未来,市场经济和慈善事业都有重要的角色要扮演。光有慈善事业,我们会少了市场经济中的回馈机制,而那正是最好的聆听工具。光有市场机制,我们也很容易忘记那些最困苦的人的需求。通过将世界上所有的碧翠丝和玛黎安当成我们的顾客,"聪明人基金"将不断支持那些与我们拥有相同信念的创业家,一同打造可以协助穷人帮助自己脱离困境的解决方案。

地球上的每个国家里,都有许多能帮助我们开创美好未来的创业家。他们是未来的罗莎妮、文卡塔斯瓦米医生、阿米塔巴及索诺博士。他们是看到一个问题就紧盯不放、不解决誓不甘休的人。他们对琐碎的意识形态、无聊的自我设限毫无兴趣、抵死不从。他们既有改变世界的热情,也有贯彻目标的能力。更重要的是,他们相信每个人都拥有对这个世界有所贡献的潜能。

与此同时,当今最优秀的领导人也都具有一种务实的特质,他们非常重视成果评估,希望建立可长可久的健全组织。光凭灵感不足以改变世界。相反地,我们需要优秀的制度、清楚的责任归属,以及明确的评估,确认什么行得通、什么行不通。因此,最优秀的领导人会不断强化自己建立起一个组织的能力,同时还能保有愿景与热情,希望帮助别人想象自己的生活所可能产生的改变。

有一次,一位潜在的赞助者问我是否真的认为领导能力是可以培养、训练的。他认定"领袖是天生的,不是靠培养的"。

我完全不同意他的观点,而且深信,我们可以、也必须努力培养年轻一代的领导特质。判断力、同理心、专注力、耐心以及勇气,这些特质应该比任何科目都重要,需要认真学习、全力培养。当我们的世界变得愈来愈复杂时,聪明、有能力、知道如何聆听不同领域、不同阶层声音的通才,将比以往任何时候都重要。

2006年,我们开始了"聪明人基金"的"研究学者计划",希望借此建立起一个领导团队。这些领导人才都具有足够的专业技能、人际网络及道德想象力。我们希望能运用他们对如何在不同地区建立永续企业的能力,来协助解决我们这个时代所面临的重大挑战。这个计划结合了行动力与思考力的训练,因为要教一位年轻人如何制作电子表格、进行财务分析很容易,但要教他们如何处理发展中国家常见的情绪纠结或政治纷扰恐怕就困难多了。

每年,我们会遴选10位左右、25到45岁之间的优秀人才。申请者来自世界各地,也带着不同的能力与经验,其中包括投资银行家、偏远地区的医生,或是自行创业的拓荒者。他们会花两个月的时间到纽约,了解聪明人基金所从事的工作,与许多重要的领导人见面。之后,他们还会花好几天的时间阅读、讨论重要的文学及其他著作,包括亚里士多德、马丁·路德·金、甘地、昂山素季、曼德拉等,以便他们能以"聪明人基金"所必须面对的现实背景为基础,建立自己对改变所抱持的信念。

他们在纽约的第三天,我们会把他们的手机、皮夹拿走,只给他们每人5美元及一张只供单趟来回的交通卡,然后要求他们下班前必须回到办公室,与大家分享他们一天的观察与想法。他们观察的目标是,如果纽约希望以低收入民众为顾客而非慈善工作的对象,我们应如何改善贫民服务的设计。每一次,研究员早上出门前,总是会有那么一点走向未知的紧张心情。

但当他们回来时,每个人都双眼圆睁,带着深思的神情,而且通常会捧回一大堆低收入户要申请某些服务时必须填写的表格和文件。

"我毕业于哈佛,而且在麦肯锡公司担任管理顾问,"从法国来的研究员艾垂安说,"这堆数据对我而言都很困难,试想一位游民或没受过太多教育的人看到这些文件时会有何感受?"

一位来自美国本地的研究员凯瑟琳花了7个小时坐在哈林区一家医院的急诊室里,聆听身旁一位耐心等候的病患向她诉说自己的悲惨故事。

"一天下来,我真的非常挫折,我很难想象如果自己生了重病,会有什么样的遭遇。但更悲哀的是,那么多人都默默接受了这种待遇,仿佛他们想要改变的动力全都被吸光了一样。"

肯尼亚来的万嘉丽在一个食物救济站坐了几个小时,聆听一群妇女告诉她,这个救济站是唯一让她们觉得有归属感的地方。美国人和肯尼亚人对社群的定义差别之大,让她倍感困惑。"或许这里可以多花点心力在社群的工作上,而非只关注个人的需求。"她若有所思地说。

我非常喜欢听他们谈论自己的观察与想法,因为她们在我的国家里所看到的问题,和我在全世界其他国家的贫民区中的所见所闻并无二致。

服务,是一种喜悦

除了年轻人外,最近几年,许多事业有成的人也开始觉得自己无法满足于因专业成就而获得的财富。神经科学及心理学对快乐的研究一再表明,在拥有一定的财富之后,钱财的增加不再与快乐呈等比例上升。而且,毫不意外的是,服务别人显然是获得快乐的最重要的因素。这些科学家所定义的快乐与亚里士多德所说的快乐很类似,它不是一时的放松与高兴，而是对人生目的及意义的深刻领受。更重要的是，它是一种与时俱在的长久喜悦。

赛斯·高汀不是那种当你想到农村经济时立刻就会在你脑中浮现的人。他来自纽约，是一位硅谷英雄及营销大师，也是畅销书《紫牛》(*Puple Cow*)的作者，同时也是极受欢迎的博客作者。他不仅有极端聪明的脑袋，还有一颗非常温暖的心。在为"聪明人基金"进行一些全球性研究后，他踏上了有生以来第一次印度之行，自己出钱，花时间在印度待了一个星期，协助我们在当地的创业家，为他们提供免费顾问服务。

"聚思地"的创办人萨提安就深受高汀建议之惠：每位电子小铺的店主就和麦当劳的加盟业者一样，他们都看到了创业、赚钱的机会。萨提安同意，他应该为每位加盟店主提供一份经营手册，里面详细列出从服务质量到营销计划的所有规范。有些加盟店主特别有创意。我曾遇到一位店主，他自己印制了一些宣传单送给学校，好让学生可以带回家给父母参考。这个做法对电子小铺的经营大有帮助，而且可以通过整个加盟系统分享给每一位加盟店主。由此可见，制度真的很重要。

萨提安和高汀如今经常联络，两人都因此受益不少，而印度穷困农村里的750万人也一同受惠于他们两人的合作。

这种合作关系要成功，必须先建立起以信任和彼此尊重为基础的良好关系。高汀认为萨提安是印度最棒的创业家之一，而他专注于协助穷人脱离贫困的志向更令高汀深为敬佩。萨提安则从高汀口中听到许多企业的成功故事，高汀对管理的许多独到见解，更让他受益良多。他们之中没有一个人永远是对的，也没有一个人知道所有答案，但携手合作使他们两人都变得更聪明、更有智慧。

每个人都可以把自己最拿手的本事贡献给这个世界。在巴基斯坦大地震后，我遇见一位承包天才阿德南·阿斯达。他有一双会笑的眼睛,满身干劲。他穿着长袖棉衫、牛仔裤,围着红格子围巾,站在自己位于穆扎法拉巴德的临时办公室前。他在卡拉奇拥有好几个企业,现在在这里勘查一个新的旅馆工程进度。大地震后,他决定贡献一年时间给自己的国家。

他接受了巴基斯坦一个非营利组织"公民基金会"的邀请,负责监督5000栋为大地震灾民所兴建的房屋工程。为了完成任务,他还召集了一群巴基斯坦当地及旅外的侨民(最远来自纽约)担任义工,这些年轻人都希望能为自己的国家尽一份心力。

我问其中一位年轻人,为什么愿意在寒冷的北方,每天无薪工作16个小时,既辛苦又远离家乡。根据他自己的定义,他是个被宠坏的卡拉奇富家子弟,就读于寄宿学校,拥有一切生活享受,但生活却毫无目标。我说,他现在一定觉得自己是个富有的人了。

他看着我,回答说:"事实上,我觉得自己现在终于是个男人了。"

我见到阿德南时,他已经监造了1000栋临时房屋,以供灾民过冬。他之所以能顺利达成目标,不仅因为他很有心,更因为他是全巴基斯坦最厉害的项目管理人之一。高汀、阿德南以及许多像他们这样的例子不禁让我想到,"聪明人基金"或许也应该策划一个"资深研究员"计划,好吸引一些有心在这个亟需他们的能力及经验的世界上贡献己力的优秀专业人士或退休精英。

世界上的每一个人,不论贫富,一定都有某些东西可以贡献出来。"聪明人基金"的行政总监暨总顾问安·麦克杜格在全球知名的普华永道会计师事务所工作了17年,最后甚至做到全球副总顾问,但她却毅然离职,决定加入"聪明人基金"。她12岁的女儿夏绿蒂也不让母亲专美于前。她在纽约的工艺展览会上举办了烘焙义卖,并邀请参展的陶艺家将当日所得的一部分捐为公益。在他们的协助下,夏绿蒂单单一天之内就募集到了350美元。这个小女孩找到了自己可以使得上力的事,以自己的方式与人分享了为穷人服务的理念，并因而激励了一群大人。

　　站在"聪明人"投资者大会的讲台上，我看着台下数百位努力奉献自己、共同影响这个世界的人。由于这些或大或小的奉献——从上百万美元的赞助到一位7岁小女孩送来的20张一元纸钞，"聪明人基金"到2008年已经投资了超过4000万美元于40个为服务穷人而开创的事业。通过这些创业家所经营的企业，我们更创造了23000个工作机会，并同时将像供水（以及因此带来的健康）这样的基本服务，带给全球数以千万计的低收入民众。今天，35万以上的印度偏远地区民众有生以来第一次可以买到干净的饮用水；全球每年也有3000万人可以获得一顶救命的抗疟蚊帐；15万农民因为有了滴漏式灌溉系统而能为家人赚到比过去多一倍甚至两倍的收入。但这只是我们旅程的起点。在这趟旅程中，我们所支持的新创事业将不断为未来的重大社会改革开路。

　　至于"聪明人基金"，我们现正努力筹募1亿美元的资金，以投资更多新创事业。我们在印度、巴基斯坦、肯尼亚、纽约都有工作团队。来自全球各地的年轻人原本可以各自发展，但却认定"聪明人基金"所从事的工作是世界上最有趣、最富挑战性、也最有意义的事情。这让我想起了"聪明人基金"的首席投资官布莱恩·崔斯塔，他简直就是现代版的吉米·史都华②。布莱恩之前在麦肯锡顾问公司工作，他的前老板告诉我，布莱恩是他聘用过的最优秀的人才之一。事实上，当布莱恩还是"聪明人基金"的暑期实习生时，就已对我们的第一份营运企划书卓有贡献，而他也一直领导着"聪明人基金"的创新行动。如今，他正负责建立一个名为"脉动"的重要平台，"聪明人"希望能借此评估社会部门

---

② Jimmy Stewart，忠厚、善良的"美国英雄"典范，是第一位参加"二战"的电影明星，并荣获飞行十字勋章。

(即非营利领域)所带来的影响。我也会想起亚丝米娜，如今她已成为许多商学院学生心中的偶像，因为她为如何过一个有意义的人生树立了最好的典范。

我深信，下一代人将完全改变我们的世界。不管在哪里，我都会遇到许多衷心渴望、也完全准备好为世界贡献己力的年轻人。全世界各地的大学生及刚刚毕业的 MBA 都问我，他们需要具备哪些技能才能投入贡献世界的行列。他们需要的是各种企管经营的能力，包括营销、设计、分销系统、财务，以及其他如医学、法律、教育及工程等领域的专业训练，因为我们需要许多具有不同专业能力的人加入为贫穷人口寻找出路的工作。他们可以投身非营利组织，进入观念先进的企业或政府机构来参与贡献世界的工作。

我们的团队明白，我们的工作早已不限于"耐心资本"的投资。虽然这确实是我们的核心工作，但我们一再发现，光有钱绝对不足以成事。当今全球各国的年轻人纷纷投身于改变，因为他们希望能参与打造一个更好的世界。在这个世界里，每个人都能享有相同的服务、工具及能力，以便为自己创造一个更自由、拥有更多机会，以及——最重要的——更有意义的生活。

一起打造未来

在文卡塔斯瓦米医生以 87 岁高龄过世前，我曾多次与他见面。有一次，当我们在清晨四五点一起散步时，我问他对"神"有什么看法。他静默了一会儿，然后回答："对我而言，神存在于一个所有生物都彼此紧密连结的地方，只要我们可以感受到那股庄严的气息，我们就知道神在我们之间。为了让这个世界可以慢慢治疗它所受的苦难，我们必须以坚定的决心来解决贫困问题，但我们也必须抱持着每个人都不是单独的个体、所有人都彼此需要、紧紧相依的心理来做这件事。"

离亚拉文医院1.6公里左右，有一座建于15世纪的全球最大的印度教寺庙——米纳克希神庙。这座寺庙可容纳100万人左右，极为壮观，庙身雕刻、彩绘了成百上千的神祇，每个庙厅里都立满了雕像、古老的石柱，以及由花岗岩与大理石雕刻出来的巨大象神及湿婆神。我最喜欢的一间庙厅称为千柱厅，里面有985根柱子。据说，1000根柱子代表太过完美，因此人类只能与自己的不完美共存。

一天清晨，文卡塔斯瓦米医生漂亮的外甥女帕薇带我去米纳克希神庙。当我们走过一个又一个庙厅时，帕薇告诉我，当她还是小女孩时，文卡塔斯瓦米医生经常拉着她和其他小兄妹一起到庙里来。

"你必须建立一个愿景，"文卡塔斯瓦米医生对她说，"就好像建造一座庙宇一样，你必须专心于这个愿景，花上几代人的时间去建造它，而且没有任何单一的领导力量可以完成这件事。它必须长久屹立，它必须是为所有人而建。"

文卡塔斯瓦米医生和约翰·贾德纳都已离世，但他们也都留下了足以流传久远的典范与成就，因为他们对于改变所抱持的愿景并非出于自以为是的骄傲，而是为了贡献世界。他们的工作释放了千百万人的能量。为世界而奉献，让这两位伟大人物有了深刻的使命感、生命意义，以及快乐。当我们注目下一代、甚至再下一代时，我们同时必须学会回头，细细仰望前人所留下的智慧。

为大家建立一个愿景，并且自知，没有任何单一的领导力量可以完成这件事——这就是我们在打造一个所有人都能共享的世界时，所必须面对的挑战。想想看，一旦有了这样一个大同世界，发明家、学者、老师、艺术家，还有企业家将能如何造福人类、为人类增添更绚烂的光彩。而我们的第一步，就是必须培养自己的道德想象力，也就是与人易地而处的能力。这事听起来简单，但却可能是最难做到的事。因此，许多人干脆认定：每个人心性各有不同，穷人天生安贫乐道，有些人的宗教信仰让他们变得不可理喻，或某些人的个性、种族、阶级、信仰会让他们变得危险、对我们产生威胁。这些想法显然让许多人觉得容易接受得多。

我们每个人都必须培养出能真正用脑及用心去聆听的勇气，学习给予别人不求回报的爱，碰到任何人都将它当成是多了解一个人的机会，而不是不断强化自己的偏见或歧视。

但同理心只是个起点。它还必须要与专注力和决心配合，以及知道哪些目标必须完成的强悍，和坚持到底的勇气。现今的世界需要的不只是人道主义。我们需要懂得聆听及可以贡献具体技能的人。只有结合极度冷静的分析及绝对温暖的心，我们才有成功的可能。

我们有乐观的理由。看看过去20年来世界的改变，更不用说从我祖母出生的那个年代至今了。光是过去25年就有3亿人口脱离了贫困。想想因特网带来的全球民主化风潮，因为网络使专制政权不能再将人民与自由世界阻隔开来。我们如今已不需要经过任何政府介入，就能轻易地联系全世界。看看全球女性在政治及经济领域中的惊人成就，看看全世界的年轻人——许多人如今都希望投身于不只关心公司利润、同时更关心世界变化的企业，我们有理由相信，任何人都有自我提升的能力，他们只是需要一些必要的工具。我们所能做的只是为他们开门，让他们能大步跨进这个新世界。

今天，我们正在重新定义社群的地理意涵，并为人类共同的价值一起负起责任。现在，我们有机会将人人生而平等的概念推进到世界每一个角落，但这仍有赖于我们才刚开始想象的一些全球性架构与产品的协助。虽然一般人很难像巴菲特或比尔·盖茨一样，一出手就是上百亿美元，但我们每个人还是可以用自己的方式，来实践作为一个世界公民的责任与义务。对地球上的每一个人而言，我们都只有一个世界，而我们的未来真的需要所有人共同去大胆想象、亲手打造。

在企业行为里完成改良社会的目标

南方朔

资本主义并非长着人脸的野蛮人,只要以爱和公益存心,资本主义就可以完成慈善家所不能完成的使命。

最近,台湾地区引进了两本很重要、很有启发性、同时也让人觉得温暖的著作。

第一本是艾金顿(John Elkington)与哈提根(Pamela Hartigan)合著的《1个理想×10种创新=社会企业是门好生意》(*The Power of Unreasonable People*),这两位作者乃是"施瓦布社会企业家基金会"的主要负责人,而该基金会是由"世界经济论坛"创办人施瓦布(Klaus Schwab)及其妻子所设立。这本著作以"任性"(unreasonable)为题,乃是指出绝大多数人都"合乎理性"(reasonable),大家跟着既有的标准走,追逐自我的利益和利润。这种人是让自己适应世界,而"任性"的人则是"不合乎理性"的,他们是真正的创造者,通过创造的成绩来改变世界,让世界来适应他们。这本书将近年来在全世界日益崛起的所谓"社会企业家"这种新现象,做了相当概括的整体描述,让我们知道在这个不完美也不公平的世界,有许多创业家通过企业精神,献身于各种改善贫富不均、符合人类公义、同时具有环保意义的新事业,他们正在点点滴滴地改善着世界。

第二本则是知名公益创投基金"聪明人基金"发起人诺佛葛拉兹所著的《蓝毛衣》。《1个理想×10种创新=社会企业是门好生意》是对"社会企业家"这个新现象、新趋势所做的概括介绍;《蓝毛衣》则是现身说法,将作为一个"市场导向的慈善事业家"或"社会企业家"的参与经验、痛苦的历程和收获的喜悦,提供出来与人分享。

在黑暗中点灯

上述两本书,我读过后,都相当感动。因为它们让人深深体会到,就在许多人都抱怨这个世界不公平、全球资本主义是如何制造出许多不幸甚或苦难的时候,世界上已有许多人并不抱怨,反而在黑暗中点起一小盏一小盏灯火,为这个世界带来机会与希望。他们正在把人类之爱,以另一种资本主义的运作方式加以展开。

而要谈这两本著作,首先可能必须回溯"慈善"这个概念及其在实践过程中的改变。

人类从来就有善念,正因为心存善念,因而无论东西方,从很早开始,就有施粥施饭、济贫助人,甚至捐献给教堂、寺庙的善行,这也是人类荣耀上帝及诸神的一种良心呼唤。

而这种以"施舍"为核心的慈善,在19世纪末开始出现一次大转变。那就是以乔治·皮博迪为先驱、大企业家卡内基、洛克菲勒等人为主力,所开创出来的"现代公益"。他们不再只是被动的施舍,而是主动的开创，如捐资办学、资助医学研究与科学创新，支持各种先驱性的教育与社会计划等，这种现代慈善精神，举世仍以美国为第一。就以2009年为例，尽管经济不景气，但是美国人民全年的慈善公益捐款估计仍高达3000亿美元左右。

不过，尽管现代慈善公益这种价值已遍及全球，但这种价值的实践仍有一个最大的死角，那就是各国真正的穷人及世界上低度开发的地区。目前的世界，即便在发达国家，贫富业已两极，贫穷的人深陷在没有希望的结构中，再多消耗式的慈善救助，对他们也是杯水车薪，而且对他们失去的尊严也完全无所帮助。至于深陷在全球资本主义体系底层的低度开发国家，来自外国的慈善捐助或协助开发，意义更小。有时援助或协助开发，由于援助者的自我中心，它所引发的问题甚至可能还大过它意图解决的问题。这些低度开发社会，在20世纪60至70年代，它们内部虽出现过"追求自主科技"以及"自主发展模式"这种声浪，但因这些社会本身就低度发展，而且缺乏足够的能力，因而所谓的"自主"，也只不过沦为空言。

这种情况的改变，一直要等到20世纪90年代后期才开始逐步出现。而毫无疑问，尤努斯锲而不舍所开创出来的"微型贷款"，的确有着改变世界趋势的意义。它显示出：以一种企业经营的方式，可以更客观有效地完成行善的目标，这是一种寓有参与社会变革的资本主义运作模式。尤努斯的"微型贷款"可以让穷人同样能接近市场、开创机会，而可能更重要的，乃是穷人可以通过自己的努力获得尊重与尊严。人道、慈善可以在企业行为中完成！尤努斯纵非第一人，但他无疑已替"社会企业家"这种新角色做了先行的榜样。在企业行为中也同时促成世界的改变，从此以后开始进入了人类的时间表。在《1个理想×10种创新＝社会企业是门好生意》这本著作里，我们可以读到无数的例证，他们没有百强、五百强企业那样的规模，但在人类新思维、新价值的创造上，其重要性一点也不逊色。

而《蓝毛衣》可能就更特殊了。诺佛葛拉兹在高中一年级时送进旧衣回收箱的一件蓝毛衣，在过了十一年后，辗转到了非洲，穿在一个 10 岁黑人小孩身上。这是一种奇遇，它象征了人类社会同为一体，每个人与别人互为兄弟姐妹的新价值取向。这也是该书所要传达的讯息。

用新方法改善世界

诺佛葛拉兹是奥地利裔美国人，从小即因自己的家庭经验而想走一条与别人不同的人生道路。她大学毕业后，年仅 26 岁即前往非洲工作，参与协助妇女创业等工作。她的非洲经历使她学会了谦卑、倾听，对西方公司及团体那种自以为是的心态的自我反省也使她体会到，纵使贫困如非洲，只要善用资源，也可以开创出机会。而最难得的乃是她在卢旺达的经验，使她对卢旺达胡图族屠杀图西族这种世纪灭种大屠杀，有着不同于常人的关照。而后她在"洛克菲勒基金会"及"思科基金会"的资助下，设立了"聪明人基金"这个具有公益性的创投基金，以企业经营的方式，完成了诸如提供清洁饮水、便宜的眼球人工晶体，以及优质蚊帐等计划。这是一种新的企业模式，以不同于往昔的方法来调度技术、资金和市场，企业经营与社会慈善目标合而为一。资本主义并非长着人脸的野蛮人，只要以爱和公益存心，资本主义就可以完成慈善家所不能完成的使命。《蓝毛衣》这本著作，很清楚地呈现出一个"社会企业家"成长的过程，而最可贵的，乃是她初期的那些挫败经验及她所做的反省。

因此，"社会企业家"这个概念是可贵的。这个世界诚然极不公平，贫弱者有太多阻力横亘在他们个人及社会发展的道路上，传统的慈善事业很难有效地发挥作用，但现在时代已改变了，现在已有越来越多的企业人与创意家，他们并不只想发财致富，也不想只是诅咒黑暗，这是另一个企业时代的崛起，他们更想在企业行为里达到改善世界的目标，以更有效的方式整合技术与市场，突破既有的困难。"社会企业家"这个新的志业，其实才刚刚揭开舞台的序幕而已，往后还会有更多机会在等待他们去开创。

"社会企业家"这种趋势的出现，在现代"慈善公益"这个领域，可以说是第二次革命。卡内基那一代是第一次革命，它将企业家的责任意识标举了出来，而第二次革命则设定出了新的企业精神，将企业与行善、社会变革等合而为一。我相信，将来在我们社会里一定也会出现这样的人物，以极佳的做法，来解决我们社会的问题！